TEA
BOOKS

Naslov originala
Dorothy Koomson
My Other Husband

Za izdavača
Tea Jovanović
Nenad Mladenović

Glavni i odgovorni urednik
Tea Jovanović

Lektura
Agencija Tekstogradnja

Korektura
Agencija TEA BOOKS

Prelom
Agencija TEA BOOKS

Dizajn korica
Agencija PROCES DIZAJN

Izdavač
TEA BOOKS d.o.o.
Por. Spasića i Mašere 94
11134 Beograd
Tel. 069 4001965
info@teabooks.rs
www.teabooks.rs

ISBN 978-86-6142-069-6

Doroti Kumson

ONAJ DRUGI MUŽ

Sa engleskog prevela
Milica Cvetković

Tebi,
gde god da si

Prolog

– Klio Forsum Prajs, hapsim vas zbog sumnje za pokušaj ubistva.

Ne. Ne mogu to da urade. Nikako u ovom trenutku.

– Ne morate ništa da kažete.

Moram je pronaći dok ne bude prekasno.

– Ali možete naneti štetu svojoj odbrani ako, kad budete ispitivani, ne pomenete nešto na šta biste kasnije na sudu mogli da se pozovete.

Jer ako ne učinim sve što mi se kaže, ona će umreti. Ubiće je.

– Sve što ipak kažete može poslužiti kao dokaz.

– Molim vas, ja to nisam uradila. Uveravam vas. Nisam to uradila. I morate me pustiti. – *Morate me pustiti. Pitanje je života i smrti.*

PRVI DEO

1.

8. AVGUST 2022.
KANCELARIJE FIRME *BERFILD I KOMPANIJA*, BRAJTON
POSLEPODNE

– Zbog razvoda zaista niste morali da dolazite kod mene u kancelariju, shvatate to, zar ne, gospođo Forsum?

Klimam glavom. – Znam. Znam da sam sve mogla da obavim onlajn, da bi to bilo jeftinije, verovatno i brže, ali nisam želela da ostavim trag na papiru – niti onlajn trag.

Najednom se Džef Berfild, sav zbunjen, mršti na mene. – Mislio sam da ste rekli kako vaš suprug zna za ovo? – Pretura po svojim beleškama verovatno se plašeći da je taj sitni podatak pogrešno pripisao očajnoj ženi pred sobom čija se veza upravo raspala. – Rekli ste da se on s tim slaže i... a, da – prstom podvlači red sa svojim prvobitnim zapažanjima – ne može da dočeka da vas se otarasi. I da ne može da veruje da je te silne godine života proveo s bezdušnom kravom poput vas. – Diže proćelavu glavu i gleda me pravo u oči.

– Ako ćemo pravo, sasvim jasno sam naglasila da on nikad nije rekao ništa od toga – kažem žalostivim glasom. – Bila je to moja interpretacija njegovog viđenja situacije. Moguće.

– Ipak, on zna da se razvodite od njega?

– Da, on zna. – *Ne zna zbog čega, ali zna*, dodajem u sebi.

– E pa dobro – mrmlja gospodin Berfild s vidnim olakšanjem što nema obmane. – Sve je uvek *nešto* manje neprijatno kad su svi zainteresovani obavešteni o situaciji.

– Moj suprug nikad ne bi rekao ništa slično, nije to u njegovom stilu niti je u njegovoj prirodi. On je u velikoj meri osoba koja teži miru, ljubavi i nadi za sva bića.

– A vi niste?

– Da, da, jesam. U razumnim granicama.

Na usnama gospodina Berfilda javlja se slabašan osmeh, a meni ga je žao. Ne može biti prijatno, uopšte, niti iole zabavno kad ste tako blizu ljudskoj vezi koja se raspada. Da li to čoveka čini ciničnim? Mora ga činiti. Ne možete sedeti na onoj strani stola ovog tipa, slušati silne priče o tome kako je sve krenulo naopako i *NE* zapitati se zbog čega ljudi uopšte i pokušavaju. Na njegovom domalom prstu nema burme, pa zaključujem da nije oženjen ili da je, ako jeste, sve krenulo naopako. Nemam osećaj da je dugoročno vezan, ali možda grešim. Ovako ili onako, odaje utisak nekog ko bi više voleo da sve te „neprijatnosti" ne postoje, ali pošto postoje, istrajaće sa strpljenjem potrebnim da kroz njih sprovede izgubljene duše koje se razilaze.

– Mogu li da vas pitam nešto, da tako kažem, nezvanično? – pitam. Potrebno je da dobijem konačan odgovor na to, na pitanje koje mi se već mnogo, mnogo godina mota po glavi. Pitanje na koje dobijam milion različitih odgovora kad god se odvažim da pretražujem internet.

– Kako to mislite „nezvanično"? – odgovara i malo uzmiče od mene. Ne baš primetno, tek donekle. Taman toliko da mi na nesvesnom nivou stavi do znanja kako od njega ništa neću dobiti badava.

– Mislim da nije nešto što bi verovatno trebalo da zapišete u tu moju fasciklu zato što se zapravo ne odnosi na mene.

– A na koga se onda odnosi?

Dobro pitanje. Očigledno pitanje. Pa kako onda nemam spreman odgovor? Tako što bi svaki odgovor zvučao kao varka, svaki odgovor bio bi laž. – Mislim, ovaj, na moju prijateljicu. Blisku prijateljicu.

Gospodin Berfild spušta nalivpero, zatvara fasciklu, skida naočare. Sada, kad ga više ne zaklanjaju naočare, izgleda mnogo mlađe, ali i zrelije. Mnogo svetskije od trpeljivog, nespretnog advokata s kojim sam prvobitno sedela. Njegovo ime sam našla na internetu. Pretraživala sam dok nisam pronašla najbližeg svom sadašnjem poslu, kako bih mogla pauzu da prilagodim ovom sastanku, doduše i dovoljno udaljenog da niko ne vidi kako ulazim u takvu kancelariju i pre moje porodice otkrije nepovratni slom mog braka.

– Šta bi to vaša bliska *prijateljica* želela da pita?

– Pa, pomalo je neugodno, i ona se oseća izuzetno budalasto, ali šta bi se dogodilo kad bi... ne, ne, dozvolite da počnem ponovo. Šta bi bilo da je moja prijateljica u prošlosti otišla u drugu zemlju i udala se, jednostavno iz hira? Da u to vreme, pre mnogo godina, po povratku u Englesku nije prijavila taj brak, pa se udala ponovo za nekog drugog, da li bi to bilo u redu ili bi potencijalno bila u nevolji?

Gospodin Berfild izgleda kao da sam ga tresnula pravo u lice neposredno pošto sam ga opsovala. Ne miče se, pa čak kao da nekoliko sekundi i ne diše, samo sedi sa zaprepašćenjem i užasom na licu dok zuri u mene. Na kraju spušta pogled na fasciklu pred sobom, na njen žutosiv karton u kom su prve pojedinosti razrešenja mog braka.

– Vaša *prijateljica* ne bi bila *potencijalno* u nevolji, bila bi u ogromnoj nevolji. Bigamija, a o tome se radi, povlači sobom kaznu zatvora čak do sedam godina.

Sedam godina! SEDAM godina. Od tih reči mi se prevrće želudac, tera me da se ispovraćam tačno po onom njegovom lepom, urednom stolu. SEDAM godina.

– Ali ako nije prijavljen, računa li se?

– Pod pretpostavkom da je vaša *prijateljica* uvažila sve zakonske zahteve kad se udavala u tamo nekoj stranoj zemlji u kojoj je odabrala da se obred izvede – to jest, ako je imala sve potrebne dokumente, pa potpisala venčani list ili registar – onda se ovde, u Velikoj Britaniji, taj brak smatra zakonitim i obavezujućim.

– Čak i ako nije upisan?

– Brakovi sklopljeni u inostranstvu se ne „upisuju" po automatizmu. Vi mislite na često pogrešno tumačenu situaciju u kojoj je brak sklopljen u inostranstvu „zaveden", što je otprilike slučaj obaveštavanja vlade da brak postoji u Glavnoj matičnoj kancelariji, kojoj je omogućeno da čuva kopiju venčanog lista kako biste mogli da dođete do njega ukoliko vam je zbog nečeg potreban – nečeg kao što je dokazivanje da ste zaista udati. Time se jemči da, iako vaš brak ne bi bio „upisan" na isti način kao što bi to bio brak sklopljen između britanskih državljana ovde, postoji evidencija o njemu, i vi biste mogli da dobijete kopiju svog venčanog lista. Međutim, ta praksa je prekinuta 2014. Više se nijedan brak sklopljen u inostranstvu ne „zavodi" u matične knjige. I u svakom slučaju, bilo da je do sklapanja braka došlo pre 2014. ili posle, vaša *prijateljica* bila bi i dalje udata bez obzira na to da li je brak „zaveden" u matične knjige ili nije.

Uh. *Uh.* – Rekoste sedam godina?

Kratko širi nozdrve pre nego što ozbiljno klimne glavom.

– U redu, dobro. Lepo. Hvala vam. Postaraću se da prijateljici kažem da se, znate, ne udaje dok se ne postara za stari brak.

– Uradite to – zuri u mene, pa opet stavlja naočare i podiže kratko debelo nalivpero. – Trebalo bi i da je upozorite da o tome nikom ne priča. Ako se zaista udala a već je u braku, to je krivično delo. O tome se ne trubi.

– Nije ona o tome trubila, samo je pitala... mene... Pitala je mene da pitam vas.

– Tačno – odvraća on kiselo. – Postaraću se da vam se kasnije večeras javim zbog papira. Imam utisak da bi ovaj razvod trebalo okončati po ubrzanom postupku.

To ne bih sporila. Nimalo.

Horsfort, 1996.

– Onaj momak pilji u tebe – primetila je Trina zbunjeno, a i prezrivo.

U studentskoj zajedničkoj prostoriji, u kojoj smo često sedele, osećala sam se kao da sedim u *Koloseumu* – grupice od petoro-šestoro okupljene za niskim, okruglim stočićima čekaju da počne predstava u centru. Neke grupe su imale više članova pa su bili raštrkani bez obzira na to što su se trudili da se zbiju. Drugi ljudi su imali manje prijatelja, neki su bili sami – svejedno smo se svi tiskali i sedeli u tom velikom bučnom prostoru sa izlizanim, sjajnim parketom, svako za sebe a ipak zajedno.

U dnu kafeterije, uz velika staklena vrata koja vode u travnato i betonsko dvorište, bio je otvor za posluživanje, gde su po sniženoj ceni ljudi koji su vodili Studentski sindikat prodavali čaj i kafu, grickalice i rashlađene konzerve gaziranog soka. Instant kafa po sniženoj ceni u čaši od stiropora i kesica *maltezera* postali su moj svakodnevni „otrov".

Trina i ja, brucoškinje koje žive u kampusu, imale smo jedno od boljih mesta. Naš sto i stolice bili su donekle uglavljeni iza jednog od glatkih, okruglih kamenih stubova koji su pravili svojevrsno skrovište, iz koga smo sve videle.

– Koji momak? – rasejano sam pitala. Pomno sam pratila kako se prvi *maltezer* iz kese topi u kafi kojoj sam ranije dodala pet kašičica šećera. *Maltezer* je plutao na površini naizgled neosetljiv na vrelinu, ponašao se kao da bi mogao da preživi vreli, mlečni kraj koji se brzo bližio.

– Kao prvo, to je odvratno – kazala je Trina, zbrčkala lepo lice i uperila jedan od sjajnih noktiju boje mora na ono što sam radila sa čokoladicom i kafom – a drugo, govorim o momku u jakni i s jamicama.

Znala sam na koga misli. – A, o njemu.

– Nisi čak ni pogledala.

– Ne moram da gledam. Jakna i jamice – nije mi jasno kako ih vidiš odavde – savršeno ga opisuju. Postoji samo jedan momak u jakni vrednoj pažnje i koji zuri u mene.

– Dakle znaš da pilji u tebe? – Sad se zaista zbunila.

– Da. Sa mnom je na predavanjima iz psihologije.

– Dakle, znaš ga i mimo toga što se upiljio?

– Da, sa mnom je na predavanjima iz psihologije.

– I znaš kako se zove?

– Da, sa mnom je na predavanjima iz psihologije. Koliko puta treba da ti ponovim?

– I znaš zašto pilji u tebe?

Nezainteresovano sam slegnula ramenima. Pretpostavljala sam da znam zašto, ali da budem iskrena, nije to nešto što mi se redovno događalo. Zapravo, što mi se uopšte događalo. Osim ukoliko je taj što pilji jeziv matorac koji pomišlja... u stvari svim silama sam se trudila da izbegnem da razmišljam o jezivim matorcima.

– Jesi li razgovarala s njim? – pitala je Trina.

– Ne teraj me da ti to kažem, Trina – kazala sam svojoj prvoj susetki u studentskom domu.

– Hajde molim te! Možeš biti u istoj grupi ali nikad ne progovoriti s njim. Kao da sam ja, recimo, ikada pričala s polovinom onih čudaka na predavanjima iz matiša? Ne bih rekla.

– Da, razgovarala sam s njim. Radimo zajedno na jednom projektu.

– Oho... – rekla je znalački. – Ohohooo... *tako* znači.

– Kako znači? – pitala sam, pa *maltezera* koji se topio prepustila njegovoj sudbini i pogledala je.

Zabacila je nekoliko crno-tamnoplavih pletenica preko levog ramena, zagladila ih dlanom i uvila preko desnog ramena. – Ti i on pravite dvoleđnu životinju.

– Šta? Ne! NE. Nikako ne.

– *Stvarno*? A zašto ne?

– Jednostavno to ne radimo.

– E pa, sudeći prema tome kako pilji, izgleda da ga romkomuješ.

Iskosa sam pogledala drugaricu. Nisam imala *pojma* o čemu priča.
– Šta je romkomovanje? – Znajući Trinu, spremao se oštar zaokret s teme, tako da će se prvobitna potpuno zaboraviti.

– Ma molim te, kao da ne znaš – podrugnula mi se.

– Uopšte ne znam. Treba da mi objasniš šta je romkomovanje, i to brzo.

– Primenjuješ na njemu romantičnu komediju. Znaš već kako to ide: ne znaš ni da postoji ili ga mrziš, a onda si primorana da „radite zajedno", pa otkrivaš njegovu drugu stranu i rešiš da mu daš priliku. Ta prilika vodi u zaljubljivanje u njega. Provedete nekoliko nedelja ili meseci u sladunjavom zanosu ljubakanja. A onda se dogodi nešto krupno, i on shvata da nisi osećala prema njemu ono što je on osećao prema tebi i rasturite se. Neko vreme ste oboje potišteni, zatim ti moraš da napraviš nešto ogromno, veličanstveno da bi ga povratila. – Da bi upotpunila monolog, opet je zabacila pletenice s ramena, pa dohvatila šolju s kafom, otpila gutljaj i kasno shvatila da je greškom uzela moju šolju i da su joj usta puna zašećerene kafe i poluistopljenog *maltezera*. Izraz njenog lica dok se davila skoro da je bio vredan kupovine nove šolje kafe i potapanja još jednog *maltezera*.

– Hvala na pitanju, znam šta su romantične komedije – rekla sam joj. Nastavila je da otvara usta i istura jezik u očiglednom pokušaju da se otarasi onog ukusa. Trina i ja nikad nismo razgovarale o zajedničkoj ljubavi prema takvim filmovima i knjigama, i bilo mi je neverovatno da na silu utrpava tipa s jaknom u moj isproban i testiran, voljen i obožavan okvir. Što se mene tiče, bio je to gnusan postupak s njene strane. Kratko sam pokazala na njega. – On nije niti će ikad biti zvezda mog romkomskog života. U redu? – Osvrnula sam se po prostoriji. – Ovde ne vidim nikog ko će biti njegov deo. – Nastavila sam da je gledam s negodovanjem dok je ona grgotala vodu spirajući onaj ukus. Trina je bila suviše teatralna – kafa sa ukusom *maltezera* nije *tako* loša. – A ako nastaviš dalje o tom momku, nećeš mi više biti najbolja drugarica i prva pratilja.

Trina se ukočila usred gutljaja i polako spustila čašu pa se okrenula na stolici i pogledala me. – Nisam ja *ničija* najbolja drugarica i prva pratilja. Ja sam glavni lik. *Uvek*.

– E pa i ja sam, tako da...

– Oduvek sam se pitala šta se događa kad se druže dve osobe koje su tradicionalno prve pratilje. Kako se savladava mučno pitanje ko će biti glavni lik, a ko pratilja?

– Pretpostavljam prva koja se ozbiljnije zainteresuje u ljubavi. – Slegnula sam ramenima preturajući po džepovima u potrazi za sitninom. Pazila sam na novac za kafu i *maltezere*. Sa sobom sam nosila uvek tačno novca da ne bih pala u iskušenje da potrošim više. Moja stipendija i studentski kredit morali su da se rastežu, ali te dve stvari su mi bile dnevni luksuz. Doduše, Trina bi trebalo da kupi kafu. Ali to će biti malo sutra. Jednostavno bi mi rekla da ništa ne fali šolji u koju je takoreći pljunula. Kao da ona ne bi prosula kafu kojoj sam ja preblizu disala.

Dok sam tragala za barem nešto novca, pogledom sam prešla po prostoriji i zapela kod zelenih očiju čoveka koji nije prestajao da pilji u mene. Izraz lica mu se nije promenio kad su nam se pogledi sreli, zakačili se jedan za drugi kao dva ključna dela slagalice.

Nisam ga razumela.

Kad smo na predavanjima, dok radimo zajedno, obraćao mi se kao i svima. Nisam otkrila ništa što bi ukazivalo da o meni razmišlja drugačije nego o drugima. Bio je šaljiv i pametan – uvek je odgovarao na pitanja s pouzdanjem nekog ko dodatno čita, pa uvek i malo više. Uvek spreman s pošalicom ili duhovitom primedbom koja bi većini ljudi promakla. No kad smo u drugom okruženju, kad nisam u neposrednom kontaktu s njim, on zuri u mene. Samo u mene.

– Ne počinji! – rekla je Trina pa me ćušnula i oslobodila ukrštenog pogleda koji je potrajao neko vreme.

– Šta hoćeš da kažeš? – pitala sam je.

– Nemoj ti da piljiš u njega. Bukvalno samo što sam ti rekla da nisam ničija prva pratilja. Nije ti dozvoljeno da se upustiš s njim ili nekim drugim dok ja ne nađem nekog.

– Ne upuštam se s njim.

– Pričaj mi o tome, samo što ti nisam poverovala.

Dozvolila sam sebi još jedan kradomičan pogled na njega, ali nije piljio u mene. Sedeo je zavaljen na stolici s knjigom u jednoj ruci i toplim napitkom u drugoj. Izgledalo je skoro kao da je, sad kad je dobio moju pažnju ma kako kratka ona bila, mogao da nastavi sa životom. Sad kad je znao da znam da je tamo, mogao je da produži kroz dan.

A šta je sa mnom? Kako da se vratim u normalno stanje kad znam da svakog trena može opet da se upilji u mene?

2.

8. AVGUST 2022.
IV SPRAT, KANCELARIJA *HANIMEJ PRODUKCIJE*, BRAJTON
POSLEPODNE

Žongliram tašnom, torbom s laptopom i papirnom kesicom s pilulama za spavanje, kao i žaketom, kapom i dezinfekcionim sredstvom za ruke pokušavajući da na bezbednosnu tablu *Hanimej produkcije* prislonim pravougaonu propusnicu sa svojim imenom i slikom.

Pokušavam nekoliko puta, i verovatno bi trebalo da bacim na pod nekoliko stvari i sebi olakšam, ali ne radim to. Tako sam tvrdoglava da to znači da ću nastaviti, uporno mahati propusnicom prema bezbednosnoj tabli sve dok... sve dok... dok ne uspem njom da zamahnem dovoljno blizu i zadržim je tu dovoljno dugo da se začuje pisak i crveno svetlo postane zeleno.

Kad zapišti da mogu da uđem, ramenom se naslonim na vrata od mutnog stakla i gurnem ih. Obično radim od kuće, skrivena u radnoj sobi s neurednim stolom, prozorima kroz koje duva promaja i veoma skupom ergonomskom kancelarijskom stolicom od koje me zaboli trtična kost sedim li na njoj duže od dvadeset minuta. Međutim proteklih šest meseci redovno odlazim u kancelarije *Hanimej produkcije,* producentske kompanije koja je pre sedam godina otkupila moje knjige za televizijsku adaptaciju.

U početku, dok sam učila sve o pisanju za televiziju, isto sam dolazila ovamo da se sretnem sa iskusnijim piscima i urednicima. U poslednje vreme dolazim zato što ne mogu da boravim kod kuće. U procesu sam demontiranja života kakav poznajem i moram da se usredsredim. Kod kuće je Volas. A čak i kad nije tamo – tamo je. Na slikama, u mirisu posteljine, u načinu na koji je poređan nameštaj, načinu na koji su postavljena svetla. U tu kuću smo se uselili pre sedam godina i svakog dana je činili našom. Sa svim onim što je preda mnom, sa onim što moram da uradim, moram da se usredsredim na posao a to ne mogu ako sam sentimentalno i zadivljeno zagledana u predmete.

Deo kancelarije koji su meni odredili za rad odmah je pored otvorenog radnog prostora. To je omanja soba za sastanke sa četiri radna stola spojena na sredini. Obično sedam i uključujem laptop tamo gde su veliki prozor s desne, a vrata s leve strane.

Većina ljudi me ignoriše kad projurim pored njih sa stvarima u rukama i propusnicom koja mi visi s ručnog zgloba. Ni kad sam ranije dolazila nisu me pozdravljali kao kad Norma uđe u *Kafiću Uzdravlje*, ali neki od njih su bar dizali glavu i smešili mi se. Sad se svi pretvaraju da me ne vide; uzmiču i skreću pogled ako me slučajno pogledaju u oči, i apsolutno ne žele da se jave.

Trenutno me svi mrze. Polako učim kako da se pomirim s tim.

Istovarujem upetljane stvari iz ruku na sto pored onog za koji sedam, i primećujem da su na njemu laptop, punjač za mobilni i termos-šolja za kafu. Očigledno je neko došao da ovde radi dok sam bila napolju. Pitam se hoće li ostati ili će žurno ući, prikupiti svoje stvari i otići.

– O – kaže Gejl Bruster, jedna od asistenata produkcije, kad uđe u sobu. – Nisam znala da se vraćaš. – Stoji u dovratku, unervozila se i nije sigurna da li da uđe, ili jednostavno da zbriše.

– Aha – odgovaram i spuštam glavu dok sređujem svoje stvari i palim računar. Mislim, jeste da govorim sebi kako mi ne smeta što me svi mrze, ali, hm, možda u vezi s tim i nisam tako opuštena kao što sam mislila.

– Neću ti smetati – kaže. Prikuplja stvari koje je ostavila na stolu.

– Fino – promrmljam.

– Jesi li dobro? – pita Gejl, a ja sedam za „svoj“ sto.

– Dobro sam – kažem.

– Jesi li sigurna? Izgledaš...

– Dobro sam. Stvarno sam dobro.

– Kad ti kažeš. Kako napreduju prepravke? – Iako se Gejl smeši dok to pita, njena zabrinutost isparava brzinom kapljica vode na vrelom tiganju. Zvuči kao nešto što bi koleginica u znak podrške pitala koleginicu, ali kasnimo i potreban im je taj tekst. Bio im je potreban još juče, ali ja ga nisam završila. Teško mi je da to uradim.

Teško mi je da ovo završim.

Mislim, moram. Ali nije lako kao što bi trebalo da bude.

Pre sedam godina, ne mnogo pre udaje za Volasa, moja agentkinja Antonija prodala je *Hanimej produkciji* moj prvi roman *Poslastičarka detektiv*. Bio je to trenutak iz snova. Trebalo mi je malo vremena da shvatim da stvari skoro nikad nisu tako jednostavne. Da, uprkos najavama po časopisima i na društvenim mrežama, „kupljena opcija"[1] uglavnom ne znače ništa. Svako može da kupi svašta ako ima nekoliko hiljada pri ruci. No ovo je bilo drugačije. Ovo je bila jedna od onih stvari koje prevazilaze kupovinu opcije, pa je glatko i slatko klizilo u planove za razvijanje, u dobijanje zelenog svetla za produkciju. U to da se zaista napravi.

I da se zapravo pojavi na striming servisu. Na svakom koraku tog puta nekako sam pomalo bila van sebe, pitala se kad će sve krenuti naopako. Ne samo da je stiglo na ekrane već se ljudima dovoljno dopalo da ga uporno strimuju. I to toliko da nije samo naručena druga sezona nego je prestala da se prikazuje odjednom, i u stvari je bilo predviđeno da se daje jednom nedeljno. *Poslastičarka detektiv* je postala hit zato što su, izgleda, svi obožavali ženu koja ume da pravi kolače *i* istovremeno rešava zločine. Neki od počinjenih zločina bili su jezivi i gnusni – ali s obzirom na to da je Majra Vud rešavala misterije nalazeći vremena i da napravi bar jednu poslasticu (što više, to bolje), ljudi kao da su zanemarivali istinski užasnu prirodu ubistava. U stvari, što groznije ubistvo, što komplikovaniji kolač da se izbalansira osetljivost – to se ljudima izgleda više dopadalo.

A to je dovelo do ovog gde smo sada.

Do mene usred razvoda i demontiranja svog života, kao da skidam skele s dovršene zgrade. A deo tog demontiranja značio je i napuštanje serije.

Niko nije srećan.

Niko ne želi da se ona završi.

Kad sam na adaptaciju predala prvi roman *Poslastičarke detektiva* nisam imala moć. Mogli su da rade šta god hoće osim dve stvari koje sam napisala u ugovoru:

1. Glavnu ulogu treba da igra tamnoputa crnkinja.
2. Kad sama odlučim da je kraj – kraj je, i *Hanimej produkcija* ne može više ništa da pravi.

---

[1] Izdavači ili filmski producenti mogu uzeti (kupiti) opciju na neku knjigu čime stiču prava da kupe prava za neku knjigu (prava za objavljivanje ili prava na ekranizaciju). Ako se predomisle i odustanu bilo koji izdavači/producenti imaju mogućnost da kupe prava na objavljivanje te knjige. Dogod izdavač redovno objavljuje (barem jedan naslov godišnje) ima pravo prve opcije na pisca, tj. niko drugi mu ne može „preoteti" autora. Ako protekne više od dve godine od poslednjeg kupljenog naslova, izdavač gubi pravo opcionog izdavača. (Prim. ured.)

U stvarnosti je to značilo da kad rešim da je seriji kraj, lik, priče i uglavnom čitava franšiza ostaju moji i oni ne mogu da ih nastave. Naravno, niko nije želeo da pristane na to. Ponudili su mi novac da vam pamet stane, samo da uklonim tu odredbu. Kad to nije uspelo, prešli su sasvim na drugu stranu i zapretili da će napustiti saradnju. Međutim nisam ni trepnula.

– *Dobro!* – gotovo čujem tim *Hanimeja* zadužen za ovaj ugovor. – *Ali spuštamo ponudu, a ona bolje da ne razmišlja o pokušaju da se pogađa za više kad kasnije promeni mišljenje.*

Naravno da mi je smetalo što neću dobiti onoliko novca koliko sam mogla da dobijem. Ali više mi je bilo stalo da na ekranu imam ženu koja izgleda kao ja i da mogu glatko da odem.

Stoga je verovatno Gejl svoje ljubazno pitanje izgovorila stisnutih zuba. Sad zabacuje talasastu svetlosmeđu kosu i otkriva niz pirsinga i minijaturnih alki koji se pružaju od vrha uha niz ušnu školjku. Svi su srebrni. Svi naglašavaju njen stil. Mojih je godina i žena koja nosi farmerke i dukseve s kapuljačom, ali te minđuše pokazuju da poseduje i vlastiti stil. Otkad je pre šest meseci počela da radi, uvek je bila fina prema meni, ali je i ona, kao i svi drugi, bila fina preda mnom verovatno zato što zasad moramo zajedno da radimo.

– Prepravke dobro napreduju – odgovaram joj. – Skoro sam završila najnoviji nacrt za pretposlednju epizodu pa ću preći na finalnu.

– Odlično, hvala ti. – Načas pušta da joj maska spadne, pa te tri reči izgovori s mukom kao da istiskuje pastu za zube iz skoro prazne tube. Svi postaju takvi kad se pominju poslednje epizode.

Obično bi mi to smetalo, izjedalo bi me što se nekom ne sviđam, što se ljuti na mene ili je možda uvređen zbog mene, ali trenutno mi ne smeta.

Ne zaslužujem prijatelje, ne zaslužujem čak ni da ljudi budu fini prema meni. Zaslužujem... valjda sve što mi sleduje. Svaku sitnicu.

– Onda te ostavljam s tim – kaže Gejl pre nego što se uputi vratima sa svojim stvarima u rukama. – Vikni ako ti nešto zatreba.

– Hoću.

Zatvara bela vrata za sobom i ja se fizički opuštam sad kad sam sama. Umesto da prste pustim da se kreću po tastaturi i završim ovaj posao, spuštam ih u krilo. To mi nekako nije dovoljno, moram još malo da se olabavim. Spuštam glavu na sto i na njega naslanjam obraz a pogled upravljam napolje. Iz tog položaja, visoko u jednoj brajtonskoj zgradi, pruža se najdivniji pogled, najneverovatniji vidik.

Šta sve ne bih sad dala da sam neki od oblaka nad gradom, deo vazduha koji struji, sve samo ne Klio Forsum. Sve.

Horsfort, 1996.

– Klio, imam problem – izjavio je Hit.

Hit, muškarac koji je piljio u mene, i ja bili smo u malom odvojenom delu odmah uz glavni prostor na prvom spratu biblioteke i radili smo na projektu modula filozofije nauke za ispit iz psihologije. Gotovo kao da smo u nekoj niši, ali s kliznim vratima koja kad se zatvore načine ugodnu sobicu sa stolom i dve stolice. Držali smo otvorena vrata, ali je svejedno delovalo kao da smo u čauri, milovani i obgrljeni mirisom knjiga i pobožnom atmosferom učenja. Biblioteke su oduvek za mene bile srećno mesto, ono koje ću posećivati i u kome ću nestajati, u koje ću bežati i u kom ću samo „biti".

Tamo smo bili već neko vreme i postojano napredovali, ali on je najednom to rekao – pre je to bila tiha objava – a ja sam bila sigurna da je posredi problem s kojim ne želim da se nosim. Ovlažila sam usne i rekla:

– Ako je tvoj problem nešto u smislu „Kako ćemo sažeti sve ove osnovne podatke u petominutnu prezentaciju?", onda delim tvoju muku. Ako je nešto drugo, onda ne verujem da to ima ikakve veze sa mnom.

Otkad je Trina pokrenula onaj razgovor o primeni principa romantične komedije, svaka interakcija s Hitom postala je sporna. Kad sam se ponašala prijateljski prema njemu, brinula sam se da ulazim u fazu romkom hronologije s mogućnošću zavodljivih pogleda i ljubakanja. Kad sam bila gruba i odsečna, osećala sam, prilično oštro u svakoj ćeliji, da samo rastežem deo „neprijatelji do ljubavnika" iste priče. Kad sam se trudila da budem ležerna, imala sam utisak da je to upravo samo to, da se suviše trudim. U suštini, Trina mi se stručno uvukla u glavu, zbrkala je i uništila svaku mogućnost da ja i taj momak budemo išta čak i nalik prijateljima.

Mislim, čula sam kako su one reči izašle iz mojih usta, i nisu bile baš prijatne. Volela sam sebe da smatram prijatnom osobom, onom koja može da se bude dobra s većinom ljudi bez obzira na to koliko su odvratni, ali s njim sam stalno bila napeta. A značilo bi mi i kad bi prestao stalno da pilji u mene.

– Valjda jeste nešto u vezi s prezentacijom i filozofijom nauke – odgovorio je Hit. – A opet i nije.

Zurila sam u knjige i sveske pred nama, beleške koje smo oboje pravili, podvučene delove i mesta obeležena lepljivim papirićima. Nisam bila sigurna treba li nešto da kažem ili treba da pričekam da on objasni.

– To što opet i nije nekako je povezano s filozofijom nauke zato što i jeste i nije povezano s filozofijom nauke, što priziva kvantnu filozofiju stvari koje istovremeno postoje i ne postoje, a što je teško dokazati da postoji. Pomalo kao što je pokušaj dokazivanja da um postoji kao odvojena konstrukcija u odnosu na fizički mozak.

Čvrsto sam zatvorila oči. Frustracija. Očaj. Potpuna frustracija. Trina mi se baš duboko zarila u glavu, zar ne? Baš duboko, dublje od svih racionalnih slojeva, dublje od mesta koja upravljaju našim postupcima, zašla je u iracionalne oblasti, mesta za koja se male misli kače i počinju da rastu. Počinju da rastu na glup, preglup način.

Obično bi to što sam u biblioteci, s knjigama i atmosferom koju one stvaraju, delovalo kao zaklon koji me štiti od preteranosti boravka među drugim ljudima. One su upijale besmislice i činile da mi ne smeta mnogo kad ljudi iznenada počnu da pričaju neke stvari koje nemaju nikakve veze sa mnom. Međutim, izgleda da to nije bio slučaj i sa ovim momkom. Bio je imun na moć knjiga da upijaju kao sunđer.

– O čemu pričaš? – pitala sam i dalje zatvorenih očiju naprežući se da ne zaurlam na njega.

– Mislim... ne, ne... *znam* da sam se zaljubio u tebe.

Iznenađeno sam otvorila oči, pa ih polako okrenula prema njemu da ga pogledam pre nego što sam vratila pogled pred sebe i zagledala se u beleške i učenjački krš pred nama. Naučne teorije primenjene na proučavanje uma i o proučavanju uma – otkrivanje da li bi način na koji proučavamo fizički svet mogao da se upregne i razvije za proučavanje onog što se odvija u metafizičkom prostoru povezanom s mozgom. Eto šta smo radili tamo, šta sam se ja prihvatila da radim.

– Hite, biću iskrena prema tebi. Nisam sigurna šta bi trebalo da kažem na to, pa ću se praviti da ništa nisi ni rekao.

– U tome i jeste moj problem. Problemi. Zato što su mi problemi dvojni. Jedan je da sam sasvim siguran da nisi čak ni izbliza zainteresovana za mene. Drugi je da nisam siguran da želim ovako da se osećam. Oduvek sam naučen da verujem kako je ljubav prijatna, nešto za čim ljudi tragaju. Ovo... ovo nije prijatno. Ovo... nije nešto što želim da doživljavam. Naprotiv. Ovo... *ova* osećanja su veoma nepoželjna.

– Da li ti uvek pričaš kao robot? – pitala sam razgovorljivo. Da je Trina čula šta on priča, znala bi zbog čega – uprkos onom njenom brkanju po mom umu – ništa ne može da se dogodi s tim momkom.

– Ne. Osoba od autoriteta mi je rekla da govorim više kao Vulkanac.

To me je i protiv volje nasmejalo. – Dobro, svaka čast na aluziji na *Zvezdane staze*, ali moram da pitam jesu li te gnjavili u školi zbog tog načina govora i svega?

Prizvao je slabašan osmeh, kao da ga je moje pitanje zabavilo. – Ne, ne, zapravo nisu. – Kratko je zavrteo glavom. – Svakodnevno su ubijali boga u meni, ali zaista me nisu „gnjavili“.

Potpuno sam se okrenula prema njemu i pogledala ga iznenađeno i užasnuto.

Uzvratio mi je pogled otvorenog lica. – Sudeći prema tvojoj reakciji, nisi očekivala takav odgovor – tiho je rekao i odjednom izgledao kao da se koleba zbog načina na koji mi je rekao da su ga skoro svakodnevno napadali.

Odmahnula sam glavom. Uopšte nisam očekivala takav odgovor.

– Možda je trebalo malo da zašećerim? Naprosto sam pretpostavio... ti si veoma neposredna osoba, pa sam pretpostavio da više voliš da budem otvoren o tome.

Talas tuge me je gotovo potopio kad je udario u mene i kroz mene. U njegovom glasu je bilo mirnog prihvatanja kao da je to nešto normalno. Bio je čudan, i to je znao. I propatio je zbog toga. Ja sam bila čudna, znala sam to, ali izbegla sam tu vrstu patnje. – Žao mi je zbog svega kroza šta si prošao – prošaputala sam iako su te reči delovale slabašno kad se odmere sa onim što su pokušavale da izglade.

– Hvala ti, cenim što to kažeš – odvratio je.

Sedeli smo u nelagodnoj tišini, i ja sam zurila u rad pred nama ali nisam čitala otvorene stranice niti sam se mašala olovke da nešto pribeležim, niti sam išta dodavala u podsetnike, samo sam zurila u taj naš rad i pitala se kako ćemo dalje.

Izgleda da smo krenuli dalje uz njegovo pitanje: – A što se tiče mog problema?

Da. Što se tiče njegovog problema. Šta ću učiniti povodom njegovog problema, koji jasno postaje delimično i moj problem pošto je prevazišao piljenje i otvorio se? – Znaš, Hite, kad sam bila peti razred bio je tamo neki dečak koji je zaista bio blesav, pomalo uvrnut. Nikako previše uvrnut, samo pomalo čudan, zapravo kao što su svi. Ipak, njega su mnogo gnjavili i ponekad tukli. Iskreno, to je bilo vrlo tužno zato što je delovalo da je fin. Pretpostavljam da se isticao zato što nije krio svoju uvrnutost, nije se ni trudio da je sakrije, nije čak ni pomišljao da treba nešto da krije.

– Kakve to veze ima s mojim problemom? – upitao je Hit.

– Sad ću doći do toga. Ne budi nestrpljiv. Taj dečak iz petog razreda hteo je da se druži sa mnom...

– Samo da se druži?

– Hoćeš li prestati da me prekidaš?! Nikad neću stići do kraja ovoga ako nastaviš da me prekidaš. Da, samo da se druži. Ovaj, u početku. Zato što sam pomalo lakoverna? Ne, to nije prava reč. Valjda sam pomalo neupućena. Sve drugarice su bile u fazonu „stvarno ćeš da visiš s njim?“, a ja sam govorila „što da ne, izgleda sasvim bezopasno“. Kad kažem „visiti s njim“, doslovno mislim na razgovor na autobuskoj stanici. Jedini je on išao istim autobusom, pa bismo razgovarali dok idemo do stanice, razgovarali dok čekamo autobus, a onda ne bismo ni seli jedno pored drugog. Zatim me je iz vedra neba pitao da li bih jednog vikenda otišla u bioskop s njim. I tako sam se našla u škripcu.

– Zato što ti se nije sviđao?

Popreko sam ga gledala sve dok nije promrmljao: – Izvini.

– I tako sam se našla u škripcu zato što mi se nije sviđao. A čak i da mi se *sviđao*, kako bih svojim roditeljima Afrikancima objasnila da izlazim s dečkom? Da, mogla sam da pribegnem onom fazonu iskradanja, ali za mene je to previše gnjavaže. Zato sam uradila ono najbolje posle toga.

Hit se upiljio u mene.

Ja sam se upiljila u njega.

On se upiljio u mene.

Ja sam se upiljila u njega.

– O, zaboga – prasnula sam kad se piljenje rasteglo na minut – sad si rešio da prestaneš da me prekidaš?

– Šta je bilo ono najbolje posle toga? – poslušno je pitao.

– Našla sam mu drugu devojku. Ovaj, našla sam mu pravu devojku zato što ja nisam nikako bila njegova devojka.

– Znači, hoćeš da kažeš kako ćeš meni naći devojku umesto sebe?

– Pa ja ti nisam devojka, ali mislim da kad bi upoznao nekog kome bi se ti svideo...

– Ne bih želeo tebe?

– Ako baš tako hoćeš.

– Ti mi izgledaš kao fina, prijemčiva osoba, a ipak smatraš da sam uvrnut, pa sam stoga siguran da većina ljudi misli da sam uvrnut. Kako ćeš mi, molim te, naći nekog ko bi uopšte i razmislio o tome da bude moja devojka?

– A, nisi ti uvrnut. – Očigledno nisam mogla da ga gledam kad sam to rekla. – U svakom slučaju nisi *baš tako* uvrnut.

– A kako ćeš me tačno načiniti dovoljno neuvrnutim da bih našao nekog ko bi se zainteresovao za mene?

– Preobražajem, naravno! – veselo sam rekla.

On je bukvalno ustuknuo, užasnut idejom. – Nisam siguran da bi o toj vrsti aktivnosti trebalo sad da razmišljamo, ni ti ni ja.

– Ništa drastično, samo frizura, malo doterivanja, malo zbrinjavanja odeće.

– Šta fali mojoj odeći?

– Sve redom. Ta jakna... – Zavrtela sam glavom ne trudeći se da prikrijem zgroženost. – Ta jakna... Hite, sad je 1996, niko van Nešvila ne nosi jakne od jelenske kože, pa još s resama. Moram to da ti saopštim ovako otvoreno, ali hajde, druže, čak i stanovnici Vulkana moraju znati da je vreme da se ta jakna penzioniše.

Hit je zurio u mene, pa sam načas pomislila da će reći nešto drugo, da će negodovati, ali on je samo uzdahnuo. – Misliš da je potrebno da se potpuno preobrazim kako bih bio prihvatljiv suprotnom polu? Zar se otkad je sveta i veka ljudi nisu zalagali da svako treba da bude svoj?

– Jesu. I potpuno se s tim slažem, zato i sama nosim kaiš sa šnalom u obliku mrtvačke glave na ljubičastim farmerkama tako iscepanim da bi moja majka dobila nervni slom da ih vidi, ali ne mislim da si ovo pravi ti. Mislim da pravi ti tek treba da nađe svoj izraz, tako da će to što te sredim učiniti čuda za tvoje samopouzdanje. – Oduševljeno sam pljesnula rukama. – Jedva čekam da te unapredim – ovo je kao u *Zgodnoj ženi*... naravno bez elementa prostituisanja.

– Zaista veruješ da bi mogla od mene da načiniš nekog neodoljivog ženama?

– Ovaj... Zapravo nisam to rekla. I hajde da se ne zanosimo. Samo ćemo te učiniti malo poželjnijim, izgledom. A to će pomoći da ljudi upoznaju pravog tebe.

Neuobičajeno, ništa nije rekao. Možda sam ga uzrujala zamišlju da mora da se promeni. Možda on voli jaknu koja izgleda sasvim žalosno i propalo, možda ju je nasledio od omiljenog ujaka ili tetke, pa štedi da nabavi i kaubojske čizme i šešir da se slažu s njom. Možda sam smrtno uvredila sirotog Hita Sojera, pa je od tog trenutka sve krenulo naopako te je, umesto da pilji u mene, počeo aktivno da me mrzi. – Ovaj... – počela sam priskočivši da smanjim nanetu štetu – ne moraš ništa od toga da uradiš, znaš to? Možeš nastaviti ovako zato što si i ovako savršeno u redu. Ne moraš ništa da radiš.

– Znam da ne moram, ali želim to. Želim da uradim sve što mogu da budem dostojan.

– Dostojan? Ne, ne. Ovde se zaista ne radi o promeni toga ko si kako bi dosegao neki nemoguć standard. Bukvalno je samo reč o doterivanju, o izvlačenju najboljeg iz onog što ti je bog dao.

– Želim da budem dostojan tebe.

– Opet ti kažem, dostojan si. Ali ovde ti i ja nismo cilj.

– Nismo uopšte ni u razmatranju?

– Znala sam da nisi slušao šta pričam. Ako želiš da imaš devojku, moraćeš da naučiš da slušaš.

– Slušao sam. Samo potvrđujem da to što ćeš mi pomoći da se promenim neće olakšati uspostavljanje odnosa ili veze s tobom.

– U pravu si, to neće olakšati takav odnos među nama. Misija je da ti nađemo nekog prikladnog. Nekog ko je više za tebe.

– Više za mene... više za mene – ponavljao je kao da pomno razmatra to. – Pretpostavljam da ću, u nedostatku drugog, time morati da se zadovoljim.

3.

8. AVGUST 2022.
IV SPRAT, KANCELARIJA *HANIMEJ PRODUKCIJE*, BRAJTON
RANO VEČE

Gejl proviri na vrata dok se napolju sve više smrkava a ljudi razmišljaju o odlasku kući. Lepo sam napredovala, ali imam još mnogo posla. Još mnogo. To je jedna od onih situacija „još mnogo posla" kad poželim da računar bacim kroz prozor, da legnem u krevet, plačem i utapam *maltezere* u zašećerenu kafu.

– Svi krećemo. Ideš i ti? – kaže, a opet je u režimu finoće.

Iza nje, u otvorenom radnom prostoru pred mojom sobom, kurirka Klarisa i Ejmi, lektorka, vrebaju u kaputima i s tašnama. Pretpostavljam da nisu dovoljno plaćene da bi me zapravo mrzele, jednostavno moraju da rade u negativnom okruženju koje je nastalo zbog moje odluke da okončam uspešnu seriju.

– Mogla bih da ostanem...

– Dobro, kad sam pitala ideš li, htela sam da kažem dođi, hajde da sve izađemo odavde. Nije dobro ostati ovde kad svi odu. To je *über* jezivo.

– Da, hajde, posrećilo ti se – dodaje Ejmi onim jasnim izgovorom južnog Londona.

– Kako tome da odolim? – odgovaram i sačuvam u računaru ono što sam uradila pa raščišćavam radni sto. U haosu sam – u svakom mogućem smislu – pa stavljam pumpicu za astmu u ranac uz dezinfekciono sredstvo za ruke. Na glavu navlačim crnu kapu i oblačim crni žaket. Kad laptop objavi da je bezbedno sačuvao sve što sam uradila tog poslepodneva, stavljam ga u njegovu crnu torbu, pa krećem da ubacujem sve ostalo – sveske, olovke, nalepnice, kartice, pilule za spavanje, propusnicu, markere, ključeve i minđuše – u glavnu tašnu. U jednom trenutku toliko se razvlačim da Gejl, a za njom i Ejmi, dolaze da mi se nađu. Pomažu mi da prikupim svoje stvari kao da sam nesposobna da išta uradim sama.

Dok izlazimo iz zgrade one ćaskaju o odlasku u pab sledećeg vikenda i svaka se na svoj način trudi da i mene uključi u priču – tako što predlažu mesta na koja mogu da odu i pitaju da li ih ja volim, raspituju se mogu li me namamiti da jedne večeri sednem na voz do Londona, jer Gejl i Ejmi žive tamo i svakog dana putuju do Brajtona. Klarisa se zalaže za to da se ide u restoran, pa možemo i da jedemo dok pijemo, i kaže da bismo mi iz Brajtona mogle da nađemo nešto lepo i primereno našem džepu. Sve znamo da im se neću pridružiti, da ni na kom nivou nisam jedna od njih, ali zahvalna sam im što se trude. To ublažava sumornost svršetka mog braka, napuštanja posla i saznanja da ću uskoro morati i da se odselim.

Rastajemo se pošto smo se popele uz dugačke, strme kamene stepenice iza brajtonske stanice i prošle pored novog stajališta taksista (ono i nije novo, ali za mene će uvek ostati novo), pored šetališta paralelnog s peronima i stigle do stanice. Gejl i Ejmi odlaze da uhvate vozove za različite delove Londona, a Klarisa ide prema obali. Stojim na velikom ulazu u brajtonsku stanicu i kao opčinjena lepotom još jednog dana koji se bliži kraju, još jednog dana koji postaje prebogat, taman i kao draguljima posut svetlima prodavnica, automobila i uličnih svetiljki. Stojim tako, ljudi naleću na mene dok žure svojim putem, i znam da u stvari *ne zaslužujem* da iko bude fin prema meni, ali svejedno mi je drago zbog toga.

Centar Lidsa, 1996.

Jednog subotnjeg poslepodneva u oktobru Hit i ja smo se našli pred autobuskom stanicom u centru Lidsa.

Srećom je on morao da ode u grad nešto ranije, inače bismo morali da idemo zajedno autobusom, a to bi moglo da bude trideset minuta nelagode bez koje sam mogla.

– Kuda hoćeš da idemo? – pitao je. Mahnuo je rukom trudeći se da obuhvati ceo Lids. – Tu je čitav grad pun odeće koja će me preobraziti u prikladan, usuđujem se da kažem i poželjan, oblik života.

Poželjan oblik života. Oštro sam ga pogledala krajičkom oka i pomislila: *Odakle izvlači sve ovo? Ko je ovaj čovek?* Nije primetio – izgleda da nije obraćao pažnju na moje reakcije na ono što govori. – Hajdemo na pijacu – rekla sam mu. – Tamo možemo naći pristojne stvari za male pare.

– Tako valja. – Rešila sam da to prođe bez pogleda iskosa.

Nisam dugo živela u Lidsu, ali upoznala sam ulice tako što sam hodala i hodala. Kad bi Trina, jedina koju bih u toj fazi nazvala pravom drugaricom, bila na vanškolskim aktivnostima, sela bih u autobus do grada i šetala. Hodala bih ulicama i uličicama, gledala prodavnice i robne kuće, riznice polovne odeće i zabite restorane. Videla bih gde je koji kafić, prodavnica hrane za poneti, radnja sa elektronskom robom. Zapazila bih oblasti koje su za mene pomalo suviše sumnjive da bih u njih zalazila. Uz to sam pronašla najbrži put autobusom iz centra grada do Čejpeltauna, gde sam kupovala časopise i novine za crnce i proizvode za negu kose. Uronila sam u grad šetanjem po njegovim ulicama i izvlačenjem tajni koje obično nađete tek kad negde dugo živite.

Hit me je pratio u kratkoj šetnji do pijace. Prošli smo pored rotonde Berze kukuruza, prešli put s dve kolovozne trake i pridružili se grupama ljudi koji su se kao jata riba kretali prema velikom staklenom ulazu nad kojim je bilo ispisano: *Gradska pijaca Lids*.

Samo što smo ušli na vrata, osetila sam promenu atmosfere, gotovo kao u trenutku kad kročite na aerodrom neke druge zemlje – menja se vazduh, menja se pritisak, telo vam doživljava to novo mesto na mnogo senzibilnih načina. Imala sam utisak kao da sam kročila u mikrokosmos, na planetu sadržanu u toj istorijskoj zgradi. Stakleni krov je bio prošaran zamršenom mrežom od kovanog gvožđa, iznad tezgi su bili beli profilisani zidovi i prelep venac od crnog gvožđa koji su delovali kao palata spuštena pravo u centar prometnog grada.

Hit i ja smo se probijali između nešto zbijenijih tezgi krcatih robom. Ljudi koji razgovaraju, zadovoljno se muvaju okolo, jarke boje naslaganog voća, povrća, slatkiša, tkanina, mirisi hrane, ribe, mesa, parfema – sve je to činilo ugodnu, živahnu pozadinu.

– Razmišljam o tvom izgledu u stilu Zaka iz serije *Zvono kao spas* – kazala sam Hitu nadjačavajući zvuke pijace. – Kosa ti je plava i već deluješ nevino, samo treba da dodamo farmerke, belu majicu i kariranu košulju. Još koju košulju. Lepu jaknu – ili od crne kože ili jednu od onih s belim rukavima i slovom na prednjem delu.

– Nemam pojma ko je Zak iz tog spasavanja koje pominješ.

Zaustavila sam se i povukla i njega da stane. – Šta? Nisi čuo za *Zvono kao spas*?

– Sa izuzetnim žaljenjem moram reći da nisam.

Pošto smo onako naglo stali, postala sam smetnja u prolazu kojim smo išli pa me je neko iza, ko očigledno nije stigao da me zamoli da se pomerim, jednostavno ćušnuo u stranu i gurnuo uz Hita. On je instinktivno pružio ruke da me dočeka pa smo sekund-dva stajali tako, pri čemu me je on držao a ja se osećala postiđeno. Izuzetno posramljena, koraknula sam u stranu i opet pošla brzim hodom trudeći se da se što više udaljim od tog trenutka. – Neverovatno mi je da nisi čuo za *Zvono kao spas.* – Opet sam progovorila, glasno, u pokušaju da prigušim stid koji mi je i dalje divljao u glavi – a nisam proverila ide li on za mnom. – Živiš li ti pod kamenom ili tako negde? Kako možeš da ne znaš za *Zvono kao spas.* Hiten.[2]

– Ne, ime je Hit – rekao je.

– Molim? – pitala sam okrenuvši se prema njemu.

– Nazvala si me Hiten. Ime mi je Hit. Nema ni „e" ni „n" na kraju.

– Htela sam da kažem...

Široko mi se osmehnuo, što mi je donekle oduzelo dah jer ga dotad nikad nisam videla da se tako smeši. Oči su mu igrale, jamice se produbile i kao da mi se upiljio pravo u dušu.

– Neverovatno da sam nasela na to – rekla sam i produžila dalje.

– I meni je neverovatno da si nasela – smejao se držeći korak sa mnom. – Žao mi je što sam te razočarao zbog te serije.

Stigli smo do prvog kružnog stalka sa odećom koji je držao čovek čupavih smeđih obrva i vrata koji kao da se ulivao u glavu i ramena bez jasnog razgraničenja. Muška odeća – majice s bendovima, bele majice, košulje, teksas jakne, kožne jakne i sve vrste farmerki – visili su na vešalicama svih trista šezdeset stepeni stalka.

– Shvatam da će ovde da se odigra preobražaj – rekao je Hit.

– Njegov početak – odgovorila sam. – Nego, dopada li ti se neka od ovih majica?

– Nisam fan *Motorheda* ni hevi metala – rekao je.

– Kao što sam i mislila, bićeš ti dobar Zak.

– Iz *Zvono me je spaslo*?

– *Zvono kao spas*, ali bio si sasvim blizu. – Odabrali smo bele majice, nekoliko kariranih košulja na plavo i zeleno – crveno bi bilo previše ovako rano. Dva para farmerki – crne i plave – i veoma bitnu jaknu. Htela sam sivu jaknu s krem rukavima i velikim slovom Y, ali videla sam kako se trudi, bezuspešno, da savlada zgroženost na tu ideju, pa sam se opredelila za crn kožni blejzer. Izgledao je kul kad ga je

[2] Engl.: *heathen* – neznabožac, pagan. (Prim. prev.)

navukao preko stare odeće. Još više kul nego što sam uopšte mislila da je moguće. Klimnula sam glavom u znak odobravanja. Raširio je ruke pa se polako okrenuo oko sebe da ga vidim u celosti. – Dopada ti se? – pitao je kad smo opet stajali jedno pred drugim.

– Dopada mi se. Jakna – brzo sam dodala. – Dopada mi se jakna.

Hit mi se ironično nasmešio, pa skrenuo pogled i skinuo jaknu. Shvatila sam da smo se i previše zabavljali. Previše zabave, pa smo oboje nenamerno zaboravili na čemu smo radili – na nalaženju devojke za njega a koja nisam ja.

Prekini s tim, rekla sam strogo sebi. *Ne počinji da zamišljaš kako je Trina možda u pravu o tebi i njemu. Zato što, stvarno, ti i nisi u stanju da osećaš nešto prema nekome, jel' tako? Kao da imaš ikakvog pojma šta je ljubav ili išta blizu ljubavi, jel' tako?*

Obišli smo skoro svaku tezgu sa odećom na pijaci i sakupili kese i kese stvari za njega – naravno držala sam se po strani kad je našao tezgu sa soknama i donjim vešom – pa smo bili natrpani celom novom garderobom.

– Da bi ta odeća ostala u dobrom stanju ključ leži u pažljivom pranju – rekla sam Hitu kad smo, s desetak kesa, pošli prema izlazu. Počela sam da se ponašam malo hladnije, malo udaljenije zato što nisam htela da ijedno od nas dvoje zaboravi šta radimo i zbog čega to radimo. – Traje duže ako je pereš na pravoj temperaturi, popraviš joj oblik dok je vlažna, okačiš da se suši.

– Nisam znao da ću uz kupovinu nove garderobe dobiti i životne pouke – rekao je.

Tog dana su njegov govor i način izražavanja bili daleko od normalnih. Što je najčudnije, to nije bio njegov prirodan govor. Čula sam ga kako govori na predavanjima, u kantini, u zajedničkoj prostoriji, ponekad čak i kad se meni obraća – i nije bio govorljiv i gotovo bolno „prikladan". To sam nameravala jednom da načnem s njim.

– Životne pouke su uvek prisutne – rekla sam kad smo izašli na pločnik.

– A šta je s poukama o pranju? Jesu li i one prisutne? Hoćeš li doći kod mene u spavaonicu i pokazati mi kako se to radi?

– Hoćeš da kažeš da to obavim *za* tebe? Mislim da neću – odvratila sam.

– Vredelo je pokušati – zakikotao se.

Kad smo stigli do autobuskog stajališta, pružila sam mu njegove kese. – Nalazim se s Trinom i još nekoliko drugarica i idemo u bioskop, a mi ćemo se videti, valjda?

– Nećeš ići sa mnom kod berberina da se ošišam? – pitao je pun nade.

– To iskustvo mi nije potrebno. Samo se ošišaj na kratko, a napred ostavi duže i potpuno ćeš izgledati kao Zak. Ne sećam se njegovog prezimena. Uh. Gledala sam ga prošle godine, a od sveg onog učenja izbrisali su mi se ključni podaci. Znaš, ovo je stvarno smešno. Priprema za ispit je zamenila sve ono važno. Mislim, šta ako se nađem na kvizu i odlučujuće pitanje bude „Kako se preziva Zak iz *Zvono kao spas*“? Zamisli taj užas.

– Shvatam tvoju brigu zbog situacije koja se veoma lako može desiti. Zato ti predlažem da napustiš studije, da se ponovo upoznaš sa *Moje zvono spasa*, pa će u svetu sve opet biti kako treba.

– To bi ti voleo, jelda? – uzvratila sam mu. Pogledala sam ga preteće. – Očigledno imaš problem s tim što sam najbolja na odseku psihologije, pa bi voleo da odustanem i usredsredim se na važne stvari, jel' tako?

Nasmejao se, stisnuvši oči i nabirajući lice. – Da, uhvatila si me. Zaista pokušavam da budem prvi u grupi.

– Dobro je što to priznaješ – smejala sam se. – Svejedno, vidi, na Aveniji Hedrou ima nekoliko berberina, a mislim i frizer. Neko od njih će te srediti.

– Hvala ti – rekao je i zazvučao iskreno dirnuto. – Zaista sam ti zahvalan.

– Videćemo se – rekla sam mu i pošla. Stala sam i okrenula se. – Uzgred, serija se zove *Zvono kao spas*, ne *Moje zvono spasa*.

– Upamtiću to – doviknuo mi je. Znala sam, iako se nisam više okrenula, da je stajao i gledao kako odlazim sve dok me nije izgubio iz vida.

4.

8. AVGUST 2022.
KUĆA KLIO I VOLASA, NA GRANICI IZMEĐU BRAJTONA I HOUVA
RANO VEČE

Ključevi u džep. To je prvo što radim kad zatvorim ulazna vrata za sobom. Laptop na drvenu stolicu, kapa u kutiju za kape, maska u pletenu korpicu za veš, kaput na kuku, cipele u cipelarnik. Nisam sigurna kad mi se život sveo na razvrstavanje, ali ovako izgleda moj povratak kući.

– Zdravo? – vičem dok obavljam sve to. – Zdravo?

Na kraju našeg dugačkog, popločanog predsoblja pojavljuje se glava. Moram da zastanem kako bih proučila to lice: glatko izbrijano, tamnomrka koža, krupne crne oči, duge trepavice, puna usta zgodna za ljubljenje... Na prvi pogled i dalje nisam sigurna. Mislim, mogao bi biti moj muž, mogao bi biti njegov blizanac. Odavde, bez naočara, ne vidim ožiljak od boginja blizu korena kose na levoj strani čela, a to je obično ključno za to da li se obraćam Volasu ili njegovom blizancu.

– Zdravo – kaže on ne izražavajući osećanja. Volas je to.

Znam da mu je bio potreban ogroman napor da liši glas svake emocije. On je – a takav je otkad sam ga upoznala – osećajna osoba. Međutim, otkad je njegova žena rešila da se razvede od njega, trudi se da bude manje izražajan sve dok, pretpostavljam, ne shvati šta se dešava.

– Zdravo – odgovaram mu. – Kako si?

Načas mu se lice grči kao da želi da zaurla na mene: *Šta misliš, dođavola, kako sam?* – Upravo sam spremio večeru ako hoćeš da jedeš – odgovara izbegavši moje pitanje.

Ne želim da večeram. U poslednje vreme ništa što pojedem, kad zapravo jedem, nema nikakav ukus. Čulo ukusa mi je otupelo, a u dnu grla mi se smestio čvrst i nepomičan kamen. Moram nekoliko puta da progutam kako bi pljuvačka ili voda prošle pored njega, a sa svakim zalogajem hrane imam utisak da guram kuglu za kuglanje kroz odvod sudopere. A volim hranu. Volim da jedem i volim da pijem, naročito volim hranu koju Volas spremi. On u svako jelo sipa tako mnogo ljubavi – koristi najbolje sastojke, ne žuri, i rezultat je uvek božanstven. Pre Volasa, kad su ljudi govorili o jezicima ljubavi, pitala sam se zar nemaju ništa pametnije da rade. Ali onda sam upoznala čoveka koji ume da kuva, koji kao da mi priča kako se oseća spremajući složena jela, pa sam i ja postala neko ko nema šta pametnije da radi.

– Otkad ti to zoveš večerom? – šalim se. – Mislila sam da postoje doručak, ručak i popodnevna užina?

– E pa, očigledno si mi se uvukla u glavu. Naravno da sam mislio na užinu.

– Ne, ne prihvatam to! Konačno si shvatio da su to doručak, ručak i večera.

– Stvarno? A one žene u školi koje su ti služile dnevni obrok, kako si ih ono zvala?

– Ovaj...

– Šta reče? – pita Volas izvijenih obrva, a na licu mu se pojavljuje velik osmeh.

S nelagodom se nakašljavam.

Dok čeka da odgovorim, Volas se pomera u deo hodnika u kom i dalje mogu da ga vidim ali ostaje dosta daleko.

– Znaš šta, još nisam oprala ruke.

– Hajde, Klio, ne izvodi sad. Kako si zvala žene u školi koje služe dnevni obrok?

Prevrćem očima i trudim se da mu se ne nasmešim, ne, da se ne iscerim. – Ne sećam se.

– Hoćeš da ti osvežim pamćenje? – pita i malo se primiče. – Pošto vidim da si zaboravila.

– Ako baš moraš – odgovaram. Ne mogu da ga gledam. Ponekad je kao sunce, preterano blistav i krajnje opasan ako ga dugo gledam, uglavnom zato što ću poželeti da se zalepim za njega i nikad ne odem. Zalepiću se za njega i zaboraviti o čemu se ovde radi.

– *Dinner ladies*[3] – kaže uz pobedonosni smešak.

– Dobro – priznajem. – Zvali smo ih *dinner ladies.*

– Dakle, šta to govori o jelu koje su služile?

– Da se zove ručak, a da su one pogrešile vreme kad treba da obavljaju svoj posao?

---

[3] *Dinner* – večera; *dinner lady* – žena zadužena da služi obroke u školskoj trpezariji. (Prim. prev.)

Opet se šire osmehne, a ja osećam kako mi kolena čudno reaguju a stomak zatreperi. Prilično sam uverena da žena mojih godina i iskustva ne bi trebalo da dozvoli da joj se tako nešto događa. Treba da bude postojana i čvrsta pred osmesima muškarca od kog se razvodi.

– Gospođice Klio, jel' to bolno gubitništvo?

– Ne – odsečem trudeći se da preuzmem kontrolu nad situacijom. Da oboje podsetim kako više nismo oni ljudi. – Ne, to je žena koja treba da opere ruke i da se presvuče.

Onaj osmeh ostaje dok koračam hodnikom na drhtavim nogama, obilazim ga i odlazim u kupatilo ispod stepeništa. Zatvaram i zaključavam vrata za sobom, polako kvasim ruke, sapunjam ih i onda ispiram, pa ih brišem peškirom koji visi na metalnom prstenu. Sećam se kad smo postavili taj držač za peškire, kako je to bilo nešto veliko, to što imamo ovu veliku kuću samo za sebe, to što smo sami svoj majstor. To što mu dozvoljavam da koristi moju bušilicu i izbuši rupe u zidu za hromiran prsten.

Sad mi se sve to čini... beznačajnim. Besmislenim. Ja sam to učinila. Ja sam naš zajednički život učinila besmislenim. Dok perem ruke ne mogu da se pogledam u ogledalu. Ne mogu dugo da gledam ni u jednu površinu sa odrazom, jer ću videti ko sam.

A ne želim da vidim odraz istine.

Volas je ispred kupatila, naslonjen na zid, ruku prekrštenih na grudima. Toliko toga želim da mu kažem, toliko reči koje znam da bi sve objasnile i uklonile nemir koji definiše naš odnos. No ne mogu da izgovorim nijednu. Ne mogu da uklonim ni olakšam ništa od ovog mučenja. Trenutno ne. Još ne.

Zaustim da kažem nešto znajući da će prave reči naći mesto u mom grlu, na jeziku i zatim izaći iz usta. Možda da se vratim na malopređašnje zezanje, možda da pitam šta ima za večeru, možda da saznam kako je proveo dan, jer mi ranije nije odgovorio. Ništa. Ništa ne izlazi, čak iako sam otvorila usta, spremna i željna da kažu nešto što mozak nije pripremio. Zatvaram usta i osećam se više nego pomalo blesavo. Volas kao da razume da želim nešto da kažem, ali da ne mogu, te odlučuje da smanji jaz među nama. Tad stane pravo ispred mene, preblizu da učinim išta drugo do da zurim u njega, osećam toplotu njegovog tela, udišem njegov miris i žudim za njim. Iznenada me grli i ljubi sa svom onom dramatičnošću koja obično nedostaje našem svakodnevnom životu.

Normalni smo, vidiš? Mi smo ljudi koji se povremeno cmoknu, koji se maze i grle, ponekad spuste poljubac onom drugom na glavu ili na meko mesto na vratu, ali ne razmenjuju i velike, strastvene poljupce. Ne i veličanstveno cmakanje. Nekad čak ni kao uvod u seks. Normalno kao normalni poljupci. Sve dok... njegov stisak ne postane čvršći, dok me ne zagrli čvrsto za slučaj da mu iskliznem. Za slučaj da shvatim da je ovo poslednje što bi trebalo da radimo. Da zapravo sasvim pogrešno postupamo u razvodu. Još se nismo raspravljali, ne o razvodu, nismo počeli da komadamo jedno drugo, nismo čak ni krenuli sa zlobnim pogledima, pasivno-agresivnim uzdasima i iznerviranim c-c-c.

Ne oklevam da mu uzvratim poljubac. Čak na to i ne pomišljam. Privija telo uz moje, i ja činim isto. Osećam njegove prste na donjem delu bluze i kako je cima da je izvuče iz pojasa farmerki. Ljubim ga još svesrdnije. Njegovi prsti zalaze u farmerke, izvlače dugme iz rupice. Mašam se njegovih pantalona, otkopčavam dugme i otvaram rajsferšlus, prelazim dlanom preko debele osovine njegove erekcije. Tad su njegovi prsti u mojim gaćicama pa uzdahnem kad pređu preko stidnih dlačica. Tiho zaječim, osećam da mi se telo malo zgrči kad njegova dva prsta kliznu u mene. Ljubljenje je još intenzivnije i ne želim ništa drugo do da ga svučem istog trena, da on mene svuče i da se...

Ključ je u bravi na ulaznim vratima i ona se skoro istog časa otvaraju. – Hej, ima li koga? – dovikuje Frenklin sa otirača na kom obavlja onaj proces kroz koji sam ja nešto ranije prošla. Samo što je brži, *mnogo brži*. – Ovde tako lepo miriše, pa pretpostavljam da se Volas vratio – nastavlja isto glasno kao što napreduje hodnikom. Frenklin nikad i nije tih. – Bez uvrede, Klio, jer tvoja hrana je vrhunska. Mogu do kraja veka da jedem tvoj slatki krompir i ćureće trtice, da ne zaboravim fufu i supu, ali kad smo kod... – Frenklin ućuti kad skrene za ugao i zatekne nas zbijene jedno uz drugo pred kuhinjskim vratima i sa izrazitim izgledom krivaca. Uspela sam samo da zakopčam pantalone i ne sasvim da spustim bluzu, a Volas je uspeo samo da zatvori rajsferšlus, koji sam mu otkopčala, ali nije zakopčao i dugme pantalona.

Frenklin gleda čas blizanca čas mene, pa opet blizanca, ali njegov poslednji pogled – sevanje očima – zadržava na meni. Zato što zna da je razvod u potpunosti do mene. Želi da zna šta kog vraga radim njegovom bratu; želi da zna kog đavola mi njegov brat posvećuje iole vremena. (Znam da to misli zato što sam ga čula da to kaže Volasu – više puta – onim ne baš tihim glasom.)

– Vas dvoje ste u haosu – kaže i gađenjem zaogrće svaku reč, svaki slog. – Pravom pravcatom haosu. – Cedi to kroza zube tako snažno da me iznenađuje što mu se usta ne uruše iznutra. Vrti glavom kako bi podvukao osećanja, zatim otvara vrata pored kuhinje, ka zadnjem delu kuće. – Opraću ruke tamo pozadi – dobaci preko ramena i vrata se zatvore za njim, što doduše zazvuči baš kao: „Trenutno ne mogu da podnesem da gledam ni jedno ni drugo."

Zarivam lice u šake; delimično želim da plačem od poniženja i zbog pogleda kojim me je Frenklin upravo ošinuo, ali uglavnom želim da se nasmejem. Želim da se presamitim od smeha zato što će mi to što me je brat bivšeg muža uhvatio u seksu s njim, ili takoreći u seksu, uvek biti smešno. Samo što to nije smešno. Ne bi trebalo to da radim, ne bi trebalo da mu dajem nadu. Nešto manje bitno jeste to da ne bi trebalo sebi da dajem istu nadu.

– Idem da se istuširam – kažem ne dižući lice iz šaka.

– Mogu li s tobom? – šali se Volas. Ne moram da gledam u svog muža da bih znala kako mu je na licu bezobrazan smešak kojim me je osvojio, moguće i izvijena obrva pri pomisli na ono što bismo mogli da radimo pod tušem ili van njega.

– Pa da još više istraumiramo tvog brata i da me on mrzi čak i više nego dosad?

Osećam da smeška nestaje, a emocionalna i fizička udaljenost s treskom sleće između nas. – Izvini, Volase, nije trebalo to da uradim. Treba da održavamo rastojanje. Da to ne ponovimo.

Sleže ramenima. – Ne može on da te mrzi... Baš kao što ni ja nikad ne bih mogao da te mrzim.

Obojica biste mogli. Kad biste znali istinu, obojica biste me mrzeli tako gnevno da vas to nikad, baš nikad ne bi prošlo.

Horsfort, 1997.

– Razmišljam da pokušam s tvojim drugarom iz romantične komedije – rekla mi je Trina. Opet smo bile na uobičajenom mestu u zajedničkoj prostoriji, donekle zaklonjene. Prestala sam da mučim *maltezere* u kafi i prešla na *minstrele*. Njima treba više vremena da se otope i na dnu šolje preko šećera ostavljaju gust, sirupast talog kome treba sto godina da dopre do mog jezika.

Nisam gledala Trinu, ali sam pretpostavila da gleda Hita, koji sedi tamo gde je sedeo dok je piljio u mene, samo što više nije sâm. U poslednje vreme je retko kad sâm i sasvim, sasvim retko pilji u mene.

– Samo napred – rekla sam joj i ne pogledavši prema njemu. – Doduše, moraćeš da staneš u red. Mislim, momak u zadnje vreme nikad nije bez ženskog društva. Trenutno je drugar veoma popularan.

– Tebi to ne smeta?

To me je primoralo da se usredsredim na nju. Svaki njen deo je govorio kako sluti da mi smeta. U stvari, izgledala je kao da misli kako mi mnogo, mnogo smeta.

– Zašto bi mi smetalo? Ovo sam planirala, i ishod je ne može biti bolji.

– Planirala si, ha?

– Da, planirala. Rekla sam ti kako ću ga skockati. Pretvoriti ga iz nešvilskog otpadnika u Zaka iz *Zvono kao spas*. E pa, evo ti. On ima mnogo ženskog društva, a ja sam postigla to da sedim ovde i on ne pilji u mene. Svi smo na dobitku.

– I nisi čak ni malčice ljubomorna? Čak ni mrvicu? – Navaljivala je uvijajući oko prsta riđ uvojak tek ugrađenih kovrdžavih umetaka. Počela je na prstima da nosi mnogo zlatnog prstenja i da nokte maže tako da se slažu s pramenovima kose. Bila je tako lepa i imala stila da sam često osećala kako se sama ne trudim dovoljno. Pa, da budem iskrena, nisam se baš trudila, ali Trinin besprekoran izgled značio je da *primećujem* kako se ne trudim dovoljno, pa se pitam da li bi trebalo. Vrećaste farmerke, moj zaštitni znak (ponekad tako iscepane da ispod njih moram da nosim helanke), majica s junacima crtanih filmova, dugačak crn džemper i obični crni umeci skupljeni u konjski rep bili su jako ležerni u odnosu na izgled moje najbolje drugarice. Obično sam se tešila činjenicom da smo svi različiti i da je potrebno da se neki od nas stope s pozadinom kako bismo omogućili drugima da zasijaju.
– Čak ni zrnce ljubomore?

Tad sam pogledala Hita s pažnjom kakvu bih posvetila nekom neznancu koga traže da procenim. Svakako je dobro izgledao pošto mu se videlo lice, a od odeće nisi morao da ustukneš.

– Nema ljubomore – potvrdila sam Trini. – Ni trunke.

– Ne verujem ti – rekla je načas imitirajući trinidadski izgovor kako bi naglasila koliko samu sebe zavaravam. Pošto sam je tad poznavala već šest meseci, znala sam da taj izgovor koristi samo kad želi da je shvatim ozbiljno.

– Dobro, nemoj mi verovati. Hit me ne zanima. Naš projekat je završen pre milion godina i on je prestao da pilji u mene... uglavnom. Sve je u najboljem redu.

– Ipak, nekako je sladak – rekla je. Očigledno je isprobavala drugačiju taktiku.

– Trina, dušo moja, najbolja drugarice moja, put ti je slobodan. Ako želiš, mogu da vas upoznam. Uopšte mi neće smetati.

– Ne. U redu je. Sad mi *neko drugi* odvlači pažnju.

– Jelda? Ko?

– To ti trenutno ne mogu reći. Samo ti kažem da je moja romantična komedija u punom zaletu.

Pobesnela, užasnuta i potpuno zabezeknuta, okrenula sam se na stolici potpuno prema njoj. – Kravo jedna! – prosiktala sam. – Kravo jedna najobičnija! Od mene si napravila najbolju drugaricu i prvu pratilju. *Crnu* najbolju drugaricu i prvu pratilju. To nije u redu. Nije pošteno.

Slegnula je ramenima pa okrenula glavu prema Hitu. – Vrlo lako možeš izaći iz pakla Najbolje Drugarice Prve Pratilje. Ubeđena sam da bi se, ako pokažeš i najmanje interesovanje za onog momka, on samo tako stvorio ovde! – Napravila je krug šakom i spremila se da uradi nešto prosto drugom, pa sam skrenula pogled s nje.

– Nema potrebe za tako nečim – kazala sam.

Na moj užas, zasmejala se glasno. – Kako to da ti se ne dopada? – upitala je kad se primirila.

Rizikovala sam i pogledala je, ali srećom je odustala od onoga što je htela da uradi rukama. – Ne znam, jednostavno mi se ne dopada.

– Dopadaju li ti se mladići? – pitala je.

– Da.

– Dopadaju li ti se samo mladići?

– Da.

– Dopadaju li ti se beli mladići?

– Mislim da mi se dopadaju – odgovorila sam.

– Misliš?

– Da, mislim.

– Znači, izlazila si samo s crnim momcima?

– Ne.

– Izlazila si i sa crncima i sa belcima?

– Ne.

– Izlazila si samo sa Azijcima? Momcima sa ostrva Južnog Pacifika? Momcima s Bliskog istoka?

– Ne. Ne. I ne.

– Hajde, devojko, uputi me... – Glas joj se izgubio kad joj je konačno sinulo. – Jesi li ikada izlazila *i sa jednim* momkom?

Oklevala sam pre nego što sam priznala: – Ne. Nisam.

– O, *oooooo*. Znači još si...?

– Da, da, jesam.

– Mislila sam da smo bliske – zašto tek sad saznajem za to?

– Pa, nije to nešto o čemu pričam. Uopšte.

– Pošteno, ali hej, kako to da ništa nisi rekla kad je onaj kreten pre neki dan kazao da izgledaš kao da si već neko vreme u prometu? Mislim, htela sam da ga tresnem, ali si me sprečila. Zašto ništa nisi rekla?

– Šta je trebalo da kažem? Ej, ti koji mi ništa ne značiš u životu, zapravo sam devica, zapravo se nikad nisam čak ni poljubila. Ej, ti koji mi ništa ne značiš u životu, počinjem da mislim kako sa mnom nešto nije u redu jer ne osećam ništa ni prema kome? Jel' to trebalo da kažem?

– Pa, kad to tako kažeš... znači zaista ti se uopšte ne sviđa onaj momak?

– Ko, Hit? Ne, ne sviđa mi se.

– Da li ti se neko sviđa?

Odmahnula sam glavom. – Mislim, momci na televiziji i u bioskopima, i tako ti. Ali ovi u stvarnom životu? Ne. Izgleda kao da ne mogu da preskočim tu granicu. Ne mogu ništa da osetim. Ne znam da li ti to zvuči smisleno. – Meni nije zvučalo smisleno. Zaista nije. Dok sam pomagala Hitu da promeni izgled, uživala sam. Zajedno nam je bilo zabavno, i da sam u nekom filmu ili knjizi kakve gutam, pogledi bi nam se sreli, osetila bih golicanje duboko u sebi, zvezde koje praskaju, nakupljena osećanja. Ali ništa od toga se nije dogodilo. Baš ništa. *Možda sa mnom nešto nije u redu*, pomislila sam ko zna koji put. *Možda sa mnom nešto nije u redu. Možda meni nešto fali.*

– Moramo da smislimo kako da se kresneš – izjavila je Trina. Izgovorila je to uz autoritet nekog ko zna znanje.

– Možda.

– Nema tu nikakvog možda, dušo. Treba da nađemo momka da skinemo taj mrak, i onda ćeš videti da je s tobom sve u redu.

– Hm, možda. Samo mislim da ne mogu da skočim u krevet s bilo kim.

– To nećeš morati – uveravala me je. – Naći ćemo ti nekog. Nekog finog.

Gledala sam svoju najbolju drugaricu; držala je kruto glavu tako da može da gleda samo u mene, što mi je jasno govorilo da je htela da pogledam Hita.

– Neću njega – rekla sam joj. – Nekog drugog. Bilo koga drugog. Ne njega.

Na to kao da je splasnula, pomirena sa sudbinom da je moguće da će morati malo više da se potrudi da nađe muškarca koga ću moguće hteti da poljubim. – U redu. Ne njega – progunđala je.

Svakako ne njega.

5.

8. AVGUST 2022.
KUĆA KLIO I VOLASA, NA GRANICI IZMEĐU BRAJTONA I HOUVA
VEČE

Nas troje večeramo za okruglim drvenim stolom u kuhinji i ponašamo se kao da se nije dogodilo ono što se malopre dogodilo. Primetila sam da smo u tome dobri – dobri u pretvaranju da nije došlo ni do čega neprikladnog.

„Tamo pozadi“, gde je nešto ranije Frenklin nestao, jeste s druge strane kuhinjskog zida koji se prostire dužinom naše kuće, i gde zapravo Frenklin sad živi. Njegova „dnevna soba“ prostire se dužinom naše velike kuhinje, a na njenom kraju je proširenje koje zadire u vrt. Taj prostor smo opremili kaučem na razvlačenje, televizorom, policama za knjige i muzičkim stubom. Na raspolaganju su mu i sto i stolica, koje je postavio u isturen prozor kao i velik lejzi beg na kome znam da voli da čita. U dnu dnevnog boravka, u proširenju, smeštena je kuhinjica – četiri ringle na butan, mala rerna, sudopera, zatim mašine za pranje veša i za sušenje – što je naša „perionica“, a u dnu tog dela, isto u proširenju, nalaze se mali, funkcionalni ali veoma lep tuš, lavabo i klozet. Pored „perionice“ su strme, zastrte stepenice koje vode u ono što je bilo Volasova radna soba, a sad ima bračni krevet i Frenklin je koristi kao spavaću sobu.

Frenklina je pre devet meseci supruga Valeri izbacila. On stalno menja razlog zbog čega je to uradila, „samo stres, čoveče, stres“ ili „nikad nije zadovoljna“ ili „ta žena nije čitava“, mada podozrevam da je Volasu rekao pravi razlog. Niko Frenklina ne može da optuži da nije dobrodušan, a ja zapravo obožavam Valeri. No ona sad neće da razgovara ni s Volasom i sa mnom, zato što smo primili Frenklina. Nisam sigurna šta je očekivala da ćemo uraditi, posebno kad ni ona neće da nam kaže šta se zapravo dogodilo, mada mi redovno šalje poruke da proveri kako je njihova trinaestogodišnja Lola kad odseda kod nas, i da mi se zahvali što se brinem o njoj.

Volas je pripremio gozbu. Ne znam baš zbog čega u ponedeljak uveče, ali počastio nas je veganskom začinjenom „piletinom" na karipski način, pirinčem i graškom, kalaluom, zapečenim bananama i salatom od manga.

– Lola dolazi za vikend – kaže Frenklin usred svoje priče o nečem sasvim drugom.

– Radujem se što ću je videti – kažem.

– Da, ovaj, ne želim da vas vidi ako razumete šta hoću da kažem.

– Ne razumem šta hoćeš da kažeš – odgovaram i stavljam nešto hrane u usta. Zaboravila sam da ne mogu da jedem kako treba. Probiram hranu i gutam male količine kao da su kamenje. Sad su mi usta puna i mučiću se da proteram tu hranu.

– Vas dvoje... vaš haos... ako ćete... samo navalite. Ali iza zatvorenih vrata.

– Ma hajde, čoveče... – počinje Volas.

– Ne, ne, ozbiljan sam. Šta bi bilo da sam došao s Lolom? Ona bi naišla na taj haos. Oboje ste jedva imali nešto na sebi. Još koji minut i video bih ono što niko ne treba da vidi. Obuzdavajte se. Naročito kad... Dakle, o čemu se ovde radi? Zbog čega se rastajete?

Možda je dobro što su mi usta puna i ne mogu da progutam zato što ne mogu da odgovorim na njegovo pitanje.

– Ne razumem vas. Valeri je uvek pričala o vašoj vezi. Volas i Klio ovo, Volas i Klio ono. „Misliš da Volas razgovara tako s Klio?", „Misliš da bi Klio to trpela?" A vidi vas sad. – Viljuškom pokazuje na mene. – Haos. – Njom pokazuje i na Volasa. – Udvostručen, ogroman haos.

– Ti si našao da pričaš – odvraća mu Volas. – Ja bar imam adresu.

– Imaš li nekog drugog? – pita Frenklin mene. – Drugog muškarca? Drugu ženu? Drugu osobu? Šta? Šta je ovo? Zašto napuštaš mog brata kao da je nekakav jeftin motel koji dobija loše ocene na *Tripadvajzoru*? – Maše viljuškom prema meni. – Zato što znam da Volas nije razlog za ovo.

Još žvaćem pa ne mogu – neću – da odgovaram i samo zurim u Frenklina.

– Pusti je – ubacuje se Volas. – Ne moramo tebi da se pravdamo. Naša veza više ne funkcioniše. Hajde da to ostavimo na ovome.

– Reci kako jeste – kaže Frenklin i dalje usredređen na mene. – Reci mi zašto.

S naporom proguram poslednji deo kalalua pored planine u grlu. Odgurujem stolicu i ustajem.

– Žao mi je zbog onog ranije – kažem Volasu. – Neće se ponoviti.

Posadila sam ga da sedne pre tri nedelje i rekla mu kako treba da razgovaramo.

– O ne, o čemu? – rekao je uz šaljiv smeh kojim bismo nas dvoje uvek propratili kad ono drugo postane ozbiljno.

– Ne vidim sebe zauvek u ovoj vezi – rekla sam. Samo to sam smislila da kažem. Nisam mogla da mu kažem kako ga ne volim zato što to nije istina. Nisam mogla da mu kažem da sam našla nekog drugog zato što ni to nije istina. A nisam mogla da mu kažem pravi razlog zbog kog smo se uopšte upoznali. Ni zbog čega sam to uradila. U stvari, nije bilo mnogo toga što sam mogla *da kažem a da on razume, pa sam morala nešto da izmislim, upravo kao kad pišem priče.*

Sebe sam zamislila kao Majru Vud, svoj omiljeni lik, koja govori ono što treba da se kaže, i radi ono što treba da se uradi da bi stigla do kraja epizode.

– Ne vidim sebe zauvek u ovoj vezi i mislim da nije pošteno prema tebi da ostanem kad nisam zauvek u ovome, zato mislim...

Zastala sam kako bih prikupila svu snagu glavnog lika koje sam mogla da se dokopam. – Mislim da je najbolje da se raziđemo. Da se razvedemo.

– Šta? – odvratio je nabravši nos. – Šta?

– Mislim da možemo prijateljski da živimo ovde dok ne nađem nešto drugo i ubeđena sam da s vremenom možemo postati prijatelji ako to želiš. Shvatiću ako ne želiš.

– Šta?

– Izvini. Znam da je ovo šok. Zato ću te jednostavno ostaviti da svariš ono što si čuo, i onda u nekom trenutku možemo da razgovaramo o podeli imovine i o tome šta dalje.

– Sad ću obojici poželeti laku noć. Hvala na razgovoru i podsećanju na stanje stvari, Frenkline – kažem. – A tebi, Volase, hvala na divnoj večeri.

Moram da izađem odavde. Smesta. Pre nego što krenem da se ispovedam bez stajanja.

Horsfort, 1997.

Hit je stao ispred Trine i mene u našem delu zajedničke prostorije i nasmešio se.

– Zdravo – pokušala sam kad on ništa nije kazao.

– Da li bi pošlanavečerusamnom? – rekao je tako brzo da je većina reči izašla spojeno kao gomila loše nameštenih vešalica.

– Pitaš mene ili Klio? – kazala je Trina. – Zato što je, druškane, potrebno nešto razjašnjenja.

– Zvučiš pomalo kao CNDPP – rekla sam Trini krajičkom usta.

– Povuci to – odvratila je potpuno uvređeno.

– CNDPP radi to što CNDPP radi.

– Šta je CNDPP? – upitao je Hit.

– Ništa o čemu bi ti trebalo da brineš – rekla sam mu.

– Dobro. Hoćeš li mi učiniti veliku čast, Klio, i poći sa mnom na večeru? Rezervisaću sto negde gde nema studenata, gde je prava hrana na jelovniku. Pravo vino. Platnene salvete. Sve kako treba.

– To sebi ne mogu da priuštim – odgovorila sam.

– Ja častim.

Uzvratila sam ćutanjem. Moje ćutanje je bilo rezultat razmišljanja je li dobra zamisao da kažem *da* ovom momku. Prošlo je tri nedelje od razgovora s Trinom; još se nisam poljubila niti išta drugo, a iskreno nisam želela da on bude taj. Želela sam da bude nešto što će se zaboraviti. Ništa naročito. Nešto što ću kasnijih godina s nežnošću pamtiti, ali ne kao „VELIKI TRENUTAK“. A imala sam utisak da bi, ukoliko se upustim u nešto s njim, to bilo baš naročito. I ne samo za mene. Za njega isto tako.

Moje ćutanje je bilo rezultat i toga što sam bacila pogled na žene koje su sedele za njegovim stolom. Toga dana samo njih tri, sve lepe, sve su sedele i pretvarale se da im ne smeta što su i ostale tamo. Sve su se mrštile na Trinu i mene zato što ih Hit ne vidi. Hitova reputacija kao gospodina Popularnost značila je da ću, u slučaju da izađem s njim – čak i platonski – možda sebe izložiti mržnji tih žena, a i drugih.

– Ako ti ne pristaneš, ja ću – izjavila je Trina.

Okrenula sam glavu i pogledala je. – Dobro, CNDPP.

– Povuci to.

Ponovo sam pogledala Hita. – Dobro, važi.

Lice mu je obasjao najblaženiji kez. Izgledao je sasvim iskreno srećno i kao da mu je stvarno laknulo, pa sam ga iznenađeno pogledala.

– Da dođem po tebe u sedam u subotu uveče? – pitao je.

– Da.

Kez, koji se još raširio, otkrio mu je pravilne, bele zube, a skupio oči. – Jedva čekam – rekao je – stvarno jedva čekam. – Udaljavao se od nas, a osmeh mu je i dalje krasio lice. Malčice nam je mahnuo nastavljajući da hoda unazad sve dok nije morao da se okrene u pravcu mesta na koje se uputio.

– Ehm – počela je Trina.

– Ne njega – presekla sam je. – Samo ne njega.

– Dobro – huknula je. Nisam uopšte morala da je pogledam da bih znala da pravi grimasu. – Ne njega.

8. AVGUST 2022.
KUĆA KLIO I VOLASA, NA GRANICI IZMEĐU BRAJTONA I HOUVA
KASNO VEČE

Dragi Sidni,

Kako si? Dugo se nismo čuli. Jesi li dobro?

Znam da to uvek govorim, ali nedostaješ mi. Čudno je što to pišem kad te tako dugo nisam videla nit sam ti čula glas. Molim te predomisli se. Molim te vidi se sa mnom. Kao što kažem, nedostaješ mi. A neke stvari mogu da kažem samo licem u lice.

Pisanje ide dobro, kao što se i moglo očekivati. Umalo da nacrtam emotikon. Setila sam se da ih mrziš.

Molim te odgovori mi. Molim te dopusti da dođem da te vidim.

Nedostaješ mi.

Voli te

Klio

Centar Lidsa, 1997.

Hit je izabrao tih italijanski restorančić s prigušenim osvetljenjem, intimnim stočićima, belim stolnjacima, svećama, tihom muzikom, skriven u bočnoj ulici u centru Lidsa, podalje od glavne vreve. Bili smo daleko najmlađi tamo, i znala sam i zašto – u jelovniku nisu bile istaknute cene. Jelovnici bez cena znače hranu koja bi u dva zalogaja pojela moje ograničene studentske finansije.

U sve sam gledala pomalo iskolačenim očima. Ne bih ni u snu dozvolila da on plati sve i pošla sam sa čvrstim očekivanjem da ću dati svoj deo, ali... očima sam mahnito preletala gore-dole po jelovniku, a srce mi je kucalo kao poludeli voz u grudima. Nisam to mogla da priuštim. Moraću da naručim predjelo i razvučem ga na ceo obrok.

– Molim te ne brini – iznenada je rekao Hit očigledno osetivši sve veću paniku kod mene. – Bio sam ozbiljan kad sam rekao da ću ja da platim. Želim da ti zahvalim za sve što si učinila za mene, tako da te molim da uzmeš šta god želiš s jelovnika. Stvarno.

Konobar u beloj košulji i sa crnom leptir-mašnom došao je da primi narudžbine i prislonio vrh olovke na beli notes u ruci. Namestio je izraz lica – koje je inače bilo oličenje užasnutosti kad nas je tek ugledao – pa se tog trenutka hrabro borio s gađenjem zbog našeg prisustva i gnevom što je prevaren da nas pusti da ostanemo, iako je Hit rezervisao sto. Konobareva svetlosmeđa kosa zalizana briljantinom činila je da mu ljutite oči izgledaju ogromno, a stisnute usne još tanje.

Nastavila sam da prelećem pogledom po stranici i mahnito se trudim da odredim koje jelo može najmanje da košta, pa sam se na kraju odlučila za hleb s belim lukom, zato što je bio u vrhu i skontala sam da je najjeftiniji, zatim pastu putanesku, zato što je i ona bila pri vrhu; Hit je naručio bruskete i špagete s vongolama. – Uzećemo i vintidž *rioha blanko* – rekao je i vratio vinsku kartu.

Moje srce koje je tuklo zastalo je i skupilo se potpuno sluđeno – vintidž? Gde ovaj momak dolazi do novca? Očigledno ga ne dobijamo sa istog mesta. – Stvarno – rekao je tiho Hit kad je konobar takoreći oteo jelovnike iz naših ruku i odjurio – nema potrebe da se brineš. Ovo mi čini izuzetno zadovoljstvo.

To nije učinilo da se opustim. Nisam volela nikom da ostajem dužna, naročito ne momku s kojim sam na nečem što bi moglo da se protumači kao sudar. Čula sam kako studentkinje pričaju da su se osećale gotovo primorane na seks, oralnu akciju ili u najmanju ruku na poljubac zato što ih je momak izveo na piće/večeru/koncert. Šta će ovaj čovek želeti zauzvrat što me je doveo ovamo, na tako skupo mesto na kome neću ni znati koliko košta svaki zalogaj sve dok ne stigne račun.

– Kad si rekao lepo mesto, pomislila sam na neko s nešto debljim papirnim salvetama, a ne ovo s debelim platnenim salvetama i pravim cvećem – rekla sam isto tako tiho. – Nije mi jasno čemu sve ovo.

– To te ja častim nečim finim. Kao znak zahvalnosti za tvoju pomoć.

– To je bilo pre nekoliko meseci.

– Ne čini mi se da je prošlo toliko, izgleda mi kao da se tvoja pomoć – onako neprocenjiva i velikodušna kakva je bila – desila pre nekoliko trenutaka.

Dobro, bilo mi je dosta. Dosta svega. – Šta je s tim vulkanskim govorom, Hite?

– Kako to misliš?

– Mislim zašto tako pričaš? Čula sam te kad govoriš normalno. A onda zineš i zvuči kao da si nabio pet šljiva u usta dok čitaš rečnik. To me zaista uznemirava.

Malo je porumeneo, pa se zagledao u svoj salvet tako dugo da sam pomislila da sam ga uvredila. Levom rukom je kratko protrljao oko, zatim kažiprstom i palcem štipnuo prevoj nosa. – Sve je to zaista neprijatno – rekao je pa me opet pogledao u oči. – Ovaj... kao kad ti najednom usvojiš birmingemski izgovor kad se obraćaš ljudima sa severa – kad sam pored tebe mozak mi uleti u panični režim, pa mi se to dogodi s glasom.

– Čekaj malo, *šta* ja to radim?

– Govoriš birmingemskim izgovorom. Kao da si odande.

– Ne govorim.

– Govoriš. Nije namerno i većina ljudi to shvata. Ali kad se obraćaš nekome sa severa, bez obzira na to je li posredi Mančester, Njukasl, Liverpul ili Lids, glas ti se promeni.

– Ne radim to. Da radim, Trina bi mi već rekla.

– Ali ona je iz Londona, pa to ne radiš pred njom. Njen londonski izgovor kao da predstavlja stabilnost.

Bila sam prilično ubeđena da to ne radim, ali to bi *zaista* objašnjavalo zbog čega me ljudi sve vreme čudno gledaju. Zapravo, to bi objasnilo mnogo toga... – Bilo kako bilo, zašto bi ti preda mnom menjao glas?

Hit je uzdahnuo i uz to se pokrenulo celo njegovo telo. – Zato što želim da o meni imaš lepo mišljenje. Želim da misliš kako sam inteligentan i domišljat i, da, kako mogu da vodim računa o sebi. Obično ne marim za to šta drugi misle o meni. Ništa me ne dotiče, ali s tobom želim, ne – *potrebno* mi je – da o meni imaš lepo mišljenje.

Zavalila sam se u stolicu, časak ili dva nisam bila sigurna šta da kažem. Prošla su tri meseca; on je bio uvek okružen devojkama. Nemoguće da je i dalje zainteresovan za mene. Svakako nije. – Moraš mariti za ono što drugi misle o tebi – rekla sam mu. – Nakupovali smo svu onu odeću, sredio si kosu, oblačiš se kao sasvim druga osoba i stoga nikad ne oskudevaš u ženskom društvu, kako bi sâm rekao.

– Sve sam to uradio samo zato što sam mislio... ovaj, mislio sam da će mi to pružiti šansu kod tebe.

– *Molim*?

– Da mogu s tobom da provodim vreme. I promenio sam se da bih izgledao onako kako si ti htela da izgledam...

– Nisam htela da izgledaš tako!

– Znači tebi Zak Moris nije privlačan?

– Nije naročito. Mislim, ne mislim da nije privlačan, ali... Hej, tako se preziva? Moris?

– Da.

– Otkud znaš?

– Potražio sam ga. Želeo sam da otkrijem kako izgleda momak koga si želela da oponašam. Nije loš izbor. Barem se nisi zalagala za onog Skriča.

– On mi je zapravo bio nekakav ljubimac – promrmljala sam.

– Oh.

– Samo ne u smislu sviđanja. Seriju sam gledala samo zbog drame i nemoguće lepih ljudi.

– Ako te Zak nije privlačio, zašto si onda htela da me preobraziš po njegovom izgledu?

– Tebe radi. Pomalo si ličio na njega, a znam da je serija i dalje popularna pa sam pomislila da bi se dopao mnogim ženama na koledžu. To je dobitna kombinacija.

Naišao je konobar s dva tanjira: moj hleb s belim lukom bio je savršeno zapečen, iz njega su curili maslac i sićušni biserni komadići belog luka. Hitova brusketa bio je okrugao tanak hleb, natopljen živahno zelenim pestom, s jarkocrvenim kockicama paradajza odgore. Pošto je spustio tanjire pred nas, na krila nam je stavio salvete uz izrađen, razmetljiv zamah. Ponudio nam je biber iz velikog, crnog mlina, a mi smo ga odbili, zatim se praktično istopio u pozadini. Kad smo ostali sami zagledala sam se u svoju hranu. Trudila sam se da ne računam koliko svako majušno parče belog luka košta i kako bi ga bilo teško progutati da ga ne volim. No uglavnom sam razmišljala o tome kako sam obmanula Hita. Naravno nenamerno.

– Stvarno sam htela da te preobrazim tebe radi. Mislila sam da bi ti to mnogo značilo, da bi ti povećalo samopouzdanje.

– I jeste – odgovorio je veoma zbunjenog izgleda. – Zaista mi je podstaklo samopouzdanje. A to potvrđuje i onaj ko mi je ove lepe večeri ljupko društvo za večerom.

– Ne počinji.

– Izvini. Ipak sam ozbiljan. Odlazak u kupovinu, promena izgleda. Sve je upalilo kao čarolijom. Ne moram ni da razmišljam o prilaženju devojkama, one mi same dolaze. Sad imam mnogo drugova. Samopouzdanje mi je lepo i istinski poraslo. Da mi nisi podigla samopouzdanje sad ne bih bio ovde. Ne bih imao hrabrosti da te pozovem na pravu večeru.

– Stvarno nisam sigurna šta da kažem na sve ovo.

– Nemoj ništa da kažeš. Uživaj u jelu.

– Pa ne mogu zaista da uživam kad pomislim da ti misliš kako bi ovo moglo da vodi bilo kud osim u duboko i značajno prijateljstvo. Možda čak i ne mora da bude naročito duboko i značajno. Pa ni prijateljstvo, mada si potražio *Zvono kao spas*, što pokazuje da bi prijateljska strana ovoga mogla da upali.

– Prihvatam i „plitko i beznačajno", samo da nije ništa.

To me je nasmejalo, a moj smeh se preneo na njega pa se smejao i on.

– Hajde jednostavno večeras da uživamo – kazala sam zato što se nisam setila ničeg drugog.

– Klio, sve je u redu – rekao je – ovo je napro... hoću da kažem da je ovo jednostavno večera u znak zahvalnosti među prijateljima. Nema nikakvog pritiska.

– Jesi li siguran? – upitala sam ga.

– Sto posto.

– Ako jesi, onda opet mogu da prodišem. I da se usredsredim na uživanje u svakom sićušnom parčetu najskupljeg hleba s belim lukom s kojim ću se verovatno ikad ovako blisko i lično susresti.

– Otkud znaš da je skup?

Nagnula sam se prema njemu i progovorila tiho. – Nema cena. Kad u jelovnik ne stave cene, skupo je – naprosto ti treba mnogo novca da to platiš.

Užasnuto je prebledeo. – Jel' to istina?

Spustila sam na tanjir hleb koji je bio na putu do mojih usta. Možda ako ga ne budem jela, mogu da ga vratim a da mi ne naplate. Isto važi i za putanesku – ako odmah otkažem narudžbinu, pre nego što je pripreme, možda će biti sve u redu i neće mi naplatiti.

– Nisam to znao – tiho je rekao. – Samo sam ga video, i pomislio da bi bilo lepo. Dođavola. Nisam shvatio da će biti mnogo skupo. Šta imaš na sebi od obuće?

– Čizme, zašto?

– Možeš li u njima da trčiš?

– Valjda mogu, ali zašto...?

Došao je red na mene da izgledam užasnuto. Doduše, moja užasnutost je bila natopljena velikom dozom panike. Pričao je o tome da zbrišemo. Da zbrišemo! Verovatno bi pojurili za nama ulicom s velikim noževima i satarama. Moja pluća ne bi izdržala bekstvo, moja savest ne bi izdržala bekstvo, kamoli moje noge.

– Šalim se, šalim se – rekao je Hit. – Za rođendan su mi roditelji poslali mnogo novca. Sve ovo pokrivam.

– Nemoj nikad više da uradiš ovo! – viknula sam i zamahnula salvetom na njega.

– Ali taj tvoj izraz lica... – smejao se.

A taj smeh je bio tako prirodan i lak da me je držao do kraja večere.

8. AVGUST 2022.
KUĆA KLIO I VOLASA, NA GRANICI IZMEĐU BRAJTONA I HOUVA
RANO VEČE

Kuc-kuc.

To kucanje na moja vrata nije sasvim neočekivano. Spavamo u odvojenim sobama i vodimo računa da jedno drugom ostavimo prostora. Iselila sam se iz glavne spavaće sobe – u njoj je previše uspomena. Previše Volasa.

Kuc-kuc, čuje se ponovo. Sedim na šakama. Moram da izignorišem kucanje. Da izignorišem njega. Ako to ne uradim, opet ćemo završiti tamo gde smo bili. A ja ću ga povrediti. Stvarno ću ga povrediti. Da, to će povrediti i mene, ali malo bola mogu da podnesem. U ovom trenutku rekla bih da ga i zaslužujem.

Kuc-kuc, opet. Ovoga puta manje samouvereno. Ne mičem se. Ne dišem. Čekam da prođe taj trenutak. Čekam da kucne i poslednji put, zatim slušam tihe korake dok odlazi.

Kad čujem da se za njim zatvaraju vrata spavaće sobe, stavljam u krilo jedan od jastuka, naginjem se napred i zarivam lice u njega, pa zavrištim. Vrištim, vrištim i vrištim.

Ne želim ovo da radim. Međutim nemam izbora. Nemam izbora.

Centar Lidsa, 1997.

Završili smo večeru sve vreme svesni toga da nas konobar nemo strelja nezadovoljnim pogledom s drugog kraja prostorije. Konobaru

– i konobarici koja mu se pridružila u ključanju protiv nas – otvoreno je laknulo kad je Hit rešio da ipak ne želi još jedan espreso i samo zatražio račun.

Kad je račun stigao na belom tanjiriću, oči samo što mi nisu ispale iz glave – skoro devedeset funti za dva predjela, dva glavna jela, bocu vina i kafu. Devedeset funti. Devedeset funti. Dok sam se ja trudila da zadržim mir, da obuzdam užas, Hit nije ni trepnuo. Samo je izvadio svežanj novčanica, izvukao dve po pedeset funti i spustio ih na tanjir. A dok sam se vrpoljila od nelagodnosti i gneva kad je konobar pored našeg stola otvoreno proveravao jesu li novčanice prave, Hit nije ni obratio pažnju na njega. Što je ovaj duže podizao novčanice, držao ih naspram svetla kako bi ih ispitao, to je meni telo sve više izgaralo od sramote dok su nas ostali gosti – stariji ljudi koji su znali da im je, za razliku od nas, tu mesto – posmatrali. Čekali su da počne drama kad se otkrije da smo falsifikatori i prevaranti; da budemo javno raskrinkani, da se pozove policija, da nas odvedu u lisicama. Bilo je ponižavajuće. Hrana, vino i razgovor s Hitom su bili tako lepi, ali sve ostalo – ne baš. Kad je konobar, umiren što su novčanice prave, odneo porcelanski sudić s novcem a nije se vratio, Hit ga je pozvao.

– Molim vas, želeo bih kusur – rekao mu je.

– Izvinite, gospodine? Nema kusura – bezobzirno je odgovorio ovaj nekako pronašavši za Hita ono „gospodine“ prvi put te večeri.

– Da, ima ga. U stvari preostalo je dvanaest funti i trideset pet penija. Želim da mi ih vratite. A onda ću odlučiti hoću li vam dati bakšiš ili ne. – Devetnaestogodišnji Hit je gledao tog čoveka koji je verovatno bio dvostruko stariji i podsticao ga da se odupre.

Visoko uzdignute glave, konobar je otišao do kase, odbrojao tačan kusur za Hita i vratio mu ga – sve u kovanicama – na beloj porcelanskoj posudi, tog puta uz dve male bele pepermint bombone. – Hvala – rekao je Hit i ostavio bombone, a u džep stavio novac. – Ono što ću vam dati jeste savet: budite fini prema svim gostima, ne samo prema onima čiji vam se izgled dopada.

To me je potpuno zabezeknulo. Nikad dotad ništa slično nisam videla.

Ljudi, odrasli, bili su sve vreme grubi prema meni, ali nikad nisam imala takvu moć ni hladnokrvnost da im se zapravo suprotstavim.

Konobarova žućkasta koža gotovo istog trena je porumenela, a vrhovi ušiju zadobili su tamnocrvenu boju. Želeo je da reaguje, da odvrati, ali je znao da bi to po njega bilo strašno; da bi ga razotkrilo pred ostalim gostima u restoranu i verovatno mu ugrozilo bakšiš – kao i ostale bakšiše. Stoga je, umesto da ščepa Hita za revere jakne i nazove ga malim govnetom, kao što je očigledno želeo, samo odstupio pre nego što se zaboravi.

Hit i ja smo u tišini izašli iz restorana, ja i dalje pomalo uzdrmana. Odakle Hitu pouzdanje da uradi ono? Zato što ja nikad ne bih... ne za sebe. Za druge, bez problema, ali za sebe? Ne. Prolazeći pored bankomata ugledali smo čoveka koji sedi na zemlji, podignutih kolena pokrivenih ćebetom, u ofucanom kaputu zakopčanom do grla, šala čvrsto stegnutog oko vrata i s debelom vunenom kapom navučenom nisko na čelo ne bi li ga zaštitila od poznojanuarskog vazduha. Često mi se činilo da ovde vlada nekakva posebna vrsta hladnoće, kakvu zima u Londonu nema.

– Hoćete li udeliti nešto sitnine? – pitao nas je čovek.

Taman sam se mašila džepa kad je Hit izvukao gomilu kovanica od funte i pedeset centi koje mu je konobar vratio i rekao: – Izvoli, druže – pa polako spustio zalihu čoveku u skupljene dlanove.

Ovaj je dvaput pogledao koliko je tamo novca. – Hvala – rekao je spočetka sumnjičavo, očigledno se pitajući šta Hit traži zauzvrat a zatim: – Hvala, hvala! – povikao je kad smo nastavili ne tražeći ništa od njega. – Hvala! Hvala!

Iskosa sam pogledala Hita. – Tako nešto radi momak u romantičnoj komediji kad pokušava da osvoji devojku – rekla sam mu ispunivši glas svim podozrenjem koje sam osećala.

– Jel'?

– Jeste, veliki gest smišljen da pokaže kako si velikodušan.

– Tako. E pa, znaš da te filmove ne gledam, pa ne znam kako se u toj prilici ponaša, ali sam više nego spreman da pokušam tako nešto ako mi to pruža ikakvu prednost. – Široko se iskosa osmehnuo.

– Nema nikakve prednosti – odsekla sam. – Gledam da ne budem impresionirana velikim javnim gestovima radi pokazivanja.

– Zanimljivo je da misliš da sam se pokazivao.

– Zar nisi? Napravio si predstavu od uzimanja novca od čoveka koji se oslanja na bakšiš kako bi pojačao platu i onda ga dao beskućniku. Veliki gest pokazivanja.

– Ako onaj konobar zavisi od bakšiša – za šta, uzgred, nisam ja kriv – onda bi možda trebalo da bude finiji prema ljudima koje smatra nižim od sebe. I samo zato što nisam želeo da mu ga dam, jer je bio grub i prezriv, ne znači da sam želeo taj novac da zadržim za sebe. U stvari sam hteo da ga ubacim u jednu od onih kutija za priloge na pultu prodavnice, ali onda sam video onog čoveka i pomislio da bi on trebalo da ga dobije. Nisam nameravao da se pokazujem. Osim toga, to je donekle bezvezan način da se pokazujem kad znam da nisi ni najmanje zainteresovana za mene.

– To je tačno.

Dok smo hodali kroz grad oko nas je noć brujala od iščekivanja – većina ljudi se doterala i pošla u grad na večernje piće i u klubove. Okruživale su nas uzbuđene, emotivne vibracije ljudi koji su bili u hibernaciji gotovo čitavog meseca. Hodali smo uglavnom ćutke i ubrzo smo bili daleko od blistavih svetala i zgrada. Prešli smo ulicu do Hajd parka, šarenila crnih senki spram crnoplavog neba nalik mastilu.

– Kad ti je bio rođendan?

– Pre oko tri meseca – rekao je.

– O... A još imaš novca otad?

– Za rođendan dobijam mnogo novca – odgovorio je. – Otkad sam se rodio, roditelji zajedno odvajaju po deset funti nedeljno. Šta god da se dešava, na račun stavljaju deseticu za moj rođendan. A onda, na taj dan, dobijam čestitku i petsto dvadeset funti.

– Opa, to je mnogo novca!

– Znam. A veoma retko potrošim sve. Tako da imam taj novac na računu za novu odeću i da ljude koje volim odvedem na večeru.

– Ne smeta ti što ne dobijaš poklone? – pitala sam kad smo se približili drugom kraju parka. Hodali smo prilično žustrim korakom. – Mislim, pola zadovoljstva za rođendan je što dobijaš nešto da otvoriš na taj dan. Ne smeta ti što ne dobijaš ništa da otvoriš?

U mraku sam videla da se namrštio dok je razmišljao o tome. – Mislim da mi ne smeta. Nikad mi nije ni palo na pamet pa mi nije zasmetalo. S tim novcem mogu da radim šta hoću – nikad mi ne govore kako da ga potrošim – tako da ako želim nešto veliko, znam da to mogu da imam, bez brige. Ne moram da molim roditelje za to i oni ne moraju da nalaze dodatni novac za to. Mislim, uvek sam dobijao sve vrhunsko od onog što sam želeo zato što sam imao gotovinu da to kupim. Roditelji su mi pružili moć i slobodu da vladam svojom sudbinom, i mislim da mnogo više to volim od odvijanja nečega.

– Nisam o tome tako razmišljala. Pretpostavljam da su ti na izvestan način roditelji dali sve što si želeo za rođendan, tako da nema razočaranja.

Zastao je načas pa se okrenuo prema meni. Stala sam i ja znajući da će to biti jedan od onih trenutaka na koji ću se osvrtati i zbog njega se u nekom obliku i formi kajati.

– Klio, pitaću te nešto – rekao je, činilo mi se prilično teatralno.

– Dobro – kazala sam.

– Želim da budeš širokogruda.

– Važi.

– Znam da, kad to pitam, nema povratka i znam da će to promeniti način na koji me vidiš. – Uzdahnuo je. – Možemo... ovaj... možemo li...?

Prestala sam da dišem i čekala da izgovori to.

– Ne mogu više da hodam, a imam još novca od rođendana, i zato možemo li da uhvatimo taksi odavde do kampusa? Ne želim da misliš loše o meni ni da misliš da mi nije lepo. Samo sam umoran.

– Naravno – odgovorila sam uzdržavajući se da se ne nasmejem. Ako ništa drugo, Hit je bio zabavan. A meni se to dopadalo. Mnogo mi se dopadalo.

6.

9. AVGUST 2022.
IV SPRAT, KANCELARIJA *HANIMEJ PRODUKCIJE*, BRAJTON
RANO UJUTRU

Čovek za pultom uživa i previše. Kad se sve uzme u obzir, i to na kako niskom nivou moći se on nalazi, kao da iz ovoga izvlači vraški mnogo zadovoljstva.

– Stvarno mi kažete kako moram da se vratim kući po propusnicu? – pitam ga i kunem se da na te reči njega protresa jeza zadovoljstva.

– Nisam je ja zaboravio, jel' tako? – odvraća jedva zadržavajući osmeh.

Dobijam naprasno nagon da ga ščepam za onu vrpcu oko vrata i zaurlam mu u lice. Sledeći nagon mi je da se bučno rasplačem što bi moglo da postidi njega i drugu dvojicu radnika obezbeđenja koji sede s njim, a možda i ne bi. Doduše podozrevam da bi mu moje suze donele samo srećan svršetak koji nije očekivao, ali bi s radošću dočekao. Oba ova nagona uopšte ne liče na mene, ali sve što „ne liči na mene" trenutno je moj brend.

– Mogu li da se prijavim samo kao posetiteljka? – pitam razumno.

– Ne donosim ja pravila – kaže uz osmejak koji govori da se, iako sâm ne donosi pravila, on stara da se pravila primenjuju najsitničavije moguće i uz nepotrebno kažnjavanje.

– Ali sve vreme sam se upisivala kao posetiteljka.

– To je bilo *pre* nego što ste dobili pravu propusnicu. Čim ste u posedu prave propusnice, prestajete da budete posetiteljka i postajete neko kome, da bi ušao u zgradu, treba pomenuta prava propusnica.

Čujem kuckanje visokih potpetica na mermernom podu od staklenih ulaznih vrata do pulta obezbeđenja, i bez osvrtanja znam da je to Sendi Barton, operativna direktorka *Hanimej produkcije*. Ona se pojavljuje u mom vidokrugu u najužoj crnoj kožnoj jakni koju sam videla, prebačenoj preko crnih pantalona i u ružičastim čizmicama s najvišom i najtanjom mogućom potpeticom. Zagladila je kratku, platinastu kosu s lica kako bi svi jasno videli njenu stručno nanetu šminku.

– 'Jutro, Klio – kaže jedva i pogledavši prema meni zato što je i ona VEOMA BESNA na mene zbog okončanja serije. Umesto toga, koncentriše se na čoveka s kojim se verbalno natežem. – Filipe, ostavila sam propusnicu u kolima, budi drug i pusti me da prođem.

„Filip" je bez ikakvog premišljanja pritisnuo prekidač, a ona je pošla kuckajući kroz staklenu rampu do liftova. Čak se nije potrudila ni da se pretvara kako je zanima zašto ne krenem za njom. To „Filipa" dodatno ushićuje. Jasno mi je.

A zaglavljena sam ovde s tim „čovekom" zato što utorkom Volas radi od kuće. Tamo ne mogu da boravim čak ni kratko. Rano sam otišla da ga ne bih videla ovog jutra, ne vraćam se tamo po glupu propusnicu.

Čujem da neko prilazi prijavnom pultu pred kojim stojim. – Zdravo, Klio – kaže Gejl kad me ugleda. Sprema se da spusti propusnicu na blistav crven pravougaonik na boku staklene rampe pa se zaustavi. – Dolaziš? – pita me.

– Izgleda da ne dolazim. Nemam propusnicu, tako da mi nije dozvoljeno da uđem.

– Šta, bukvalno „tvoje ime nemam ovde dole, ti ne ulaziš"? – kaže Gejl uz prezriv osmeh. Samo neko mojih godina razumeće na šta aludira.[4]

– Da.

– Hajde, File, ne gnjavi sad – kaže Anuk, urednica scenarija, odnekud blizu mene. – Znaš ko je ona, samo joj daj propusnicu za posetioce.

„Filip" se uspravlja u punu visinu, prekršta ruke preko naduvenih grudi i pokreće usne kako bi, ubeđena sam, nešto citirao.

– Ma prekini da se ponašaš tako jadnički! – Kunem se da su radnici obezbeđenja pored njega iskrivili usne kako bi zaustavili smeh. A Filip, tako postiđen da su mu porumeneli vrhovi ušiju, skače u stav mirno, grabi propusnicu za posetioce i gurne mi je zajedno s olovkom. Kad je ispunim, on je stavlja u plastičnu opnu i daje mi je.

– Hvala – kažem mu. Previše sam preneražena da bih našla ikakvo zadovoljstvo u njegovom poniženju.

---

[4] Reči pesme *Izbacivač* bitanske grupe *Kicks Like a Mule* s kraja XX veka. (Prim. prev.)

– Trebalo je naprosto da joj daš propusnicu – kaže Anuk i izražava ono što sve mislimo.

Dok čekamo lift, Gejl mi kaže: – Znaš, kad su ljudi ponavljali onu rečenicu „tvoje ime nemam ovde dole, ti ne ulaziš“, bila sam ubeđena da kažu „tvoje ime nije Dol, ti ne ulaziš“. Godinama.

Anuk i ja prasnemo u smeh, a ja sam svesna da me „Filip“ strelja pogledom.

– Ne smejte se! – kikoće se Gejl. – To je zbog onog londonskog izgovora, tako mi je zvučalo.

Sve tri se i dalje smejemo kad se otvore vrata lifta. Čini mi se kao da opet imam dve drugarice s posla. I mada znam da to ne zaslužujem, prija mi.

Horsfort, 1997.

– Ovo je zaista najbolji kutak cele zajedničke prostorije – rekao je Hit. – Znam da sam to već rekao, ali, brate, stvarno jeste.

Otkad smo išli na večeru Hit je to shvatio kao poziv da se pridruži Trini i meni. Nama nije smetalo, zapravo nam se prilično dopadalo. Trina i ja smo bile sasvim opuštene kad je reč o našem dvojcu – ako je neko hteo da se pridruži, doslovno je samo trebalo da privuče stolicu i mi bismo razgovarale s njim. Želela sam to da kažem i ženama koje su se osećale omalovaženo sad kad je Hit prešao na drugu stranu prostorije. Zaista su volele da se druže s njim, a nije im se svidelo što se sakrio u ćošku s dve cure. Nisu morale da sede i besno nas gledaju, mogle su da dođu i pridruže se meni i mojoj potrazi za najboljom kombinacijom čokolade s kafom – ali svakako ne i ako žele da pričaju o fijasku s *revels* čokoladicama – ili bi mogle da pokušaju da se takmiče s Trinom u njenom pohodu na titulu najupadljivije žene u Jorkširu. Međutim, zli pogledi, ubistveni sjaj za usne i ljutito zabacivanje kose značili su da su sve ponude koje smo mogle imati ostale u našim glavama.

Hit je bio veoma prijatno društvo – bio je duhovit i zanimljiv. Veoma se interesovao za sve o čemu smo pričale i ponekad se trudio da zapazi nešto zbog čega smo ga obično blago ismevale, a njemu to nije smetalo. Uz to je prvi ustajao da donese kafu i nešto za jelo. Bilo mi je jasno zbog čega se ljudima koji su visili s njim toliko dopadao.

– Ovo je zaista najbolji kutak – složila se Trina. Trenutno se ponosila zlatno-crnom kosom, ali uz srebrne nokte. – Klio ga je pronašla.

Obično smo te odavde posmatrale kako je progoniš. Bilo je zabavno, baš zabavno.

– Nisam je progonio – odvratio je Hit. – Samo sam je gledao. Nisam išao tako daleko da se pojavljujem na mestima na kojima će ona biti a na kojima ja ne bi trebalo da budem.

– Valjda treba da ti zahvalim što me nisi zaista progonio – rekla sam i prevrnula očima.

– Bože kako si teatralna – rekla je Trina. Zastala je i podigla oči prema nebu. – Oprosti mi, Gospode, što na nedostojan način spominjem tvoje ime. – Opet je pogledala mene. – Tako si teatralna! Zar je mogao da odoli kad te smatra tako neverovatno lepom? Ne, ne verujem da je mogao.

– Hm... Mislim da ćeš uvideti kako nije zurio u mene zato što misli da sam lepa. Zurio je u mene zato što je pokušavao da shvati da li njegovom mozgu nešto fali. Pokušavao je da shvati šta mu se kod mene dopada i da tako reši „problem" zašto mu se sviđam.

Trina je polako spustila noge koje je držala ukrštene pod sobom pa se uspravila. Prešla je šakama po kosi i uz vrlo malo pokreta uvila dve pletenice oko ostatka pletenica u nešto što bi moglo da se opiše samo kao borbeni konjski rep. Još sporije, još opasnije, moja najbolja drugarica se okrenula Hitu. – Bilo bi dobro da mi kažeš kako ona preteruje, i bilo bi dobro da mi to odmah kažeš.

Hit se odvojio od naslona stolice pa se i on uspravio. – Ne preteruje, pogrešno tumači ono što sam rekao – odgovorio je. – Dopala mi se. Mnogo. U stvari sam rekao da mislim da sam se zaljubio u nju. Ali znao sam da se ja njoj ne sviđam, što znači da je ono što osećam uzaludno, što celo iskustvo dopadanja – ljubavi prema njoj – zaista čini neprijatnim i pomalo bolnim. Rekao sam joj šta osećam kao poslednji pokušaj da vidim hoće li možda promeniti mišljenje. Umesto toga ona je smislila da mi nađe devojku. Eto to se dogodilo, i to je ono što je onako uopštila u onoj zbrci koju ti je upravo iznela.

– Dopada li ti se ona i dalje? – sumnjičavo je pitala Trina. Srećom nije upotrebila glagol na slovo v.

– Naravno.

– A šta je s Hitetama?

– Sa čim?

– Tako Trina naziva žene s kojima visiš. Hitete.

– Dobro. Zanimljivo. I šta s njima?

– Krešeš li neku od njih?

– Da.

– Više od jedne?

– Da.

– Ali i dalje ti se ova dopada?

– Da. I dalje osećam da je volim, ako baš moraš da znaš.

– Kako to funkcioniše?

– Ona...

– Bila bih vam zahvalna ako prestanete da pričate o meni kao da nisam ovde – ubacila sam se. Od tog razgovora mi je pomalo pripalo muka i mnogo sam se unervozila. Videla sam kako to oštro skreće u pogrešnom pravcu i njihova analiza toga zbog čega mi se ne dopada Hit kad je on, u teoriji i u pravom životu, sasvim podoban. A taj razgovor bi neizbežno doveo do Trine da kaže – ili čak i da nagovesti – Hitu da se nikad ni sa kim nisam poljubila, da sam još devica i da i dalje nema nikog za koga bih se dovoljno zainteresovala da s njim to uradim. Nisam želela da ona „izađe" pred njega, ili nekog drugog, sa statusom moje seksualne istorije.

Ionako je sve već bilo često napeto. Hit i ja smo redovno za sebe išli na piće ili hranu – isto onako kao što sam išla s Trinom, isto onako kao što je on išao s nekoliko Hiteta – ali katkad bi među nama nastao trenutak. Nastao bi trenutak kad je tako očigledno trebalo da postanemo fizički bliskiji – zagrljaj, poljubac ili držanje za ruke – pa bismo se oboje ukočili. Ne bismo znali šta da radimo – kako da preguramo trenutak na najbezbedniji način, pa bi jedno od nas izvalilo nešto na šta bismo se oboje nasmejali. Kad god bih Trini ispričala o nekom takvom trenutku, ona bi uvek rekla: – Ma samo ga zaskoči i sve nas izbavi njegove muke. – Osećala sam kako se ona priprema da isto kaže i pred njim. – Zapravo – dodala sam – kako bi bilo da prestanete da pričate o meni kao da nisam ovde *i* da promenimo temu.

– Ne! – oboje su izričito odgovorili.

– Hajde sad, Hiti momče, reci mi kako možeš da heftaš dve ili više Hiteta, a i dalje da ti se sviđa ova ovde?

– Klio mi je sasvim jasno stavila do znanja da je u tom smislu uopšte ne zanimam. Više sam nego srećan da se i samo ovako družim s njom. Druge impulse nalazim na drugim mestima.

– Ali ako se ona predomisli?

Iznenada je ustao, istegao gornji deo tela tako snažno da mu se bela majica zadigla i otkrila meke smeđe malje na donjem delu stomaka koje vode dole u farmerke. Tad je dobar broj očiju bio uprt u njega, upijao njegovo telo, bilo impresionirano bilo nekako drugačije. Videla sam kako su se tri „Hitete“, koje su sedele za njegovim ranijim stolom, upiljile u njega, a onda odmah ošinule pogledom nas, zato što smo mu bile blizu a one nisu. Više nisu mogle da vise s njim kao pre. Umesto da im uputim prijateljski osmeh kao što sam obično radila, skrenula sam pogled, postiđena zbog onoga o čemu smo upravo pričali, o čemu smo i dalje pričali.

Hit je prestao da se tegli isto onako naglo kako je i počeo, pa je prikovao Trinu pogledom onih zelenih očiju. – Ona se neće predomisliti u dogledno vreme – rekao joj je. – A to znači da o tome i ne razmišljam. – Izvio je usne u osmeh tako nesrećan da sam morala da skrenem pogled.

Nisam znala zbog čega mu se toliko dopadam. I dalje. A prošli su meseci. Šta je tačno hteo od mene? Sve vreme smo visili zajedno, lepo se provodili, zašto je želeo još nešto? Da li je seks stvarno tako značajan da bi se on osećao tako? – Ko je za kafu, ko za čaj, a ko za nešto vruće da u njemu udavi – šta je trenutno na lageru – *krančise*?

– Kafu – rekla sam izbegavajući njegov pogled. – S pet kockica šećera.

– Isto – kazala je Trina. – Osim šećera. Sledeća tura je moja.

Sedele smo i ćutale kad je on pošao do otvora za serviranje i usput zastao da se nasmeje i popriča s nekoliko ljudi. – Totalno je zaljubljen u tebe – počela je Trina. – Mislim, priznaću da sam mislila kako je samo pomalo zagrejan, kao, želi malo Klioinog *onog nečeg* slatkog, ali ne, on je totalno zaljubljen u tebe. Znaš da nikad nećeš moći to s njim da uradiš, zar ne? Nećeš, ukoliko to ne misliš ozbiljno.

Znala sam to. Dotad to nisam baš sasvim tako raščlanila, čak ni u privatnosti svoje glave, ali ono što je Trina rekla bilo je tačno: nisam mogla da se zezam s Hitom. Čak ni približno. Kad bih ga poljubila, morala bih to da shvatam ozbiljno. Zauvek.

9. AVGUST 2022.
KUĆA KLIO I VOLASA, NA GRANICI IZMEĐU BRAJTONA I HOUVA
RANO VEČE

– Klio, treba da razgovaram s tobom – kaže Volas pošto je glasno zakucao na moja vrata.

Ja se krijem ovde otkad sam se ranije ušunjala. Ne mogu da razgovaram s njim a da ne poželim da mu objasnim sve, a za to nemam reči.

Ako i pokušam... pa, sva je prilika da će se završiti kao juče. Otvaram vrata i provirim. Stoji podalje u hodniku, pred vratima ostave, što je dobro. Osećam se sposobno da i sama izađem u hodnik.

– Trina me je zvala – izjavljuje. – Kaže da izbegavaš njene pozive i poruke.

Ne mogu da pričam s Trinom. Ne mogu da komuniciram s njom. Zato što bih onda morala da joj ispričam kako se Volas i ja razvodimo. A to ne mogu. Ona je duboko privržena Volasu, skoro koliko i ja. Neće mi oprostiti. Neće me razumeti. I počeće da postavlja nezgodna pitanja. Pitanja na koja ne mogu da odgovorim a da joj ne kažem sve. A nema šanse to da uradim. Kad bih to uradila, ona bi sela u sledeći avion da mi utuvi u glavu malo razuma.

– Dobro – kažem Volasu. – Ja ću, ehm... da.

– Raspituje se o odmoru. – Mora da izgledam kao da nemam pojma o čemu priča zato što dodaje: – O našem odlasku kod nje. Hoće da rezerviše još nekoliko izleta pa proverava jesmo li za njih.

– Dobro.

– Pretpostavljam da joj nisi rekla za...

– Ne, nisam – uskačem pre nego što izgovori one reči. O njima mogu da razmišljam, ali ne želim da ih on izgovara.

– E pa moraćeš.

– Znam.

– To je ono što želiš? – pita pronicljivo kao i uvek. Naravno da to ne želim. To je poslednje što želim. Ali moram. To je jednostavno tako i složeno tako. Moram.

Klimam glavom na njegovo pitanje. Nisam ubedljiva.

– Lepo. – Okreće se da se vrati u svoju sobu, zatim staje, kao da se predomislio i da *ipak* hoće da mi postaviti još jedno pitanje. – Ima li to veze s bebom? – odvažno pita.

Ja sam zatečena, ali odmah odgovaram: – Ne, ne, apsolutno nema.

– Jer razumeo bih ako ima. Ako želiš da nađeš nekog i pružiš sebi priliku...

– Ne – gotovo vičem. – Nije to. Ne znamo zašto je ovako ispalo, a oboje znamo da je veća verovatnoća da je zbog mene nego zbog tebe, ali i kad bismo znali, ne bih te ostavila zbog toga. Nije to.

– Zbog čega onda? Zbog toga što „ne vidim sebe zauvek u ovoj vezi" nije dobar razlog.

– Jedini je koji imam. – Kad bi znao – sve, čak i delić – ne bi me pitao jesam li sigurna da želim da okončam naš brak, terao bi me do najbliže policijske stanice zbog mog udela u ubistvu. Kad me ne bi predao policiji, bez pardona bi me izbacio iz kuće, ne bi se trudio da me zadrži ovde.

– Vidi, K., zašto sve ne odgodimo? Malo pričekamo. Odemo kod Trine i odlučimo na čemu smo kad se vratimo? – predlaže.

Vrtim glavom. – Ne, to ne možemo.

– Zašto?

– Zato što se razvodimo.

– Tek tako?

– Ne, nije tek tako. Samo... vidi, mislila sam ozbiljno juče kad sam rekla da treba da se klonimo jedno drugog.

– Smatrao sam da si mislila ozbiljno i kad si rekla „dok nas smrt ne rastavi“ – uzvraća. Znam da želi da kaže još više, da bude gadniji, ali uzdržava se. Trudi se da ne kaže ništa što ne može da povuče, što bi bacilo neprijatnu senku na „nas“ ukoliko rešimo da se ne razvedemo. Ukoliko *ja* rešim da se ne razvedemo.

– Zaista sam to mislila – odgovaram. – I predomislila sam se. Dozvoljeno je da se predomislim.

Besan, frustriran, *povređen*, Volas me gleda i traži znak da sam na bilo koji način osoba koju misli da poznaje.

To nisam naravno. Nikad nisam ni bila.

Zavrtevši glavom ulazi u svoju sobu, zatvara vrata. Zvuk zatvaranja vrata osećam kao udarac pravo u središte svog bića. Žurim prema njima i naslanjam dlanove na njih. – Volim te. Zauvek. – Nečujno izgovaram u vlakna drveta s nadom da će se, kad ih on sutra dodirne, te reči preneti kroz njegovu kožu i smestiti u njegovo srce.

7.

10. AVGUST 2022.
IV SPRAT, KANCELARIJA *HANIMEJ PRODUKCIJE*, BRAJTON
RANO JUTRO

– Dobro došli u *Berfild end kompani, pravne zastupnike*. Žao nam je što ovde trenutno nema nikoga da prihvati vaš poziv, molimo vas da ostavite poruku sa imenom i brojem telefona, kao i o prirodi posla, pa će vam se jedan od naših asistenata javiti što je pre moguće.

Pokušavam da ih dobijem celo prepodne, u najrazličitija vremena i u vreme pauze za ručak, ali izgleda da u kancelariji gospodina Berfilda nema nikoga. S obzirom na to da je rekao da će ubrzati proces, iznenađena sam što nemam vesti od njega. Ne ostavljam poruke na automatskoj sekretarici zato što, ovaj, ne želim da ostavim potvrdu o „prijateljičinom" problemu koji bi „nju" mogao da odvede u zatvor na sedam godina.

Sedam godina.

Pomisao na to i dalje me tera na povraćanje.

Sedam godina zato što sam uradila nešto glupo. Doduše, jesam li sad iskrena? Da nije bilo te glupe greške, bih li se razvodila od Volasa? Bih li okončavala televizijsku seriju, san snova koji sam stvarala i prodala da se prikazuje na televiziji? Da li bih se na kraju selila iz mesta u kome sam želela da živim od svoje šesnaeste godine? Da li bih bila neraskidivo vezana s prikrivanjem ubistva? Ne, ne, ne i ne. Stoga možda sedam godina zatvora nije dovoljno. Možda bi trebalo da se suočim s doživotnom robijom.

Prekidam vezu i treskam telefon na sto pored laptopa. Ovog jutra sam se opet iskrala kako bih izbegla Volasa i *opet* zaboravila propusnicu, ali ovoga puta mi „Filip" nije pravio probleme. Sinoć su mi skoro celo veče u ušima odzvanjale Frenklinove reči od ponedeljka uveče. Znam da moram da se klonim Volasa; moram da ga se klonim dok se ne složi sve što činim da se ispetljam iz ovog života.

– Sablasno je to što izgleda upravo kao jedno od naših mesta snimanja – kaže lektor Ejmi Gejl, dok ulaze na vrata sale za sastanke u kojoj ja radim. Ejmi vidi da ih gledam pa zastaje. – U ulici je policijski kordon – objašnjava. – Više policajaca se muva okolo u belim kombinezonima i tako nečemu. Veoma liči na snimanje *Poslastičarke detektiva.*

– Misliš da se u ulici dogodilo ubistvo? – pitam užasnuta i opčinjena istom merom. – Ništa nisam videla na internetu ni u novinama.

– Ne znam, samo tako mi je izgledalo.

– Gde je to bilo? – pitam.

– Na putu do trkačke staze. Tamo je etiopljanski restorančić iz koga volim da uzmem ručak, pa blizu njega. Zaista jezivo. Mislim, izgleda isto kao neko naše mesto snimanja.

– Valjda je tako uza sve one milijarde policijskih savetnika koje imamo u seriji – odgovaram. Koje *smo imali* u seriji, pretpostavljam da je trebalo da kažem.

– Šta ti je s licem – pita Gejl. – Izgledaš užasnuto, što je pomalo čudno s obzirom na to o čemu pišeš.

– Verovala ili ne, nekad sam pisala romantične komedije – kažem.

– Šta, s rasporenim steznicima i tako tim? – pita Ejmi.

– Ne baš tako. Zapravo, da budem iskrena, bile su to modernije verzije. Onda sam uvučena u ubistvo.

Gejl i Ejmi se na to nasmeju. – Nikad to nemoj da kažeš van ova četiri zida – kaže Ejmi još se kikoćući. – Zvuči tako nastrano.

Pravim grimasu kad u glavi ponovim to. – Mnogo nastrano. – Mada istinito na više nivoa.

Ponovo se Gejl i Ejmi dosećaju da sam okončala seriju, i da stoga ne bi trebalo da budu prema meni tako blagonaklone – gotovo istovremeno se smrknu i promrmljaju: – Vidimo se – pa odu.

– Vidimo se – kažem tiho, pa uzimam telefon i opet zovem Džefa Berfilda.

Hedingli, 1999.

– Imam vino, imam picu, imam slobodne ruke da njima počistim – rekao je Hit kad sam mu otvorila vrata. Zaista je imao bocu penušavca koja viri iz crne platnene torbe koja mu ukoso stoji uz telo, dve velike kutije s picom u rukama i poznat, umirujući osmeh na licu.

– Naravno, H., pojaviš se da pomogneš kad je čišćenje već završeno, a ova žena poprilično slomljena od pomenutog čišćenja.

– Došao sam, jel' tako? Možda kasnim za čišćenje, ali na vreme sam za picu i zabavu, što je mnogo bolje.

– Možda za tebe, za mene nije. – Koraknula sam unazad da ga propustim. Odmah je zbacio cipele, upravo kao što sam ga istrenirala. To je bio izazov u našem studentskom domu, ali Trina i ja smo bile uporne – podsećale smo cimere da se izuju i operu ruke svaki put kad uđu u kuću sve dok im nije postalo lakše da se predaju i to standardno rade.

Živela sam u toj kući s pet spavaćih soba u Hedingliju s Trinom i još troje njih sa odseka za poslove i menadžment njenog diplomskog smera. Ona je studirala matematiku s poslovima i menadžmentom kao profesionalnim opredeljenjem, a ja psihologiju i medije. Hit je studirao psihologiju i javnu administraciju, ali prebacio se na polovini prvog semestra na medije. (Nas troje smo se pretvarali da to nije uradio kako bi provodio više vremena sa mnom, ali to je očigledno bio slučaj, a ja sam ga izbrisala iz glave zato što je to još jedna stvar zbog koje sam se osećala čudno.)

Uglavnom smo se lepo slagali u kući, uglavnom smo bili zadovoljna gomila, i dve godine zaista se lepo provodili. Pošto su poslednji ispiti i diplomski prošli, svi su uspeli da nađu posao i otišli u različitim trenucima proteklih nekoliko dana. Trina je trebalo poslednja da ode, i ostala je sve do noći uoči selidbe s dečkom Stedmanom u Raundhej. On je, u stvari, bio jedan od mlađih predavača na našem faksu, ali uopšte nije predavao Trini. Pogledi su im se sreli iznad smrznute pite s mesom u jednoj pauzi za ručak kad smo bili na prvoj godini, i otad su – u tajnosti – zajedno. Pošto su se studije završile, mogli su da se razmeću svojom vezom tako što će živeti zajedno.

Pre nego što je otišla, Trina je pomogla u čišćenju jednog kupatila kao i svoje sobe. Moji ostali cimeri su „očistili“ svoje sobe, što je zapravo značilo da sam veći deo dana provela s rukama u žutim gumenim rukavicama i s raznim sunđerima, četkama, kesama za đubre i instrumentima za čišćenje. Bila sam P-R-E-M-O-R-E-N-A. Kad sam u vreme ručka razgovarala s Hitom rekao je da će doći da mi pomogne.

– Gde jedemo? – pitao je.

– U spavaćoj sobi. Mojoj spavaćoj sobi. Jedino u njoj ima nameštaja. Sve ostalo je otišlo.

– Otišlo? Kuda je otišlo?

– Duga je to priča, ali jedan od onih s kojima sam iznajmljivala kuću sklopio je ugovor sa stanodavcem da proda nameštaj zato što taj stanodavac sad prodaje kuću i ne želi da se davi s gnjavažom njenog raščišćavanja. Stoga je sve otišlo, otuda i dodatno čišćenje. Kad ukloniš nameštaj, pronađeš nove, neotkrivene vrste otpadaka, smeća i đubreta. Zadržala sam svoj krevet, noćni stočić i televizor, koji se sutra vraćaju u prodavnicu za iznajmljivanje u zamenu za čišćenje. Valjda priča zaista i nije tako duga.

– Znači u spavaću sobu. – Pošao je napred uza stepenice, torba s bocom ga je udarala u kuk u hodu, a ja sam zastala uz kuhinju i pokupila dve šolje koje nosim kući. Nisam se radovala povratku u London, boravku s roditeljima i mlađom sestrom dok mi u septembru ne počnu master studije iz novinskog izdavaštva. Volela sam roditelje, obožavala sestru, ali tri godine daleko od njih preobrazilo je moj odnos prema sebi. Sad sam sebe gledala kao odraslu, a roditelji... bila sam prilično ubeđena kako će me oni uvek gledati kao desetogodišnjakinju.

– Za damu gozba od povrća, za mene samo sir i paradajz – rekao je Hit kad sam ušla u spavaću sobu. Sedeo je na krevetu – tačnije na dušeku, jer je skelet kreveta izvučen poda mnom i prodat, a moje pregovaračke veštine zaslužile su samo taj dušek – i balansirao kutijama u krilu da masnoća ne bi iscurela na jorgan. Uključio je televizor i upalio dve stone lampe umesto velikog osvetljenja.

– Hvala vam, ljubazni gospodine – rekla sam. – Nedostajaće mi... ovo. – Samo što nisam rekla „nedostajaćeš mi“, ali sam se zaustavila.

– Nedostajaće ti „ovo“, a ne „nedostajaćeš mi“ – odvratio je podrugljivo se smešeći. – Ne brini, Klio, shvatio sam poruku, mene nema među stvarima koje će ti „nedostajati“.

– Hajde, H., ne budi takav – kazala sam. – Znaš šta sam htela da kažem. – Izvadila sam bocu iz njegove torbe i strgnula foliju s vrha. Počela sam da odvrćem žicu, najednom svesna da me pomno posmatra. Kad sam skinula žicu, stegla sam čep.

– Vrti bocu, ne čep – rekao je Hit. Uvek je to govorio kad pijemo penušavac.

A ja sam uvek govorila: – Sad ću, baš tebi u inat, vrteti čep.

Čep je izleteo uz neočekivano glasan prasak, a nešto penušavca je jurnulo uz bocu i prelilo se niz grlić. Pošto sam napunila šolje s likovima Sudije Dreda i Neverovatnog Hulka, jednu sam pružila Hitu, uzela svoju picu i sela pored njega na krevet.

– H., šta ćeš raditi posle koledža? Začudo, ništa ne pričaš o tome. Svaki put kad te pitam menjaš temu.

– To je zato što još nisam znao i nisam hteo da ureknem pričom o tome. Ali danas sam dobio obaveštenje, otuda penušavac. Spremaću se za kliničkog psihologa.

– Klinička psihologija, a? Lepo, lepo, zadivljena sam. Gde?

– U Londonu. Raspitivao sam se o psihijatriji, ali morao bih da imam medicinsko obrazovanje, a to nije za mene. Zato sam se opredelio za kliničku psihologiju i radujem joj se.

– Vidi ti nas – akademska zajednice, stižemo!

Kucnuli smo se šoljama, a zvuk kad su udarile jedna u drugu odjeknuo je glupavo glasno mojom prilično ispražnjenom sobom. Pogledi su nam se sreli preko šolja s jeftinim šampanjcem i neotvorenim kutijama pice, pa se javio opet jedan od onih trenutaka sa složenim osećanjima koja su zapenila da nas preplave. Trebalo je da se poljubimo. Sve oko nas je govorilo da treba da se poljubimo.

Poslednje tri godine imali smo već mnogo, mnogo tih međuigri prilikom kojih se osećalo kako nas sve u univerzumu gura da budemo zajedno. Ali nismo. Čak ni blizu.

Poljubila sam se s nekolicinom, stigla čak do faze „ruke istražuju telo preko odeće“, ali nisam išla dalje. A iako su se Hitete menjale, brojčano smanjivale, povećavale i opet smanjivale, Hitu nikad nije nedostajalo ljudi s kojima je doživljavao „impulse“, kako je to nazivao. Nikad nismo razgovarali o toj složenosti, o onome što se između nas neće dogoditi. Katkad, kad je dolazio kod nas pa nam bivalo lepo, primećivala sam kako Trina želi da nas ohrabri, ali posle onog razgovora u zajedničkoj prostoriji, kad je shvatila kako je on gotovo opsednut mnome, nikad više nije otvoreno pokrenula to pitanje.

A eto nas opet. Na tom koloseku, na toj raskrsnici, u tom trenutku.

Možda ga više nikad neću videti, shvatila sam. *Veoma je moguće da ga više nikad* neću *videti.*

Svi znamo kako obećavamo da ćemo ostati u kontaktu, imamo dobre namere i volju da održimo vezu. No bila sam na vanrednim dvogodišnjim master studijama u Londonu, i morala sam da nađem posao kako bih se izdržavala dok ih pohađam. Trina se spremala za studije knjigovodstva kako bi jednom postala forenzički knjigovođa, a sad je Hit nameravao da i sâm ide na dalje studije. Pred nama se otvarala sledeća faza života i nećemo biti ni u kakvom bitnom međusobnom kontaktu. Razmišljaćemo o tome, pričati o tome, ali nećemo to i raditi.

Međuigra se rastegla, produžila mnogo više nego obično. Mnogo više.

Napetost je zapalila vazduh između nas: žudnja, vrelina, potreba. Ne skrećući pogled spustila sam na pod picu iz krila, pa na nju stavila šolju. Ne skrećući pogled i on je uradio isto. Oboje smo se pomerili tako da smo klečali jedno naspram drugog, zurili jedno u drugo, a nijedno od nas nije bilo dovoljno hrabro da načini prvi korak.

– Neću... – počeo je. – Moram da znam da to želiš pa zato neću učiniti prvi...

– Nikad to nisam radila – žurno sam ga prekinula.

– Nikad dosad nisi učinila prvi korak?

– Nikad dosad nisam to radila – ponovila sam nervozno i donekle s mučninom što moram to da mu kažem. Nikad nisam ni pomislila da mu to kažem, nit sam zamišljala kako bi on reagovao.

– Nikad nisi...?

– Ne teraj me da ponovim, H. Možeš li samo, molim te, da upotrebiš taj svoj veliki pametni mozak i shvatiš šta ti govorim.

Namrštio se, skupivši oči i zgužvavši lice. Zatim *ping*! Ukapirao je. Razumeo je. – *Oooo*, nikad dosad nisi radila *ono*.

– Da.

– A želiš da uradiš?

– Da.

– Sa mnom?

– Pa ne ako ćeš...

Prešao je razmak između nas i pokrio moja usta svojima privukavši me rukama bliže. Najednom nisam uopšte znala šta da radim. Treba li da klečim i dalje, treba li da ga zagrlim, treba li da stavim dlanove na njegovo lice, treba li da ga skidam?

Šakama mi je okrznuo ramena, zatim mi obuhvatio lice i još bliže me privukao. – Tako si lepa – promrmljao je. – Tako si savršena i tako lepa.

Uporno me je ljubio svlačeći mi majicu i otkopčavajući brus. Legla sam da skinem farmerke i gaćice, a on se brzo i sâm skinuo. Pošto sam gola ležala na dušeku, malo sam se skupila. Skupila sam se i sklupčala trudeći se da se prikrijem, utopim telo u prigušenoj svetlosti u sobi. Šta će pomisliti o meni? Šta bi iko pomislio o mom telu kad ga prvi put ugleda ovako?

Sad sasvim go, Hit se zavalio i pogledao me. Još više sam se sklupčala i rukama pokrila grudi i stomak. Stomak mi nije bio ravan – bio je izdašno zaokrugljen, grudi mi nisu bile čvrste – bile su pune i razlile su se nimalo svečano sa obe strane tela, kukovi mi nisu bili vitki – bili su ispresecani strijama koje su se sjajile. Moje blistave crne stidne malje nisu bile doterane ni oblikovane, butine su mi se dodirivale po sredini. Bila sam zaobljena, bila sam normalne težine i normalnog oblika, ali tog trenutka, dok me je neko prvi put gledao golu, odjednom sam se unervozila zbog svog tela. Nesigurna. Čak pomalo i zabrinuta. Jesam li dorasla Hitetama? Nisam to mogla biti. Kako bih? Bile su to devojke (nekoliko njih brucoškinje) koje su vodile računa o sebi. Koje su možda doterivale stidne malje, a možda i nisu, ali su još kako bile našminkane, pratile modu, vodile računa da sve vreme izgledaju neverovatno dobro. Ja sam se šminkala kad moram – za matursko veče, na primer – ali i ja i moja koža smo se bolje osećale bez šminke. Volela sam svoj izgled, volela sam svoje telo, bila sam to što jesam.

A bila sam ja. Ni manje ni više.

– Nemoj to da radiš – prošaputao je upravo kad sam rešila da ne radim „to" i uklonila ruke. Uzdahnuo je pa glasno zastenjao kad me je sagledao.

– Čak si i savršenija nego što sam mogao zamisliti – promrmljao je pre nego što je spustio glavu i prešao jezikom preko moje bradavice. Kroz mene je sevnulo zadovoljstvo kakvo nikad nisam upoznala, pa sam jeknula. Prešao je na drugu dojku, jezikom liznuo i tu bradavicu, a ja sam opet jeknula.

Dok se još nisam povratila od toga, uvukao je prste između mojih nogu i u mene. – Oh – izustila sam iznenađena lepim osećanjem, ali i pogrešnim. Treba li da radim ovo? Treba li to da se događa?

Hit se odmakao i zagledao mi se u oči, pa se smešio gurajući prste dublje, a moje telo je odreagovalo prilazeći mu, dižući se, trudeći se da više njega primi u sebe. Želela sam da me dodiruje najdublje što može. Zastenjao je istovremeno kad i ja, zažmurila sam dok je nastavio da pomera prste u meni, a telo mi je žudelo sve više za tim. Bilo je to nešto novo, nije bilo pravih reči da opišu osećanje koje mi je kolalo venama, raspaljivalo sve moje nerve.

– Želiš li me u sebi? – tiho je pitao.

Gricnula sam donju usnu i klimnula glavom. Da, želela sam ga. Mnogo sam ga želela. Odmakao se, ustao s kreveta i otišao do torbe pa je otvorio. Dok je mahnito preturao tražeći kondom u njoj, ja sam pomerila pokrivač pa se uvukla pod njega, a hladan pamuk je izazvao iznenadno ushićenje pre nego što sam se ušuškala.

Hit je iz torbe izvadio dva kondoma uz pobedonosan izraz lica, gotovo kao da je bio u rudarskoj ekspediciji i naleteo na zlato. Vratio se u krevet. – Još ostaješ pri ovome?

Klimnula sam opet glavom sad već gotovo pijana od želje. To što je otišao po kondome nije me navelo da promenim stav, čak me je još više utvrdilo u tome da želim to da uradim. Da mi je potrebno to da uradim. Hit je seo na pete, pomilovao svoju erekciju zagledan u moje telo. Neprekidno zureći u mene, ispijajući me kao da ne može da veruje da je tu sa mnom, pocepao je opnu kondoma pa ga polako navukao. Opet je pružio ruke prema meni, tog puta me uhvatio za butine i razdvojio mi noge.

Uvukao se između mojih nogu, naslonio vrh erekcije na mene. Sagnuo se i primakao lice mome. Poljubio me je duboko, uzvratila sam mu. Dok smo se ljubili, milovao mi je lice, ja sam milovala njegovo. Jeknula sam kad je iznenada ušao u mene, izvila sam leđa, zastenjala dok je ulazio dublje.

Prestao je da me ljubi i sa usnama na milimetar od mojih prošaputao: – Jesi li dobro? Hoćeš li da nastavimo?

– Da... da – ispustila sam s dahom – da. – Onda sam ga privukla, zagrlila ga, obavila noge oko njega i kriknula od zadovoljstva kad se dublje i jače zario u mene.

Nisam znala da će biti tako. Da mogu tako da se osećam. Da mogu da budem tako blizu nekome. Prste sam zarila u njegova leđa u želji da mi bude još bliže, trebalo mi je da me to osećanje potpuno obuhvati. Reagujući na to, Hit je još malo odmakao lice kako bi mogao da me gleda u oči radeći ono što sam želela da radi, sve dok se nije kretao sa mnom, kretao duboko, držeći nas tako blizu da niko i ništa ne može da stane između nas.

Hedingli, 1999.

– Plašim se da progovorim da ne bih sve uništio – rekao je Hit kad smo se posle umirili, oboje tako gladni da sam ga umalo pustila da ne opere ruke pre nego što jedemo. Umalo, ali ipak ne.

Kuća je bila sablasno tiha i puna odjeka dok sam išla hodnikom u toalet, pa sam požurila nazad i skočila na dušeku i zabatrgala da se što pre uvučem pod pokrivač. Hit je više pio penušavo vino nego što je jeo, a ja sam više jela nego što sam pila.

– Uživao sam što sam te video tako. Uživao sam što sam ti upravo ja to uradio – rekao je posle ogromnog gutljaja penušavca iz šolje s Neverovatnim Hulkom. – Želim da ti to zauvek radim.

Samo što se nisam zadavila parčetom pice koje sam upravo progutala, pa sam morala da ga sperem toplim vinom.

– Brzo sam uprskao, čak i po svojim merilima.

– Ništa nisi uprskao. Samo sam...

– To si upravo sa mnom uradila zato što ne misliš da ćeš me više videti. Imaš svoje užitke i...

– Nemoj tako da pričaš – prekorela sam ga. – Hajde, H. Bilo je neverovatno. Nisu to moji užici. Niti išta slično. Bilo mi je... nisam mogla da smislim bolji prvi put ni bolju osobu s kojom da budem u tome. Bilo je... zapravo nisam znala šta da mislim kad sam razmišljala o seksu. Vidiš kad ga simuliraju na televiziji i u filmovima, čitaš opise u knjizi ili časopisu, ali nisam znala da može da bude ovako. Tako... tako oslobađajuće, ali isto kao da me vezuje za drugu osobu. Za tebe. Jel' seks uvek takav?

Hit je spustio šolju i ušuškao se u krevet pa se okrenuo prema meni. – Stvar je u tome što je seks kao pica – dobar uvek kad ga dobiješ. Ali nije uvek ovako, i svakako ne sa svima s kojima spavaš. Imao sam ovakav seks samo s još jednom osobom i nije potrajao. Ona... nije nam se dalo.

– Neko s koledža?

– Ne, pre koledža.

– Zašto vam se nije dalo?

– To baš i nije nešto o čemu sad želim da pričam. Posebno ne pošto smo prvi put zajedno u krevetu.

Privila sam se uz njega i naslonila glavu na njegovo rame, pa mu prelazila prstima niz i uz podlakticu. – Reci mi – podstakla sam ga. – Želim da znam.

– Ma, vidi, nije to bio baš sjajan scenario. Imao sam četrnaest godina, a ona je bila starija. Mnogo starija. Ona... bila je moja nastavnica prirodnih nauka. Mi... kad se osvrnem, vidim da je to u svakom pogledu bilo loše. Ali za mene je ona bila sve. Naučila me je svemu što mogu da znam o ljubavi. Seks s njom je bio da ti pamet stane. Bila je tako dobra prema meni zato što, znaš, meni je to bilo prvi put i brinuo sam se da neće uživati jer nisam imao predstavu šta radim. Ali ona me je umirila. Pomogla mi. I, kao što rekoh, bilo je da ti pamet stane.

– Pa šta vam se nije dalo? – tiho sam pitala jer sam bila zabezeknuta. Zabezeknuta zato što je spavao s nastavnicom. Njegova nastavnica! Šta li je mislila? Očigledno ništa. Očigledno je bila grabljivica, i još mnogo toga što nije lepo. Ali jasno je da se Hit zaljubio u nju. Jasno je da je i dalje gajio osećanja prema njoj; to nisam mogla da zgazim pokazujući da sam užasnuta time što je ta žena manipulisala njime. Što ga je zloupotrebila. Bio je ispod granice pristanka na seksualne odnose, ona je bila starija i bila je na poziciji moći. Ništa od toga nije trebalo da se dogodi, ništa od toga ta osoba nije trebalo da nastavi ni da uradi.

– Šta, misliš pored očigledne zloupotrebe poverenja i položaja nastavnika, kao i nezakonitosti toga i uopšte nemoralnosti pojave da starija osoba ima seks i odnos s nekim ko je mnogo mlađi i ko je ispod granice pristanka na seksualne odnose? Misliš šta nam se još nije dalo i pored svega toga?

– Ne bih to tako rekla.

– Znam da ti ne bi, i to je jedan od razloga zbog kojih te volim. Ali budimo iskreni, samo zato što je seks bio neverovatan i zato što sam bio potpuno zaljubljen u nju ne znači da to nije bila zloupotreba. Zato i izučavam psihologiju – želim da saznam zbog čega sam uvučen u to, i želim da pomognem klincima poput sebe da ne budu uvučeni.

– Zaboga, izvini.

– Ne, ne izvinjavaj se. Ne osećam se zloupotrebljeno. Ne osvrćem se i ne osećam ništa loše prema njoj ni prema našem odnosu. Bila je fenomenalna prema meni, odnosila se veoma lepo prema meni, nikad nije uradila ništa ružno ni potčinjavajuće niti na bilo koji način emocionalno zlonamerno i preteće. Želela je za mene samo ono najbolje. Jednostavno ta situacija je bila zbrkana zato što, ako to uopšte ima smisla, nije trebalo ni da se dogodi.

– Da, da ima smisla. I šta se onda desilo?

Dugo je ćutao zagledan u daljinu. – Ovaj... Vidi, ona je to i ranije radila, imala odnose s njoj poverenim tinejdžerima. A kad je njen muž saznao za mene, ubio ju je.

Uspravila sam se. – *Šta?* Mislim, šta?

– Bilo je grozno. Zaista grozno. On je sad u zatvoru. Srećom nisu imali dece, ali potpuno šiznem i povraća mi se kad god pomislim na to.

Ostala sam sasvim bez reči i dugo smo ćutali. – Jesi li morao da svedočiš i sve to? – konačno sam upitala.

– Ne, priznao je. Otišao je u policiju i priznao odmah pošto je to učinio. Doduše, naveo je moje ime pa sam bio primoran da ga promenim. To jest da koristim srednje ime. Hit je moje srednje ime. Sojer je majčino devojačko prezime i počeo sam da ih koristim kad smo se preselili u drugi kraj, u okolini Londona, i kad sam pošao u novu školu. To zapravo i nije bilo tako davno. I, kao što kažem, i dalje mi se povraća kad mislim o tome.

Ugnezdila sam se kod njega. Nije bio onaj koji sam mislila da jeste. Nije nimalo. Bio je toliko toga više. Mnogo je propatio. Nisam mogla ni da zamislim kakav je osećaj pod takvim okolnostima izgubiti nekoga koga voliš. – Mora da si mnogo patio – rekla sam milujući mu lice. – To slomljeno srce. Nisam imala pojma.

– Slomljeno srce. Nikad to nisam pomislio. U ono vreme je bilo tako glasno, a ja sam uvek mislio da je slomljeno srce nešto tiho, privatno. – Nežno i kratko me je poljubio. – Zaista izbegavam da mislim o tome. Tako sam i uspeo da prihvatim da me ti ne želiš. Video sam kuda te mogu odvesti ljubomora i opsednutost. Šta mogu da učine tvom umu. – Opet je pritisnuo usne uz moje, tog puta nešto jače i malo duže. – Klio, hoće li ovo biti jedan jedini put? – Govorio je bojažljivo, briga mu je lako podrhtavala u svakoj reči.

– Zar tako nekako i ne treba da bude? – odgovorila sam. – Sutra krećemo svako u svoj nov život. Svi imamo lepe namere da održavamo veze, ali to se nikad ne dogodi. Hajde naprosto da prihvatimo ovo kao fenomenalnu međuigru, što i jeste, i krenemo dalje.

– Ne želiš ni da pokušamo da se viđamo u Londonu?

– London je veliko mesto. OGROMNO mesto. Znaš to. Oboje ćemo biti zauzeti. Mislim kako treba da prihvatimo da je ovo, nažalost, jedan jedini put.

– Ne slažem se.

– Razumem tvoj stav.

– Mislim da ćeš mi se vratiti. U stvari, znam da ćeš mi se uvek vraćati. Ali dobro, možemo prihvatiti da je ovo jedan jedini put. – Namotao je oko prsta moju pletenicu. – Ipak mislim da, ako je ovo noćas sve što nam sleduje, onda treba da ga što bolje iskoristimo... ako me razumeš.

– Razumem te, i mislim da se u tome slažemo.

Pre nego što smo zaspali doplovilo je do mene nešto što je rekao usred svega o čemu smo pričali te večeri. – Vratićeš mi se. Znam da ćeš mi se uvek vraćati.

U tome je bilo nečeg što je zvučalo zastrašujuće istinito.

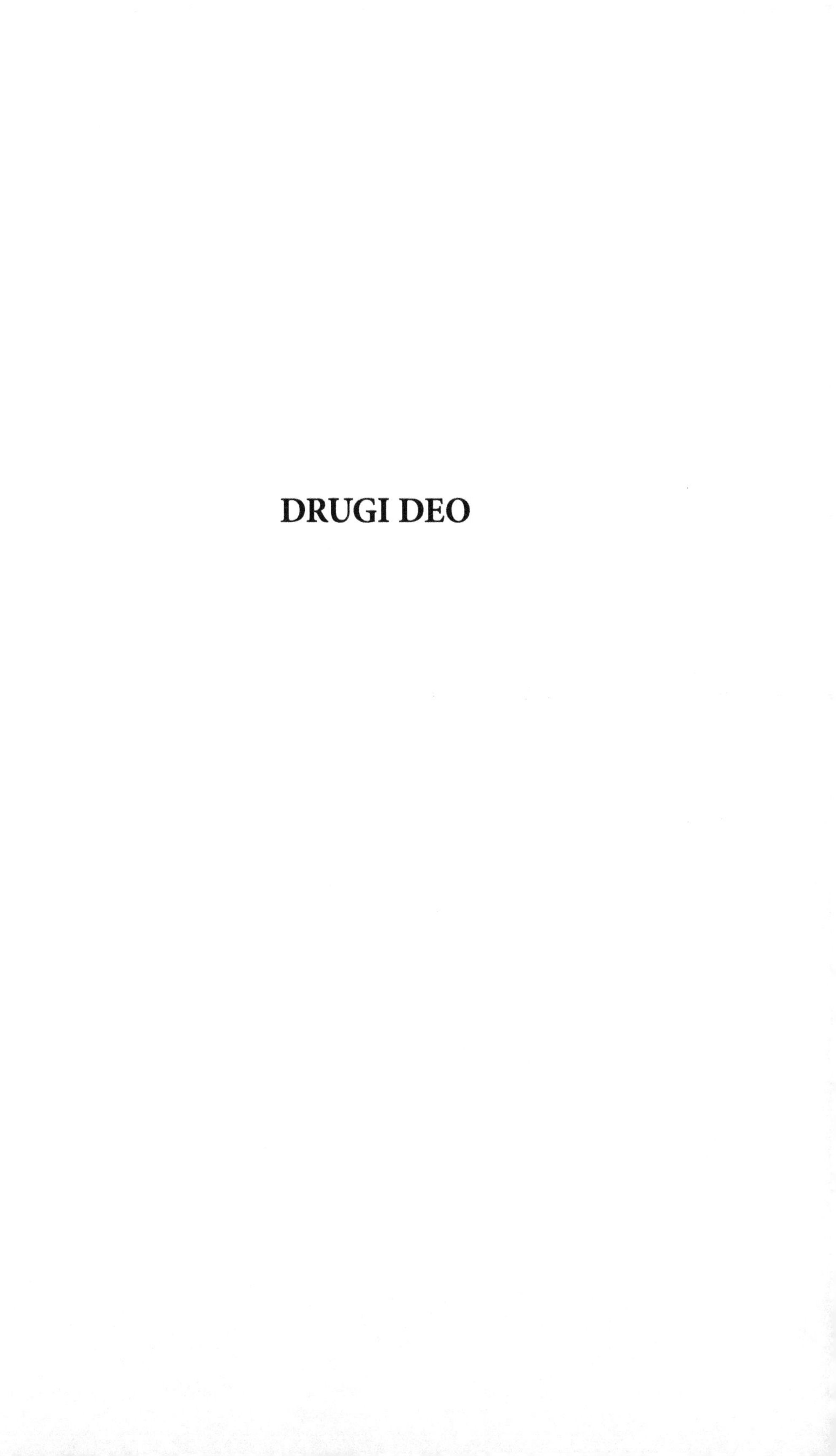

DRUGI DEO

8.

Zapadni London, 2000.

– Zaista ne znam zbog čega sebi navlačiš sav taj stres – rekao mi je Hit.

Samo što sam spustila slušalicu agentu za nekretnine koji mi je rekao da moja prijava za stanovanje u zajedničkoj kući nije prihvaćena. Stanovanje u zajedničkoj kući! To i nije bilo nešto lepo, tek zgodno zato što je u odgovarajućem kraju. Trebalo je da živim negde odakle ću lako stići do koledža, kao i do posla. Svakodnevno putovanje iz roditeljske kuće preko pola Londona polako me je ubijalo u pojam.

Legla sam na njegov krevet i ruke izbacila sa strane, zatvorila oči, a u glavi mi je tutnjalo od pokušaja da smislim šta treba da radim. To nije život s roditeljima. Uopšte nije. Videla sam da ni oni nisu baš oduševljeni što sam tamo. Bili su rastrzani između radosti što imaju još jednu odraslu osobu u kući koja im plaća simboličnu stanarinu i prevladavanja činjenice da se njihova ćerka kad god ode od kuće i ne vrati se verovatno upušta u seks, pije ili se ponaša bezbožnički. Ni Efi, koja je savršeno zauzela svoje mesto u kući otkad sam ja (i naša starija sestra Ađua) otišle, nije bila srećna što sam tamo. Dovela je roditelje u stanje da jedva i primete kad je ona kod kuće a kad nije, ali otkad postoji mogućnost da smo obe tamo, da jedna jeste ili da obe nismo tamo, roditelji su stalno bili na oprezu – čekali da se neka pojavi. To je dovodilo do pitanja na koja Efi nije želela da odgovara.

Više puta je u poslednje vreme pitala kad ću se iseliti, kao da to nije i moj roditeljski dom. Što ne znači da sam ja volela da me roditelji ispituju. Svaki dan je bio korak bliži tome da jedna od nas poblesavi i kaže nešto preko čega se ne može preći.

Uživala sam na master studijama. Ono što sam učila o izdavanju časopisa i novina bilo je očaravajuće, to što mi se pruža prostor i građa da pišem bilo je neverovatno, a bila sam na putu da steknem nešto radnog iskustva u nacionalnom časopisu. Sve je to bilo dobro. No, svaki taj element bio je nečim opterećen. Naročito moje radno iskustvo, koje se brzo primicalo. To što sam morala da putujem donde, da nekih dana putujem na predavanja i da putujem do bara u kome sam uveče radila pretilo je da me slomi, znala sam to.

Iznenada je Hit, obešenih usana, nadvio glavu nad moju. – Ooooo, sirota žalosna morska zvezda – zagukao je. – Ne volim da te vidim takvu. I zaista ne znam zbog čega sebi to priređuješ.

– Moram negde da živim – tužno sam rekla.

Hit je obišao s druge strane kreveta i legao preko mene. Veštim prstima je počeo da otkopčava bele dugmiće moje crne teksas košulje. – Jednostavno se doseli ovamo – rekao je. – Ima mnogo mesta. Možeš čak da imaš i svoju sobu.

„Ovamo" je bio raskošan stan u viktorijanskoj vili u Hamersmitu, koji je kupio uz roditeljsku pomoć. Dali su mu novac za velik depozit kako bi odmah uživao u svom nasledstvu umesto u nekom neodređenom trenutku u budućnosti, a on ga je sjajno iskoristio. Kad ga je kupio, stan je bio u oronulom stanju, ali on za to nije mario jer mu je život olakšavalo što lako stiže do posla/fakulteta u Čelsiju, a i dobro je uložio u budućnost kupovinom stana s tri spavaće sobe. Kvadratura je bila izdašna i sve sobe su imale visoke tavanice, velike prozore kroz koje je nadirala svetlost. Polako je renovirao stan do nekadašnjeg sjaja uz moderan obrt. Mnogo bih volela da živim na takvom mestu. Kad bi se tako nešto izdavalo u mom platežnom opsegu, ne bih se premišljala da ga uzmem. Međutim...

– Ne – odvratila sam. – Hvala, ali neću.

Pošto je otkopčao i poslednje dugme, razgrnuo je bluzu i otkrio crni čipkani brus. Videla sam kako guta pljuvačku ogoljeno pohotno i osetila kako se pomera na meni kao da kroz njega šibaju jednake količine zadovoljstva i bola. – Zašto nećeš? – pitao je najednom prigušeno i zadihano. Lagano je prešao dlanovima preko mojih grudi pa zaustavio prste da nadraži moje bradavice.

– Zato što bih se osećala kao da živimo zajedno, a i dalje... radimo ovo što ne znam šta je.

– Ima mnogo prostora, ne bismo bili jedno drugom na glavi. Možeš imati svoju sobu, možemo biti cimeri.

Prstima je otkopčavao metalnu dugmad mojih farmerki i nije primetio ironiju onog što je pokušavao. – Hite, ne mogu to. Ne mogu da živim s tobom.

– Zašto?

– Zato što... zato što si previše intenzivan, kao što je Trina jednom rekla.

Zbog toga je prekinuo da me svlači. Seo je na pete i namrštio se. – Trina je to rekla? Mislio sam da joj se dopadam.

– Dopadaš joj se. Zapravo, ona te obožava. Odavno je ljubitelj Hita, a navijala je za Hita i Klio mnogo pre nego što sam ja uopšte na to i pomišljala. Ali čak i ona je primetila da si preintenzivan, naročito u odnosu na mene. Ne znam zašto, ali jesi. Ne bi bilo pošteno ni prema jednom od nas dvoje kad bih se doselila.

– Mogu da budem manje intenzivan.

Uzela sam ga za ruke i pritisnula ih između šaka. – Dušo, ne želim da se zbog mene menjaš. Ti si ti, i to je divno. Ali van nas ti nemaš stvaran život. Ne pominješ nikakve prijatelje, pa nagađam da ih i nemaš. Imaš sjajan posao i sve vreme upoznaješ nove ljude, ali ne izlaziš s njima na piće niti išta. Mislim, ima li na pomolu ijedne Hitete?

– Zašto bi bilo Hiteta (uzgred to je glupo ime) kad sam s tobom? – Tad je zbrčkao lice. – Čekaj, viđaš li se *ti* s nekim drugim?

U sebi sam uzdahnula.

Polako ali odlučno je izvukao šake iz mog stiska. – Viđaš li se? – ponovio je. Promuklosti je nestalo, a zamenilo ju je ono što bi moglo da se opiše samo kao tinjajući gnev.

– Ne baš.

– Šta to znači?

– To znači da me je neko s kim radim u baru pozvao da izađem i ja sam razmišljala o tome. Na kraju sam odbila, ali nisam to otpisala onako kako bih uradila da imam stvarnog dečka.

Tad je ustao s kreveta. Stao je malo dalje i upiljio se u mene. *Sevao* očima u mene.

– S koliko njih si spavala? – stegnuto je pitao.

– Zašto me to pitaš? – odgovorila sam i polako se uspravila usredsređena na zakopčavanje. To što sam se zakopčavala značilo je da držim spuštenu glavu i ne moram da se suočim s njegovim stavom. On nije bio nežan ni umirujući, pretio je da će postati gadan. *Sama si kriva što si se upetljala s nekim tako napornim*, rekla bi Trina.

– Zato što hoću da znam – odgovorio je bezizraznim glasom.

– Kad si pošao u Australiju na ona tri meseca, rekao si da nismo zajedno – napravila sam uvod. – Ti si rekao. Ne ja. Nisam ja rekla. Ti si.

– Znam šta sam rekao – izjavio je istim onim bezizražajnim glasom. Da li istim? Da li su se u njemu naslućivale mrvice agresije?

– Znam i to da, budući da sam ti prvi, ako kažeš da si spavala s nekim drugim osim sa mnom, onda si... na to ćemo, valjda, doći kad mi odgovoriš na pitanje. S koliko drugih si spavala?

Hit je bio zgodan na način koji mene nije uzbuđivao. Ono što sam volela kod Hita nije imalo veze s njegovim izgledom. Bio je to njegov um, njegov duh – kad je opušten – njegovo drugarstvo, njegova dobrodušnost. Kad smo zajedno i kad je on opušten, bilo je tako ugodno, čak umirujuće – ali uz dodatnu prednost seksa da ti pamet stane.

– Ni sa jednim – rekla sam i pogledala ga pravo u oči kako bi znao da govorim istinu. Kako ne bi imao razloga da sumnja u to. Bilo je lako da to uradim zato što je to bila istina.

– Ni sa jednim? – upitao je očigledno u neverici.

– Ni sa jednim. Nisam spavala ni sa kim drugim – potvrdila sam. Zatim sam duboko udahnula. – Ali poljubila sam se s nekim. S momkom s koledža kog sam srela u izlasku. Oboje smo se napili i on me je poljubio, a ja sam uzvratila.

– Ali nisi vodila ljubav s njim?

– Ne – odgovorila sam odmah, smesta, opet da bi znao da govorim istinu. – Ne. Ne. Ne. – Opet sam pogled uperila Hitu pravo u oči. – A mi nismo bili zajedno. Za šta si se *ti* postarao. Zbog toga te nisam ni pitala čime si se ti bavio u Australiji.

– Ničim. Ničim se nisam bavio. Nisam bio čak ni izdaleka u iskušenju jer sam mislio samo na tebe. A rekao sam da nismo zajedno zato što sam želeo sebi i tebi da dokažem kako ti je do mene stalo dovoljno da budeš verna čak i ako ne moraš.

– Kako da budem verna momku koji me je u suštini šutnuo pre nego što je otputovao u zemlju dupke punu devojkama kakve ga obično privlače? – uzvratila sam Hitu, a uporno me je peklo kako me je povredio. – Žao mi je što sam pala na tvom malom ispitu, Hite, možda bi mogao sledeći put da mi staviš do znanja da me testiraš pa ću malo bolje razmisliti.

– Ne pokušavaj ovo da prebaciš na mene. Ti si rekla kako treba onu poslednju noć u Lidsu da ostavimo za sobom kao seks za jedan jedini put.

– A ti se složio. I onda si se predomislio i preklinjao me da izađem s tobom. A šest meseci kasnije: „Odoh ja u Australiju na dodatne studije i da vidim tamošnje rođake, ne čekaj me, mislim da ću tamo malo isprobavati đoku, vidimo se, Klio, obična gubitnice."

– Ma daj, nisam to rekao.

– Ne, nisi, ali kao da jesi.

Situacija se usijavala i znala sam kako treba da se smirim, ali nisam to želela. Ponizio me je. To je odlučilo. Posle one noći u Lidsu rastali smo se u dobrim odnosima, a onda je počeo da me zivka i zivka. Puna dva meseca me je zvao svako veče, preklinjao me da se vidim s njim, da nam pružim šansu. Popustila sam zato što mi je, da budem iskrena, nedostajao. Iznenadilo me je i to što sam ipak nešto osećala. Shvatila sam da je to sa seksom nešto važno i nedostajala mi je veza koju sam preko seksa imala s njim. A onda, šest meseci kasnije... – Rekao si: „Ne znam je li ova veza među nama dovoljno snažna da izdrži tri meseca razdvojenosti, zato mislim da je najbolje da se rastanemo dok nisam ovde. Najbolje je da imam mogućnosti za slučaj da mi se ukaže prilika da istražim nove pašnjake. Ionako nismo baš u ozbiljnoj vezi, jelda?" – Trudila sam se da obuzdam gnev, suze besa koje je to izazvalo. – Zar nisi to rekao? *Zar nisi*?

Klimnuo je glavom, ali ništa nije rekao, možda zato što je video moj bes i poniženost. Možda zato što je video koliko me je povredilo to što sam čula sve ono pre nego što je seo u avion i ostavio me.

– Koliko puta si poljubila tog momka? – pitao je posle izvesnog vremena. – Posle prvog puta.

– Još dvaput.

– I zaista nisi vodila ljubav s njim?

– Zaista nisam. Mislim da sam ono uradila zato što si mi nedostajao i zato što sam bila ubeđena da se provodiš s nekom drugom. Nije mi se dopalo što se tako osećam.

– I otad ga nisi videla?

– Nisam. Nije na mom odseku. A i više ne odlazimo na piće u studentski bar.

– Dobro – rekao je. – Dobro. Ako se više ne viđaš s njim...

– Nikad se s njim nisam viđala, Hite, ni u vreme kad se nisam viđala s tobom. U stvari, nisam sigurna ni da li se nas dvoje sad viđamo, pošto nismo obavili „razgovor" i nisi ukinuo ukaz „nismo više zajedno". A sve to doprinosi razlozima zbog kojih ne mogu da se doselim ovamo. Čak ni kao cimerka.

– U redu – rekao je malčice splasnuvši. – Kad to tako kažeš vidim da sam preterao. A i da sam pomalo hteo da te kontrolišem. Izvini.

– Prihvatam izvinjenje – odgovorila sam. Videla sam da je želeo i da se ja izvinim što sam se ljubila s nekim drugim, ali nisam to nameravala. On je izneo pravila, a ako mu se ne dopada što sam ih se držala, to nije moja briga.

Kad je shvatio da ne nameravam da se izvinim, spustio je pogled uz kiseo osmeh na lepom licu. – Jesi li za još jedno pivo? – pitao je.

– Da, molim – odgovorila sam.

Brzo i ovlaš mi je poljubio usne pa otišao iz sobe. Srušila sam se na krevet.

U redu, verovatno sam se malo poigrala rečima da bih se izvukla da ne ispričam sve što se dogodilo sa onim Itanom, momkom kog sam poljubila. Otišli smo u njegovu sobu u kampusu, još smo se ljubili, a onda mi je priuštio kunilingus. Bilo je to „nešto" njegovo, nešto što voli da radi a... ovaj, ja sam bila sama i slobodna. To mi je predočio onaj momak s kojim se zapravo nisam ni viđala. Stoga da, pustila sam onog da mi to uradi i osećala se blaženo, i dragovoljno sam ga ručno zadovoljila. Ipak nije bilo polnog odnosa, nismo vodili ljubav, samo smo imali seksualne dodire. Sva tri puta.

Igranje rečima. Obrtanje, iskorišćavanje, *zloupotreba* reči kako bi odgovarale vašoj svrsi. Kako bi se uskladile s pričom koju stvarate. Kako biste sebe lišili bola ponavljanja unedogled istog razgovora. Zato što sam poznavala Hita. Znala sam koliko je posesivan i kako voli da obeleži svoju teritoriju u ljubavi. A najlepše od svega, ništa loše nisam uradila. I zato što ništa loše nisam uradila, nisam morala to da mu pominjem. Ne ako sam mislila da će ga to pogoditi.

Nisam bila neiskrena – poslužila sam se igranjem rečima da nas oboje poštedim bola.

Zato što Hit i ja nismo mogli ovako da nastavimo.

Za mene je bio suviše intenzivan. Bio je suviše intenzivan da bismo ostali zajedno.

Morala sam to da okončam.

– Izvoli – rekao je držeći tamnu, oznojenu bocu američkog piva.

– Živeli, dragi moj – odvratila sam.

Morala sam to da okončam što pre. Radi oboje.

9.

10. AVGUST 2022.
KUĆA KLIO I VOLASA, NA GRANICI IZMEĐU BRAJTONA I HOUVA
RANO VEČE

– Promena plana. – Samo što uđem na vrata u kuću, Frenklin me skoli. Nisam uspela čak ni da vratim ključeve u džep pre nego što se stvorio preda mnom. Imala sam naporan dan s poslom u kancelariji *Hanimej produkcije*. Napredovala sam, ali još sam u fazi da želim da se rasplačem, bacim računar i pijem zašećerenu kafu. Čeka me još mnogo dugih večeri. A nisam uspela ni da dobijem advokata.

Nameravala sam da dođem kući, dugo se tuširam i legnem u krevet kako bih opet počela da radim.

– Promena plana – ponavlja Frenklin.

– U redu – kažem i povlačim se iz njegove opšte invazije na privatan prostor.

– Lola ne dolazi ovog vikenda – brzo kaže.

– Dobro.

– Već je ovde. Njena majka je imala nešto hitno da obavi i nije mogla da je povede sa sobom, a nije mogla ni da je ostavi samu zato što je školski raspust, te tako – evo nje.

– U redu, lepo – kažem oprezno jer nisam sigurna u čemu je problem.

– Nemaš ništa protiv, jelda? Jelda? Nema frke?

– Naravno. Ovo je tvoja kuća, što znači da je i njena, i da oboje možete da dolazite i odlazite kako vam drago. Mislila sam da to znaš.

– Da, samo nisam hteo zdravo za gotovo i tako to. Posebno uza sav ovaj haos u kome ste vi. – U poslednjem delu spušta glas.

– Nema haosa, Frenkline. Sve smo sredili. – Mene opet peče poniženje zbog onog kako nas je prekoreo za večerom pre dve večeri. Trenutno ne mogu da ga pogledam.

– Da, u redu. Međutim, problem je...

Mogla sam znati, mislim. – Problem je...? – Ubacujem jer je najednom zaćutao.

On progovara još tiše. – Možda imam „haotičnu" situaciju, iako nisam sâm u „haosu". Znaš, za mene je Brajton okej. – Klima glavom potvrđujući. – Mislio sam da sam slobodan do vikenda, pa sam nešto „isplanirao" za narednih nekoliko dana, ako me razumeš.

Razumem ga, pa zato klimam glavom.

– Pa...? – šapuće navodeći me.

– Pa...? – odgovaram.

– Hajde, K., hoćeš li se naći bratu ili nećeš?

– Naravno. Trebalo je samo da zatražiš – kažem.

– Tražio sam.

– Ono nije bilo – znaš već šta, ali nema veze. U koliko sati izlaziš?

– Pre pola sata.

– A gde je Volas?

Frenklinovo lice – lice moga muža – najednom se zgužva i deluje da mu je neprijatno. Telo mu se malčice skupi, izgleda da mu je nelagodno, kao da želi da ga pozadina upije, da mu omogući da se iznenada i neobjašnjivo stopi s njom tako da ne mora da se nosi sa ovim. Malo ustukne. – Znaš Volasa – dodaje kao da će to sve objasniti.

– Da, da, znam ga. Ali ne znam gde je trenutno. Posebno zato što ti nećeš biti ovde da mi pomogneš da pazim na Lolu...

Kao da ju je moje pominjanje prizvalo, pojavljuje se iza ugla na kraju hodnika. – Teta Klio – kaže uz ogroman osmeh. Zaboravila sam koliko volim da vidim njeno lice, kako mi nedostaje nalik odjeku mog srca, kako uvek volim da vidim njenu toplomrku kožu, prelepe krupne oči, pune, bucmaste usne, uvek spremne da se razvuku u osmeh, i njenu blistavu crnu kosu uvijenu u dve riblje kosti što se spuštaju do ramena.

– Nećako Lolo – odgovaram istim tonom.

– Na skali od jedan do milion koliko sam ti poremetila večerašnje planove? – pita. Oca je već odmerila, pa zna kako on ima planove u koje ona nije uključena.

– Oko minus pedeset. Nemam planova osim da večeras radim, tako da je to što si ovde sjajno.

– Mogu ti pomoći u poslu – kaže samouvereno. – Možeš računati na mene.

– Nemoj sad da gnjaviš strinu – kaže Frenklin svojoj trinaestogodišnjoj ćerki. – Posle večere idi u svoju sobu i čitaj, važi? Znaš kad je vreme za krevet.

– Ma ćuti. Ti imaš svoje planove, mi imamo svoje – kažem deveru. – Lolo, ne obraćaj pažnju na njega.

– Dobro, dobro – sa odobravanjem Frenklin klima glavom. – Idem da dovršim spremanje.

– Idi – kažemo Lola i ja istovremeno.

Frenklin odlazi da se spremi, a nije mi rekao gde mi je muž.

Južni London, 2003.

Tog trenutka moj radni sto tačno oslikava moj unutrašnji svet. Četiri čaše vode različitih visina u zavisnosti od toga koliko sam popila stajale su u nizu u daljem delu stola kao fudbaleri koji se brane od slobodnog udarca. Nova podloga za miša s motivom *Zvezdanih staza* malo je bila iskrivljena pošto godinama nije imala dodir s mišem. Miš je mogao da se nađe na drugom kraju stola, mala računarska kuglica van kontrole i u suštini beskorisna. Ispred tastature stajalo je pakovanje peperminta, otvoreno i lagano pražnjeno kad god bih se setila da je tamo. Dva markera sa čvrsto nameštenim poklopcima ležala su pored podloge za miša i pravila joj društvo kao nemi stražari. Ispred čaša s vodom bile su tri previše naoštrene olovke, spremne za borbu, tako su bile oštre. Skoro prazna tuba kreme za ruke stajala je uspravno blizu ugla stola gde je kao zmija prolazio kabl računara iz utičnice u zidu. Knjižica s markama virila je ispod tastature, a slušalice umršenih žica leškarile su preko monitora. To je bio moj sto, moj haos, zapravo moj život – stvari koje se, pogrešno postavljene tamo gde im nije mesto, sudaraju jedna s drugom, ali još postoje i nikom ne nanose zlo.

Upravo sam napustila redovan posao i opet bila slobodni strelac za ženske časopise. U suštini sam našla posao u malom ali popularnom časopisu kako bih imala redovna primanja i skupila novac da kupim stan u južnom Londonu. Jugoistočnom Londonu – na drugom kraju grada od mesta na kom žive moji roditelji, na kom sam odrasla. Ponovo sam se vratila honorarnom poslu kako bih mogla da se bavim drugim poslom, onim za koji me niko ne plaća – pisanjem knjige.

Oduvek sam sanjala o tome da pišem knjige i filmski scenario. Nedavno sam shvatila da niko neće doći i dati mi autorski ugovor, niko me neće zamoliti da stvorim televizijsku seriju ili film. Morala sam to da uradim, pa onda da pokušam da izdam knjigu. Morala sam da je napišem i pokušam da od nje naprave televizijsku seriju ili film. O tome sam sanjala.

A zatim sam proživljavala taj san. Sa onim haotičnim stolom i haotičnim stanom i tonom motivacije. Zurila sam u reči na ekranu. Kad sam ih maločas napisala imale su smisla. Bile su prave i prikladne i savršene za ono što sam htela da kažem. Kad sam ih ponovo pročitala... *zbunila sam se.* Zašto sam mislila da je ta reč prava? Zašto sam mislila da ta rečenica išta znači? Zašto sam mislila da mogu da spojim dovoljno reči i stvorim pravu knjigu?

Pustila sam da mi glava padne na sto i izbegne markere, pepermint i preterano naoštrene olovke. Zagledala sam se u prozor s pamučnim zastorima krem boje i pokušala da nazrem obrise sveta iza njih.

Jednostavan odgovor je bio da sam se mučila da stvorim pravu knjigu. Znatno je teže knjigu napisati nego je pročitati. Pisanje je neizmerno teže od uređivanja članka i nalaženja odgovarajućeg naslova i tona za određenu publikaciju. Iznalaženje odgovarajućih likova, tona i zapleta od kog se ostaje bez daha, pa održavanje svega toga na više od trista stranica mnogo je teže nego išta u šta sam se dotad upustila.

Obožavala sam to, u to nije bilo sumnje, ali bilo je *TEŠKO*! Iskreno sam mislila da ću dovršiti tu knjigu. Sad sam je prepravljala. Doduše, kako prepravim jedan deo, drugom bi trebalo sređivanje. Kako njega sredim, sledeći deo bi se raspleo i trebalo ga je prikupiti. Tome nije bilo kraja. Tako mi se bar činilo u subotu u tri ujutro, kad sam ozbiljno pojedinačno preispitivala svaku sposobnost koju sam ranije mislila da posedujem.

Stvar je u tome što sam izbegavala neku istinu, a sa svakim danom ta se istina sve više trudila da obratim pažnju na nju. Istina nije volela da je zanemarujem pa se nametala na svaki mogući način. Istina?

Morala sam da počnem iz početka. Morala sam sve da istrgnem (metaforički) i počnem iz početka. Novi likovi, nov zaplet, novo mesto radnje, novo pisanje. Nova knjiga.

Kakvo otkriće do kog se dolazi u tri ujutro!

Zvrrr-zvrrr-zvrrr rasparalo je mir gluvog doba noći u mom stanu, a ja samo što nisam iskočila iz kože. Mobilni telefon je bio na drugom kraju sobe, ali nisam morala da pogledam na osvetljen ekran da bih znala ko bi mogao biti. Pogled sam usmerila na veliki belo-crni brojčanik na zidu iznad štampača. Zaista je bilo tri ujutro. Tako da je to svakako bio on.

Radio je ovo: napio bi se, zvao, preklinjao da mu pružim još jednu priliku. Doduše, nije me zvao skoro pet meseci, pa sam smatrala da je sasvim gotovo, da je konačno prevazišao to.

Očigledno sam grešila. Duboko sam uzdahnula. Znala sam da ne bi trebalo da se javljam kad zove. Javljanje na njegove pozive bilo je verovatno deo problema, ali nisam mogla da se uzdržim. Nisam mogla da se ne javim zato što naprosto nisam želela da Hit pati.

Znajući kako treba sebe da odučim od toga, otišla sam na drugi kraj sobe do telefona. To će me uvaliti u nevolju – to što sam suviše dobra, suviše dostupna; ta urođena potreba da pomažem i tešim. Tako sam i upala u ovu situaciju. Kakav li bi mi život bio da sam Hitu jednostavno rekla ne, i da se nisam trudila da mu pomognem? Da li bih usred noći uzimala telefon, prinosila ga uhu i govorila: „Halo?"

Tišina.

Tišina.

Tišina.

– Halo? – ponovila sam pomalo uznemireno.

– Ja sam – rekao je, ali glas mu nije zvučao kao njegov. Zvučao je bezizrazno – ne, ne, zvučao je očajno. – Nisam znao koga drugog da pozovem. Nema ga. Moj tata je... – opet se ućutao. – Moj tata je umro. Srčani udar. Težak. Niko ništa nije mogao da učini. Nema ga.

– Gde si? – pitala sam i već se uputila u spavaću sobu da se presvučem.

– Kod kuće... Mama je u bolnici... Ne mogu da vozim, Klio. Ne mogu da mrdnem... Njega nema. Nema ga.

– Uskoro stižem – rekla sam. – Zajedno ćemo otići do mame, važi? Ostani tu. Probaj da se utopliš. Stižem najbrže što mogu.

– Hvala. Znao sam da ćeš znati šta da se radi. Hvala.

Ričmond na Temzi, 2003.

Od smrti Hitovog oca nekako sam postala član njegove porodice. Učestvovala sam u svim odlukama i vozila njega i njegovu majku na razne zakazane obaveze zato što su oboje bili isuviše potreseni i zbunjeni; ništa nisu bili u stanju da urade bez potpore. Kretali su se kao zombiji, bezvoljni i praktično beživotni, i oboje su u mene gledali kad god je trebalo doneti neku odluku. Ja sam davala sve od sebe da izaberem hranu, odredim crkvene pesme, objasnim formulare koje je trebalo potpisati, ponekad im čak stavim olovku u ruku kako bi mogli da potpišu. Uveče, pošto bih pomogla njegovoj majci da legne, sedela bih s Hitom, grlila ga kad je plakao, sipala mu piće kad nije mogao ništa da radi osim da zuri u prazno.

Bila sam im potrebna, i uopšte nije izgledalo da će doći trenutak kad ću se povući i ostaviti ih same.

A sad sam stajala na vratima velike crkve odmah iza ugla od njihove kuće i delila raspored službe ožalošćenima u crnini koji su ulazili. Bila sam na automatskom pilotu – dovoljno odsutna da ništa ne osećam, dovoljno prisutna da ponudim stegnute, saosećajne osmehe ljudima koji nailaze.

– Srce – odmah pored mene začuo se Trinin promukli glas.

Kad sam digla pogled i zaista ugledala nju, nisam mogla da se uzdržim, pa sam je zagrlila obema rukama. Bilo je divno grliti je. Čvorovi napetosti i usvojene tuge istopili su se i odjednom sam se setila kako je to disati bez tesnog pojasa oko grudi, kako je prijatno pokrenuti lice u osmeh. – Hvala bogu da si ovde – šapnula sam joj u kosu.

– CNDPP vama na usluzi – prošaputala je dok se isto tako čvrsto privijala uz mene. – A ako ne shvatiš ovu višeslojnu, elitnu igru rečima, zaista ću poverovati da te nisam odgojila kako treba.

Još čvršće sam se privila uz nju. Trina je upravo ono što mi je toga dana bilo potrebno.

Trina, Hit i ja smo sedeli u bogato uređenoj dnevnoj sobi Hitovih roditelja. Posle bdenja održanog u crkvenoj sali, nekoliko ljudi je došlo kući i stajalo u grupama, pilo viski i tiho razgovaralo. Na kraju su se razišli, a ja sam, kao i obično, pomogla Hitovoj majci da legne. Uopšte nije govorila kad sam stala okrenuta vratima da se ona presvuče u spavaćicu, nije izgovorila ni reč kad sam navukla ćebe preko nje i ugasila svetlo na noćnom stočiću. Kao i obično dotakla sam joj obraz i zatim pažljivo zatvorila vrata za sobom. Znala sam da ne govori zato što ne zna šta da kaže. Nije mogla da uvidi svrhu reči, postojanja, sad kad njega više nema.

Kad sam se vratila u dnevnu sobu, Trina i Hit su već bili posklanjali čaše i salvete i pustili mašinu za pranje sudova kako bi uklonili svaki trag da su drugi ljudi bili tu. Hit i Trina su sedeli na krajevima velike kožne sofe pred televizorom, a ja sam sela na sofu u isturenom prozoru. Dugo smo sedeli i ćutali dok nam se sve slegalo i obrađivalo u glavama.

– Ovo je kao nekad – na kraju je Hit rekao i prekinuo tišinu. – To što nas troje sedimo ovako tačno je kao nekad.

– Da bi bilo kao nekad, trebalo bi da sediš tamo i zuriš u ovu ovde – podsmehnula se Trina. Boravak u Lidsu joj je pokvario londonski izgovor. Njena deca sa Stedmanom – od osamnaest meseci i tri godine – ljupko su govorila s jorkširskim izgovorom.

– Tačno – odgovorio je Hit neodređeno se smešeći. Shvatila sam da je taj dan na njega imao pozitivan uticaj. Kao da ga je trgnuo iz omamljenosti u kojoj je bio, pa je počeo da komunicira i opšti sa svetom, da razgovara s ljudima, da se seća oca. Otkopčao je gornje dugme košulje crne kao ponoć i olabavio kravatu iste boje. Ipak je zadržao na sebi sako, što je značilo da se nije sasvim opustio. – S vremenom sam ipak postao jedan od vas.

– S vremenom – rekla je Trina. – I bio si veoma dobrodošao.

– Da, veoma dobrodošao – zapevala sam. Iako možda dobra za Hita, sahrana je uzela velik danak u mom slučaju. Usporavala sam, moja sposobnost da idem dalje i da njih guram konačno se iscrpela. Osećala sam se kao da me je zveknuo kamion i želela sam samo da spustim glavu na naslon sofe i zaspim.

Trina je oslonila glavu pozadi. – Jel' sad ovo to? Hoćemo li se odsad viđati samo na sahranama? – tužno je pitala.

– Nadam se da nećemo – odgovorila sam boreći se sa umorom koji mi je sklapao oči. – Svi filmovi koje sam gledala i knjige koje sam čitala naveli su me da verujem kako će nam se u dvadesetim i tridesetim sve vrteti oko svadbi i rođenja. A ne oko sahrana. Ozbiljno bih popizdela ako to ne bude slučaj. Većinu stvari mogu da prihvatim, ali ne i da skroz omašim koliko će mi kombinacija odeće za venčanja trebati u dvadesetim i tridesetim.

– Isto. Isto. Dakle, kad mogu očekivati pozivnicu za vaše venčanje? – lenjo je upitala Trina i sama zatvorenih očiju. – Jesam li u datim okolnostima s mladine ili mladoženjine strane? Samo se šalim, naravno da sam s mladine, jer sam deveruša! Ili sam počasna matrona, s obzirom na to da sam se prva udala?

Na sobu se spustila nelagodna tišina pa se širila i gotovo momentalno ispunila sav prostor neprijatnim, teskobnim mukom. Ispričala sam Trini da smo spavali one poslednje noći u Lidsu, ispričala sam joj da me je nagovarao da izlazim s njim, čak sam joj rekla i da smo u suštini raskinuli kad nije mogao da dođe na njeno venčanje zato što je bio u Australiji. Ispričala sam joj kako smo ponovo bili zajedno po njegovom povratku i kako nam je zatim bila potrebna pauza, ali smo ostali u kontaktu. No nisam joj ispričala da sam počela aktivno da ga izbegavam kako bi mogao da krene dalje. Bila sam oprezna u pričanju o Hitu kad god bi Trina pitala šta se dešava, što je ona verovatno shvatila kao da ne želim sve da ureknem ćaskanjem o tome, ali da smo nas dvoje zajedno. To što sam je pozvala da joj javim za smrt Hitovog tate mora da je kod nje samo potvrdilo tu pretpostavku.

– Šta? Šta sam rekla? – pitala je i podigla glavu. – Zašto se oboje ponašate kao da sam upravo detonirala u učtivom društvu?

– Ja, ovaj, ja imam devojku – kazao je Hit u neprilici, tako da je petljao oko kragne i meškoljio se.

Trina se naglo uspravila celim telom. Istovremeno sam ja uplašeno iskolačila oči. – Imaš devojku? – upitala ga je Trina mršteći se na njega kao da nije sigurna šta je upravo čula.

– Da – odgovorio je Hit.

– Devojku koja nije Klio?

– Devojku koja nije Klio – potvrdio je.

Moja najbolja drugarica je odreagovala tako što je zbrčkala lice u neverici i s gađenjem. – Jesi li znala za ovo? – pitala je obrušivši se na mene kao da sam ja nešto zgrešila.

Zavalila sam se u sofu prikovana žestinom njenog pogleda. – Ne – rekla sam. – Ništa nisam znala o tome. – Tog trenutka su na sve strane udarila zvona za uzbunu. Ako Hit ima devojku, kog đavola je provodio sa mnom svaki sekund prošle dve i po nedelje? Čak me je nekoliko puta ubedio da ga pustim da legne sa mnom u krevet. Ništa se nije dogodilo i odlazio je pre nego što ijedno zaspi. Ali ako ima devojku, šta dođavola misli da radi?

– Koliko se već viđaš s njom? – pitala je Trina opet se obrušivši na njega.

– Ovaj... valjda oko šest meseci... do godinu dana? – rekao je a glas mu je sa svakom reči bio sve tiši dok „godinu dana“ nije izgovorio jedva čujno.

– Godinu dana?! – tiho je zakreštala Trina da ne bi uznemirila njegovu majku. – A ti stvarno nisi znala za to? – upitala je mene.

Zavrtela sam glavom. – Nisam. – Nisam znala. Da jesam, ne bih uzimala u razmatranje pijane, noćne pozive u kojima me je molio da ga pustim da dođe kod mene, preklinjao da još samo jednom vodimo ljubav, takoreći plakao da dođe i zagrli me. Svakako ne bih smatrala mogućim da mu se vratim kad me je preklinjao poslednji put, pet meseci ranije.

– Pa gde je ona? – pitala je Trina vrativši se na njega. – Kako izgleda? Koja je od onih danas? I zašto sad nije ovde da s nama popije neko piće?

Hit je skliznuo sa svog mesta tako da je praktično bio horizontalno dok se trudio da se sakrije. Ni Trina ni ja ništa nismo rekle i čekale smo da odgovori. – Nisam... nisam mislio da je prikladno – konačno je rekao. – Nije poznavala mog tatu. Videla ga je samo nekoliko puta. Ne bi bilo prikladno.

Trina je još više zbrčkala lice, sada od zgađenosti. – Zašto lažeš, druškane? – pitala je najednom svojim trinidadskim izgovorom u punoj snazi.

– Zašto misliš da lažem?

– Da li je Klio uopšte upoznala tvog ćaleta? Čak i na dodeli diploma?

Odgovor je glasio ne, i svi smo to znali, tako da se Hit povukao u ćutanje.

– Dakle, zašto lažeš?

Uzdahnuo je, pa digao pogled u nebo. – Ona ima problem s Klio.

– Tu ženu nisam ni upoznala – negodovala sam za slučaj da Trina ne pomisli da sam jedna od onih „ne želim ga, ali nijedna druga ne može da ga ima“.

– A problem je...?

– Misli da sam i dalje zaljubljen u Klio. Misli da ću joj se, ukoliko mi Klio dâ ikakav znak da je zainteresovana, vratiti brzinom metka.

– Zasad ovde nisam ustanovila laž – kazala je Trina.

– Htela je da mi postavi ultimatum za sahranu, ali sam je pretekao rekavši joj da se ne zaleće izjavama ni ultimatumima, jer ako do toga dođe, neću nju odabrati. Rešila je da ne dođe na sahranu.

– Hoćeš da kažeš kako si joj ti rekao da ne dolazi – ispravila ga je Trina.

– Ne, rekao sam joj da je dobrodošla. Da bih voleo da dođe, ali sam rekao i da će Klio biti tamo kao moja glavna podrška, i to je bilo to.

– Hite, to je prilično grubo – rekla sam zaprepašćena njim. – Zapravo je sasvim surovo. – Nikad ga nisam smatrala surovim.

– Šta treba da joj kažem? – brecnuo se on. – Da, odustaću od svoje najbliskije prijateljice zbog tebe, žene u koju zarivam đoku godinu dana?

Trina i ja smo se trgle. – Hite, to je zapravo odvratno – prasnula je na njega Trina.

– Zaista je odvratno – dodala sam. – Nadam se da o meni nikad ne govoriš tako.

Hit je podigao ruke, pa ih nemoćno spustio. – Samo što mi je tata umro. Nisam ja... Jesam skot. U redu. Nikad njoj to ne bih rekao. Nit bih govorio o njoj pred nekim drugim, samo pred vama dvema. Nadam se da to znate. Samo sam slomljen. *Slomljen*. Ne mogu da se osvestim da sam ga izgubio. Bio je tu, i odjednom ga više nije bilo.

Iznenada sam se setila šta je govorio u retkim prilikama kad bih ga navela da se otvori o svojoj prvoj ljubavnici, nastavnici prirodnih nauka koju je muž ubio. Iz svega što je govorio najjasnije je izviralo to kako se užasava toga što ljudi naprosto mogu prestati da postoje. Što su sad tu, i odjednom ih više nema. Ovo mora da je podsetnik na to. Na krhkost života. Kako on iznenada može biti oduzet.

– Jebiga – rekao je trljajući oči. – Moraću da raskinem s njom, jel' tako? Nije dovoljno što je on umro, moraću da odustanem od nekog ko mi se zaista dopada.

– Nemoj to da radiš – kazala sam.

– Da, nemoj to da radiš – dodala je Trina. – Nemoj zbog Klio. Nemoj kad i ona ima dečka.

Hit je naglo spustio ruke s očiju, pa se polako izdigao dok nije opet sedeo kako treba. – Ti imaš dečka? – pitao je.

Malčice sam klimnula glavom.

– Zašto mi nisi rekla?

– Nisi me pitao – odgovorila sam i zaista se osećala neprijatno.

– A njemu nije smetalo što si ove dve nedelje sa mnom?

– Zašto bi mu smetalo? Mi smo samo prijatelji, a tebi je užasno i potrebna ti je moja pomoć.

Moj bivši ljubavnik, jedan od najboljih prijatelja, zagledao se u crni ekran televizora, a onda opet počeo polako da trlja oči.

– Hite, ne idi tamo – iznenada ga je upozorila Trina. Bilo je to takvo upozorenje da sam i ja morala da je pogledam. – Nemoj opet da gubiš razum zbog Klio. Obožavam ovu ženu, apsolutno je obožavam, ali ona nije vredna da zbog nje izgubiš razum. Šta bi rekao nekom od svojih klijenata u ovakvom slučaju? Bi li mu rekao da ostane sa ženom s kojom je? Da, iako možda nije lud za njom, ne pravi ogromne promene naprečac dok je u žalosti zato što bi to sve zamaglilo? Pusti da se prašina slegne. Izduvaj se.

– Kad si ti postala psiholog? – upitao je Hit.

– Nisu mi potrebne kvalifikacije iz psihologije, samo čista i potpuna ljubav prema vama dvoma. Ne želim da upropastiš prijateljstvo upuštajući se u to kad ni jedno ni drugo niste spremni ni slobodni.

– U pravu si – konačno je rekao Hit.

– Naravno da jesam. Uvek sam ja u pravu. Hite, srce, otvori dobar rum. Hajde da sa stilom nazdravimo tvom starom.

Pošto sam ispratila pogledom njegov crni obris kako odlazi hodnikom do kuhinje, a nas dve ostale same u sobi, nagnula sam se prema Trini. – Zašto si mu rekla da imam dečka? – šapnula sam. Pogled sam prikovala za vrata da bih videla kad se Hit vraća.

– Zato što je već pukao. To se vidi. Poslednje što mu treba jeste da se vrati na staro s tobom. Isto važi i za tebe, ne treba da te uvuče u to. Ionako je previše intenzivan, zamisli kakav bi sad bio. – Zavrtela je glavom. – Ne, potreban mu je predah, oboma je potreban. – Bila je, naravno, u pravu, ali nisam volela da lažem. Bilo bi mu previše lako da me provali, a to bi izazvalo još mnogo bola i uznemirenja.

Kad se vratio, Hit je doneo tri teške kristalne čaše i bocu pića boje tamnog ćilibara. Pošao je na drugi kraj sobe pa pružio čašu Trini prolazeći pored nje, a zatim je, umesto da se vrati na svoje mesto s njom na sofi, prišao i spustio se pored mene. Blizu. Isuviše blizu.

Pružio mi je čašu, a kad sam obavila prste oko nje, Hit je nije pustio. Umesto toga, povukao ju je prema sebi gledajući me pravo u oči. One njegove hipnotičke zelene oči zadržao je na meni dok su nam tela bila spojena preko čaše.

– Zdravo – blago je prošaputao.

– Zdravo – odgovorila sam isto tako blago.

Spustila sam pogled i nasmešila se prihvatajući čašu.

Trinino upozorenje kasno je stiglo. Hit se upravo tamo vratio. A iz nekog razloga, izgleda da sam se vratila i ja.

10.

10. AVGUST 2022.
KUĆA KLIO I VOLASA, NA GRANICI IZMEĐU BRAJTONA I HOUVA
KASNO VEČE

– Moram da ti kažem, nećako Lolo, volim kad mi ovako pomažeš u poslu.

Sedimo na kauču a noge držimo na dva velika okrugla taburea pokrivena kente platnom, koje nam je mama donela kad je poslednji put bila u Gani. U velikim činijama na stomacima imamo grickalice, a na stočiću se znoje velike čaše ananasa sa sodom. Gledamo njene školske božićne snimke, kojih imamo mnogo, pa ih ocenjujemo prema tome koliko su slatki, tačni i kolika im je ukupna stvaralačka vrednost. Zasad verzija predškolskog rastura.

– Odobravam takođe i ovu aktivnost – kaže ona mudro. – Odobravam proveru toga koliko sam slatka kroz godine. To je uživancija.

– Svakako jeste.

– Znači ti i stric Vols ste zaista završili? – kaže bez ikakvog upozorenja. To što čujem da neko drugi to kaže ostavlja me bez daha.

– Otkud da me to pitaš?

– Vi odrasli, zar zaista mislite da ja i moji vršnjaci ništa ne znamo, ha?

– Valjda.

Nežno spušta dlan na moju ruku, pravi ozbiljan izraz lica, zabrinut i pun razumevanja. – Hoćeš li da razgovaramo o tome?

– Ne, dušo, ne želim da razgovaramo o tome. Ali želim da razgovaramo o tome kako je moguće da tvoj izuzetno slatki Josif iz predškolskog postane nevaljali pastir broj tri u trećem razredu.

– U redu je – kaže i mudro klima glavom dok me tapše po ruci kao što bi radila nekoj postarijoj strini, za kakvu me, teško mi je da priznam, verovatno i smatra, u stilu: „još si u fazi patnje; nisi spremna da pričaš o tome pa skrećeš, menjaš temu. Sve je to sasvim normalno.

Kad budeš spremna da pričaš, biću tu." Uzima čašu i otpija ogroman gutljaj, cokne usnama i kaže: – Biću tu.

Sigurna sam da ćeš biti, mislim. *Sigurna sam da ćeš biti. Ali trenutno niko ne može da mi pomogne. Niko ne može da se založi za mene.*

Lids, 2003.

Dok sam bila na koledžu dobila sam upalu pluća.

Očigledno nisam znala da je to upala pluća, pa sam mislila da će to srediti nekoliko tableta protiv prehlade. Tek kad je mama zapretila da će sesti na voz za Lids, otišla sam lekaru. On mi je rekao da sam preterala sa zabavama. Poslušno sam to prenela svojoj majci bolničarki, a ona mi je rekla da ćemo se videti za pet-šest sati kako bi me odvela u urgentni centar.

Tad je Trina pozvala taksi, pa smo ono malo novca što smo imale upotrebile da odemo do *Džimija* (Bolnica *Sent Džejms*), koji je u samom centru Lidsa. Pošto smo čitavu večnost čekale, rečeno mi je da to nije prehlada, da nije zbog preterane zabave već da je upala pluća. Da sam prilično ozbiljan slučaj i toliko bolesna da su me odmah primili u bolnicu kako bi mi intravenozno upumpavali lekove. Ispostavilo se da je mama, kao i uvek, u pravu (kao da nismo svi to već znali), pa sam pet noći provela u bolnici kao i nekoliko nedelja kod kuće oporavljajući se, bez odlaska na predavanja.

Od izlaska iz *Džimija* – kolima koja je Hit pozajmio od druga – nisam se tamo vraćala. Sve do onog dana. Kad sam trčala hodnicima i pokušavala da nađem Trinu.

Koju su opljačkali.

Koju su uboli nožem.

Niko nije mogao da me ubedi da je dobro dok se sama ne uverim. Hodnici su mi se svi činili isti – ista bezlična boja zidova, ista bezlična boja gumiranog poda, isti pomalo zemljani miris dezinfekcionog sredstva, koji mi se uvlačio u nos u svakom hodniku kojim sam trčala. Čula sam svoje korake dok sam skretala na uglovima i trudila se da pratim uputstva koja su mi davali, ali bez ikakve predstave kuda idem.

Skrenula sam za ugao i iznenada je preda mnom bilo ginekološko odeljenje, jedino na kome je, navodno, bilo mesta za nju. Usporila sam pre nego što sam stigla do vrata boje drveta, spustila šake na butine, pokušala da uvučem vazduh u pluća.

Kad sam pozvala Hita i rekla mu, hteo je da pođe sa mnom, ali nije mogao da ode s posla. Ja sam tad opet radila puno radno vreme i preko telefona sam rekla šefu da je slučaj hitan i nisam se gnjavila da saznam hoće li biti problema što odlazim. Doslovno me nije bilo briga ni za šta osim za to da odem do Trine.

Pitala sam bolničarku iza velikog kružnog pulta gde mogu da je nađem, a ona je pogledala kao da se sprema da mi pomene vreme posete. Ipak mora da je videla užas na mom licu koji se tamo urezao otkad sam primila poziv, pa me je uputila u sobu u kojoj je bila Trina. – Samo tiho – rekla je.

U sobi je bilo šest kreveta s velikim prozorom preko celog zida naspram vrata. Odmah sam ugledala Trinu – bila je u krevetu najbližem prozoru, pa sam morala da se obuzdam da ne pretrčim to kratko rastojanje i da je ne zagrlim. Obuzdavajući se, navukla sam zavesu oko nas radi privatnosti, pa sela.

– Srce – rekla je čim smo se izolovale – nisi morala da dođeš. Zato sam i rekla Stedmanu da ti ne govori. Znala sam da ćeš uraditi ovako nešto.

– Ma beži! Kao da ne bih došla.

Pošla sam da je zagrlim, a ona se trgla, uplašena da je ne povredim. Ukipila sam se, a zatim se povukla i sela na stolicu. – Šta se dogodilo? – pitala sam je. Imala je kanilu na nadlanici pričvršćenu flasterom. Njena raspletena kosa do ramena bila je zalizana s lica čime su naglašene njegove prelepe crte – divne, krupne smeđe oči, pune usne lučnog oblika, širok nos; ta moja drugarica bila je prava lepotica. Užasavala me je pomisao da bi neko mogao da joj naudi. Šta bi bilo da je to ono? Da nemam priliku više nikad da je vidim? Suze su mi navrle na oči.

– Zašto plačeš, ćurko jedna?

– Zato što mi je neverovatno da je neko mogao da ti uradi ovo.

– Dobro, u redu, imaš dozvolu da plačeš.

– Šta se dogodilo? – ponovila sam i rukavom ubrisala uglove očiju.

– Ne znam – odgovorila je. – Mislim, znaš ti mene, nisam nikakav junak. Neko mi priđe i traži nešto, to dobije, bez rasprave. Bila sam na parkiralištu kod posla, sezona je razvoda – broj ljudi koji pokušavaju da prikriju imovinu u ovo doba godine uopšte nije mali! Otvaram vrata kola s prepunom kutijom u rukama, torbom preko drugog ramena i onda se neko stvori iza mene. Od straha ispuštam kutiju.

– Prvo sam pomislila da će... pa sam se ukočila. Nisam mogla da se mrdnem. Onda on kaže: „Daj mi sav novac." Ja dignem ruku, uspem da skinem torbu i bacim mu je. Ali ona ga nije zanimala. Nekako mi je prišao i osetila sam da mi je nešto gurnuo u bok. Onda kaže: „Jezik za zube", okrene me i onda... – Prestaje da priča a celo telo joj se stegne. Kruto se drži kao da, zamišljam, ponovo proživljava taj trenutak.

– U redu je, u redu je – umirujem je i milujem joj podlakticu, pa je nežno uzimam za ruku.

– Odigralo se tako brzo. Odjednom shvatam da ležim na zemlji. Zapravo ništa nisam videla. On uzima moju torbu, vadi novčanik i onda... to je uvrnuto... vadi moj mobilni i poziva hitnu pomoć.

– Šta?

– Da, pozvao je 999 i rekao „hitnu pomoć", pa im rekao naziv parkirališta i zatim ćušnuo telefon – i dalje na vezi – u moj džep.

– Šta? Zašto?

– Niko ne zna. Policija misli da je taj, ko god on bio, hteo samo da me uplaši, ali ni oni nisu sigurni. Očigledno su se potrudili da shvate šta se dogodilo *tek* pošto su proverili da nisam narkomanka niti „prijateljica noći".

Obe smo istovremeno gnevno zacoktale na to da su prvo proverili je li ona van zakona pre nego što su i pomislili da istražuju ono što joj se dogodilo.

– Znači misle da je neko samo hteo da te zaplaši?

– Da. Da me zaplaši, ne da me ubije. Mislim, nož mi je zario tako da izbegne sve glavne organe i nije naneo mnogo štete. Hteo je da mi pripreti.

– Ali ko bi to hteo?

– Ko zna. Ne bavim se krupnim slučajevima, ali u kancelariji trenutno ima nekoliko „delikatnijih" slučajeva s prilično prepredenim ljudima pa... Ali, opet, ja sam pri dnu lestvice, čemu se okomiti na mene?

– Možda bi privukli previše pažnje da krenu na nekog na višem položaju, pa su udarili na nekog nad kim se zločin ne bi previše istraživao? A napad na nekog pri dnu doveo bi do uzbune kod svih na poslu.

– To su u suštini i u policiji rekli. Stoga je bilo lepo od njih što su mi objasnili da neće sprovoditi sveobuhvatnu istragu, tek ovlašnu.

– To je užasno – rekla sam i dalje je držeći za ruku. – Žao mi je što ti se ovo dogodilo. Osećam se tako bespomoćno.

– I ja.

– Slušaj, kad ti bude bolje, hoćete li ti i dečaci da dođete kod mene i ostanete neko vreme? Znam da će biti tesno, ali prijala bi ti promena okruženja.

– Volela bih, srce, ali mi se spremamo na potpunu i trajnu promenu okruženja.

– Ne razumem.

Trina je uzdahnula pa oprezno podigla ruku i prešla njom preko lica. Možda je i počela da nosi puštenu i začešljanu kosu zbog posla, ali nokti su joj i dalje bili na višem nivou – trenutno s crveno-belim prugama, kao luša. – Za Stedmana je ovo kap koja je prelila čašu. *Odavno* priča o tome da se odselimo na Barbados. Tamo ima kuću, njegovi su tamo. Želi da dečaci dobiju pravo obrazovanje i budu okruženi ljudima koji izgledaju kao mi. Moji roditelji su se vratili na Trinidad, pa će mi biti lakše da se viđam s njima. Uglavnom su nas ovde zadržavali poslovi – ali on može, ako hoće, da dobije posao tamo u lokalnoj vladi. Sad kad se ovo dogodilo, on samo hoće da ode. Tamo ima mnogo posla za knjigovođe – čak i britanske firme hoće da ljudi rade tamo. Tako da se pakujemo i odlazimo.

– Ne. Ne. Ne možete.

– Ipak idemo. Da budem iskrena, Klio, ne verujem da ću se ovde ikad više osećati bezbedno.

– Ali nikada te neću viđati.

– Jedva me i ovako viđaš. Mislim, uvek ima rođenja, smrti, venčanja, i to se neće promeniti, jel' tako? Uvek ću dolaziti zbog njih.

– Ali nećeš biti ovde – zakukala sam i, prilično jadno, zajecala. *Uh, prekini, Klio!*, rekla sam sebi. *Prekini.* Nisam imala pojma zbog čega sam se iznenada toliko uznemirila, toliko ožalostila. Jedva sam se i viđala s Trinom, redovno smo se čule, ali nalazile smo se možda jednom godišnje. Kako je ovo moglo išta da promeni?

– Dirnuta sam, srce, istinski. I ti ćeš meni nedostajati.

Pričale smo još malo, ali videla sam da se umorila i da želi da spava. – Videćemo se sutra – rekla sam joj i poljubila je u čelo.

Pričekala sam da izađem iz njene sobe pa da se istinski rasplačem. To mi se činilo tako značajnim. Kao nekakva prekretnica u mom životu, iako ništa nije bilo mimo uobičajenog. Prijatelji stalno odlaze. Venčavaju se, dobijaju decu, dobijaju nove poslove, sele se u druge zemlje, čak se sele u životne prostore čiji vi više niste deo. Sve se menja, prijateljstva se menjaju na mnogo različitih načina. Znala sam to. Doživela sam to.

Samo što mi se ovo... ovo mi se činilo užasno konačnim. Kao da je više nikad neću videti. Kao da će, kad ona s porodicom ode, voda za njima da se sklopi i da nikad više neću moći da vidim kuda su otišli, da neću biti u stanju da opet budem s njima. A to nisam mogla da podnesem.

Lids, 2003.

– Kako je ona? – pitao je Hit. Pošao je da obiđe Trinu pošto je napokon uspeo da pomeri zakazane terapije i sastanke.

– Dobro je – promrmljala sam u telefon.

– Zar nije dobro? Zvučiš zaista uznemireno. Jel' gore nego što smo mislili? Hoće li...?

– Ne – presekla sam ga pre nego što izgovori *onu* reč. Tog trenutka nisam mogla da podnesem da je čujem. – Ni blizu tome. – Mada je donekle bilo tako. Oduzeta mi je, mada ne onako kako je on mislio, a nisam ni smela da žalim kako treba. Zvučalo bi jadno da naglas izgovorim: *Moja najbolja drugarica kreće dalje, obezbediće bolji život za sebe, svog muža i decu, živeće na karipskom ostrvu, a ja sam se potresla zbog toga.*

– Šta je onda?

– Ništa – odgovorila sam.

– Otvori vrata – rekao je.

– Molim?

– Tu sam, otvori mi.

Zabatrgala sam se iz kreveta i skoro se saplela o rođene noge dok sam trčala da otvorim vrata sobe 313. A tamo je bio on. Hit. Celo telo mi je klonulo od olakšanja kad sam ga ugledala i morala sam da se pridržim za vrata da ne bih pala.

Osmehnuo se i rekao: – Nameravao sam da odem pravo u svoju sobu, ali zvučala si tako tužno da sam pomislio kako je bolje da te obiđem.

Pomerila sam se u stranu da ga pustim, a on je ubacio manju i veću torbu na pod pored vrata. Odmah je zbacio cipele i otišao u kupatilo da opere ruke. Stajala sam pred vratima kupatila, kršila ruke i skakutala s noge na nogu, kao dete koje čeka Deda Mraza.

– Dođi ovamo – rekao je i zagrlio me. To je jedna od najboljih Hitovih osobina, ta sposobnost da zagrljajem skoro odagna bol. – Biće sve u redu – šapnuo mi je u kosu. – Sve će biti u redu.

Malo se odmakao i zagledao mi se u oči. – Treba li nešto da znam? – blago je pitao. – Treba li da odem da je vidim dok još mogu?

– Ne, nije ništa takvo u pitanju. – Pre nego što je uspeo išta više da kaže, pre nego što sam razmislila o tome, pritisnula sam usne na njegove i zažmurila. Prvi put se Hit prvi odvojio. Zatim je koraknuo unazad, da ne mogu da ga dohvatim. – *Klio!* – izustio je kao da je u agoniji, kao da mu je to što sam uradila izazvalo pravi, fizički bol. – Još sam sa Abi. Ti si mi rekla da ne raskidam s njom.

– Da, pa, nisam znala da će moju najbolju drugaricu ubosti nožem i da će ona zbog toga rešiti da ode na drugi kraj sveta!

– Znači, zapravo ne želiš mene nego... Čekaj, šta će ona?!

– Trina i njena porodica se iseljavaju čim budu mogli.

– O. *O.* To nisam očekivao. – Načas je i Hit izgledao poraženo. – To ipak ne menja činjenicu da ne želiš zaista mene, već me samo koristiš da bi se osećala bolje.

– Ne verujem da i dalje imaš devojku – rekla sam mu iznenada ga jasno sagledavši. Ta njegova ljutnja? Bila je lažna. Bio je to štit iza kog se krio za slučaj da ga opet odbacim. – Raskinuo si s devojkom dan posle sahrane, jel' tako?

U očima mu je blesnulo osećanje koje nisam znala gde da smestim, nešto što mislim da nikad nisam videla.

– Jel' tako?

– Ništa ti o tome ne znaš – odgovorio je tiho ali ljutito, gotovo opasno.

I sama sam se ljutila. Ljutila se na Trinu što odlazi, na njenog napadača zato što ju je podstakao da ode i na sebe zato što sam bila tako jadna zbog toga. Reagovala sam potpuno nesrazmerno onome što se dešava, i to me je navelo da se opet zapitam jesam li na neki način oštećena. Zato što kao da sam za kratko vreme prelazila od toga da ne osećam mnogo do toga da osećam još kako mnogo. Možda je sve to deo onog što sam ranije mislila da je kod mene pogrešno – do svojih osećanja nisam mogla da dođem kako treba. Ili ispravno. U onom trenutku sam pak jednostavno želela da osećam nešto drugo. Da radim nešto drugo, a ne da se udubljujem u ono što gubim.

Gledajući pravo u svog bivšeg ljubavnika, uplašena ali prkosna, skinula sam majicu. Stajala sam pred njim bez ičeg gore, bez brusa, i pokazivala mu svoje telo. Bila sam prilično ubeđena da me i dalje želi – da me ne želi, ne bi lagao o tome da je i dalje s devojkom; da me ne želi, ne bi zurio u mene onako kako je zurio pošto sam mu sasvim jasno stavila do znanja šta želim.

Otišla sam nazad u sobu, zbijenu i udobnu (najbolju koju sam mogla da priuštim), prigušeno osvetljenu jer sam se spremala za krevet. I dalje ne skidajući pogled s njega, sela sam na rub kreveta i gledala ga. Prkosno. Uplašeno.

Stajao je nepomično i kruto pod lukom pored kupatila i zurio u mene, očigledno u neverici zbog onoga što radim. Očigledno rastrzan dilemom kako da reaguje.

Odluka je bila na njemu. Mogao je da ode, da se vrati u svoju sobu i sutradan se ponaša kao da se ovo nije ni dogodilo. Znao je da bih pristala na to, da bih bila u stanju da se tako pretvaram.

Mogao je to da uradi.

A mogao je i skoro da zaurla od muke. Mogao je da mi priđe, praktično rastrgne svoju odeću kako bi je se oslobodio i odbaci je kao da nikad više ne želi da je vidi dok ja ležim na krevetu. Go, mogao je meni da svuče donji deo pidžame, odbaci ga isto kao svoju odeću. Mogao je da mi raširi noge i zareži dok ulazi u mene, tako grubo da malo kriknem. Mogao je da me gleda u oči dok prodire u mene s mešavinom ekstaze i gneva, radosti i besa na licu.

– Ne želim da bude ovako – rekao je i zgrabio me za butine veoma čvrsto da bi mi prišao najviše što može i da bi me ispunio što je više moguće. – Ne želim da te volim.

– Znam – odgovorila sam bez daha zato što je bio na ivici, na samom rubu da me povredi. Ipak nisam želela da stane, želela sam upravo ovo. – Znam.

– Ne želim da te volim – ponovio je glasnije i još jače se zario u mene. – Neću kad me to izluđuje. Neću. Neću. – Još snažnije mi je stegao noge.

Sad me je zabolelo, i jedan deo mene hteo je da mu kaže da bude malo nežniji, ali drugi deo je osećao da to zaslužujem. Zaslužujem da me on povredi, baš kao što sam ja povređivala njega. – Znam – jeknula sam od bola. – Znam.

– Izluđuješ me, ali te volim. Volim te. Volim te. – Uporno je to ponavljao sve dok se reči nisu spojile i prerasle u stenjanje, njegovo prodiranje u udarce nepodnošljivog mučenja, a njegov stisak postao tako snažan da sam pomislila da će mi prstima zdrobiti butine.

Dok je on orgazam doživljavao glasno i gnevno, ja sam ga osećala tako da nisam razaznavala gde bol prestaje a užitak počinje.

Gotovo istog trena Hit se povukao, pustio me i srušio se na krevet pored mene. Dlanove je pritisnuo na oči i zajecao, a zvuk njegovog očajničkog plača ispunio je svaki deo sobe i prigušio sve zvukove i sav vazduh.

11.

11. AVGUST 2022.
KUĆA KLIO I VOLASA, NA GRANICI IZMEĐU BRAJTONA I HOUVA
RANO JUTRO

Frenklin se nije vratio ni do doručka. Nema ni Volasa. Počela sam mužu da pišem poruku, da ga pitam gde je, da pitam je li dobro, da pitam kad će se vratiti, ali stala sam usred pisanja i podsetila se da sam upravo ja predložila da se držimo podalje jedno od drugog. Znajući da je velika verovatnoća da će Volas, pošto sam već konkretizovala držanje podalje tako što sam ga (dvaput) pretočila u reči, otići – odsesti kod prijateljâ, prijaviti se u hotel, ili čak spavati u kancelariji kako bi sebi omogućio prostor. Oduvek me je izluđivala njegova sposobnost da jednostavno ode i zatvori se za mene.

Prvi put se desilo kad smo zajedno bili oko šest meseci, i sve je bilo pojačano, napeto, grozničavo. Sve vreme sam bila u strahu da će otkriti istinu o meni i napustiti me, i činilo mi se da on stalno čeka da kažem nešto što će pogrešno shvatiti. Tako da je, kad sam se našalila kako on ne zna kako povremeno treba očistiti mašinu za pranje sudova, sve kulminiralo time da je urlao na mene da sam nadobudna, a ja sam vikala da postoji milion stvari koje sam radila u njegovom stanu a on ih uopšte nije primećivao, pa ako sam i nadobudna, to je stoga što sam iscrpljena od toga što ja radim sve teške poslove u stanu i u našoj vezi. Reagovao je tako što me je prostrelio pogledom kao da vidi sve ono užasno što sam ikad učinila, kao da su svi moji raniji zločini ispuzali po meni, pa se okrenuo i otišao. Zatim se četiri dana nije javljao niti je slao poruke.

Ja sam se vratila u svoj stan i te dane provela hodajući po sobi, kršeći ruke i svesno se trudeći da mi ne pozli. Kad se četiri dana kasnije pojavio na mojim vratima, bila sam tako zahvalna da sam ga zagrlila i briznula u plač od olakšanja. Izvinili smo se jedno drugom zbog svađe i onog što smo rekli, ali nismo ni pomenuli njegov odlazak. Naravno isto je uradio još nekoliko puta, ali to me više nije onoliko uzrujavalo. A kad smo kupili zajedničku kuću, uglavnom je prestao to da radi. Sve dosad.

Lola natapa palačinke, meke i vazdušaste i veličine tacnice, organskim javorovim sirupom držeći bocu visoko iznad tanjira. – Bolje bi ti bilo da pojedeš sve to – kažem joj dok okrećem novu palačinku. – Tu imaš javorovog sirupa u vrednosti od oko četiri i po funte. Zato nemoj da te uhvatim da si ostavila kapljicu koju ćemo sprati u odvod. Pojedi sve. – Gledam je kako vrh kažiprsta provlači kroz mrku pastu, zahvata debeo sloj sirupa i diže ga do usana.

– O tome ne brini, teta K. – Malim, ružičastim jezikom polako liže sirup. – I bez uvrede, ali nisi nimalo strašna. Moja mama je zastrašujuća. Tata ume isto da bude. Očigledno su obe bake u vrhu. Čak je i stric Vols strašniji od tebe. Ti si sasvim na dnu te liste.

– Hvala.

Kuc-kuc, zvrrr-zvrrr, začuje se na vratima. Gasim ringlu ispod tiganja s palačinkom, spuštam spatulu i mrko gledam Lolu dok idem prema vratima.

S druge strane vrata nije poštar kako sam očekivala. Dvoje koje tamo stoje su zapravo policajac i policajka. Oboje u civilu, ali oboje tako očigledno iz policije, kao da nose uniforme. – Jeste li vi Klio Prajs? – pita žena.

Ovaj, da, nervozno odgovaram. Zatečena sam. Zatim sam uplašena. Nisam očekivala da će četvrtak ujutro početi posetom iz policije, naročito kad moj muž nije ovde. Pogledom prelećem s jednog lica na drugo. Da li će me obavestiti o smrti? Jesu li došli da mi kažu da sam postala udovica?

Ni jedno ni drugo ne progovara, ali oboje me gledaju kao da čekaju nešto pa shvatam da zapravo ništa nisam izgovorila. Umesto da kažem, klimam glavom.

– Ja sam policijski detektiv Amvel – kaže muškarac i pokazuje karticu s grbom i njegovom slikom i nečim napisanim za šta sam suviše uzdrmana da bih dešifrovala. – Ovo je policijski detektiv Matison. – Ona isto pokazuje karticu. – Možemo li da uđemo i postavimo vam nekoliko pitanja?

Gledam preko ramena prema kuhinji. Ne bih ih poželela ovde ni inače, a pogotovo ih ne želim kad je Lola tu. Ponovo im pogledam lica. Ne izgledaju kao da donose obaveštenje o smrti, ne izgledaju kao da se spremaju da mi razore svet.

– Nije baš najbolji trenutak – odgovaram. – Usred doručka sam, trinaestogodišnja bratanica mog muža je ovde. Možemo li ovo u neko drugo vreme?

– Ne baš – kaže policajac. – Mi smo iz Odeljenja za teške zločine Sarija i Saseksa. Istražujemo ubistvo.

– Ubistvo? Kakve ja veze imam sa ubistvom?

– Zaista bismo više voleli da uđemo i obavimo ovaj razgovor – kaže detektiv Matison, policajka.

– Kao što rekoh, ovde mi je muževljeva bratanica. Ne bih da ona čuje ništa od ovoga, naročito ako ćete pričati o ubistvima.

– Ako vam je to draže, uvek možemo da vas odvedemo u stanicu zajedno s nećakom, siguran sam da će neko moći da je pripazi dok razgovaramo s vama? – nudi detektiv Amvel.

Ma nije valjda, gotovo im se narugam u lice. *Ko bi odabrao tu mogućnost? Niko, eto ko. Ipak, dobra vam je fora, policajci, dobra fora.*

Dok oni čekaju u dnevnoj sobi, kažem Loli da ostane u kuhinji, dovrši doručak pa upali televizor i nađe nešto da gleda s pojačanim tonom. Ali najviše od svega joj jasno stavim do znanja da se kloni dnevne sobe.

– Dakle, šta mogu da učinim za vas? – pitam ih ljubazno pa čak i pokažem da mogu da sednu ako to žele. Oni žele, te oboje sednu na sâm rub fotelje zbog čega deluju kao da im je izuzetno neprijatno. To govori, pretpostavljam, da nisu baš sasvim opušteni što su ovde, a to nadam se znači da, posle ovog puta, neće ponovo dolaziti.

– Poznajete li dobro gospodina Džefrija Berfilda? – pita policajac.

Džefri Berfild? *Berfild*... Ne prolazi mnogo vremena dok se dva dela mog mozga ne povežu preko sećanja. – Advokat?

– Da. Radio je u kancelariji blizu brajtonskog hipodroma – odgovara detektiv Amvel.

– Dobro, pa, onda ne mogu reći da ga uopšte znam. Mislim, razgovarala sam s njim telefonom i jednom u životu sam se videla s njim... A kako to mislite „radio"?

– Mislimo tako što je gospodin Berfild ubijen – kaže policajka. – A moguće je da ste vi poslednja osoba koja ga je videla živog.

Lids, 2003.

Pilula za dan posle.

O tome sam razmišljala sve vreme dok smo išli do Trine. Pitala sam se da li će ona, od trenutka kad uđemo, videti šta smo Hit i ja uradili prethodne noći. Ona je potvrdila da vidi time što je, kad je on otišao da nam donese kafu, očajnički zavrtela glavom i rekla: – Vas dvoje, tako mi svega.

Pilula za dan posle.

Trina mu je ispričala o svom planu da ode, a na mene je to delovalo gore nego prethodnog dana – osećala sam se kao da mi je opako čudovište mesožder kandžama iščupalo srce. Osećala sam se kao da se gušim. Osećala sam se kao da ću se zgužvati u gomili suza, kostiju i mesa, izdubljena realnošću ove situacije. Volela sam Trinu. Oduvek sam znala da je volim. Ali jesam li joj to rekla? Ili sam mislila da imam mnogo vremena da sve to uradim? Istini za volju, Trinu sam prihvatala zdravo za gotovo. Očekivala sam da će uvek biti tu. Očekivala sam da ću moći da uzmem telefon i kažem joj kako se nešto dogodilo, a ona će se naći ako je potrebno. Očekivala sam da ona meni napiše poruku i kaže da sam joj potrebna, a ja odjurim do nje. Mislila sam da mogu da udesim da kad god poželim odem kod nje u posetu, pa to nikad nisam uradila.

Naše prijateljstvo će uvek postojati, ali i neće.

Ova verzija toga je gotova. Gotova. Nema je. Mrtva je.

To što nisam iskoristila sve prednosti veličanstvenosti svoje drugarice, ogromne koristi koje je unela u moj život, teralo me je da se osećam i da radim ovako.

Pilula za dan posle.

– Ne podnosim to onako kako bi trebalo – kazao je Hit Trini. – Nisam siguran da mogu da se nosim s više promena. Priznajem, jedva se i viđamo, ali znam da si tu ako mi zatrebaš. Kao što je i ona – glavom je mrdnuo prema meni. Opustio je lice u osmeh. – Daleko smo dogurali od vremena kad sam zurio u tvoju ortakušu s drugog kraja zajedničke prostorije.

– Još kako smo – odgovorila je. Pogled je prenela na mene. – Neobično si tiha.

Pilula za dan posle.

Zagledala se u mene na način da očima polako prodire u moj um i u dušu, razgolićuje sve misli koje se trudim da sakrijem. Da li je znala koliko me grize savest zato što nisam bila angažovanija i prisutnija prijateljica? Koliko sam želela da se vratim unazad i dobijem priliku da provodim vreme s njom? Da li je znala kako mi je potrebno da uzmem kontracepciju za slučaj nužde zato što smo se Hit i ja krvnički pojebali prethodne večeri? – Samo najbolje što mogu upravljam svojom ojađenošću – rekla sam kukavno.

– Stvarno, vas dvoje, kao da živim s vama. Šta se događa?

– Samo mi je žao što nisam više vremena provodila s tobom. Poslednjih nekoliko godina bila sam suviše zauzeta, suviše ispunjena drugim stvarima a nedovoljno tobom – priznala sam. – Osećam se tako opustošeno, kao da mi je srce slomljeno ili tako nešto.

– Isto je sa mnom – rekao je Hit.

– Jebote, nisam na samrti! – odvratila je Trina. – Ostaću u kontaktu s vama. A vama dvoma seronjama kažem da treba da se sredite. I pritom u više od jednog smisla.

Govorila nam je o nama samima zapravo nam ne govoreći o nama samima. I bila je u pravu. Trebalo je da se sredimo. Morali smo da se dovedemo u red, da prestanemo da živimo od susreta do susreta u tom neodređenom stanju. *Ja* sam morala da se saberem.

Pošto popijem pilulu za dan posle.

Dugo smo se opraštali. U suzama i trapavo. Uprkos onom stavu „ovo je ono što želim, a vas dvoje treba da se sredite“, Trina je najviše plakala. Nismo mogli da je izgrlimo zbog rane, ali smo se držali za ruke, plakali, još malo plakali, otišli u potocima suza.

Napolju na pločniku, Hit i ja smo stajali jedno uz drugo i brisali lica.

Prethodne noći, posle onog svog neobičnog, žalosnog plakanja, Hit se zaodenuo napetom tišinom punom kajanja, u koju nisam znala kako da prodrem, a onda je bez ijedne reči otišao iz moje sobe. Legla sam u krevet, navukla čaršav i jorgan preko sebe, držala se za njegov miris na svojoj koži i pustila ga da me uljuljka u san. Dok je plakao, probala sam da ga utešim, a on se otrgnuo od mene ne želeći ni da ga dodirnem, kamoli da ga tešim. Tog jutra se pojavio na mojim vratima da idemo na doručak, kao da se ništa nije dogodilo. Nije to ni pomenuo. Nisam ni ja. Normalno smo doručkovali i ponašali se kao da prethodne noći uopšte nije ni bilo.

– Znaš li šta je naš problem? – pitala sam ga.

– Ne, šta je naš problem? – uzvratio je monotonim glasom. Odvojio se od mene sad kad smo ispunili dužnost da se pred Trinom ponašamo normalno jedno prema drugom. Pošto je to obavljeno, mogao je da me se otarasi.

Pomerila sam se i stala ispred njega, isturila donju usnu, nakrivila glavu. – Ne, šta je naš problem? – rekla sam približno njegovim sumornim glasom.

Razvukao je usne u kiseo osmeh – to ga je zabavilo i mimo njegove želje. – Šta je naš problem? – pitao je normalnijim tonom.

– Mi smo dvoje najjadnijih ljudi u ovoj Božjoj bašti.

– Provereno nema laži, kao što bi Trina rekla.

– Hajde da nešto uradimo povodom toga. – Uzela sam ga za ruke. – Hajde da prestanemo da budemo ti jadnici. Hajde da se sredimo i budemo zajedno, kako treba. Hajde da zajedno radimo mnogo toga zabavnog. Da se provedemo. Da vidimo kuda nas to vodi.

– Misliš to ozbiljno?

– Mislim.

– Dopada mi se kako zvuči to što mi govoriš. – Nakezio se, opuštenog lica i tela prvi put posle mnogo vremena. Pustio mi je ruke pa oprezno, kao da bih mogla da šiznem ako ne bude pažljiv, obavio ruke oko mog struka, privukao me bliže sebi.

Brzo, kako ne bih imala vremena da razmislim i eventualno se predomislim, obavila sam mu ruke oko vrata. Nameravala sam to da uradim. A kad sam već nameravala da napravim taj izbor, da uzmem život u svoje ruke, onda sam morala to da uradim kako treba, potpuno. – Dobro, hajde da počnemo da mislimo na ono što možemo da radimo zajedno u spavaćoj sobi i van nje – važi?

– Važi – rekao je.

– Međutim, moram pre svega da se domognem pilule za dan posle.

Hit me je još jače povukao sebi, proučavao mi je lice i videla sam koliko se trudi da se ne smeši, trudi da obuzda sreću kako me ne bi uplašio. – A kako bi bilo da je se ne domogneš?

– Da ne uzmem pilulu za dan posle? – odvratila sam.

– Da. Hajde da to prepustimo sudbini.

Srce mi je zahvatila panika, pokušavalo je da iskoči iz grudi dok mi se stomak istovremeno ispunio olovom. Jel' on izgubio razum? Da prepustim sudbini hoću li zatrudneti, hoćemo li postati roditelji?

– Jesi li ti lud?

– Stvarno to pitaš psihologa? – Primakao je lice mom licu. – Da, jesam. – Namestio je najblaženiji širok osmeh. – A znam da si i ti.

12.

11. AVGUST 2022.
KUĆA KLIO I VOLASA, NA GRANICI IZMEĐU BRAJTONA I HOUVA
RANO JUTRO

Reči i pitanja policajaca uporno su mi se vrteli u mislima dok sam ih pratila na izlazu.

– Zašto ste bili u kancelariji gospodina Berfilda?

– Imala sam zakazan sastanak. Razvodim se.

– Kada ste poslednji put videli gospodina Berfilda?

– Kad sam pošla sa sastanka. Oko četrnaest i trideset.

– Da li ste bili u prilici posle toga da u nekom trenutku opet odete tamo?

– Ne.

– Jeste li sigurni?

– Da, sigurna sam. Rekao je da će požuriti s papirima za moj razvod zato što... pa, nije važno zašto, ali rekao je da će mi se javiti. Trebalo je da zove u utorak, ali nije. Pitala sam se zašto i pokušala da ga dobijem nekoliko puta, ali sam shvatila da verovatno ima puno posla pa o tome više nisam mnogo razmišljala.

– Umro je nedugo posle vašeg odlaska iz kancelarije.

– Šta?

– Prema dokazima izgleda da je umro oko osamnaest časova.

– Shvatam. Shvatam. Jadan čovek.

– Niste pitali kako je umro ni kako znamo da je to ubistvo.

– Nisam?

– Niste.

– Jel' trebalo da pitam?

– Većina ljudi kad se iznenadi na vest o ubistvu nekog koga znaju, pitaju šta se dogodilo.

– Oh, dobro. Jesam iznenađena vešću, ali nisam sigurna da želim da znam. Naročito ako je gnusno.

– Gnusno. Može se tako reći. – Detektiv Amvel se obazreo po sobi i posebno obratio pažnju na slike na zidovima i iznad kamina. – Čime se bavite?

– Pisac sam.

– O čemu pišete?

– Pišem uglavnom knjige i ponešto za televiziju.

– Možda nešto za šta smo čuli?

– Hm, verovatno ne.

– Pod kojim imenom pišete?

– Hm. Klio Forsum.

– Klio Forsum. Forsum. Klio. Pa da, znam gde sam već čuo to ime. *Poslastičarka detektiv*, jel' tako? – pitao je policijski detektiv Amvel.

– Pa da, *Poslastičarka detektiv*, znam tu – rekla je policijski detektiv Matison.

Što se glume tiče, njihova je bila grozna. Očigledno su znali ko sam kad su banuli na moja vrata. A zašto i ne bi kad je to deo njihovog posla?

– Da, da, ona sa curom koja pravi kolače i rešava zločine zato što je policija sasvim nesposobna da obavlja svoj posao. Ta serija? – dodala je policijski detektiv Matison za slučaj da još sumnjam da znaju ko sam.

– Ne bih to tako rekla.

– Ali to je sasvim gnusno, zato sam zbunjen zbog čega biste našli da je suviše gnusno da pitate o ovome kad pišete o najužasnijim ubistvima. Nikad mi neće biti jasno otkud vam sve to. A to što ne pitate kako je gospodin Berfild stradao još je veća misterija. Osim ako već ne znate šta se dogodilo – to je stiglo od policijskog detektiva Amvela.

– Ne znam ništa o njegovoj smrti. A televizijska serija je rađena u saradnji. Ja napišem nacrt i neko dođe i doradi ga. Zatim se ponovo dorađuje i piše. Ponekad moram s njima da sedim na snimanju da bi se scenario uskladio sa onim što zabeleže kamerom. Što znači da ja napišem vrlo pitomu verziju. Uglavnom drugi ljudi dopišu ono krvavo. Zbog toga ne mogu da gledam to, niti da slušam o tome u stvarnom životu.

– Uglavnom? Ne sve vreme?

– Da, uglavnom.

Oboje su istovremeno ustali. – Gospođo Prajs, možda će biti potrebno da dođemo opet i još vas ispitamo. Čim dobijemo rezultate analize nekih od predmeta nađenih na mestu zločina, vratićemo se da još porazgovaramo s vama.

– Dobro. U redu. Sumnjam da ću znati išta više. Ali dobro.

* * *

Čim dobijemo rezultate analize nekih od predmeta nađenih na mestu zločina vrti mi se po glavi kao vozač formule za najveću nagradu na glatkoj, čistoj stazi. Zvučalo je kao da znaju da su ti predmeti moji. Zvučalo je kao da se trude da me navuku samo da bi me uhvatili u laži. To sam naučila radeći na seriji, to što su mi policijski savetnici uporno govorili: policija će ti postavljati pitanja koja navode, čekaće da te sateraju u ćošak i onda će te udariti dokazima – ponekad fizičkim, ponekad digitalnim – da ih lažeš. Osim ukoliko si posebno okoreo, ovo će te uvek neočekivano uhvatiti pa ili počneš da priznaješ ili se upetljaš u nove laži. Ovako ili onako, imaju te.

Kakve bi dokaze mogli da imaju protiv mene?

Ja to nisam uradila. Uradila sam nešto drugo – nešto odvratno, *kriminalno* – ali ne i ovo. Pa otkud im onda dokazi? I još važnije, šta je to?

Lola sedi u istom položaju u kome sam je ostavila, ali gomila palačinki se prepolovila, a dečji televizijski film bučno izlaže svoju priču na ekranu.

Pre nego što se vratim svom mestu na kom prevrćem palačinke uz šporet, ona skreće pogled svojih krupnih smeđih očiju na mene, namešta saosećajan izraz lica i kaže: – Znači, teta K., tvoj advokat za razvod je ubijen. To je prilično gadno, ha?

Zapadni London, 2006.

– Zdravo, dušo, stigao sam – doviknuo je Hit sa ulaznih vrata.

– E pa nek si stigao – viknula sam i ja njemu.

Pojavio se na kuhinjskim vratima, a meni je poskočilo srce u grudima. U poslednje vreme sam uvek bila uzbuđena kad ga vidim. Od našeg odlaska u Lids, otkad je Trina otputovala a ja se obavezala da istinski pokušam, osećanja prema njemu su mi se preobrazila. Postao mi je sve.

Podbočila sam se jednom rukom, a drugu podigla uvis. – Imam novu garderobu. – Nosim jednu od njegovih košulja za posao koja mi jedva prelazi butine i gaćice. Ništa drugo. – Šta misliš?

– Mislim... ko si ti i šta si uradila s pravom Klio? – našalio se.

– Dobro – ljutnula sam se. – Ako ti se ne dopada...

Pritrčao je u trenu i zagrlio me. – Dopada mi se, dopada mi se. – Poljubio me je polako, duboko, a ja sam osetila da se topim onako kako ne bi trebalo da je moguće za odraslu ženu koja živi u stvarnom svetu.

Poslednje tri godine smo se mnogo lepo provodili. Jeli smo jeftina jela u zabitim kafeima, jeli napolju po različitim parkovima Zapadnog Londona, išli na izlete na plažu u Brajton, nedeljom ručavali s njegovom mamom, petkom večerali s mojim roditeljima. Gledali smo televiziju u krevetu uz picu. Ponekad bi me čekao posle posla pa smo pokušavali da stignemo peške kući, sve dok se ne umorimo pa on iskoristi rođendanski novac da se odvezemo taksijem. Pričali smo i smejali se. I upražnjavali smo mnogo seksa. Mnogo vodili ljubav. Sve vreme smo se jebali.

Naš mehurić, taj svet za dvoje koji smo stvorili, kao da je bio sve što nisam znala da želim. Nije mi smetala ta svakodnevna gnjavaža što moram da ustanem i odem na posao u časopisu u centralnom Londonu, s mrskim šefovima i njihovim sumnjivim radnim navikama, nije mi smetalo što nemam mnogo novca i sve vreme moram da se stežem, nije mi smetalo da plaćam račune, kasnim na vozove i stojim na hladnoći i nemam ekstravagantan životni stil kao što je nekim od mojih vršnjaka obećavano u televizijskim serijama i filmovima koje sam gledala i knjigama koje sam čitala. Nije mi smetalo jer je sve to Hit proživljavao sa mnom. Zarađivao je dvostruko više od mene, ali London je bio skup, tako da smo i sa zajedničkom kasom morali stalno da budemo obazrivi.

Hit se prvi odmakao, još jednom me cmoknuo u nos, zatim u čelo, pa me podigao na mermerni pult. Odande sam ga gledala donekle odgore, a desno od mene je bio električni bokal, levo drveni stalak s noževima.

– Dakle... – počeo je Hit.

Srce mi se steglo. Naravno. Na-rav-no. Predugo je sve bilo isuviše dobro. Naravno da je nešto moralo da krene naopako, moj mehurić začinjen ljubavlju morao je da pukne. – Šta si uradio? – umorno sam upitala.

– Zašto to pitaš?

– Zato što kad god čujem „dakle..." tim tonom, ti si uradio nešto što mi se neće dopasti. Naprosto mi brzo reci, pa da mogu da pobesnim i onda da krenemo dalje.

– Ponekad mrzim to što me tako dobro poznaješ – rekao je. – A i obožavam to.

– Na čistac s tim.

– Čuj, možda sam uradio nešto što nećeš odobriti. Ali uradio sam to i gotovo je.

– Čekanje dot kom.

– U redu, rezervisao sam nam nedelju dana u Las Vegasu.

Umalo mi oči nisu iskočile iz glave, ali bila sam suviše zabezeknuta da progovorim.

– Mrska ti je ta ideja? Jel'? Vidi, uštedeo sam, zaista sam marljivo štedeo. Čak sam uspeo da nam nabavim biznis klasu. Da, zato poslednjih nekoliko meseci nismo radili ništa što bi iziskivalo novac, ali mnogo sam želeo da te ovim iznenadim. Šta misliš? Jel' ti mrsko? Ako jeste, ne mogu da dobijem povraćaj, ali ću se potruditi. Ako ti je to mrsko.

Osvrnula sam se po stanu. Bio je to sad naš stan. Dovezla sam nas u njegov stan kad smo došli iz Lidsa, i više nisam odlazila odande. Naravno, otišla sam u svoj stan u južnom Londonu da uzmem odeću i druge stvari, da pokupim poštu i ispraznim frižider, ali u suštini se to svelo na selidbu dve-tri torbe istovremeno sve dok nije rekao da bi trebalo da iznajmimo kombi i odemo po ostatak stvari.

Imali smo i nešto mog nameštaja (moj noćni stočić i radni sto), nekoliko komada pokućstva (podni jastuci i krpare), a uvek je govorio kako stan mogu da ukrasim po svom izboru. Uporno je ponavljao kako više od svega želi da to bude moj dom, te ako mi se tamo nešto ne dopada, treba to da promenim.

Počeo je redovnije to da govori kad se, neposredno pošto sam se sasvim preselila, usred noći pojavila njegova bivša devojka Abi.

Prema Hitovim rečima, ona se zvanično nije useljavala, ali zadržala je ključ koji joj je jednom pozajmio, i naprosto je počela da ulazi. Kad je raskinuo s njom – dan posle očeve sahrane, kao što sam pretpostavljala – bila je očajna. Obećao joj je da se neće meni vratiti – prošlo je tri meseca između sahrane i Lidsa, tako da nije lagao – a ona je obećala da će vratiti ključ.

U gluvo doba jedne noći rešila je da ga iznenadi, da vidi može li ponovo da podgreje vezu. Stigla je skoro do spavaće sobe pre nego što ju je presreo. Ja sam instinktivno zavukla glavu pod pokrivač, a kad sam čula njihove glasove u hodniku umesto zvuka otvaranja i zatvaranja ulaznih vrata kad ona ode, izvukla sam glavu, ustala iz kreveta i prišunjala se vratima da prisluškujem.

Nisam lagao... jednostavno se desilo... ništa nisam uzeo od tebe.

Znala sam da si skot... ne može ti se verovati... mislila sam da me voliš... mislila sam da ćemo zauvek biti zajedno...

Nikad ti ništa nisam obećao... gušiš me svojim osećanjima... molim te ne govori to...

Volela sam te... sve bih učinila za tebe... nadam se da tvoja droca zaslužuje to... ja sam nešto najbolje što si odbacio...

Trajalo je i trajalo sve dok nije pokušala da dođe i iskali se na meni, a Hit joj se isprečio na vratima. Abi je otišla bez svojih stvari, nije ostavila ključ, ali je upotrebila levu pesnicu da udari uramljen sertifikat koji je visio na zidu u hodniku, pa je slomila staklo, verovatno i šaku.

– Znači, ujutro se menja brava – rekla sam kad je dvaput zaključao i vratio se u krevet. Šta je drugo trebalo da kažem? On se baš i nije proslavio u svemu tome. Da, raskinuo je s njom mnogo pre nego što smo mi počeli – ali pokušavao je da bude sa mnom i u vreme dok su bili zajedno. Upoznao ju je s roditeljima, ali ju je skrivao od prijatelja za slučaj da neko od njih ne kaže meni. To nisu baš postupci džentlmena. I, iskreno govoreći, čak i u mom stanju pobuđene ljubavi kad se to desilo, a i sad u mirnijem stanju, to kako se odnosio prema njoj teralo me je da se zamislim.

Kad se dublje zagledam, trebalo je da se zamislim i zbog onog kako se odnosio prema Hitetama. Sve su one bile spremne na to, i s većinom je posle ostao u prijateljskim odnosima, ali više puta mi je rekao da ih je kresao uglavnom zato što ja nisam htela da se krešem s njim. (Jednom, u pijanom stanju, priznao je kako je često zamišljao da je sa mnom dok je bio s njima. Tako sam se zgadila, umesto da budem polaskana tim što je rekao, da više nikad to nije ponovio.) Sve to u vezi s Hitetama je poprilično nered. Da, sve je to bilo sporazumno, ali ne i posebno zdravo. Nije čudo što su neke sevale očima u Trinu i mene – čak i kad su izašle iz skupine Hiteta, i dalje su nam upućivale zlobne poglede. U ono vreme to nisam primećivala jer sam bila usred toga, ali sad sam postala sumnjičava prema onom što je moj dečko radio u ime ljubavi i seksa.

Katkad, u trenucima kad sam se osećala bezbednije, obazirala sam se po našem domu, tako ljupkom kakav je bio, i pitala se gde su on i Abi proživljavali mnoge sitne situacije svog života – gde su jeli, gde su ćaskali, gde su vodili ljubav, gde su samo bili. Tad bih se setila poruke koju sam našla zapalu iza radijatora u hodniku: *Večeras izlazim do kasno. Volim te. Abi x*

Katkad sam se obazirala po našem domu, tako ljupkom kakav je bio, i pitala se kako li Abi pada to što zna da se ono čega se najviše plašila – da će je Hit ostaviti zbog mene – poprilično ostvarilo.

A katkad sam se obazirala po našem domu, tako ljupkom kakav je bio, i pitala se treba li da me malo više grize savest zbog toga koliko mi je trebalo da dođem ovamo s Hitom i šta je moglo da se izbegne – sva ona tuđa povređena osećanja – da mu nisam godinama odolevala.

– Ovo ti je mrsko, jelda? – prekinuo je tišinu koju je stvorilo moje vrludanje po svetu šta bi bilo da je bilo. – Zaista ti je sasvim mrsko.

– Nije mi mrsko – konačno sam odgovorila. – Uopšte mi nije mrsko. Samo sam pomalo... zapanjena, to je sve. Mislim, čime sam zaslužila da mi se ovako posreći?

Poljubio me je nežno i obazrivo. – Nije se tebi posrećilo, meni jeste. Svakog dana iznova ne mogu da se osvestim pred tim kako si savršena i pred činjenicom da me voliš... Iskreno, osećam se kao najsrećniji čovek na čitavom belom svetu.

13.

11. AVGUST 2022.
KUĆA KLIO I VOLASA, NA GRANICI IZMEĐU BRAJTONA I HOUVA
KASNO UVEČE

Odrasli su sumanuti. Zaista sumanuti.

Lola se često pita kako iko od njih ikad nešto uradi uz to njihovo suludo ponašanje. Poput tete K.

Teta K. je pouzdana. Ljudi bi rekli za nju da je kul, ali ona je pouzdana. S takvom strinom znaš da će biti veselo.

Lolina porodica je tužna. Tužni su otkad pamti, i apsolutno zna zašto. Zbog strica Sidnija. Nije ga upoznala, čak ni dok je bila beba, zato što je on zatvoren takoreći celog njenog života.

Trebalo joj je vremena da sazna zbog čega je njena porodica žalosna, ali kad je imala osam godina, otkrila je da je stric Sidni ubica. Ubio je nekog davno i provešće ostatak života u zatvoru. Otkrila je to slušajući Odrasle, ponašajući se kao nevidljiva i tiha; neprimetna i skoro nêma. Niko od njih nije znao da ona zna, ali znala je. I to je držala za sebe. Kome bi rekla? Niko od njenih vršnjaka ne bi razumeo, i to nije nešto za društvene mreže. Da, neki od njih su stavljali na internet ponešto neobično, ali nije bilo u njihovom dometu da ovo razumeju. Nisu čak imali ni nagoveštaj takve ideje.

Svet je čudno mesto, zaključila je Lola. Zaključila je to još davno. Zaista čudno, tako da najbolji način da se s tim izađe na kraj jeste da ćuti. Saznaj neki podatak tako što nikad nećeš podsetiti ljude da si tu. Zato voli tetu K. Ona Loli pruža prostor, dozvoljava joj da bude nevidljiva, ali je istovremeno i primećuje i bavi se njom.

A kada je stigla, kad je počela sa stricem Volsom, Lola je bila majušna. Sasvim mala, imala je tek tri godine. Možda čak i dve. No čak i u tom uzrastu osećala je da tuga visi nad njenom porodicom, da ih kud god da idu stalno prati kišni oblak, bili zajedno ili ne.

Onda je stric V. doveo kući tetu K. I najednom je njihova porodica postala manje tužna, postala otvorenija, *normalna*. U toj novoj normalnosti se događalo da se njena baka ponekad nasmeje, njen deda zapravo razgovara, tata je prestao onoliko da besni na svet, a stric Vols se smešio. Sve vreme. Oduvek joj je bio omiljeni stric, onaj veseli. Kad je otkrila šta se dogodilo sa stricem Sidnijem, shvatila je da se stric Vols trudi da bude dva strica odjednom. Hteo je da u njenom životu bude stric Sidni kao i stric Vols.

Stric Sidni je bio njegov junak, čula je jednom da to kaže tati. I stric Vols će uvek odbijati da poveruje da bi njegov junak učinio onako nešto. Odbijao je da poveruje da bi on provalio u kuću neke žene, pretukao je i zatim je zadavio. (To je otkrila na internetu, ne u prisluškivanju. Niko o tome nije pričao sa svim pojedinostima.) I zato što je stric Vols odbijao da poveruje, trudio se da ispuni prazninu u životu njihove porodice.

A bio je dobar u tome. Mada uvek tužan. Čak i kad se smejao i šalio, neka tuga ga je vukla, pritiskala. Sve dok nije došla teta K. Tad je stiglo i veselje. Pravo veselje.

Istočni London, 2012.

– Ne znam zašto nekog dovodi ovamo – jetko je rekla Donet.

Ni u najboljim trenucima nije bila baš najdruštvenija, ali poslednje tri godine, nabrekle i naduvene od hapšenja, suđenja i osude njenog sina, voljenog prvenca, Donet je rešila da preseče veze sa spoljnim svetom. Išla je samo u crkvu i nikud više. Čak se više nije zamarala ni molitvenom grupom zato što ju je ispunilo tračarenje. Odrasle žene koje nemaju pametnija posla nego da zure i šapuću, gledaju ispod oka i meškolje se. Sidni, koji je dobio ime po njenom omiljenom glumcu – Sidniju Poatjeu – bio je nevin. Nikad u to nije posumnjala. Bio je dobar, vaspitan je da bude dobar. Vaspitan je da poštuje žene, a ne da radi ono što je čula na sudu. To nije bio njen sin. Niko je ne može ubediti u suprotno.

Njen život nije bio tako loš bez tih zmija i guja račvastog jezika i otrovnih reči. A uostalom, šta ima od života bez svog Sidnija? Rekao joj je, stalno joj je govorio kako treba da nastavi sa životom, da zaboravi na njega, da živi u njegovo ime. Ali kako je mogla? Kako da živi s nepravdom? A sad ju je Volas podsetio da se život nastavlja kad je rekao kako želi kući da dovede devojku. Očigledno je to bilo ozbiljno, jer je hteo da je dovede i upozna je s njima, ali zbog toga se osetila bolesno. Poremećeno. Mučnina je naišla onog trena kad je videla kako Sidnija odvode u lisicama i više je nije napuštala. To osećanje se sada pogoršalo. Frenklin je bio oženjen i podario joj je unuku, prihvatila je da su to normalni životni procesi. Ali nastavljati sad dalje? Mogućnost da se Volas oženi? Nije sigurna. Uopšte nije bila sigurna. – Zašto je dovodi ovamo?

– Hoće da je pokaže – odgovorio je Tobajas. – To je dobro, znaš? To je nešto dobro.

Tobajas nije mnogo govorio. Suprugu je izgubio kad je izgubio prvenca. Svakodnevno je žalio zbog dvostrukog gubitka. Čitao je novine, rešavao ukrštene reči i procenjivao kako da sredi porodicu. Bili su blagosloveni, a onda je blagoslova nestalo. Nestalo ga je preko noći. Na njegovom mestu je ostala praznina. Ta rupa bola i ništavila. Ponekad je osećao kao da je bačen u duboku, plavu rupu, onakvu na kakvu ljudi nailaze nasred okeana. Nije mogao da zna koliko ide u dubinu i nije mogao da se vrati na površinu radi vazduha. Bio je tamo, zarobljen u nečemu što spolja izgleda lepo – deca, lepa kuća, čvrsto telo, zdrava porodica, dobar posao s kog će uskoro u penziju – ali i zamka koja ga davi. Kap po kap, kap po kap, davi ga.

Svi odreda su se ukipili kad su začuli ključ u vratima. Volas godinama nije tamo živeo, ali imao je ključ, naravno, to je i dalje bio njegov dom. Amalola je brzo ustala s poda i sela majci u krilo ne znajući šta će dalje biti. Šta god to bilo, znala je da je veliko zbog toga kako je njena baba tiho prigovarala, kako se deka trudio da je umiri. Majka ju je obuhvatila zaštitničkom omčom ruku koju je jednostavno uvek očekivala da će naći, a tata joj je dodirnuo gležanj, nežnim, umirujućim dodirom.

– Zdravo? Stigli smo – doviknuo je iz hodnika stric Volas.

– Ovamo, brale.

Nastala je stanka, pauza dok su slušali kako se dva para ruku peru u donjem kupatilu. Čak i s tri godine Amalola je znala da kad dođeš kod bake i deke moraš da se izuješ, moraš da opereš ruke. Jednostavno tako se radi. Prvi je u sobu ušao stric Volas, u elegantnim crnim pantalonama, košulji od teksasa i crnim soknama. Smešio se, lepo lice mu je blistalo kao da su mu se svi snovi odjednom ostvarili, ali je čak i Amalola videla da je uza sve to nervozan. Briga mu je vukla uglove očiju. Plašio se da tu osobu upozna sa svojom porodicom; užasavao se toga kako će oni reagovati na nju. „Ona", osoba o kojoj su Veliki i Odrasli pričali, naišla je iza njega. Bila je manja od onoga što je

Amalola očekivala, nije bila visoka kao njena majka. Nosila je farmerke, zbog čega se Amalola namrštila. Njoj su nametnuli ružičastu haljinu i ružičaste mašne na dva konjska repa; i svi ostali su bili elegantni. Ali ta gospođa, ta „ona", nosila je elegantne tamnoplave farmerke, običnu belu majicu s dugačkim rukavima i blistav crven kaiš. Imala je puštenu kosu do ramena i ogroman osmeh. Lice joj je skoro sijalo od tog osmeha.

Stric Volas je svakog prozvao po imenu dok ih je predstavljao „njoj". Zatim je ponovio njihova imena govoreći: – A ovo je Klio.

Klioin osmeh je, ako je to moguće, postajao sve širi sa svakim predstavljanjem. – Veoma mi je drago što vas sve upoznajem – rekla je. – Volas stalno priča o svima. O – dodala je pre nego što je ispružila staklenu posudu s belim plastičnim poklopcem – gospođo Prajs, donela sam vam ovo. Ja sam poreklom iz Gane, i znam da se ne ide nekom važnom u goste bez dara. Volas je rekao da niko od vas u stvari ne pije, pa sam rizikovala i napravila vam nešto. Ćuftice od pržene okre i crnog pasulja. Nadam se da će vam se dopasti. Volas fenomenalno kuva, i rekao je da ste ga vi naučili kuvanju, zato znam da rizikujem, kao što rekoh, ali ove su meni i mojoj mami omiljene, pa sam pomislila da će se i vama dopasti.

Umesto da prihvati pruženu posudu, baka Donet kao da je još više stegla lice. – Moj sin Sidni je kuvao. Imao je dar. Naučio je i drugu dvojicu. Postarao se da umeju da se brinu o sebi.

„Njoj" je odmah spao osmeh s lica, a pogled je skrenula prema pravougaonom brdu slika naguranih na ispust iznad kamina i do velike slike tri dečaka koja je visila iznad. Najstariji brat je bio u sredini i napred, a blizanci oko njega. Imali su dvadesetak godina, svi lepi, puni samopouzdanja. „Njene" oči su zastale na slici pre nego što je opet pogledala baku Donet. – Da, Volas mi je rekao. Kazao je da ste ga vi i njegov brat naučili da kuva.

– Rekao si joj? – Prostrelila je pogledom sina. – Zašto si joj rekao?

– Naravno da sam joj rekao, mama. Zašto ne bih? Nemamo čega da se stidimo. Nema ni Sidni. Sidni je nevin.

– Čuješ to, devojko – prasnula je baka na „Nju". – Moj sin je nevin. Ništa nije uradio. Ama baš ništa. Nemoj da dolaziš ovamo u potrazi za tračevima. Nećeš naći nijedan!

– Znam da je nevin – tiho je rekla. – Pomalo sam znala Sidnija i ranije. A išla sam i na njegovo suđenje. Ono što nisam znala Volas mi je objasnio. Ali znam da je Sidni nevin. Oduvek sam znala da je nevin. Šta god da ikad neko kaže, neće me ubediti u suprotno.

Amalola je osetila da joj se majka opustila, a da je očeva šaka, koju je iznenada osećala kao tešku i napetu na gležnju, opet postala laka. U stvari, svi u sobi su se izgleda opustili, kolektivno odahnuli.

Amalola je zurila u „Nju“, i znala da će ova sad biti lepo prihvaćena u porodici i da će se tu svrteti. Amaloli to uopšte nije smetalo.

11. AVGUST 2022.
KUĆA KLIO I VOLASA, NA GRANICI IZMEĐU BRAJTONA I HOUVA
KASNO VEČE

Loli se nije dopadalo to što teta K. odlazi. Lola je znala da će onog časa kad ona ode iz njihovog života nestati i sreća.

Razbijala je glavu, zaista razmišljala o tome šta bi mogla da uradi da navede tetu K. da ostane. Stric V. je bio priča za sebe. U poslednje vreme kad je dolazila kod njih videla je da je on sve vreme tužan. Smešio se, trudio se da bude normalan, ali ona je to osećala. Suludost Odraslih. Nesposobnost Odraslih da ostanu zajedno. I ranije je viđala isti pogled kao u očima strica Volsa – u tatinim i maminim očima kad su počeli da se razilaze.

Stric V. i teta K. su se razilazili, ali zato što su odrasli, morali su da se pretvaraju da znaju šta rade.

Odrasli *nikad* ne znaju šta rade.

Samo se pretvaraju da znaju sve dok tako ne počne da izgleda.

Baš kao njeni roditelji. Čak i kad su se sve vreme svađali, znala je da to ne bi radili da više ne mare jedno za drugo. Tek kad su prestali da viču, prestali da mare je li ono drugo tu ili nije, znala je da je gotovo. Svi planovi, misli i sve čemu se domišljala u pokušaju da spase njihov brak bilo je beskorisno, zato što jednostavno više nisu marili jedno za drugo.

Teta K. i stric V. još nisu stigli do te tačke, ali da bi ikakav plan koji može da smisli upalio, potrebno je da stric bude prisutan. Zasad je on bio Gospodin Koji Se Ne Pojavljuje.

Kad se vratila posle razgovora s policijom, teta K. je bila potresena. I uplašena. Otkad je došla kod njih primećivala je taj pogled tete K. Znala je da tata zaista to i ne vidi, a stric Vols mora da nije primetio, jer ona zna da ne bi napuštao tetu K. da je znao.

Zbog suludosti Odraslih, niko od njih nije video da je teta K., iza osmeha i normalnog ponašanja, prestravljena.

14.

Las Vegas, 2006.

– Klio Forsum, ovaj trenutak sam čekao od trenutka kad smo se upoznali. Znam, znam, ti si urednica u časopisu i želećeš da izbaciš ovaj drugi „trenutak" i na njegovo mesto staviš drugu reč, ali ne mogu da smislim reč koja bi sažela onu prošlost i ovu sadašnjost kao što to čini „trenutak". Zvuči kao nešto prolazno, ali puno je, nabreklo, sazrelo mnogo čime – sećanjem, ljubavlju, iskustvom. „Trenutak" kad sam te upoznao nešto je što nikad neću zaboraviti. Ovaj trenutak ovde nešto je što se priprema deset godina.

– Hoćeš li da se udaš za mene, Klio Forsum? Hoćeš li me učiniti najsrećnijim čovekom na svetu i udati se za mene?

Bilo je to naše druge večeri u Las Vegasu. Snašli smo se, prevladali putovanje u drugu vremensku zonu i ja sam se tek navikavala na to kako ovde sve *radi*. Sve kao da je bilo ispunjeno bleštavom svetlošću, bukom i pokretom; neprekidnom mentalnom, emocionalnom i fizičkom energijom. Sve je zvučalo drugačije, izazivalo drugačiji osećaj, imalo drugačiji *ukus*. Kao da smo kročili u trag svetlosti na drugoj planeti.

Došlo je do zbrke sa sobama – nešto u vezi s tim što je ostala samo jedna soba kakvu je Hit rezervisao i bila je za pušače, pa su nam dali apartman. Omanji apartman, ali svejedno, ogroman omanji apartman. U njemu su bile dve velike sobe, čajna kuhinja u dnevnom boravku i ogromna ukopana kada od ružičastog mermera u delu sa spavaćim sobama. Sve to je doprinosilo osećaju da smo u nekom drugom svetu, sve je to činilo da ništa ne deluje stvarno.

Kao dodatak iluziji nadrealnog života u koji smo kročili, moj dečko se spustio na koleno. Zaprosio me je.

Bio je u elegantnom crnom odelu i beloj košulji sa zlatnom kravatom, ja sam bila u zlatnoj haljini do zemlje koju sam nosila kao deveruša na venčanju starije sestre Ađue. (On na tom venčanju nije bio jer tad nismo bili zajedno, ali bio je vraški zahvalan kad me je jedne večeri ubedio da za njega obučem haljinu.)

Da li je zbog ovoga tražio da ponesem ovu haljinu?, zapitala sam se dok sam gledala odgore njegovo podignuto lice. *Zato što se spremao da uradi ovo?*

Nisam mogla da progovorim. Zapravo nisam mogla ni da razmišljam, ali svakako nisam mogla da govorim. Kad god sam zaustila nešto da kažem, zaustavila sam se jer sam znala da će iz usta izleteti neka verzija vriska: „JESI LI SIŠAO S UMA?“ a nisam želela da nam uništim odmor.

Objektivno gledano, zašto se ne bismo verili? Oboje smo imali dobre poslove (ono nije bio moj posao iz sna, ali imala sam da platim račune i omogućavao mi je da uveče pišem), imali smo lep dom, uživali smo jedno s drugim... Jedini razlog da se ne venčamo bio bi to što sam opet previše razmišljala. Što sam se vratila u stanje neosećanja i nerazumevanja osećanja. Ono koje sam mislila da sam ostavila iza sebe kad sam izašla iz bolnice u Lidsu i odabrala Hita.

– Hajde onda – rekla sam mu.

– To je sve? „Hajde onda“? – rugao se. – Nema „volim te i dugo sam čekala ovo“? Nema „ovo me je učinilo najsrećnijom ženom“? Nema ničeg od toga? Samo „hajde onda“?

– Ponekad mi se čini kao da me prvi put vidiš – nasmejala sam se.

Hit je ustao i zavukao ruku u unutrašnji džep sakoa pa izvukao crnu baršunastu kutijicu. – Normalno bih sačekao da ti ovo odabereš, ali razumećeš zašto nisam čekao kad budem rekao ono što ću sledeće reći. – Ućutao je. I čekao. Nije otvarao kutijicu. U stvari nije radio ništa osim što je zurio u nju ožalošćeno i – samo načas – pomalo uplašeno.

– Šta si sad uradio? – pitala sam začuđena zbog čega nešto što bi trebalo da bude fantastično iznenada deluje kao da će se pretvoriti u nešto užasno.

Podigao je pogled do mojih očiju, pa se tužno osmehnuo. – Zaboravljam da me poznaješ – rekao je. – Nešto sam uradio. U tom trenutku sam mislio da je to romantično i fantastično: sad mislim da ćeš šiznuti i da će to sve upropastiti – ne samo ovaj odmor.

– Mrzim ovakve stvari, možeš li jednostavno da mi kažeš šta je posredi pa da to rešimo?

– Ja... ovaj, kad sam te pitao hoćeš li se udati za mene to sam i mislio – zastao je, napravio grimasu – hoćeš li se udati za mene *odmah*?

– Molim?!

– Nekako sam, pa ne nekako, zapravo sam... rezervisao sam venčanje. Otprilike je za tri sata. Treba da odemo i dobijemo dozvolu za venčanje u Birou za izdavanje bračnih dozvola okruga Klark uz svoje isprave i sve to. Onda da se vratimo ovamo, da te očešljaju i našminkaju ako želiš, a onda će nas limuzina odvesti do kapele da se venčamo.

Izgovarao je reči koje ja stvarno nisam razumela. Ovaj, razumela sam ih, samo sam bila ukočena i zabezeknuta, pa je izgledalo kao da ne razumem.

Ustuknula sam srećna što je krevet odmah iza, da mogu da sednem. To sam i uradila, svom težinom sam se spustila.

– Znam da nije trebalo to da uradim – govorio je. – Pomislio sam da bi to bilo romantično, naša mala tajna. To zapravo ništa ne bi značilo osim ovde. Kod kuće ne moramo da se registrujemo, što znači da tamo nije punovažno. Ali pomislio sam, šta znam, samo sam hteo da se oženim tobom. Da ti budem muž. Ovih nekoliko poslednjih godina bilo je divno. I nisam ono tek tako rekao da ovo čekam od trenutka kad sam te upoznao. Još od onda kad sam zurio u tebe.

Gušiš me svojim osećanjima, to je rekao Abi. Znala sam šta je pod tim mislio. – Hite, tvoja osećanja su ponekad za mene baš mnogo – priznala sam. – Previše. Ovo je ludost.

– Znam. Ali zar ti se ne bi dopao sav taj glamur? To da možeš ljudima da kažeš kako si se udala u Vegasu? I znaš, zar ne bi volela da budeš udata... za mene?

Pošto ništa nisam rekla, on je kazao: – To nije bilo retoričko pitanje, da li bi volela da si udata za mene?

– Pa očigledno sam upravo prihvatila tvoju prosidbu.

– Kad već hoćeš da budeš udata za mene, zašto ne odmah?

– Zato što ovde nema nikog – tvoje mame, moje porodice, prijatelja. Trebalo bi to da uradimo pred svima. Brak podrazumeva da stojiš pred ljudima koji ti najviše znače i izjavljuješ da je to ta osoba koju si izabrao. Ne podrazumeva da se išunjaš i to uradiš tajno.

Bacio se preda mnom na kolena. – Možemo to. To će biti naše zvanično venčanje, pravo, sa svim zvonima i zvižducima, ono koje je zakonito kod kuće, ali ovo će biti za nas. Samo za tebe i mene. Uvek je najbolje kad smo samo ti i ja, zar ne?

To nisam mogla da poreknem. Kad smo nas dvoje sami, u mehuriću, sve je bolje. Lakše. Zabavnije. Međutim, to nije stvarnost. Moramo da živimo i da se viđamo s drugim ljudima, da se bavimo njima.

– Mama mi nikad ne bi oprostila kad bi saznala za to pre nego što se venčamo kako treba – rekla sam mu. – Hoću da kažem da je već odlučila koliko puta treba da idemo da gledamo venčanice, ko će njoj sašiti svečanu tradicionalnu odeću, ko će spremati hranu. Pošteno govoreći, sve to je smislila dok sam bila sama, ali neće biti srećna.

– Reći ćemo joj tek pošto obavimo pravo, zvanično venčanje.

– Možda čak ni tada – promrsila sam.

– Ovo zvuči kao da bi ipak htela da uradiš to – rekao je, a na lepom licu mu se, poput fotografije kad se razvija, širio osmeh.

– Da, mislim da bih zapravo htela. – Isti širok osmeh razvijao se i na mom licu. – Mislim da bih.

Las Vegas, 2006.

– Ja, Kliomara Ama Forsum, uzimam tebe, Alfreda Hita Sojera Berlanda, za zakonitog muža. U dobru i u zlu, u radosti i u tuzi, u bolesti i u zdravlju, u bogatstvu i siromaštvu. Zavetujem se da ću ti biti odana i verna žena puna ljubavi dok nas smrt ne rastavi.

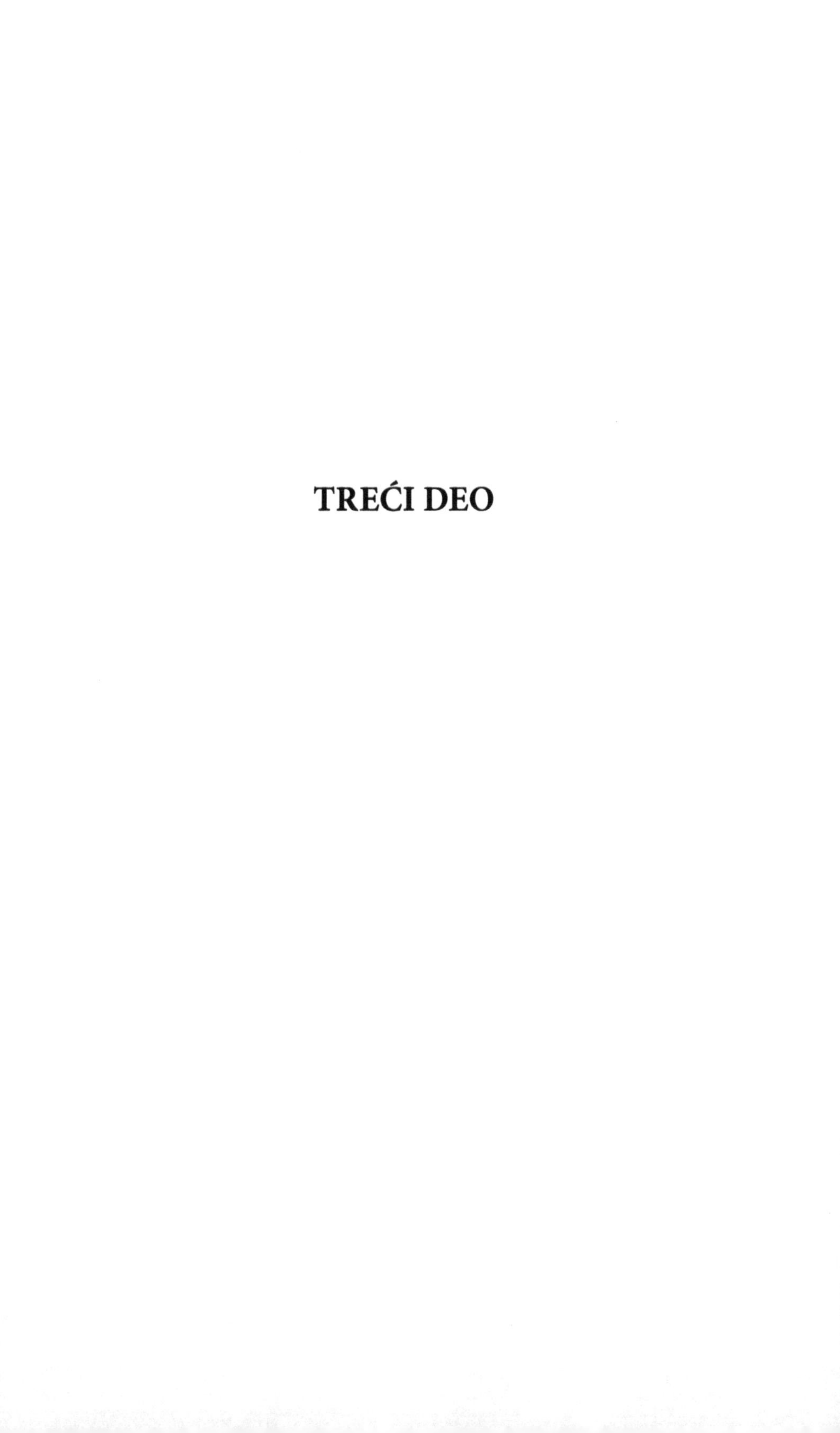

TREĆI DEO

15.

15. AVGUST 2022.
V SPRAT, KANCELARIJA *HANIMEJ PRODUKCIJE*, BRAJTON
RANO POSLEPODNE

Sala za sastanke u *Hanimej produkciji* velika je i ekstravagantna, na različitom spratu od kancelarije otvorenog prostora, mestu gde obično radim. U njoj su vojnički siv tepih i udobne stolice tapacirane belom kožom oko dugačkog stola sa staklenom pločom boje dima. Beli zidovi su ukrašeni posterima najgledanijih programa u srebrnim ramovima i velikim prozorima koji uokviruju divan pogled nalik prelepom akvarelu u nijansama zelene, mrke, krem i crvene. Tamo napolju sve je raskošno, duboko i puno života, a istovremeno spokojno, mirno.

U toj sobi teško i nisko u vazduhu visi napetost, nalik dželatovoj sekiri, oštroj kao žilet i spremnoj da se spusti. U sobi nas je četrnaestoro, svi sedimo oko velikog ovalnog stola, okrenuti Hariju Endruzu, izvršnom direktoru *Hanimej produkcije*. On sedi u čelu stola kao nadmen patrijarh, a tu sliku nagrđuje veliki ekran iza njega preko koga, pretpostavljam, održavaju sastanke na daljinu. Pred svima ostalima su odštampani papiri formata A4, većina sa određenim delovima teksta podvučenim markerima ili obeleženim lepljivim ceduljicama jarkih boja. Ja sam jedina samo sa sveskom i asortimanom olovaka pre sobom. Izgleda mi, i imam taj osećaj, da sam jedina koja pre sastanka nije dobila memo da pročita i obeleži tekst.

Osećam se kao da sam upala u zasedu.

Kad sam u deset do dva stigla na sastanak u dva, svi su već bili tamo. Svi su se već bili smestili, a meni ostavili stolicu najbližu Hariju Endruzu. Tad mi je celo biće ispunio strah. Morala sam nekoliko puta da se stresem da bih sa samopouzdanjem došla do tog mesta. Spustila sam se na stolicu meni namenjenu i izvadila svesku i olovke. A kad sam pogledala oko sebe, niko me nije gledao u oči. Ni urednica scenarija Anuk, s kojom sam sasvim blisko sarađivala. Ni Dajana, šefica produkcije, s kojom sam isto mnogo razgovarala. Ni Sendi Barton, operativna direktorka. Čak ni Gejl, Klarisa i Ejmi, koje su se naročito potrudile da u poslednje vreme budu fine prema meni.

Ona sekira koja je visila nad nama očigledno je visila samo iznad moje glave.

Prestala sam da se trudim da uhvatim nečiji pogled i sad sam se okrenula Hariju Endruzu, velikom gazdi, zato što je bilo jasno da se sprema da govori.

– Pre svega, Klio, voleo bih da ti se svojski zahvalim na radu na poslednjim epizodama *Poslastičarke detektiva* – kaže. – Hvala ti i za to što si nam dozvolila da vidimo šta dolazi uz scenario za produženu poslednju epizodu.

– A pošto sam je pročitao, kao što smo svi uradili – pokazuje ljude za stolom koji me ignorišu. – Hteo bih da pitam šta je, jebote, ovo? Hoću da kažem, znam da imaš nekakav sumanut slom, ali kakvo je, dođavola, ovo sranje?

Znala sam da mi predstoji grdnja. Znala sam da sam u nevolji. No ipak sam mislila da će biti učtiv. Nisam mislila da će me psovati.

Osetila sam kao da su se svi oko mene zagrcnuli u sebi od zaprepašćenja, a zatim se užasnuto zgrčili. Jasno je da ni oni nisu to očekivali. Svima je poznata njegova reputacija: neumoljivo je bandoglav i krut; od svakog očekuje ono najbolje, bilo da taj sedi za stolom ili leži bolestan u krevetu, ali mislim da nisu očekivali da raznese nekog ko je van carstva koje on vodi.

Zurim u Harija Endruza, pokondirenka, kako volim da mislim o njemu. Prosedu kosu, gore malo dužu, zabacuje od lica, stara se da su mu prva tri dugmeta skupe košulje uvek raskopčana te je svako počašćen prizorom malja na grudima koje vire odande, i uvek nosi skupocen sat na ruci – još ga nisam videla sa istim satom dva puta. Mnogo me podseća na jednog drugog groznog muškarca kog sam srela dok sam radila kao novinar. Na još jedno odvratno ljudsko biće koje ne može da se uzdrži da se ne ponaša grozno.

– Šta si mislila? – Hari Endruz obično ne dolazi na ove sastanke, ne kuži sobu scenarista svojim prisustvom, ali kao i svi ostali, ni on nije bio srećan zbog odluke da okončam jednu od njegovih najuspešnijih serija. Dok je Dajana još govorila sa mnom, izletelo joj je kako je otišao pravo po pravni savet kad sam prvi put nabacila ideju da okončam seriju posle ove sezone. Vratio se besan što nema načina da sruši ugovor. Ako sam rekla da smo gotovi, gotovi smo.

Hari Endruz nije navikao da ga neko ljuti, nije navikao da ga neko izaziva, nije navikao da ne bude po njegovom.

Međutim, uopšte mi se zapravo nije suprotstavio, bar ne do ovog trenutka – a sad je navalio iz sve snage. Naravno, bio je smešan s obzirom na to da je ono što je snimljeno i prikazano retko kad nalik mom originalnom scenariju. Slično je, svakako, u smislu da se ubistvo događa kad sam napisala, ubica je često onaj kog sam pažljivo odabrala da će biti i likovi koje sam dočarala za svaku epizodu pojedinačno zadržavaju imena i osobine koje sam im dala. No saradnja često znači da nekoliko drugih ljudi radi na scenariju i prerađuje ga dok se ne uklopi u priču o seriji kakvu žele. Čak i kad sam gledala i ponovo gledala epizode koje su se davale, čitala scenarije snimanja, pa čak, dođavola, raspravljala o njima sa urednicima scenarija, ništa što sam napisala nikad nije ostajalo netaknuto, nikad nije išlo potpuno neprerađeno.

– Vidi, shvatam da ti nije najbolje – maše rukom blizu glave, blizu onog preplanulog, izboranog lica i gotovo puca u naporu da ne viče – ali jesi li morala da dopustiš da se to vidi u tvom radu? Ubijaš...

– Ne ubijam je – kažem krotko, mada se trenutno uopšte ne osećam krotko. Ovog trena se u meni i oko mene vrti mnoštvo osećanja, ali nijedno od njih nije bojažljivost.

– Naravno da je ubijaš. Posle svega što smo učinili za tebe, pustili te da radiš na svojoj seriji kad, iskreno, uopšte nije trebalo da budeš uključena u nju. Obuzdavala si seriju svojim neiskustvom, ali mi smo uvek bili suviše učtivi da bismo ti rekli istinu. Stoga smo svi sad ovde u situaciji da nemamo čestit scenario koji bismo uopšte mogli da sastavimo.

Proučavam ljude za stolom, posmatram kako svi gledaju dole. Niko ne želi da bude ovde zbog ovoga. Niko ne želi da prisustvuje ovome znajući da može biti sledeći. Prilično sam ubeđena da je to još jedan od razloga što su se ostali koji rade ovde „udaljili" od mene – u mom odsustvu istresa se na njima.

Hari Endruz naglo otvara scenario, zariva prst u deo stranice. – Hoću da kažem, ko je ova Tali i zašto je u komi? Kakav je ovo besmislen zaokret u zapletu?

– To je bilo u zapletu – kažem. – Jedna od Majrinih prijateljica iz davnina koju je u komu bacio neko koga Majra uporno juri.

Endruz se zgađeno usekne, a od tog hrapavog, sluzavog zvuka meni se prevrne želudac. – A otkud ona besmislica s tajnim venčanjem na Baliju?

– Ono je nagovešteno u zapletu i više puta pominjano.

Hrk.

– A kakvo je ovo sranje o njenoj najboljoj prijateljici koja vene u zatvoru zbog zločina koji nije počinila?

– To je, opet, bilo još od prve epizode.

Hrk.

– I kakvo je ovo govnarenje o kolačima koji su zamena za rupu koja u njoj zjapi na mestu gde bi trebalo da budu deca?

– Ona to nagoveštava u celoj seriji. Samo na kraju to rešavam...

Podrugljivo mi se kezi zatim okreće gnev i bes na sve koji sede za stolom. – A vi ste puštali da joj prolazi ovo sranje? Sedam godina? Sedam godina ove budalaštine! – Diže scenario, kako se čini samo da bi tresnuo njim. – Dozvolili smo ti tvoje čudne metode. Dozvolili smo ti da učestvuješ u odabiru glumaca u seriji sa etničkim glavnim likom i njenom porodicom, iako smo znali da ćemo tako ograničiti njen uspeh na domaćem i međunarodnom planu. Niko zapravo ne veruje u takvu glumačku postavku, ali smo ti udovoljili, puštali smo te da radiš ono što želiš, a ti nam *ovako* vraćaš. S nekim sranjem o najboljim prijateljicama u zatvoru zbog pogrešnih presuda. Koga boli dupe za njenu mrzovoljnu drugaricu? Ni...

– O! – iznenada uzdahnem i prekinem ga usred reči. – O. – Prikupljam olovke i nabijam ih na dno platnene torbe zajedno sa crnim notesom. – Moram da idem.

U sobi se, nalik nuklearnoj pečurki, diže uzbuna pomešana s preneraženošću. Nagađam da to ima manje veze s tim što sam ja uznemirena i moram da izađem, a više s tim što svi oni znaju da će, ako odem, sami nastradati.

– Ideš? – praska Endruz. – Kuda ćeš?

– Ehm... ovaj... – Teatralno gledam na sat. Poraniću tri sata da se nađem s Lolom posle njenog časa crtanja, ali oni to ne znaju. No čemu laž? U ovoj fazi zašto lažem te ljude? Sad sam slobodna. Ono što me vezuje za to mesto, za te ljude, zapravo za to društvo, brzo nestaje – čemu da se pridržavam pravila? Zašto treba da držim jezik za zubima i lepo se ponašam da bih zadržala mir kad veoma brzo neću imati ama baš ništa s tim mestom. – Treba da budem na nekom drugom mestu – kažem mu. – Negde, a to nije ovde.

– Zaista kasnimo s ovim scenariom, Klio, bili bismo stvarno zahvalni kad bi ostala – kaže Sendi Barton, u njenom tonu i načinu govora naslućuje se molba, ali ne i u rečima. – Stvarno bismo bili zahvalni.

– Da, pa, trebalo je o tome da mislite pre nego što je neko ovde postao uvredljiv i nepristojan... a niko se nije pobunio – kažem pošto ustanem.

Tad svi pogledaju u mene; Endruz zaprepašćeno ćuti. Verovatno mu se prvi put neko suprotstavio.

– Znate, sećam se kad je polovina vas lajkovala, delila i stavljala postove „*me too*". Sećam se svih vaših solidarnih haštagova „*time's up*". Sećam se čak i kad su vaše objave na društvenim mrežama bile crni kvadrati od zida do zida i inspirativni citati o tome kako da se bolje radi. I mislite da ću sedeti ovde i trpeti ovu glupost od vas?

– Zašto bih trpela? Nisam to ja, to ste svi vi. Sklanjam se od toga. Kad svi budu spremni da se lepo ponašaju, ili bar da se ne ponašaju kao poslednje *đubre* – gledam u Endruza – vratiću se i možemo da radimo na scenariju.

Pred kraj govora glas mi je isprekidan, pa zazvučim kao da ću se rasplakati. Ali nije me briga. O tome ne moram da brinem. Jedino je važno da se u ovom trenutku uklonim od ove situacije.

Velika vrata od mutnog stakla na sali za sastanke su teška i dok im prilazim ne mogu da se setim da li se otvaraju ka unutra ili ka spolja ili idu na obe strane. Shvatam kako mogu da napravim budalu od sebe, već sebe vidim kako se zaustavljam dok pokušavam da uteknem i tako se potpuno osramotim. Kad stignem do vrata gurnem ih i ona, srećom, popuste pod mojim dodirom tako da mogu dostojanstveno da izađem.

Nisu do ovoga dovele oštre reči o mom pisanju. Nije ni psovanje i prekorevanje. Čak nije ni način na koji je ispljuvao svaku stvar redom u seriji. Dovelo je ono što je rekao o Majrinoj prijateljici u zatvoru.

Koga je briga za to?

Mene. Mene je briga. Zato sam to i napisala. Želela sam sebi da pružim nadu.

Nadu da ću jednog dana izbaviti Sidnija, Volasovog brata, iz zatvora jer sam ga upravo ja tamo i smestila.

Centralni London, 2007.

– Klio, možeš li molim te da ostaneš nekoliko minuta? – doviknuo je Ajvan Karlton, moj novi šef u časopisu, iz svoje kancelarije u staklu.

Spremala sam se da krenem sa Samanta-Luizom i Vendi, koleginicama koje su znale kako da počnu vikend uz dobro piće i najbolje tračeve iz sveta časopisa, kad je njegov dubok, zapovednički glas dopro do mene. Bila sam u iskušenju da se pretvaram da ga nisam čula, da nastavim da skupljam stvari i zbrišem glavom bez obzira.

– Neće trajati dugo – dodaje nešto glasnije, očigledno nagađajući da radim na tome da ga izignorišem.

Vendi se prva namrštila, a za njom i Samanta-Luiza. Novog urednika je pratio loš glas da je lakom na žene i gadne naravi. Naša prethodna urednica je bila užas, ali s njom se moglo. Nije bila prijatna, ali nije ni dovoljno marila da bi nekom zagorčala život. Ovaj tip... Uvek je bio rano na poslu i upućivao oštre poglede i zajedljive komentare kad stigneš posle njega; uglavnom je uveče ostajao do kasno i posredno stavljao do znanja kako očekuje da i ti ostaješ. U prvom obraćanju ekipi rekao je da je u misiji da nam unapredi očekivanja u vlastitim karijerama. U ekipi je želeo samo one koji streme uspehu, a ako misliš da možeš da se ne trudiš dok je on na dužnosti, bolje da dvaput razmisliš.

Njegovo unapređivanje tvojih očekivanja u karijeri zapravo je podrazumevalo da te nekoliko puta u dve nedelje pozove u svoju kancelariju i demorališe time što te natera da mu navedeš u čemu sve nisi najbolji, zatim te navede da se zapitaš jesi li stvarno dobar u onome u čemu misliš da jesi i na kraju da u to i posumnjaš. Onda bi, u trenutku kad si stvarno dole, rekao šta misli da bi trebalo da uradiš od svog života. Sve to vreme ti ne dozvoljava da nastaviš da radiš ono za šta si primljen, a zatim ti na sastancima prigovara što nisi na vreme završio posao.

Očigledno je kucnuo čas da ja sednem na vrelu stolicu.

– Srećno – šapnula je Samanta-Luiza i pošla prema vratima. – Bićemo u *Velingtonu*. Naručiću ti duplo piće. – Okrenula se i kratko pogledala ono što me čeka. – Naručiću ti trostruko.

– Klio... – Moj veoma uobraženi šef ustao je od stola i došao s prednje strane, tamo gde sam ja sela. Nehajno je oslonio zadnjicu na sto pa digao nogu i stopalo naslonio na moju stolicu, odmah do mesta na kom sam sedela. To mi je na nesreću pružalo pogled iz neposredne blizine na njegovo međunožje. A s njegovom sklonošću da nosi izuzetno tesne pantalone, ništa nije bilo prepušteno mašti. Skrenula sam pogled goreći od stida. – Imam zaista lepe vesti za tebe – rekao je. – Odbor proširuje ekipu. Žele da se razgranamo u specijalizovane projekte – jedinstvena posebna izdanja i tome slično.

Klimnula sam glavom i tiho rekla: – Zvuči sjajno.

– Razmišljamo da tebe postavimo na čelo.

To me je navelo da dignem glavu, pogledom uhvatim njegovu „oblast" i opet spustim glavu. – Mene?

– Da, tebe. Naravno, nisu bili sigurni jer ti ne odaješ utisak *najiskusnije* devojke. – Od toga kako je zabalavio na reč „najiskusnija" zatitrao mi je svaki nerv u kičmi. – Ali znaš ti mene, Klio, svima prijatelj. Rekao sam im: „Hej, narode, čak i crnkinjice zaslužuju priliku da zablistaju." Rekao sam im i to da ću biti tu, kao iskusne, sigurne dve ruke da te vode u tome. Video sam da je to okrenulo stvar u tvoju korist. Šta kažeš, partnerko?

Šta kažem? O tome da ćeš mi dahtati za vratom svakog časka radnog života? O tome da očekuješ da ti budem zauvek zahvalna? O izgledima da ćeš odbaciti sve što sam ikad u radnom veku učinila i pretvarati se da sam počela da postojim tek kad si se ti pojavio? – Zvuči kao sjajna mogućnost – rekla sam. – Moraću dobro da razmislim o tome.

– Šta tu ima da se misli? Pomislio bih da ćeš oberučke prihvatiti tu priliku. Ako pak odbiješ, oni koji odlučuju neće biti zadovoljni. Uopšte neće biti zadovoljni.

– Moraću o tome da razgovaram s mužem – rekla sam kukavički odustavši od toga da mu kažem kuda da se nosi. – To je velika odluka.

– Muž? Mislio sam da nisi udata.

– Htela sam da kažem s partnerom. Toliko dugo smo zajedno da ga nazivam mužem – odgovorila sam. U glavi sam uvek Hita zvala suprugom, tad mi je to prvi put izletelo pred nekim drugim.

– Klio, mislio sam da si prosvećena. Mislio sam da si nezavisna žena širokih shvatanja. Jesi li takva, ili si žena koju je okovao muškarac, vezao uza se i dozvoljava joj samo da izvršava njegove naloge? Jer ako si takva cura, onda mislim da ovo... ovo neće funkcionisati.

Nisam znala čak ni odakle da krenem sa svim onim što je kazao: s podsećanjem na ropstvo, seksističkim metaforama, suptilnim nagoveštajem seksualnog uznemiravanja koje sledi. Nije bilo šanse da Kadrovsko išta od toga shvati ozbiljno – čak ne bi bilo ni moja reč protiv njegove, bilo bi „fin, napredan muškarac 'feminista' pruža neiskusnoj crnkinji priliku, a ona mu tako uzvraća".

Za mene je to bila situacija bez pozitivnog ishoda. Zaista. Kad bih radila s njim, morala bih da istrpim čitav dijapazon suptilnih rasističkih, seksističkih, snishodljivih komentara pre nego što se on ne okuša, ali ako ne budem radila s njim, sasvim sam sigurna da bi mi svejedno život učinio nepodnošljivim.

Odmakla sam unazad stolicu pre nego što sam ustala. Nisam želela da mu budem suviše blizu. – Mnogo vam hvala na ovoj ponudi – rekla sam i dalje izbegavajući da pogledam pravo u njega. – Za nekoliko dana ću vam reći šta sam odlučila.

– Uradi tako – kazao je odsečno. – Razmisli vrlo, *vrlo* pažljivo o svom položaju ovde.

Zapadni London, 2007.

Hit me je zatekao u krevetu u spavaćoj sobi kako zurim u tavanicu. Tamo sam bila otkad sam stigla kući. On nije žurio jer je mislio da ću s devojkama s posla otići na nekoliko pića; nije imao predstavu da sam umesto toga iz kancelarije došla pravo kući. Dok sam se ojađeno vraćala u stan, trudila sam se da smislim šta bi bilo najbolje da uradim u vezi s poslom. *Volela sam* da radim za časopis. *Mnogo* bih volela da budem urednik specijalnih projekata. Uzbuđivalo me je kakva bi to vrata karijere moglo da otvori. Moglo bi to da bude čak i put do položaja zamenika urednika. Jedino sam bila manje oduševljena time što ću se podvrgnuti maltretiranju bilo da radim s Karltonom bilo da izbegnem njegov trud da ima još jednog potčinjenog neposredno pod svojom kontrolom.

Moram da nađem nov posao, već sam skoro odlučila do trenutka kad se moj muž nagnuo nada mnom.

– O-o, žalosna morska zvezda – kazao je Hit i saosećajno oborio uglove usana. – Dugo je nisam video. Šta se dogodilo?

Na brzinu sam mu objasnila. – O, mala – rekao je na kraju. Uvukao je ruku pod moju majicu i pomilovao me po stomaku čime me je odmah umirio. – Baš je to usrana situacija. – Poljubio me je u čelo. – Da sam tvoj psiholog, rekao bih ti da smisliš kako da se zauzmeš za sebe i možda da razmisliš o tome zbog čega nisi bila u stanju da to uradiš onog trenutka. Da sam tvoj ljubomorni, pomahnitali muž, otišao bih i ubio boga u njemu. Kao čovek kakav se nadam da misliš da jesam, predložiću ti da što pre počneš da tražiš drugi posao. – Opet me je poljubio u čelo. – Ovo je tako nepravedno, radiš naporno na tom poslu. Možda bi mogla da se obratiš ljudima iznad njega o nekoj poziciji bez njega.

– Kamo sreće! Nažalost, ta mesta ne funkcionišu tako. I svejedno, svašta se šuška o njemu i tome kako ima „veze“ ne samo u odboru već i na drugim mestima. To uvek zvuči kao da je povezan s gangsterima. Mada, imao gangstere ortake ili ne, pokušam li da odem iznad njega, daće sve od sebe da me slomi. Pošto je tako, moram biti obazriva da me ne bi opanjkao i ukaljao moje ime u svetu časopisa. Viđala sam da se to događa i piscima i urednicima iskusnijim od mene.

– E pa, ako postane nepodnošljivo, možeš dati otkaz i pisati onu knjigu ili scenario za film koje si oduvek želela. Ja ću izdržavati oboje.

– Da, možda – rekla sam malodušno.

– Ma hajde, mala, ne dozvoli da ti to upropasti vikend. Smislićemo plan da sve sredimo. A zaista mislim ono o izdržavanju dok pišeš knjigu. Imam nasledstvo. Ne moraš da se osećaš jadno na tom poslu.

– Hvala ti – odgovorila sam. – Hvala što me podržavaš u ovome.

– Molim lepo... a šta misliš o finom seksu da se oraspoložiš? – Sugestivno je zamrdao obrvom.

– Hej, nazvala sam te mužem kad sam pričala s njim. Morala sam da se ispravim, ali bilo mi je sasvim prirodno da to izgovorim.

– Drago mi je što to čujem. Ali me sad zaista zanima da čujem pristaješ li ili ne na seks za dizanje morala.

– Pristajem – rekla sam i privukla ga sebi uživajući u osećanju njegove težine na sebi, u njegovom mirisu koji mi je ispunio čula. – Naravno da pristajem.

16.

17. AVGUST 2022.
KUĆA KLIO I VOLASA, NA GRANICI IZMEĐU BRAJTONA I HOUVA
KASNO POSLEPODNE

– Jesi li se uopšte čula s tatom? – pitam Lolu dok cimamo bakaluk baštenskom stazom. U povratku iz letnje škole crtanja na koju ide takoreći svakodnevno, svratile smo da kupimo neke sitnice u obližnjem supermarketu. To je naraslo do gotovo nabavke za celu nedelju zato što nismo imale pojma šta ćemo za večeru.

Iako sam joj rekla da ostajem danas kod kuće, ipak je otišla na čas. Jučerašnji dan – dan posle onog užasnog sastanka s Harijem Endruzom i *Hanimej produkcijom* – uglavnom sam provela uz isključen telefon i izlogovana sa imejla. Hvala bogu, niko u *Hanimej produkciji* nije imao broj mog kućnog telefona. Doduše, imala ga je moja agentkinja i ona je zvala nekoliko puta da kaže kako oni prave scene. Svima je žao što sam pogrešno shvatila o čemu je reč, svi žale što sam otišla onako naglo jer smo mogli sve da rešimo, svi su super napaljeni zbog produžene poslednje epizode i zbog toga što ću je napisati tako da izađe uz prangije. Da, naravno. Drugim rečima: *Hoće li ona nekome reći kako rukovodilac kompanije, optužen za priličan broj kontroverzi i predrasuda tipa „me too“, i dalje javno ponižava ljude koji rade za njega? Ili će ona učiniti ono što je većina ljudi primorana da radi u datim okolnostima i u želji da plaća račune, pa će jednostavno ćutati i trpeti?*

Umalo nisam Antoniji rekla istinu. Uvek je bila na mojoj strani, uvek me je podržavala – čak i kad nije shvatala šta radim – tako da sam gotovo kazala kako imam krupnije probleme od Harija Endruza i odsustva iskupljujućih osobina kod njega. Kako je ono na čemu zapravo radim, razlog zbog kog rastačem svoj život, mnogo značajnije od nedoraslog muškarca koji nikad nije dobio po nosu za ono što kaže ili uradi. Ipak nisam priznala, nisam je pripustila sebi zato što sam obožavala svoju agentkinju i nije bilo potrebe da je uključujem u ovaj haos. A rekla sam kako bih volela da – bar jednom – ljudi poput Harija Endruza dobiju ono što im sleduje. Da se on (i drugi slični njemu) u stvarnom svetu suoči s posledicama onoga što radi i kaže, a ne da se izvuče tako što će se drugi ljudi izvinjavati i svi zažmuriti pred onim što je uradio. Antonija se složila i rekla da bi trebalo da ih pustimo da se malo krčkaju, da im nekoliko dana ne odgovorimo ništa definitivno o tome šta dalje.

Danas sam se probudila spremna da se borim s čitavim svetom. Spremna da odmarširam do *Hanimej produkcije* i da Endruzu i ostalima održim vrlo stvarno, nezaboravno predavanje. Tu žestinu sam već pretočila u scenario koristeći se gnevom i žaljenjem što nisam rekla nešto više kao gorivo za reči koje su se javljale na ekranu. Kad sam se sastala s Lolom, većina tog besa je ostala na tim stranicama, izražena u najdivljačkijim ubistvima s kojima se poslastičarka detektiv dotad suočila.

– Da, tata mi neprestano šalje poruke – odgovara Lola na moje pitanje. – Na odmoru je s nekim od „prijatelja" u Portugalu. Uporno je zove „prijatelj" ili „drugar", kao da ja ne znam da ima devojku. On zna da ja znam šta je seks, jelda?

– Pretpostavljam da zna.

– I mama ima nekog drugog. Nešto je manje prepredena u vezi s tim zato što sam ja tamo sve vreme, a tata je taj koji je otišao.

Podozrevala sam da je Valeri navela Frenklina da ode, iako je on taj koji ih je napustio – ona je bila podstrekač jer joj je konačno dojadilo, pa mu je postavila ultimatum. Doduše, sve to samo slutim zato što Valeri sa mnom ne razgovara osim da pita za Lolu kad je ovde, a ni Frenklin ni Volas mi nisu poverili taj podatak.

– Tata nije bio srećan kad je saznao da se ona viđa s nekim – nastavlja Lola. – Čula sam je kako preko telefona kaže da je mislio kako će ga ona jednostavno čekati da se vrati kad bude spreman. Imaš li ti nekog drugog?

Zastala sam i okrenula se prema Volasovoj bratanici koja je neugodno skoro dostigla moju visinu.

– To je veoma dobro pitanje – pita policajac od pre nekoliko dana preko Lolinog ramena. – Pitanje na koje i ja želim odgovor.

Policajac mi se smeši i izgleda kao da strpljivo čeka da odgovorim Loli. Iza njega primećujem onu policajku kako izlazi iz sivog automobila. Nosi kišni mantil bež boje preko crnog kompleta s pantalonama, isto kao što on nosi kišni mantil bež boje preko crnog odela. *Blizančići!*, pomislila sam kad god ugledam Volasa i Frenklina zajedno ili vidim njihov veliki portret u roditeljskoj kući. (Trina me je jednom pitala da li me Frenklin fizički privlači isto kao Volas, a ja sam joj rekla da je zvaničan odgovor naravno da me ne privlači, zato što su njih dvojica sasvim različiti ljudi, ali da je realnost ta da bih, ako sam predaleko i pobrkam svog muža s njegovim blizancem, načas osetila žudnju pre nego što shvatim koji je to od njih dvojice.)

Lola, koja se očigledno sećala policajčevog glasa od pre nekoliko dana, krivi lice u izraz krajnjeg prkosa pre nego što se okrene i ošine ga pogledom. U porodici Prajs sasvim sigurno nema ljubavi prema policiji.

– Mogu li vam pomoći? – pitam ljubazno. Ne treba on da zna da mi je srce prestalo da kuca i da mi je vreo adrenalin zapalio celo telo.

– Imamo samo nekoliko pitanja – kaže on.

Zarivam ruke u džep crne jakne i tražim poznatu nazubljenu, metalnu ivicu ključeva. Čim ih dotaknem prstima, izvlačim ih. – Lolo, uzmi ključeve i uđi molim te – kažem joj. Iako joj vidim samo potiljak, ipak osećam gađenje s kojim gleda ovog čoveka i ovu ženu.

Ona se ne miče, čak ne odaje ni naznaku da me je čula. – Lolo – ponavljam nešto oštrije. – Uzmi ključeve i uđi. Odmah. *Molim te.*

Bez reči, stisnutih zuba, ona se okreće prema meni, uzima ključeve i korača prema ulaznim vratima. Slušam kako ih otvara, kako šuška i zvecka kesama, češe se kaputom, začuje se alarm, a onda najednom nastupi tišina kad ga ona ugasi. Vrata ne zatvara do kraja, to shvatam kad se okrenem da proverim je li ušla.

Sad je prišla i policajka i stoji uz kolegino rame. Na trenutak mi izgledaju kao slika na DVD-u s televizijskom serijom koja nije produžena posle prvih epizoda. *Dvoje posvećenih detektiva zajedno u borbi protiv kriminala. Hoće li uspeti da usklade razlike i reše za njih dosad najteži slučaj?* Nagon da pišem blurbove za situacije iz stvarnog života postao mi je svojstven mnogo pre nego što sam se zaglibila u poslu s ljudima sa televizije. Čak i mnogo pre nego što sam počela da pišem romane. Sećam se da sam nešto slično radila u školi, a nastavnici nisu cenili moju sposobnost da izbrusim okosnicu situacije i usput mahnito preteram u ostalim delovima (*Romeo i Julija* su moguće vrhunac moje genijalnosti: *Dvoje tinejdžera, dve porodice i gomila nesporazuma koji će godinama imati odjeka.*)

– Rekoste da imate neka pitanja? – pitam pošto sam na brzinu virnula preko ramena da vidim da li Lola opet sluša.

– Možemo li da uđemo? – pita detektiv Matison.

– Više bih volela da ne ulazite – odgovaram joj.

– Bilo bi bolje da uđemo.

– Ubeđena sam da ne bi.

– Kako hoćete, gospođo Prajs. Uzgred, da li je vaš suprug kod kuće?

– Nije.

– Hoće li se uskoro vratiti?

– Ne znam.

– Pretpostavljam da ne možete znati s obzirom na to da ste išli kod advokata za razvode.

Policajac se i dalje smeši. To je prijatno i nije preteće, ali sve mi je poznato o prijatnim, nepretećim ljudima. Kako mogu da se smeškaju dok vam nežno vade creva, pažljivo vas seckaju, puštaju vam krv lagano do smrti. – Kako se držite? – pita ljubazno.

Mora da izgledam kao da me je to pitanje uzdrmalo.

– Pošto ste saznali da ste poslednji videli čoveka živog pre nego što je ubijen? Čoveka koji vam je pomagao – navodi. – Mora da je za vas to prilično traumatično.

Nije, zato što... – Trudim se da ne mislim o tome.

– To mi je jasno. Naročito zato što je gospodin Berfild dobio injekciju za opuštanje mišića pre nego što je ugušen. A telo mu namešteno da izgleda kao da radi.

Sa svakom rečju ledeni osećaj nečeg poznatog prožima moje telo. Za hladnoćom nailaze uzbuna i užas, i načas pomišljam da ću se srušiti. *Nešto poznato.* Previše poznato.

– Znači li vam to nešto? – pita on.

– Treba li? – pitam ležerno.

– Tako je počinjala jedna od vaših epizoda. Advokat je nađen mrtav, ubio ga je neko povezan s jednim od klijenata zato što je znao previše o njemu. Poslastičarka je to rešila za sat vremena.

– Tako je – mrmljam.

– Ja ne gledam ništa osim vesti, a detektiv Matison je to shvatila. Ispostavlja se da je obožavateljka poslastičarke koja rešava zločine.

– Tek odnedavno – kaže ona. – Obično ne volim televizijske serije koje policajce prikazuju kao tako glupe da umesto njih zločine rešava neki običan član zajednice. Naročito ubistva. Ipak, izgleda da menjam mišljenje o vašoj seriji. Stoga zamislite kako sam se iznenadila kad sam videla tu epizodu s tako mnogo sličnosti.

– Zamislite – kaže detektiv Amvel. – Tako mnogo podudarnosti.

– Valjda je tako.

– Zna li vaš suprug da ste išli advokatu?

– Ne. Niko nije znao. Niko ne zna da se razvodimo, osim njegovog brata koji živi s nama. A ni njemu nisam rekla da sam išla advokatu. Nikom nisam rekla. – Bar nikom koga bih mogla da pomenem policiji.

– Vraćam se na ranije postavljeno pitanje – imate li nekog drugog? Nemam nikog drugog u smislu u kom oni govore, što znači da iskreno odgovaram kad kažem: – Ne.

– Vrlo dobro. Prijatno vam veče.

– To je sve? – pitam pre nego što uspem da se zaustavim. Ponekad nisam sasvim pametna. Ponekad sam vraški glupa.

– Jeste li mislili da ima još nešto?

– Ne, zapravo nisam. Samo, poslednji put ste rekli da ima nekih dokaza? – Nimalo pametno.

– A da, dokazi – kaže policajac. Klima glavom. – Dokazi. – Malčice se okreće prema partnerki. Načas se pitam jesu li oni zajedno. Treba li da prepravim blurb o njima i ubacim zlosrećnu romansu? – Prijatno vam veče – kaže on i ne razrađuje ono o dokazima. *Sve je ovo taktika, samo taktika*, kažem sebi. Policija vam nešto ubaci u glavu, ali ne žuri da vam to objasni. Stoga ste stalno na oprezu, stalno se pitate šta znaju, pa je veća verovatnoća da ćete se izleteti i reći im nešto što će pokazati vašu krivicu.

Ne smem da nasednem na to. Ne smem. – Dobro, hvala – odgovorim zato što ne znam šta drugo da kažem.

Hvatam kese iz radnje, punim ruke njima. Gledam da se okrenem pre nego što oni odu. U ovoj situaciji moram da povratim uporište. U ovoj situaciji moram da nađem što jače uporište.

Severni London, 2007.

– Dobro došli, dobro došli u *Pokrenite se: Imate li štofa da krojite priče?*

Na poslu je bio pakao, ali rešila sam da se usredsredim na ono dobro u životu. Na muža, porodicu, pisanje. To me je održavalo.

Uz Hitovo ohrabrenje, upisala sam se na taj kurs, i to mi je bilo prvo veče. Tog trenutka nas je bilo dvadesetoro, ali pretpostavljala sam da će se taj broj smanjiti. Već sam ranije išla na kratke kurseve – „Kako se piše sapunica“, „Pisanje komedije za početnike“ – i broj polaznika se uvek smanji u prvih nekoliko nedelja. Ljudi shvate da kurs nije za njih, da ne mogu tome da se posvete, da pisanje uz druge nije za njih. Nisam bila sigurna je li to za mene, ali bar sam nešto radila. Tim putem sam dolazila do povratnih informacija. Tim putem sam upoznavala ljude koje je pisanje zanimalo isto kao i mene.

– Od ovoga ćete izvući onoliko mnogo ili malo prema tome šta želite – objasnila je predavačica. – Mi pak imamo nekoliko pravila. Ono o čemu se ovde razgovara ostaje ovde. Znam da može biti primamljivo ispričati drugima o onome što ovde čujete, ali to nije pošteno prema kolegama piscima. Svi treba da se osećate sasvim bezbedno da pročitate naglas svoj rad i razgovarate o pisanju a da ne brinete da će drugi čuti za to. Ostala pravila su da reagujete samo konstruktivno. Imajte na umu da je vaš odnos prema nečijoj fikciji subjektivan – ako vam se nešto ne dopada, recite to, ali samo na konstruktivan način. Ništa nije pogrešno, samo nije po vašem ukusu. Ako smatrate da bi moglo biti napisano bolje uz promenu strukture ili promenu formata, u redu. Ako smatrate da je nešto ispod vas ili vaše inteligencije, izvolite izaći pre nego što te misli nametnete nekom drugom.

Dopadala mi se ta predavačica. Bila je nasmejana. I iskusna. Dobro je poznavala ljude. Izgleda da ću uživati na ovom kursu. To će biti prilika da istražim svoje pripovedačke sposobnosti. Od puberteta sam želela da smišljam priče. Možda i pre. Jedino što sam volela više od toga da priče čitam bilo je da ih izmišljam. Pisanje je za mene bilo bekstvo, uteha. A postaće i moja budućnost. Znala sam to. Kad završim taj kurs, postaraću se da imam sav potreban alat da počnem i završim knjigu. Nameravala sam da steknem svakodnevnu naviku, te sam tako pisala bez obzira na to šta mi se u životu događa.

Ovaj kurs je trebalo da bude moj sledeći korak da to i ostvarim. Da zapravo napišem knjigu o kojoj sam uvek pričala i koju sam nekoliko puta ozbiljno započinjala.

– Dobro došli u priče svog života.

17.

17. AVGUST 2022.
KUĆA KLIO I VOLASA, NA GRANICI IZMEĐU BRAJTONA I HOUVA
KASNO POSLEPODNE

Ovo nije dobro, misli Lola. *Ovo uopšte nije dobro.*

Lola iskreno smatra da je ono prošli put bila anomalija – nešto o čemu će u nekom trenutku pričati s mamom i tatom, i svi će režati kako policija nema pametnija posla nego da gnjavi nevine ljude, pa će na kraju svi to smetnuti s uma.

Međutim, izgleda da im je teta K. meta. Zašto? Prema onom što je čula kod vrata, izgleda da misle kako ona ima neke veze sa advokatovom smrću. Pa da, jeste malo uvrnuto to što ga je poslednja videla živog, i da, još je uvrnutije to što je ubijen na isti način kao što je ona napisala u seriji. Ali to ništa ne znači, zar ne? *Zar ne?*

Od svih odraslih koje zna, najmanje je verovatno da bi teta K. bila umešana u nešto sumnjivo. Uvek je tako fina u svemu, ali ne onako da je pogledaš iskosa i zapitaš se šta tačno krije. Naprosto izgleda da ona voli ljude i želi da im pomogne.

No otkad su joj se roditelji razveli, Lola mora da prizna sebi kako više ne veruje ljudima onoliko koliko im je nekad verovala. Nema tu ničeg ličnog, samo to da su ljudi zbrkani. Ljudska bića su složena. Odrasli vole da prave dramu i pretvaraju se da ih iznenađuje kad im se drama obije o glavu. To je naučila iz odnosa svojih roditelja – ignorisali su jedno drugo, pretvarali se da se svet okreće samo oko nje i njihovog posla i kuće, a ne i oko onog drugog odraslog u njihovom životu. Tako su se ponašali, a onda su se iznenadili kad su prestali da se zanimaju za to šta ono drugo radi, i to do te mere da čak nisu primećivali ono drugo sve dok nije bilo vreme da odu.

Lola je pokušavala. Zaista je pokušavala da ih spoji, da svi troje provode vreme zajedno kao porodica – večeri s društvenim igrama, filmska poslepodneva, obročci bez televizije – ali ni jedno ni drugo se tome nije posvećivalo više nego jednom ili dvaput. Tako je ona posmatrala kako joj se porodica raspada.

A taj raspad je doveo do toga da nema poverenja u ljude – Odrasle – da će uraditi ono što je najbolje za njih. Čak ni kad im je to nešto ispred nosa.

Da li je ovo početak istog procesa s tetom K.? Već se razišla sa stricem Volsom. Velik je to haos, megadrama od nekog ko nikad takve nagone nije pokazivao.

Kad teta K. uđe u kuću s preostalim kesama iz kupovine u rukama, Lola stoji uz kuhinjska vrata s rukama prekrštenim na grudima i ravnodušnim izrazom lica.

– Zašto su ponovo dolazili? – ljutito će.

– Zato što je onaj nesrećnik ubijen na isti način kao neko u jednoj od epizoda serije – odgovara teta K. – Ali ti to već znaš, jer si slušala. Doduše, ne znam zbog čega su mi to ispričali, ali ispričali su mi. Sigurna sam da je slučajnost što je tako stradao, ali policija očigledno ne misli tako.

Lola je zabezeknuta zbog iskrenosti tete K. Nije to očekivala! Očekivala je da je, kao i obično, zanemare. – Stvarno? – pita.

– Aha.

– Misliš li da će dolaziti ponovo?

– Nadam se da neće, ali podozrevam da hoće.

– Šta možeš da uradiš u vezi s tim?

– Ništa – odgovara teta K., s naporom unoseći kese u kuhinju gde ih spušta na pod. – Ama baš ništa ne mogu da uradim osim, valjda, da čekam da uhvate onoga ko je to uradio.

Zvuči rasejano, zabrinuto. *Verovatno tako i treba*, misli Lola. Znajući da je stric Sidni u zatvoru zbog nečeg što nije uradio, Lola je sasvim svesna nepravde. Toga da se sve završi užasno naopako, a vi niste ni svesni da nešto nije bilo kako treba. Hoće li se to dogoditi teti K.? Jel' zato ona sve vreme mnogo uplašena?

– Zašto samo stojiš tu? – pita teta K. kad se vrati iz kupatila ispod stepeništa gde je prala ruke.

– Misle li oni da si ti to uradila? – pita Lola.

– Šta da sam uradila?

– Policija. Da li misle da si ti to uradila, onom advokatu? – Pravi pokret rezanja preko grla, zatim sklapa oči i plazi jezik.

– Da budem iskrena, ne znam. Nadam se da ne misle zato što očigledno ja to nisam uradila. – Teta K. odlazi do sudopere, uzima kuhinjsku krpu umočenu u činiju s varikinom, cedi je pa odlazi do kesa iz kupovine. – Nemoj samo da stojiš tu, operi ruke, presvuci se i dođi da mi pomogneš da ovo rasporedim. Nismo čak ni smislile šta ćemo za večeru. Kašljuc, nešto da naručimo, kašljuc.

Lola zatrese glavom kako bi se naterala da izađe iz fizičkog i mentalnog transa. Nije sigurna zbog čega se teta K. ponaša kao da je sve u redu, kad se trenutno očigledno *sve* raspada, ali sluti da će sve postati još mnogo gore za tetu K. A i za nju samu.

18.

Centralni London, 2008.

Skidam poklopac s kafe i načas sklapam oči dok udišem aromu.

Nema ničeg boljeg da me pokrene ujutro od dobrog udara kafe. Katkad poželim da sam dovoljno hrabra pa da se vratim u dane javnog umakanja i potapanja čokolade u kafu, što bi sve učinilo zanimljivijim. No to je bilo onda, a ovo je sada. I nije mi dozvoljeno da radim tako nešto. Pre svega, bilo je bolno za sve koji gledaju. Stoga sam se ograničila samo na svojih pet kašičica šećera bez obzira na količinu kafe. Ipak je možda to ono što bi trebalo da pokušam s obzirom na to da sam stalno tragala za nečim što će mi omogućiti da preguram dan. Ajvan nije postao ništa bolji. Otkad sam odbila njegovu „veoma ljubaznu" ponudu da me maltretira dok radim kao njegov potrčko, postao je prilično nepodnošljiv.

A koliko god tražila, koliko god se trudila, za Klio nije bilo poslova. Hit me je podsticao da svejedno dam otkaz, ali nisam to htela. Oduvek sam radila, pa mi se nije dopadala pomisao na to da zavisim od nekog za novac. Novac je moć, i koliko god ja volela Hita, koliko god mu verovala, nisam nameravala nikad voljno da prepustim nekome toliku moć nad sobom.

Naša kancelarija je bila srednje veličine, nepravilnog osmougaonog oblika s gusto zbijenim radnim stolovima, ali je bilo prostora da održavamo sastanke na jednom kraju i za orman za zalihe. Urednikova kancelarija je bila staklena kutija na drugom kraju, tamo gde su bili prozori. Na zidovima smo imali postere, sve vreme je svirala muzika, postojala je dobra vibracija. Očigledno je Ajvan dao sve od sebe da ubije zabavnu atmosferu u kancelarijama, ali mi smo se držali, i dalje smo nalazili načine da budemo ekipa. Danas sam stigla prva, što je neobično. Ajvan je mnogo vremena trošio na komentare o mom shvatanju vremena – što je značilo kako očekuje da budem tamo sat pre zvaničnog početka radnog vremena – pa nisam imala izbora do da se povinujem. Često sam stizala nekoliko minuta pre njega, ali danas njega tamo nije bilo. Mogla sam na miru da pijem kafu.

– Klio, Klio, Klio! – Samanta-Luiza je zakočila kod mog stola u uglu uz prozor.

– Samanta-Luiza, Samanta-Luiza, Samanta-Luiza! – uzvratila sam kad je ona čučnula, a njena maksi crna haljina se raširila oko nje. Savršeno izmanikiranim noktom gurnula je uvojak blistave crne kose iza uha.

– Nećeš pogoditi šta se dogodilo – bez daha je rekla.

– U pravu si, neću pogoditi, pa mi zato ti reci.

– Pogađaj.

Zarežala sam na nju. Mrzela sam kad ljudi to rade. Retko šta me je tako nerviralo. Samanta-Luiza je znala to, ali je svejedno uporno radila.

– Dobro, dobro, Ajvan je napadnut.

– Molim?

– Ajvan, napadnut je. Kasno sinoć!

– Šta? Stvarno? *Stvarno*?

– Navodno je kresao ženu jednog od glavonja. Znaš, jednog od ljudi iz odbora. Bukvalno je umakao đokicu gde nije trebalo. Pa, očigledno to nije moglo da prođe bez odjeka. Neko, ili više njih – misle da su možda bila dvojica – zaskočio ga je kad je sinoć stigao kući.

– Bokte mazo, stvarno?

– Da.

– Jel' on dobro?

– Ne, nije dobro. Uopšte nije dobro.

– Kako to misliš?

– Gospode bože, grozno je. Načisto su ga ugazili. – Stavlja ruku na moje koleno da održi ravnotežu. – Misle da neće više hodati.

– Šta?

– Kad je Džesi iz marketinga opisivao sve njegove povrede, zinula sam. Evo ti sa spiska... pukla slezina, slomljene čašice na kolenima, zgnječena kičmena moždina... a spisak se nastavlja. Nisu se zezali. Džesi je rekao kako misle da je imao sreće što je ostao živ.

– Bokte mazo. I stvarno misle da je to zbog nekog s kim je spavao?

– Aha. Ili su sve one priče o ortacima gangsterima možda tačne, pa su se oni okomili na njega? Možda je to?

– Ali to je... to je nešto kao iz televizijske serije ili filma. Znaš li čija je to bila lepša polovina?

– Možeš da biraš. Izgleda da ih je bilo više. A tako je dolazio do najboljih položaja i mogao da radi šta god mu se prohte – žene s kojima je spavao hvalile su ga pred muževima, starale se da bude zaštićen.

Stresla sam se. – Ne mogu da zamislim da neko *želi* to da radi s njim, kamoli da zapravo to i uradi, kamoli da zapravo to uradi više nego jedanput. – Na tu misao zaista mi se okrenuo želudac. – Ali ipak, da mu se to dogodi... Stravično je.

– Jeste! – Samanta-Luiza se uspravila, pa promrdala nogama da proveri može li opet da ih pokreće. – Pitam se koga li će postaviti da ga menja.

– Svako mora biti bolji od njega.

– Pa da, za tebe će to biti milion puta bolje.

Ništa nisam rekla. Osim Hita, niko nije znao pravu suštinu razgovora koji sam pre nekoliko meseci vodila sa Ajvanom. Nije bilo teško primetiti da me mrzi, da se okomio na mene, ali bio je dovoljno pametan da izvede to tako da izgleda kao posledica toga što ne radim kako treba, a ne zato što je opak, gadan mali čovek.

Samanta-Luiza je rekla: – Misliš da niko nije primetio? O, još kako smo primetili. Nas nekoliko je pokušalo to da kaže odboru, ali oni su nas ućutkali. Sad znamo i zašto – bio je zaštićen. U svakom smislu.

– O, Samanta-Luiza, to je tako slatko, hvala vam. – Bila sam iskreno dirnuta time. Nisam imala pojma da je neko pokušao da mi pomogne. – Baš sam dirnuta.

– Mnogo je to vredelo. Ali vidi, kad se tome niko nije nadao, naišla je velika doza onog „sve se vraća, sve se plaća“ i sredila sve. – Prenaglašeno je slegnula ramenima. – Ne kažem da je zaslužio ono, ali tu smo gde smo.

Celog dana sam mislila na Ajvana. Da bi meni bilo bolje, njemu je postalo mnogo gore. Nisam to želela. Uopšte to nisam želela.

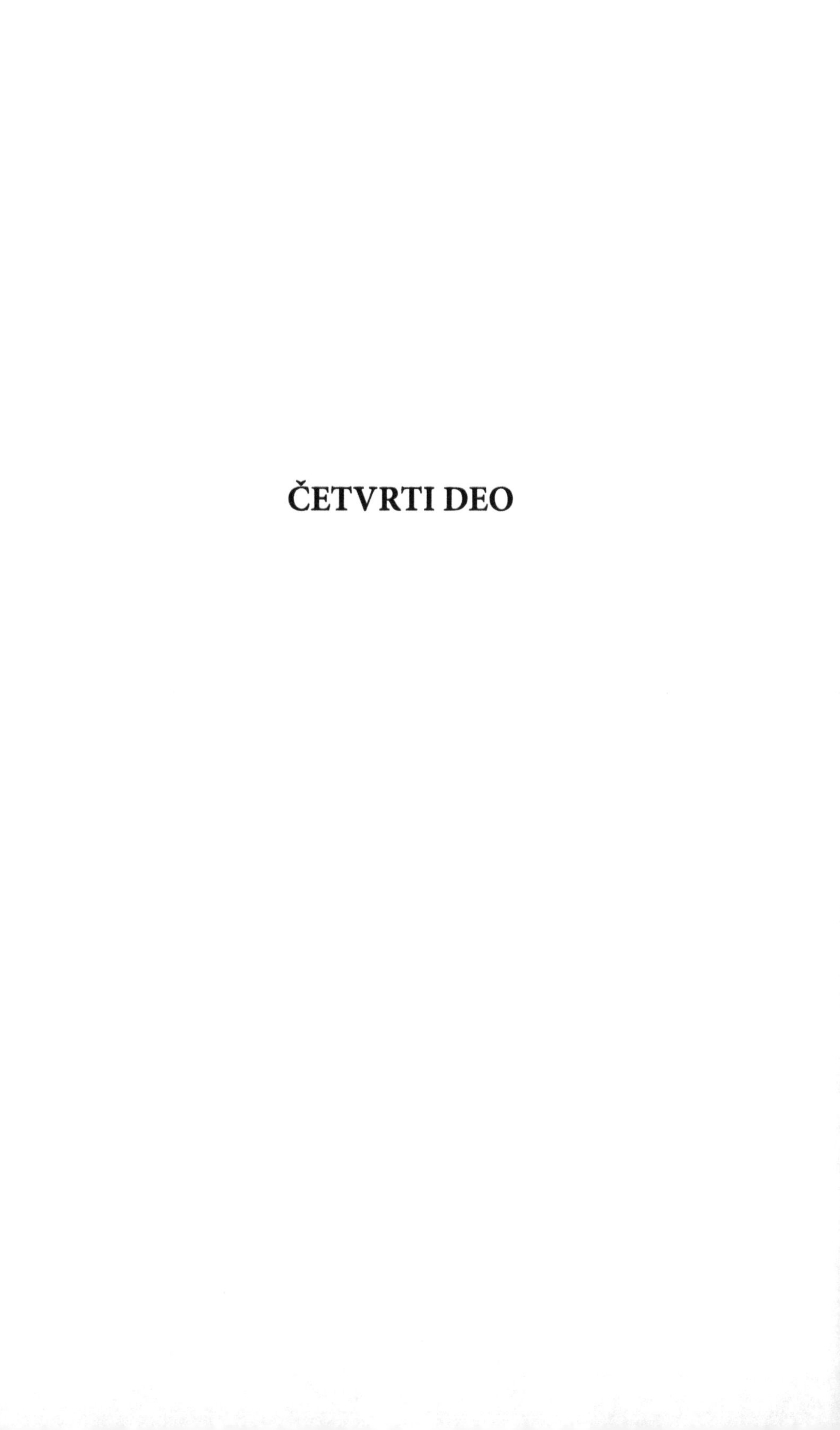

ČETVRTI DEO

19.

Zapadni London, 2008.

– Klio, prestani da menjaš temu. Neću ti to dopustiti. Imaš li ti testament ili ga nemaš?

Starija sestra Ađua držala mi je predavanje o mojoj budućnosti. Zapravo, isključivo me je zbog toga pozvala. Starija je od mene pet godina (deset godina od naše najmlađe sestre), i uvek se s lakoćom i bez negodovanja držala uloge superćerke. Imala je dobre ocene (istinu govoreći, i mi smo), ali je otišla na fakultet da dođe do diplome prikladne za pravu afričku ćerku – studirala je knjigovodstvo i menadžment. Posle koledža je upoznala finog muškarca čiji su roditelji isto došli iz Gane, i čekala je da se uda da bi se upustila u seks i zatim rodila decu. (Znali smo da je rečenica „bez seksa pre braka" bila čisto sranje – ali kad biste poznavali moju sestru, znali biste da je to *delovalo* istinito, a to je za naše roditelje i više nego dovoljno.)

S obzirom na to kakva je, i da je time zadovoljna, Ađua je smanjila roditeljska očekivanja od mene i Efi – roditelji su bili zadovoljni što imaju ćerku koja radi sve „kako treba", pa su moju psihologiju i medije nekako opravdali, a kad je došlo vreme za Efi, dozvoljeno joj je da studira englesku književnost a da se niko nije iznenadio. Naplata je naravno bila ta što je Ađua redovno osećala obavezu da pokušava da me navede da se ponašam odraslo. Tog dana je to bio razgovor o testamentu. Pokušala sam na mnogo, *mnogo* načina da skrenem razgovor – na muziku, televiziju, dogovore za večeru, želje njene dece za Božić i rođendane – ali uvek se sve završavalo na istom.

– Ne, nemam testament – rekla sam. – Ne treba mi.

– Molim te, pod kojim kamenom živiš? Potreban ti je testament. Svakom je potreban testament. Naročito ako živi s nekim.

Ustala sam iskolačenih očiju. Bila je kul sestra bubalica, ali je bila i sestra-tužibaba. Odaće me. A nije ni znala da smo Hit i ja venčani – samo na rečima i u drugoj zemlji, pa se to praktično ne računa – ali *još kako* bi se računalo kod mojih. – Ko kaže da živim s nekim?

– Tvoja adresa, tvoj broj telefona, tvoj dečko koji se javlja na taj broj telefona, tvoj dečko koji dolazi na večere kod tvojih roditelja skoro svake nedelje.

– Nemoj da kažeš mami i tati – tiho sam rekla. Mada nisam sigurna zašto sam šaputala.

– Misliš da oni ne znaju? Zaista misliš da veruju da spavate u odvojenim sobama i živite kao cimeri koji se zabavljaju? Misliš li da su glupi? Kako možeš da budeš tako glupa? Odrasla si žena. Naravno da znaju. Smatra se da si najpametnija od nas tri – nemoj da kažeš Efi da sam to rekla – a ponekad si neverovatno tupava. No, nema skretanja teme. Kada ćeš se pozabaviti testamentom? Tvoj dečko ga ima.

– Otkud ti to znaš?

– Rekao mi je.

– Kad?

– Na jednoj od maminih i tatinih večera.

– Tek tako ti je to rekao. Iz čista mira?

– Ne. Pitala sam ga. Zašto da ne pitam? U vezi je s mojom sestrom, treba da znam kakav je čovek. „Ima testament" svrstava ga u kategoriju „Ozbiljni ljudi". „Nema testament" svrstava ga u kategoriju „Troši vreme mojoj sestri". Prošao je test. I to sa odlikom. Čak je išao dotle da mi ispriča kako, u slučaju njegove smrti, njegov stan kao i uglavnom sve ostalo ide tebi, a nešto malo njegovoj majci.

– Stvarno?

– Najstvarnije. On je Ozbiljan Čovek. Sad ti treba da budeš Ozbiljan Čovek i da napraviš testament. Gledaj da meni ostaviš zbirku prstenja i tašne.

– O, njih je Efi prisvojila još pre mnogo godina. Kao i moja prva izdanja, vintidž kožni mantil i brendiranu kutiju za šminku.

– I ti si joj jednostavno sve to dala?

– Zašto da ne?

– Iz pukog nepoštovanja. – Čula sam kako vrti glavom. – Nema veze, valjda. Ali napravi testament. Sledeći put kad budem razgovarala s tobom očekujem da ćeš imati testament, ili bar započeti proces njegovog sticanja.

– A ako to ne uradim?

– Pa... Možda će me stres zbog toga što nemaš testament navesti da mami i tati kažem da ne spavaš u gostinskoj sobi u Hitovoj kući, a možda i neće. Ko bi to znao? Stvarno, ko bi to znao? – Pošto sam ćutala, dodala je: – Čućemo se uskoro, volim te, ćao. – I spustila slušalicu.

Zurila sam u telefon. Moram da napišem testament. Ili će me sestra tužiti. Pomisao na to me je užasavala. Nisam imala predstavu odakle da počnem. No ako ga je Hit imao... U stvari, najednom sam se setila da sam znala da ga ima. Pre izvesnog vremena, dok sam preturala po fiokama njegovog pisaćeg stola tražeći gde je sakrio jedan od poklona za moj rođendan, naišla sam na koverat s rečima „U slučaju moje smrti“ otkucanim na njemu.

Nisam bila dovoljno hrabra da ga otvorim, naročito zato što o njegovoj smrti kao i o smrti svakog drugog nisam želela da razmišljam. A njemu ništa nisam mogla da kažem o tome šta sam našla zbog opšte situacije da „nije trebalo tražiti poklon“. No ako već moram i sama da imam testament, onda ću virnuti u Hitov da vidim šta treba da pišem.

U redu, to je prilično neuverljiv izgovor za njuškanje, ali je i valjan, i omogućiće mi da u koverat uđem *donekle* opravdano. Ako me uhvati, mogu to da mu kažem.

Da, otvaranje koverta i čitanje njegovog sadržaja ne bi zapravo bilo kraj sveta. To bi mi pomoglo. Ništa drugo, samo bi mi pomoglo. Jel’ tako?

20.

ZAPADNI LONDON, 2008.

Na prednjem delu koverta pisalo je:

Ovo da otvori
Klio Forsum
U slučaju moje smrti

U poruci unutra je pisalo:

U slučaju moje prerane smrti, draga Klio, voleo bih da ti imaš ovo. Počeo sam da pišem za sebe, ali ovo je i za tebe. To je istina o mom životu, *našem* životu do danas. Molim te da znaš da te u svemu ovome volim.

Volim te.

Oduvek sam te voleo.

I sve bih opet uradio za tebe.

21.

Izveštaj procene kliničkog psihologa O gospodinu X. (nastavak)

PROCENU OBAVIO: dr A. H. Sojer Berland, klinički psiholog
VREME PROCENE: u toku

ISTORIJA UPUĆIVANJA: Gospodin X. se sâm uputio posle još jedne skorašnje incidence iscrpljujućeg stresa, anksioznosti, negativnih misli o sebi i ponovljenih prinudnih misli.

TRENUTNI SIMPTOMI: Gospodin X. ima dugotrajnu istoriju trenutnih simptoma, ali izražava trenutnu stabilnost uz njih, premda je ovo trenutno stanje postigao i održava ga uz veliki napor. Gospodin X. je zabrinut da sadašnji napori možda neće biti održivi. Simptome naglašene u ovoj proceni počeo je da oseća kao tinejdžer, pošto je ubijena njegova nastavnica i ljubavnica (gospođa L.). Gospodin X. je prijavljivao nekadašnje i trenutne probleme s koncentracijom, stres i negativne misli o sebi. Posle smrti gospođe L. poslat je na psihološko procenjivanje i savetovanje.

ZNAČAJNA ZDRAVSTVENA ISTORIJA (Zajedno sa slučajevima psiholoških ili psihijatrijskih intervencija, korišćenja i zloupotrebe psihoaktivnih supstanci, itd.): Gospodin X. nema znatnu medicinsku istoriju. Prethodna psihijatrijska istorija je niže istražena. Gospodin X. nikad nije koristio duvan, ali je zloupotrebljavao alkohol i lake droge, posebno posle smrti gospođe L.

Gospodin X. trenutno ne zloupotrebljava nit uzima lake droge, mada pije alkohol u umerenim količinama. Gospodin X. je inače u dobroj formi i zdrav, iako povremeno pati od iscrpljujuće glavobolje.

SAŽETAK PRETHODNIH ISPITIVANJA I NALAZA: Nema ranijih neuroloških i neuropsiholoških procena.

RAZVOJNA ISTORIJA: Gospodin X. je izjavio da je bio prvi u razredu tokom obrazovanja i da je od desete godine išao godinu u stariji razred kao izazov. Ostali učenici su ga redovno maltretirali i fizički napadali. Gospodin X. prijavljuje kako je s vremenom otupeo na te napade i da je sa četrnaest godina bio u stanju da se odupre, što je imalo za rezultat prestanak maltretiranja i napadanja.

Šest meseci pre njegovog petnaestog rođendana, gospodina X. je zapazila gospođa L., nova nastavnica prirodnih nauka u njegovoj školi. Uzela ga je, kako on to opisuje, pod „svoje okrilje" jer je pokazivao istinski talenat za prirodne nauke. Nekoliko nedelja kasnije njihov odnos je postao emotivan, zatim i seksualan.

Gospodin X. opisuje taj odnos kao pun ljubavi, ispunjavajući i brižan. Otvoreno govori o tome kako je gospođa L. bila nežna s njim i tvrdi da je gajio duboku privrženost prema gospođi L., da se, kad nije s njom, osećao nepotpunim i usamljenim. Gospodin X. takođe tvrdi da je za vreme koje je proveo s gospođom L. stasao kao ličnost i iskreno je smatrao da mu je budućnost uz nju.

Ta veza je prekinuta kad je suprug gospođe L. saznao za nju, pobesneo i ubio suprugu. Gospodin L. je trenutno na doživotnoj robiji zbog ubistva iz nehata, uz olakšavajuću okolnost da je svoj zločin odmah priznao policiji.

Smrt gospođe L. ostavila je duboke posledice na gospodina X. On priznaje da se oseća zaglavljeno u trenutku shvatanja da nje više nema. Redovno u glavi ponavlja trenutke njihove veze i njima se teši. Iako zgroženi sinovljevom vezom s gospođom L., roditelji gospodina X. su posle njene smrti pružili sinu podršku, odselili se iz Londona i njemu promenili ime kako bi mu dali priliku da živi normalno. Gospodin X. je osećao da je premeštanje na Univerzitet u Lidsu dobrodošlo olakšanje od prošlosti.

Prve godine studija gospodin X. je upoznao gospođicu K. Odmah ga je privukla fizički, emocionalno i mentalno. Uprkos povezanosti koju je osećao prema gospođici K., ostali su samo prijatelji sve do svršetka studija. Poslednje večeri u Lidsu gospodin X. i gospođica K. su konzumirali svoj odnos.

Gospodin X. opisuje ovo kao jedan od najsrećnijih trenutaka u životu. Do te večeri nije se osećao kompletnim. Iako je gospođica K. bila odlučna da ostanu samo prijatelji, gospodin X. ju je neumorno proganjao sve dok nije pristala da počne s njim da se viđa.

Ta faza njihovog odnosa bila je za gospodina X. najsrećnija od smrti gospođe L. Kad je gospodin X. dobio priliku da tri meseca radi u Australiji, odlučio je da iskuša vezu s gospođicom K. tako što ju je prekinuo. Po povratku u Englesku, gospodin X. je otkrio da mu je gospođica K. bila neverna, uz tvrdnju da se samo poljubila s nekim. Nedugo po tom otkriću, gospođica K. je prekinula njihovu vezu.

Gospodin X. je pao u veliku depresiju i ušao u period intenzivne terapije i kognitivno-bihejvioralne terapije u pokušaju da prekine ono što je počeo da smatra zavisnošću od gospođice K. Gospodin X. je ušao u vezu s drugom ženom, koju je zavoleo, i to mu je pomoglo da ublaži neke posledice toga što nije s gospođicom K. Priznaje da je u to vreme pokušao da rasplamsa vezu s gospođicom K., ali ona nije htela da mu pruži još jednu priliku.

Kad mu je umro otac, nepune tri godine posle raskida s gospođicom K., gospodin X. joj se obratio radi emocionalne i praktične podrške, što je ona bez oklevanja obezbedila. Na očevoj sahrani ga je zajednička prijateljica s fakulteta - gospođica T. - slagala da gospođica K. ima dečka trudeći se da on i gospođica K. ostanu razdvojeni. Gospođica K. je ranije pomenula kako je ta prijateljica jednom kazala da je gospodin X. „preintenzivan".

Posle očeve sahrane gospodin X. je raskinuo sa onom drugom ženom shvativši kako isključivo želi da bude s gospođicom K. Uz to se patološki usredsredio na gospođicu T., prijateljicu koja je pokušala da razdvoji njega i gospođicu K. Kod gospodina X. su se javila besna, gnevna i osvetnička osećanja. Trudio se da tehnikama naučenim na kognitivno-bihejvioralnoj terapiji priguši ta osećanja, međutim ona su ga preplavila, pa je rešio da se suoči s prijateljicom. Nažalost, kad je ugledao gospođicu T., gospodina X. su savladali gnev i bes, pa umesto da se verbalno sukobi s njom, kao što je nameravao, gospodin X. ju je ubo nožem.

Gospodina X.-a je taj postupak užasnuo, pa je otišao u bolnicu da poseti prijateljicu s namerom da je vidi pre nego što se preda policiji. No nenameravana posledica tog događaja bila je da gospođica K. odluči kako ipak želi da bude s njim u vezi. Sa izgledima da će konačno biti u vezi sa savršenom ženom i mogućnošću da ona može da zatrudni s njim, gospodin X. nije otišao u policiju. Umesto toga posvetio se tome da bude idealan partner gospođici K. kako bi okajao ono što je učinio.

Narednih nekoliko godina prošlo je bez većeg incidenta i gospodin X. je uspeo da ubedi gospođicu K. da se u Americi uda za njega. Njih dvoje su venčanje držali u tajnosti, što je dodatno ubedilo gospodina X. da je sve ispalo najbolje moguće.

Na nesreću, za vreme srećnog razdoblja, gospođicu K. je seksualno i na rasnoj osnovi maltretirao jedan od šefova na poslu. Gospodin X. je posmatrao kako njegova supruga postaje sve povučenija, utučenija i malodušnija. Sve što ju je inače činilo srećnom postalo je beznačajno.

Gospodin X. izjavljuje kako je osećao veliku uznemirenost, brigu i užas da će izgubiti gospođicu K. Kako bi rešio taj problem, gospodin X. je počeo da istražuje tog čoveka. Nekoliko puta ga je pratio da vidi gde živi. Otkrio je da taj čovek ima više veza sa udatim ženama. Kad je sakupio podatke koji su mu bili potrebni, gospodin X. je prišao čoveku kako bi zatražio od njega da se okane njegove partnerke. Čovek je to prilaženje pogrešno protumačio kao napad, pa je gospodin X. bio prinuđen da se brani u tuči koja je usledila. Dok su se tukli, gospodin X. je stekao preimućstvo. U tom trenutku je izgubio kontrolu i shvatio da je preterao u kažnjavanju mučitelja svoje supruge.

Kad je čuo da čovek s kojim se tukao verovatno više neće moći da hoda zbog povreda zadobijenih u tuči, gospodin X. priznaje da mu nije bilo žao kao što bi verovatno trebalo da bude. Nije mu se činilo da je to nešto tako loše jer ga taj čovek umalo nije ostavio bez supruge.

Pošto je onaj čovek sređen, gospođica K. je unapređena i vratila se svojoj srećnoj naravi. Gospodin X. je osećao da je njegov postupak bio opravdan.

Trenutno je gospodin X. emocionalno smiren, mada ga muče glavobolje. Osim toga ima napade anksioznosti i brige da će gospođica K. prestati da ga voli, da će ga ostaviti ili naći nekog drugog. Često oseća i druge fizičke simptome u koje spadaju ubrzano lupanje srca, grčevi u stomaku i skraćen dah.

UTISCI: Izgleda da gospodin X. pati od limerencije, kako ju je okarakterisala Doroti Tenov (1979). Naredni rad Alberta Vokina i Dujena Voa (2008) daju kredibilitet ovom zapažanju budući da oni limerenciju karakterišu kao prisustvo ometajućih, opsesivnih i kompulzivnih osećanja i misli o određenoj osobi.

Gospodin X. ima sve odlike limerentnog ponašanja, to jest u stalnom je stanju zavisnosti od druge osobe, to jest od gospođice K. Moguće je da je slična osećanja gajio i prema gospođi L., a njena smrt je okončala eventualnu neizvesnost u pogledu njihove veze.

Iako je gospodin X. nedvosmisleno postigao cilj dugoročne veze sa objektom limerencije (OL), neravnoteža u njihovoj vezi održava elemenat neizvesnosti, za koji se smatra da potkrepljuje i produžava limerenciju. Drugim rečima, s obzirom na to da uvek postoji mogućnost da gospođica K. okonča vezu, kao što je i u prošlosti činila, gospodin X. je u stalnom stanju nestabilnosti u vezi s njihovim odnosom.

Iako je gospodin X. postigao cilj da bude u ljubavnoj, posvećenoj vezi sa svojim OL (gospođicom K.), on nastavlja da doživljava katkad iscrpljujuće delovanje limerencije. Gospodin X. je svestan nezdrave prirode svoje opsesije, i ističe da u njegovoj prethodnoj vezi žena s kojom je bio kao da je prema njemu delimično osećala ono što on oseća prema gospođici K.

Svestan je nezdrave prirode ponašanja bivše devojke prema njemu, mada uviđa da su njegova osećanja i ponašanje prema gospođici K. daleko ekstremniji, ali nije u stanju da ih zauzda. Takođe je svestan da bi gospođica K., ukoliko otkrije pravu prirodu onog što je činio za nju i zbog osećanja prema njoj, najverovatnije prekinula vezu.

Na više nivoa je gospodin X. bio u iskušenju da gospođici K. prizna svoja dela i dovede do kraja vezu kako bi završio s limerencijom. Gospodin X. se nada da bi, kad bi se ta veza potpuno okončala, to okončalo neizvesnost njihove situacije i njemu omogućilo da krene dalje. Međutim, svestan je kako je to deo limerentnog procesa razmišljanja i zna da, ukoliko gospođica K. okonča vezu ili ako nešto značajno zapreti vezi, ne bi bio u stanju da se kontroliše. Učinio bi sve da je vrati. Gospodin X. se plaši svojih osećanja. Zbog pređašnjih postupaka (ubadanja prijateljice, slanja na bolničko lečenje kolege gospođice K.), gospodin X. zna da će ići u krajnost kako bi sačuvao vezu s gospođicom K.

PREPORUKE: Gospodin X. bi nadalje trebalo da potraži pomoć psihologa, moguće i psihijatra. Izjavio je kako mu je u prošlosti kognitivno-bihejvioralna terapija delimično pomogla, naročito u vezi sa ometajućim i opsesivnim mislima o gospođici K. Iako je otporan na medikamente, oni bi mogli biti rešenje za njegove tegobe s mentalnom i fizičkom uznemirenošću, kao i od pomoći sa ometajućim i opsesivnim mislima o gospođici K.

Uprkos svojim strahovima, gospodin X. bi trebalo da razmisli o tome da sedne s gospođicom K. i kaže joj istinu. Tom smeru akcije pak trebalo bi da pribegne samo kad obezbedi preporučenu psihološku i psihijatrijsku pomoć u ublažavanju njegovog ponašanja koje se protivi promeni. Kad bude emocionalno smiren, gospodin X. bi trebalo da kaže gospođici K. istinu o onome što je uradio i pravu dubinu i snagu svojih osećanja kako bi se otarasio griže savesti i u nadi da će stvoriti pravedniju vezu, što bi moglo pomoći da se gospodin X. „izleči" od limerencije.

ZAKLJUČCI: Kao zaključak, gospodin X. bi trebalo da nastavi s pokušajima da se oslobodi limerentnih oblika ponašanja. Trebalo bi da prati preporuke i pokuša da ublaži trenutne mentalne i psihičke simptome i, na duži rok, da smisli kako da gospođici K. kaže istinu.

PETI DEO

22.

19. AVGUST 2022.
KUĆA KLIO I VOLASA, NA GRANICI IZMEĐU BRAJTONA I HOUVA
JUTRO

Smeštam se za pisaći sto u radnoj sobi i drago mi je što je Lola odlučila da opet ide u letnju školu crtanja. Nisam sigurna da li voli da provodi dane radeći na slikama, ili joj je dosadno moje društvo, ili jednostavno ne voli kad je kuća onako prazna dok sam ja na poslu, njen tata odsutan, a stric ko zna gde. (Slala sam Volasu imejl i poruke preko telefona da pitam da li je dobro, ali ništa nisam dobila od njega. Izbegavam da ga zovem na posao zato što ne želim da tamo tračare o njemu i našem odnosu.) U kući je tiho kad smo samo Lola i ja u njoj. Pošto sam obavila „umirujuće" razgovore s *Hanimej produkcijom* – prvo preko Antonije, pa putem zuma sa Sendi Barton, operativnom direktorkom, Dajanom, šefom produkcije, i Anuk, glavnom urednicom scenarija serije – vratila sam se radu na scenarijima.

Svaka od žena s kojima sam razgovarala je nagovestila, ali nije se usudila da to glasno kaže, kako zna da scenario nije tako loš kao što ga je Hari Endruz prikazao. Nabacile su kako on naprosto polaže pravo na titulu najgoreg šefa svih vremena zato što su propali svi njegovi pokušaji da me navede da promenim mišljenje. Tako da iako smo svi znali da ništa strašno nije s mojim radom, „prilagođavanje" je bilo obimno.

Kad sam počela da se bavim ovom vrstom pisanja, tek uzletela zbog toga što su *MOJI* romani na policama, u korpama po marketima, u rukama ljudi, znala sam da će biti teško. Ipak sam iskreno mislila da će formatiranje i učenje korišćenja softvera za pisanje scenarija biti moja najveća prepreka do uspeha na malom ekranu. Ispostavilo se da je to moj deskriptivni stil pisanja (bilo ga je previše); moja stalna potreba za sporednom pričom kojom objašnjavam glavnu (što je manje *toga*, to bolje). Naravno, i moja potreba da imam ljude koji izgledaju kao ja vidljive i cele, potpuno oformljene. Ovo je izazivalo najveće probleme. Reakcija na moje likove bila je uopšteno: „Ovaj, mi *zapravo* ovde to ne radimo, pa da li bi mogla da zažmiriš dok mi uradimo onako kako uvek radimo, ali ako ne možeš, bar nemoj da dižeš dreku dok se trudimo da sasečemo taj određen lik, ili da ulogu dodelimo beloj osobi, ili da pokušamo da je definišemo preko rasne netrpeljivosti koju je pretrpela?"

Kako smo se svi smejali kad sam ja – a i Antonija je – to odbila na najljupkiji, najsmireniji spisateljski način, pun razumevanja i spremnosti za saradnju, tako da ne mogu da me obeleže kao agresivnu crnkinju koja nasrće zato što nije dorasla situaciji!

– Smejali se, kažem ti, smejali – besnela bih pred Volasom na najnoviju mikroagresivnost koju sam doživela, a koja, istinu govoreći, i nije bila mikro. On bi me uzeo u naručje, poljubio bi mi teme i upitao: – Kako mogu da ti pomognem?

– Dovoljno je što me saslušaš – rekla bih, ne znajući šta da radim sa osećanjima koja su me ophrvala. Ona su navirala i penila se kao prebrzo provreli slatki krompir – spremna da svakog trena iskipe. Ali znala sam da moram da ih obuzdavam, susprežem i držim pod kontrolom, i da nađem način da se nosim sa onim što se na mene baci.

Devojke i žene poput mene zaslužuju da budu na ekranima, zaslužujemo da budemo „svaka žena", zaslužujemo da rešavamo zločine dok pravimo najneobičnije torte kakve svet viđa jedino na svadbama.

– Misliš li da je ono što radim trivijalno? – neizbežno bih nadalje tamo zašla. – Misliš li da je to što u suštini pišem lake knjige i radim slične televizijske serije plitko i beznačajno, i da ne treba da se iznenađujem kad ljudi na mene gledaju s visine? Misliš li da bi trebalo da nastojim da stvaram književnost koja bi dala na težini intelektualnosti crnaca generalno?

– Ne, ne i, dođavola, ne! Drugi ljudi se bave intelektualnošću jer to vole – rekao bi mazeći me po obrazu i ponovo me ljubeći. – Ti radiš svoje. I to tvoje je druga vrsta intelektualnosti – ona zabavna, laka, prijemčiva, stvarna. Hoću da kažem, ko bi znao da možeš zaustaviti kriminalca gornjim slojem svadbene torte i dobro naciljanim makaronima? Niko dok ti to nisi napisala. – Još čvršće me je stegao i doveo do omiljenog mesta postojanja – tako blizu Volasu da sam bila veoma daleko od svega groznog što se odvija u *celom* svetu i u *mom* svetu. Kad me je Volas tako čvrsto grlio, prošlost mi se činila dalekom za čitavu stvarnost, nije bila nešto što mi sedi za vratom svakog trenutka svakoga dana.

– Bila je to slavljenička torta – podsetila sam ga – ali znaš, efikasno oružje kad si u dilemi.

– Jedna od najvećih prednosti toga što sam s tobom jeste što mi je dozvoljeno da gledam te epizode. Ranije ih nikad ne bih gledao, ali sad moram, kako bih podržao suprugu. Zar to nije kul? I dozvoljeno mi je da „primetim" i neku drugu zgodnu mačku. Za mene je sve dobro. Sve je vraški dobro. A znam da nisam ni jedini koji to misli. Ti činiš da se vidimo i pokazuješ da smo mogući, da zaslužujemo da budemo na svakom mestu. U mojim očima, ti ne možeš da pogrešiš.

Naravno, vodili smo dva različita razgovora, ali krivica je uvek bila nešto manja kad bi rekao da u njegovim očima ne mogu da pogrešim. Uvek. Zato što je moja krivica, moja mamutska, kolosalna krivica ponekad bila nepremostiva, a činilo mi se da jedino Volas može da mi olakša taj teret.

23.

19. AVGUST 2022.
KUĆA KLIO I VOLASA, NA GRANICI IZMEĐU BRAJTONA I HOUVA
KASNO POSLEPODNE

Oči su mi umorne a prsti ukočeni od „prilagođavanja" scenarija, što je, uprkos onom u šta sam se trudila sebe da ubedim, postalo ponovno pisanje velikih delova. Jednostavno je imalo smisla da to radim. Uvek sebe zavaravam kako izvlačenje tu i tamo neke slobodne niti neće prouzrokovati da se cela konstrukcija ili njeni značajni delovi sruše. Uvek se pokaže da nisam u pravu.

Kad pogledam na sat vidim da je vreme da odem po Lolu u letnju školu crtanja. Zapravo nije neophodno da se ide po nju – obično sama putuje mnogo kilometara do škole, ali lepo je imati ugrađenu pauzu koja me na neko duže vreme odvaja od radnog stola.

Moja plišana trenerka leži neuredno preko korpe za veš, gde sam je bacila pre nego što sam obukla odeću za grad, tamnoplave farmerke sa žutim štepovima i tamnosiv duks. Volasov duks, naravno, zato što mi je trenutno potrebno da imam nešto njegovo uza se.

S ključevima i maskom u džepu pritiskam dugme na alarmu i otvaram naša ljubičasta ulazna vrata i nađem se licem u lice s dvoje detektiva – Amvelom i Matisonovom. Matisonovom i Amvelom, u stvari, jer danas ona stoji levo. Sa usana mi sleti tiho, iznenađeno „o" i ukopam se u mestu. Dva dana nisam imala vesti od njih, i zapravo sam počela da se zavaravam mišlju da neće ponovo dolaziti. Da su shvatili kako „dokazi" nemaju nikakve veze sa mnom i, uprkos podudarnosti u načinu na koji je ubijen, nemam ništa sa ubistvom Džefa Berfilda.

– Izgleda da izlazite, gospođo Prajs – kaže Amvel.

– Da, treba da odem po muževljevu bratanicu.

Bip, bip, bip, bip, podseća alarm dok čeka da zaokružim radnju zatvarajući ulazna vrata. – Treba da razmenimo nekoliko reči – kaže Amvel.

Bip, bip, bip, bip, opominje alarm. Ako uskoro ne zatvorim vrata, zakreštaće kako nešto nije u redu.

– Sasvim sam sigurna da će biti više od „nekoliko reči“, ali ne želim da kasnim Amaloli, te ćete morati ili da krenete sa mnom, ili da sačekate da se vratim. – Oboma je neprijatno dok alarm insistira na *bip, bip, bip, bip*. Primoram ih da se povuku i zatvaram vrata za sobom. Alarm se istog trena ućuti. – Dakle, šta će biti? Idete sa mnom ili čekate ovde?

Oni se zgledaju pa pogledaju mene. Izgleda da očekuju da ostanem jer su to tražili, ali ni jedno ni drugo to ne izgovara. Krećem prema kapiji. – Zaista treba da popričamo, gospođo Prajs.

– Znam, ali ja moram da idem, zato ćete morati da pođete sa mnom.

Prate me stazom, a kad stignemo do pločnika Amvel će: – Ne postoji lak način da vam kažem ovo, gospođo Prajs, ali vaš poslodavac Hari Endruz brutalno je napadnut i ostavljen da umre.

Zbog ovoga ne dovršim korak koji sam se spremala da napravim, pa da bih održala ravnotežu, moram da pružim ruku te bolno ogrebem prste na crvenu opeku zida koji opasuje naše kamenito prednje dvorište.

– Gospodin Endruz je u kritičnom stanju; smatra se da neće preživeti noć – dodaje Amvel.

Iznenada mi adrenalin skače u venama, ispunjava mi želudac i pomišljam da ću ispovraćati prazninu tog želuca i onesvestiti se, moguće istovremeno. – Šta mu se dogodilo? – uspevam da isteram iz sebe svesna da gubim vreme i da ću uskoro zakasniti po Lolu.

– Verujemo da je pregažen, a onda je njegovo telo prebačeno na obalu, gde je bačeno s lukobrana na šljunak ispod kako bi ličilo na nesrećan slučaj.

Ovog puta je adrenalinski nalet gotovo cunami. Tako počinje još jedna epizoda *Poslastičarke detektiva*. Odvratan čovek prikazan je kako urla na zaposlene koji su bili uvučeni u mnoge situacije tipa „*me too*“, i dobija svoje u trećem poglavlju. Pregaze ga, zatim njegovo telo odnesu do obale i bace ga na šljunak kako bi izgledalo da je nesrećan slučaj. To se dešava pošto mu je saradnica čiji ugovor nije produžen rekla gde da se nosi kad je pokušao da joj se nabacuje. Ispostavilo se da su njegove supruga i devojka radile zajedno, ali je sirota saradnica provela veći deo romana u zatvoru, zabezeknuta i uplašena za svoju sudbinu.

Nemoguće da se ovo dešava.

Posvađala sam se sa Endruzom, otišla, on se našao na rubu smrti.

– O, vidim da ste shvatili kako je to gotovo sasvim identično sa onim kako je gadni šef ubijen u vašoj seriji – kaže Matisonova uz izvesno zadovoljstvo u glasu. – Jel' tačno da ste nedavno imali svađu s njim?

– Ne, nije tačno. Početkom nedelje sam imala *sastanak* s njim i još nekima u *Hanimej produkciji*. Nisam se svađala s njim – on je vikao na mene, ja sam otišla. Otad ga nisam videla.

– Ali među vama je ostala zla krv?

– Ne osećam zlu krv prema nekom kao što je on. – Mahnem kažiprstom prema svom licu. – Od toga mi se stvaraju bore. – Pod prstima mi je gruba crveno-narandžasta opeka, na koju se i dalje svom težinom oslanjam. Odmičem se ne razmislivši dobro, pa malo posrnem pre nego što se uspravim. – Moram da idem. Već kasnim i moram da idem.

– U redu, vratićemo se da razgovaramo ili kasnije večeras ili rano ujutro.

– Morate li? – odvraćam. – Mislim, šta još mogu da vam pružim? Ne znam ništa o tom pokušaju ubistva. Nisam razgovarala s njim od onog sastanka, ne znam kad je tačno napadnut, a uglavnom sam bila ovde zato što treba da se staram o trinaestogodišnjakinji. To je bukvalno sve što znam.

– Ali ne mislite li da je pomalo čudno da dvoje ljudi bude napadnuto i – u slučaju gospodina Berfilda, izgubi život – na način koji ste navodno vi izmislili.

– Nisam ja to *navodno* izmislila. *Zaista* sam izmislila za seriju – kažem. – A mogla sam to da uradim stoga što je to nešto što može da se dogodi u stvarnom životu, naročito osobama kao što je moj glavni lik.

– Hoćete li...?

– Ne – odlučno ih prekidam. – Ne. Rekla sam vam da moram da idem. Kasnim po muževljevu bratanicu. – Ne čekajući odgovor okrećem se u pravcu odredišta i žurno odlazim. Tako žurno da mogu da se pretvaram kako nisam čula Matisonovu da kaže: – Videćemo se kasnije da porazgovaramo o dokazima koje smo našli.

Severni London, 2009.

Uputila sam se prema metrou s vunenom kapom na glavi, rukavicama na rukama i šalom dvaput obavijenim oko vrata. Uz to sam i zakopčala kaput do grla pre nego što sam izašla iz stare školske zgrade i kročila na pločnik. I dalje mi je bilo hladno. Od... Od „otkrića" mi je stalno bilo hladno, šta god radila. Stalno sam želela da navučem džemper, kaput ili dva, uvek sam želela da navučem rukavice i kapu. Uopšte nisam mogla da se ugrejem.

A istina je da me je otkriće ko je Hit sledilo do srži, i da se verovatno nikad više neću ugrejati.

Nisam znala šta da radim.

Sve se na to svelo. Nisam znala šta da radim. Jesam li pošla u policiju? Ma da, i šta da im kažem? *Moj partner – pardon, moj muž – toliko je zaljubljen u mene, tako je opsednut mnome, da povređuje ljude za koje misli da me odvlače od njega. Otkud znam? Pročitala sam nešto što je napisao, što zvuči kao potpuna fantazija, ali ja znam da je apsolutna istina.*

– Da, to bi baš upalilo, Klio – mrmljam. – Svakako će se baciti na to. Istog časa.

Pažljivo sam otvorila koverat tako da nije bilo traga da sam pročitala ono što je u njemu, i vratila ga tačno na isto mesto gde sam ga našla. Zatim sam pozvala roditelje i pitala mogu li da prespavam kod njih. Hitu sam poslala poruku da su me roditelji zamolili da dođem kod njih jer sam im nešto potrebna. A celu noć sam provela potpuno budna i pokušavala da smislim šta da radim.

Kad sam sutradan stigla kući, naterala sam sebe da pređem na režim pretvaranja, ponašajući se kao pre „otkrića". Igrala sam po sećanju kako je bilo to „normalno" s Hitom. Samo to sam mogla da uradim.

Međutim, poslednje što sam želela bilo je da se vratim kući, vidim Hita, pređem na režim pretvaranja, ali kad sam zašla za ugao, ugledala jarka svetla stanice metroa i okolnih prodavnica – neki ljudi su išli prema njoj kao da ih privlači velik, moćan magnet, drugi ljudi su odlazili od nje kao da su ispljunuti – znala sam šta ću morati da uradim.

– Gadan raskid? – začuo se glas pored mene.

Tako sam se zaglibila u užas svog muža da nisam čak ni poskočila kad mi se taj čovek obratio. Samo sam se okrenula prema glasu i zapitala jesam li razumela šta je rekao.

– Gadan raskid? – ponovila sam kako bih pomogla sebi da dešifrujem šta je hteo da kaže.

– Prolaziš li kroz gadan raskid? – ljubazno je pitao.

– Ne, zašto to pitaš? – *Kamo sreće da prolazim kroz gadan raskid,* pomislila sam. *Kamo sreće da me je Hit ostavio. Kamo sreće da moj status može da se zabeleži kao slomljeno srce i samoća.*

– Kad si krenula na časove pisanja bila si sva u stilu „rom-koma" i „savremenog klasika", sad si sva „smrt, razaranje i distopija". Nemoj pogrešno da me shvatiš, meni se to dopada. Dopada mi se kako pišeš bez obzira na to čemu se okreneš, ali ne mogu da se ne brinem da prolaziš kroz nešto. Moguće raskid.

– Nije raskid – rekla sam. – Nažalost nije raskid.

– Ne daj se. Tako je gadno?

– Gore je. Mnogo gore – kazala sam i, na obostrani užas, briznula u plač.

Ljubazni gospodin se zvao Sidni. Stajao je strpljivo nasred pločnika dok sam ja plakala, a zatim me nežno usmerio prema kafeu otvorenom do kasno i koji je bio zabrinjavajuće prazan i pored blizine stanice metroa. Zabrinjavajuće zato što mora da je strašno kad je tako pust u kraju koji je toliko prometan. Doduše, nije me bilo briga.

Sidni je imao veoma nežne smeđe oči; primetila sam to dok je naručivao dve kafe od čoveka za pultom. Seli smo za sto s kog se vide vrata. Polumrak u kafeu pre je bio trud da se uštedi na računu za struju nego da se napravi atmosfera, ali meni je bilo svejedno. Bila sam tamo samo zato što me je Sidni doveo – svetlo nije bilo važno.

– Naviknut sam da izazivam suze kod devojaka, ali obično uradim nešto – rekao je imitirajući nešto što je zazvučalo kao ganjanski izgovor. – Moje moći postaju sve jače, znaš. Sad izgovorim manje od deset rečenica i devojka se rasplače.

Uspela sam kiselo da se osmehnem. – Izvini – rekla sam.

– Ne, ne, u redu je. Sve je u redu. – Posle duže tišine, koju je remetila buka dok je onaj čovek pravio kafu, Sidni mi je iz čista mira rekao: – Podsećaš me na moju sestru.

Trepnula sam u njega nesposobna da progovorim, zato je on nastavio. – Svake nedelje to pomislim. Svake nedelje pomislim: „Trebalo bi da joj kažem da me podseća na moju sestru." Izgleda da nikad nije bila prava nedelja. E pa, ovo je prava nedelja: podsećaš me na moju sestru.

– To je lepo. Ovaj, nadam se da jeste. Gde živi tvoja sestra?

– Nigde. Nemam sestru.

– Nemaš je više, ili je nikad nisi imao?

– Nikad je nisam imao.

Prestala sam utučeno da zurim u naprsle pločice na stolu i polako podigla lice prema njemu. – Kako mogu da te podsećam na sestru koju nikad nisi imao?

– Ne znam. Samo te gledam, slušam te, i podsećaš me na sestru koju nikad nisam imao.

– Imaš li braće? – pitala sam. – Kad već sestru nemaš.

– Imam braću, blizance. Identične blizance. Doduše izgledaju samo kao jeftina, prošvercovana verzija mene. Čak je i mama to priznala.

Od toga mi se telo spontano opustilo – ramena su se spustila, vilica olabavila – dovoljno da se nasmejem prvi put posle mnogo vremena. – Nema šanse da je tvoja mama to priznala! – kikotala sam se.

– Ipak jeste. Rekla je kako je tajanstveno što su od samog rođenja ličili mnogo na mene.

– A ti si to shvatio kao da su prošvercovane verzije tebe?

– *Jeftine*, prošvercovane verzije mene. Da.

Čovek je doneo kafu, a ja sam odmah primetila pukotinu na svojoj šolji i okrnjen deo ruba Sidnijeve. Polako mi je postajalo jasno zbog čega je mesto prazno. Uprkos opštoj štrokavosti tog mesta i konkretnoj zapuštenosti šolja koje nam je doneo, oboje smo mu dovoljno iskreno zahvalili čime smo izazvali osmeh pre nego što se opet uklopio u pozadinu.

Otvorila sam pet kesica šećera i sipala ih u šolju s kafom.

– Hoćeš li malo kafe uz taj šećer? – pitao je Sidni.

Zavrtela sam bespomoćno glavom. – Ovo mi je jedini porok. Kafa s pet kašičica šećera. Ne mogu da se obuzdam.

– Pošteno – rekao je.

– Tvoje priče i tekstovi su zaista dobri – rekla sam mu. – Uvek se mnogo razlikuju od onoga što očekujem.

Bila sam u pravu što se tiče kursa *Pokrenite se*: *Imate li štofa da krojite priče?* – bio je to savršen beg od svakodnevice, a doneo mi je disciplinu i zadate rokove, koji su mi trebali da bih zapravo bacila reči na papir. Kako sam tamo krenula pre nego što sam saznala ko je Hit, Sidni je bio u pravu da sam ranije pisala lakše.

Sad su zadate vežbe služile da proučim svoja osećanja i da istražim buru koja je stalno besnela u mojoj glavi, da prebrodim dilemu. Jer nije se radilo o tome da ga naprosto napustim. Nije to bila apstrakcija šta bi Hit uradio kad bih ga napustila, bila je to činjenica – povredio bi svakog za koga bi pomislio da se trudi da me udalji od njega.

– A šta očekuješ? – pitao je Sidni.

– Oh, ne znam. Valjda se ti kad pišeš o ženama ne baviš njihovim izgledom i fizičkim atributima. Ti od njih praviš puna, zaokružena ljudska bića. Kao da shvataš da žene nisu neka posebna vrsta, i mnogo dobro pišeš o njima.

– Mnogo me zanima treba li ovo da me vređa – odvratio je. Doduše, kad sam ga pogledala, široko se osmehivao pa sam znala da uopšte nije uvređen.

– Bio je to kompliment, zašto bi se vređao? – uzvratila sam mu.

– Koristim pisanje da istražujem šta osećam – rekao je. – Trudim se da uđem u glave drugih ljudi tako da sagledam sve iz njihovog ugla.

– Zar ne misliš da se od svih pisaca očekuje da to rade?

– Očekuje se, ali rade li oni to? Jok. I to se vidi. Uvek vidiš kad je pisca baš briga. Sve reči, koliko god bile lepe, koliko god bile pametne, ako ne potiču iz srca, ne znače ništa. Zvuče prazno. I to se uvek vidi.

– I ja sam to uvek mislila. Toliko puta sam pročitala nešto što je divno napisano, neverovatno pametno, što će steći sve pohvale, a mene jednostavno ostavi hladnom. Hladnom kao kamen jer se oseti da piscu nije stalo do toga. A onda pročitam nešto za šta se kaže da je „petparačko“ ili „grešni užitak“, i to me dirne. Potrešće me, odraziće moje iskustvo ili će pomoći da nešto shvatim. Zbog toga volim da čitam. Volim da pišem zbog toga što i ja uspevam to da postignem. Uspevam da pišem ono što bi jednog dana moglo da dirne ljude. – Još nisam naišla na knjigu koja će mi pomoći da se nosim sa onim što sam otkrila o Hitu i našem odnosu, i zbog toga sam eksperimentisala sa onim što stvaram.

– Pisanje je i za mene terapija – rekao je.

– Nisam rekla da je za mene terapija – odgovorila sam.

– Ne, ti igraš sebe. To je tvoja terapija, šveco. – Podigao je kafu, primetio okrnjen rub šolje, prevrnuo očima, zacoktao, spustio šolju. – Imam i ja mnogo problema koje treba da ispišem – rekao je.

Zavalila sam se otvoreno zaprepašćena time što to kaže potpunoj neznanki.

– Što kriviš lice? – upitao je. – Rekao sam ti da si mi kao sestra koju nikad nisam imao, zašto ti ne bih rekao ovo? Imam probleme. Velike probleme. Nešto o čemu ne mogu da pričam ljudima. Sve to stavljam na papir.

– Šta je na papiru?

– Ja sam. Ono što jesam. Ono što nisam. Kako to da odgonetnem.

– Presek puteva? – pitala sam.

– Presek mnogo izukrštanih puteva.

– Pretpostavljam da ću imati priliku da pročitam sve o tome.

– Ispričaću ti sve o tome. Nisam tako škrt.

Široko sam se osmehnula Sidniju, onaj trzaj bliskosti koji sam osetila kad smo ušli u taj kafe sad je počeo svojski da me vuče. Dopadao mi se. Nisam osetila da me neko tako privlači još otkad sam upoznala Trinu prvog dana na koledžu. Rodila se trenutna bliskost čim sam prvi dan otvorila vrata na njeno kucanje, a ona mi rekla da mi je prva susetka. – Možemo postati prijateljice ili neprijateljice – obavestila me je. – Nemam vremena ni za šta između toga. Šta ćemo postati? – Impresioniralo me je kako je to iznela – možemo se družiti ili ne, mlaki odnosi je ne zanimaju. A ja sam prema njoj osetila trenutnu privlačnost, svest da će mi postati prijateljica. Isto je bilo i s tim čovekom. Znala sam da će mi postati prijatelj.

– Hajde, šveco – rekao je čovek preko puta mene – ko je taj muškarac koji ti stvara nevolje, i kad ćemo ostaviti više tu gadnu vranu?[5]

[5] Engl.: *John Crow*, u jamajčanskoj tradiciji ptica velikog simboličkog značaja. Povezuje se s ružnoćom, zlom i beščašćem, pa i kao predznak smrti. U svađi ljudi nazivaju jedni druge tim imenom. (Prim. prev.)

24.

19. AVGUST 2022.
KUĆA KLIO I VOLASA, NA GRANICI IZMEĐU BRAJTONA I HOUVA
KASNO POSLEPODNE

– Ima li vesti o tvom advokatu kog su...? – Lola rukom prelazi preko vrata, pa isplazi jezik u uglu usta.

– Nemoj to da radiš – kažem pa zadrhtim i pomislim hoće li me policija čekati kad stignemo kući da pričamo o najnovijem ubistvu s kojim me povezuju. To će biti treće (ako Hari Endruz umre). Kako je to moguće? Većina ljudi nije povezana ni sa jednim, a ja sam... sa tri. Od kojih su se dva odigrala u poslednjih nekoliko dana. – Kakve si tačno novosti očekivala?

Slegnula je ramenima. – Ne znam. Samo što izgledaš i širiš vajb kao onog jutra kad se policija pojavila. Tako da nagađam da si imala još jedan „susret" s plavcima.

– Možeš li jednostavno da se usredsrediš na to da budeš trinaestogodišnjakinja i meni prepustiš sve iz sveta odraslih i kriminala?

Prekorno cokne jezikom. – Nisam ja kriva što si kod mene razvila detektivski mozak – izjavljuje. Danas je na času nacrtala ilustraciju. U stilu Takašija Murakamija – mnogo jarkih, geometrijskih cvetova koji se preklapaju i stoje jedni uz druge na beloj pozadini, a imaju lica. Neki se smeškaju, neki su tužni, neki plaču, neki se mršte, neki su zbunjeni, neki spavaju. Svaki je drugačiji – *jedinstven* – od ostalih na papiru. Lola shvata emocije. Kapira ljude zato što ume da tumači nijanse njihovih izraza. Osim toga, sjajno prisluškuje.

– Nisam ti ga ja razvila. Ubeđena sam da si premlada da gledaš seriju, a znam da si svakako premlada da čitaš moje knjige. Ako i imaš detektivski mozak, to je samo zbog načina na koji su roditelji odlučili da te vaspitavaju. Nisam ja kriva.

– Ta ti je dobra, strina – smeje se. – Kad smo kod vaspitavanja...

– Kako ti je majka? – pitam da prekinem onaj razgovor. Nije to nešto o čemu bih uopšte želela da pričam, a naročito ne s njom. Premlada je da je ja uvodim u to. Premlada.

– O, pa uopšte nije dobro. Nana – njena baka – oporavlja se sporije nego što bi trebalo. Tamo je da pomogne baki – svojoj mami – pa daje sve od sebe. Zvuči iscrpljeno.

Dok se krećemo ulicama prema supermarketu, na suprotnu stranu od kuće, iako se o tome zapravo nismo dogovorile i što znači da ćemo morati da napravimo velik krug u povratku, čujem u njenom glasu tugu i brigu. Nedostaju joj njeni. Znam da je tako. Ja sam bedna zamena, posebno kad Volas nije tu. – Hoćeš li da odeš da budeš s njom? – pitam. – Mogu da te odvezem u Eseks, ništa ne brini.

Gužva lice, krivi usne, zatim vrti glavom. – Ne. Želim da je vidim i sve to, želim sve da ih vidim, ali bolje da sam što dalje. Biće srećnija ako ne mora da brine o meni.

– Možda pod manjim stresom, ali ne i srećnija. Ko bi bio srećniji bez tvog cakanog, medenog lica? – kažem joj bebećim glasom jer znam da će je to nasmejati.

– Ti si jedna od najljubaznijih osoba koje znam – kaže mi. Govori tako iskreno da mi se u grlu obrazuje sitna knedla emocija. Neočekivano. Trenutno o meni niko ne misli tako. – Šteta je što ti i stric Vols niste uspeli.

– Aha – odgovaram neodređeno. *Mi* smo mogli da uspemo. *Ja*, međutim, nisam. Problem je bio u meni. U meni i svemu što sam radila da stignem dovde.

– Kako to da mi vas dvoje nikad niste podarili brata ili sestru od strica? – pita. Pred nama se nazire niz prodavnica među kojima je i supermarket.

– Tako nešto se ne pita, znaš? – blago je prekorim.

– Uh. Zašto se ne pita?

– Zato što... ima mnogo razloga. Uglavnom zato što te se to uopšte ne tiče. Ali... Nikad ne znaš kroza šta neko prolazi. Ne znaš da li žele decu ali ne mogu da ih imaju. Možda ne žele da imaju decu, ali znaju da će, kažu li to naglas, ljudi misliti da su nastrani, pa zato ćute o tome. Možda razgovaraju međusobno o tome, a jedno od njih odbija da preduzme taj korak. Povrh svega, često imaju dobronamerne članove porodice koji ih sve vreme ispituju o tome. To je stresno. Ne treba im neko drugi – često neko koga ne poznaju dovoljno – da doprinosi tom stresu postavljajući im takva pitanja. No, uglavnom ne treba da postavljaš takva pitanja zato što te se to uopšte ne tiče.

– Aha. Dobro. Jasno. Jasno. Nego, zašto mi ti i stric V. niste podarili brata ili sestru od strica?

Stižemo u supermarket, a ja i nisam sigurna šta ćemo tamo. Pre nekoliko dana smo nakupovale gomilu hrane, koju još nismo ni načele. Međutim, kad god otvorim kuhinjski element, nemam utisak da su grickalice dovoljno dobre. Njihova pakovanja jarkih boja ne obraćaju mi se onako kako bi trebalo. Sočno voće u frižideru naprosto ne zna kako da me primami, štapići šargarepe nisu ono što mi je potrebno, sladoled nije pravog ukusa. Isto je i s njom, ne nalazi dovoljno prijatan zalogaj u kuhinjskom elementu, frižideru ni zamrzivaču kod kuće. Treba da nađemo kombinaciju ukusa, savršen odnos slanog, slatkog i teksture od koga ćemo se osećati bolje. Doduše, ja i ne mogu da jedem.

– Stičem utisak da ćeš mi, i pored svega onog što sam ti upravo ispričala, jednostavno i dalje postavljati to pitanje, jel' tako? – odgovaram dok stojimo pred ulazom.

– Aha.

– Dobro, onda pretpostavljam da moram da ti odgovorim najiskrenije što mogu.

– Onda hajde. Zašto mi ti i stric V. niste podarili brata ili sestru od strica?

– To te se uopšte ne tiče – kažem. – Nastaviću to da govorim sve dok ne prestaneš da ispituješ.

Zapadni London, 2009.

– Prestaješ da me voliš? – pitao je.

Bilo je gluvo doba noći, a mi smo ležali svako na svojoj strani kreveta, oboje sasvim budni. Sasvim budni, ali vrteli smo se u odvojenim orbitama, ništa nas fizički nije povezivalo. Što me je vreme više udaljavalo od trenutka otkrića, to sam više vremena provodila dalje od stana i od Hita. Radila sam do kasno – često pokrivala druge kad su prezauzeti a nešto treba da se obavi. Sastajala sam se sa Sidnijem u našem prljavom, sumornom kafeu i pričala s njim o nečem nevažnom ili o pisanju. Ponekad bih sedela sama po barovima, razvlačila piće i zurila u prazno. Sve samo da ne budem blizu Hita.

No time što sam se uklonila nismo prestali da budemo spojeni, povezani, u braku. Vraćala bih se kući gde me je na stolu čekala večera, skorela i žalosnog izgleda. Pre nego što krenem na posao na tašni bih zaticala ceduljice na kojima piše „volim te" ili „nedostaješ mi". Primetila bih kako namerno diše sporije kad se uvučem u krevet zato što se pretvara da spava.

Nisam znala koliko još to može da traje, ali očigledno ne dugo jer smo, eto, bili tu i on je postavio to pitanje.

Bila sam rastrzana.

Činilo mi se kao da se dva različita čoveka zovu Hit. Hit koga sam volela i Hit koga sam sumnjičila za sve one grozne stvari. Pa kako sam mogla da im verujem? Kako neko koga dobro poznajem može da radi one stvari? Način na koji je to napisano, napisano u trećem licu, često me je navodio da se zapitam je li ono što sam pročitala stvarno. Pa zar nisam ja provodila svaki sat koji mogu pišući fikciju? Izmišljajući nešto? Zar nisam provodila mnogo vremena zamišljajući nešto? Kako znam da i Hit nije radio to isto? Sidni je bio menadžer fonda za ograničavanje rizika i pisao je fikciju. Na našem kursu je bilo ljudi iz raznih sfera života – doktora, advokata, knjigovođa – i svi su nešto izmišljali. Pisali uznemirujuće sadržaje u trećem licu, koristeći vlastiti život, vlastite priče kao pozadinu. Šta ako je Hit, psiholog, iskoristio ono što mu se događalo u životu da istraži svoje fantazije? Da preradi činjenice kako bi se uklopile u fikciju, i od toga se osećao snažno i kao da upravlja svojim životom, pa je to zatim napisao kao neki od izveštaja koje je pisao o svojim pacijentima? Ja sam to sve vreme radila. U svojim pričama sam ispisivala razgovore i scenarije, ponekad od pre mnogo vremena, pa ih usmeravala onako kako želim, a ne onako kako su se odvijali. Šta mi govori da Hit nije radio upravo to sa onim dokumentom koji sam videla?

Govori mi utroba. Ona mi govori da je ono istina. Sve što znam o njemu. Sve što osećam prema njemu. Njegova osećanja prema meni. Njegova nikad neskrivana osećanja.

U mislima se vraćam u hotelsku sobu u Lidsu. Žestina s kojim smo se upustili u seks. Besan, gorući, čak eksplozivan gnev koji je ispoljio dok se kretao u meni. Njegove očajničke izjave da ga izluđujem, njegove bolne objave da ne želi da me voli, ali me voli, njegov potonji plač prožet tugom. Jednostavno sam znala da je Hit počinio sve one užasne stvari o kojima je pisao, i znala sam sa istom izvesnošću da sam ja za to kriva.

Nije trebalo da se družim s njim. O tome govori njegov izveštaj, napisan o njemu u svojstvu psihologa. To govori sve što sam otad pročitala o limerenciji i opsesivnoj, zavisničkoj ljubavi. Objekat limerencije (ja) ne treba da pokaže zanimanje za limerenta (Hit), da mu pruži ikakvu nadu za vezu, kako bi mu se ukazala prilika da krene dalje. Međutim, nije mi lako da budem nadmena i grozna. Da li je to ikome lako? Zar nije većina nas dobra? Po definiciji smo dobri prema drugim ljudima.

Čak i ako „mi“ kolektivno nismo, ja jesam. Kako sam mogla da znam da će moja nesposobnost da budem od početka zla, moja tendencija da prvo budem dobra, dovesti do ovoga? Navesti čoveka da uradi ono? Pa čak i sad, sa znanjem koje sam stekla, nisam mogla da ga isključim. Nisam mogla samo da ga odbacim.

– Prestaješ da me voliš? – pitao je Hit ponovo. Zvučao je tako krhko, taj čovek koji je ubo nožem našu prijateljicu, koji je drugog čoveka lišio mogućnosti da hoda. Taj psihopata za koga sam se udala.

– Ne – odgovorila sam. – Ne prestajem da te volim. – Gramatika. Koristila sam se gramatikom. Nisam prestajala da ga volim. To je zvučalo kao postepena, lagana erozija, to je zvučalo kao da bih još mogla da ga volim.

Nisam prestajala da ga volim – *prestala* sam da ga volim.

To se dogodilo tačno u onom trenutku kad sam shvatila ko je on zapravo, šta je zapravo uradio. Ali to je bio aktivni deo ljubavi prema njemu. Preostala ljubav koju sam gajila prema Hitu, onaj deo koji je skriven i pasivan, verovatno će uvek biti tu na neki način, nikad me neće sasvim napustiti. Kako bi sve one srećne godine, radosno vreme mogli zauvek da se izgube?

A čak i da sam prestajala da ga volim, kako sam mogla to da kažem znajući za šta je sve sposoban?

– Osećam da te gubim – rekao je.

Na to ništa nisam mogla da kažem.

– Osećam kako se svakog dana sve više udaljavaš od mene. Nikad nisi ovde. Uopšte te ne viđam, ako smo ovde istovremeno, nikad ne želiš da te dotaknem. Kao da si otišla ali ti je telo još ponekad ovde. Kao da si u komi.

– Šta... šta bi ti uradio kad bi saznao da neko nije ono što si mislio da jeste? – pitala sam ga.

– Ne razumem pitanje – odgovorio je, ali boja njegovog glasa govorila mi je da je razumeo pitanje i da se nada da će uspeti da me skrene kako ne bih nastavila tim putem.

– Šta bi uradio kad bi postojao neko koga voliš – voliš svim srcem – ali onda otkriješ da nije onakav kakav si mislio da jeste. Da je sposoban za užasne stvari. Šta bi uradio?

– Svi smo sposobni za užasne stvari. To nas delimično čini ljudskim bićima. To delimično čini da nam je teško da odemo od drugih.

Mnogo vremena provodimo svrstavajući ljude u kategorije, a zaboravljamo da vrlo malo nas u tim kategorijama uredno obitava i ostaje u njima – svi spadamo u više kategorija. A veoma mnogo nas spada u kategoriju „sposoban za užasne stvari“.

– Ali šta ako te užasne stvari nisu samo u teoriji, šta ako su stvarne? Šta ako su zapravo učinjene? Šta bi uradio?

– Ja... ja ne želim da te izgubim, Klio.

– Šta bi uradio? – ponovila sam.

– Reci mi šta nije u redu i ja ću to srediti.

– Šta bi uradio?

– Vidi, mogli bismo početi s planovima za venčanje ako misliš da smo predugo čekali.

– Šta bi uradio?

– Mogli bismo početi s planovima za bebu?

– Šta bi uradio?

– Mnogo bih voleo da s tobom napravim bebu.

– Šta bi uradio?

– Mnogo sam se razočarao kad one noći u Lidsu nisi ostala u drugom stanju. I otad stalno maštam o tome da zatrudniš. Da mogu da te zovem majkom svoje dece. Ništa više ne želim nego da postanem otac tvoje dece. Zašto ne počnemo da planiramo bebu?

– Šta bi uradio?

– Ne znam! Prekini to da pitaš! Ne znam šta bih uradio. *Ne znam!* – Hit sto godina nije digao glas na mene. Tek kad je to uradio shvatila sam da me to plaši. *Neverovatno mi je da sam sve ovo vreme živela s tobom a nisam znala ko si*, pomislila sam. *Neverovatno mi je da nisam znala*.

Hit se užasnuo od toga kako sam se trgla, od straha koji sam pokazala. – Klio, nikad te ne bih povredio – rekao je i približio mi se. Opet sam se trgla kad je podvukao ruku ispod mog struka i celo telo pritisnuo uz mene. – Nikad te ne bih povredio – šapnuo mi je u uho, poljubio me u obraz. – Nikad ne bih mogao da te povredim. – Pribio se uz mene koliko je mogao. – Nikad ne bih mogao da te povredim. U šta god drugo da veruješ, šta god da misliš i osećaš, molim te, molim te da znaš kako nikad ne bih mogao da te povredim.

– Znam – promrsila sam. Jer i pored svega, znala sam da je to istina. Mene Hit nikad ne bi povredio.

25.

19. AVGUST 2022.
KUĆA KLIO I VOLASA, NA GRANICI IZMEĐU BRAJTONA I HOUVA
RANO UVEČE

Policijski detektivi čekaju pred kućom što znači da moram da ih pustim unutra. Činjenica da stoje ovde i čekaju da se vratim znači da mora da imaju nešto krupno. Ali šta je to ne mogu ni da zamislim jer ja to nisam uradila. Ništa od toga. Čak ni Hariju Endruzu, koga bih, priznajem, volela da sam videla kako dobija svoje. A gospodin Berfild mi je pomagao. Zašto bih njega ubila?

No ovi policajci nisu ovde iz zabave, nisu ovde zato što se nešto „može" povezati. Imaju dokaze koji mene povezuju sa svim tim. – Pretpostavljam da visite ovde zato što mislite kako vaši „dokazi" nekako mene povezuju s dva užasna zločina o kojima ste mi pričali? – kažem im. Lola ih prodorno gleda sve dok ne stignu u bezbednost dnevne sobe.

– Ne bih to rekao – kaže on. – Kad bismo imali dokaze koji vas povezuju, morali bismo da vas uhapsimo. U ovoj fazi se jednostavno trudimo da dešifrujemo ono što izgleda kao vaša jaka povezanost s dva zločina.

– Gospođo Prajs – ili ste gospođica Forsum?

– U redu je i jedno i drugo.

– Želeli bismo da nam objasnite dokazni materijal koji smo pronašli – kaže detektiv Matison. – Na mestu ubistva gospodina Berfilda našli smo vašu propusnicu. Na tabure na kome Lola i ja odmaramo noge u papučama stavlja kesicu s dokaznim materijalom, u kojoj su beli pravougaonik i dugačka plava uzica. Propusnica je okrenuta nagore i na njoj je mali pravougaonik s mojim ozbiljnim licem koje govori kako ne volim da se slikam za propusnice. Moje ime – Kliomara – iskucano je sitnim slovima osim velikog K i manjeg je fonta od prezimena – FORSUM – celog velikim slovima.

Propusnica koja mi je nestala. Predmet koji je radniku obezbeđenja „Filipu" davao moć nada mnom, a koju mu je Gejl, asistentkinja produkcije, vešto uskratila. *Trebalo je naprosto da joj daš propusnicu*, rekla mu je Anuk. Možda bih ja, da on nije ustuknuo kad ga je Gejl nazvala jadnikom i sitničavim, pomnije potražila svoju propusnicu. Ranije primetila njeno odsustvo u svom životu. Doduše, šta bi to promenilo? Teško da sam mogla znati da će je neko ostaviti na mestu ubistva, zar ne?

– Mora da sam je ispustila kad sam bila tamo – kažem.

– To sam i ja rekao – kaže Amvel kao da mu je neverovatno što smo on i ja rekli isto.

– Da, to je i on rekao... A zatim, tek da budemo sigurni, proverila sam u evidenciji *Hanimej produkcije*. Vrlo je prost sistem – ništa napredno. Ali se vidi kad se ljudi prijavljuju i kad se odjavljuju.

Znam šta će reći. Da ovo gledam na televiziji, znala bih šta se sprema da kaže. Da ovo pišem za televiziju, znala bih šta se sprema da kaže. Naročito kad se maši unutrašnjeg džepa i razvije papir. Dajem sve od sebe da ne izgledam kao da očekujem da će početi da čita.

– Tog poslepodneva ste se vratili u zgradu u dva i trideset sedam i prijavili se. U četiri i sedamnaest ste išli u klozet. U četiri i dvadeset tri ste se vratili za svoj sto. Odjavili ste se da krećete kući – pretpostavlja se – kasnije posle podne, u pet i četrdeset pet. U suštini, gospođo Prajs, izgleda da niste ispustili propusnicu kad kažete da ste bili tamo. Izgleda da ste je ispustili nešto kasnije.

– To je pomalo suviše očigledno, zar ne mislite tako? – odgovaram jer šta, dođavola, drugo da kažem? To je scenario koji me prilično raskrinkava. – Ubijam nekog i za sobom ostavljam dokaz sa svojim licem i imenom? Mislim, ko još to radi? Samo glupak, eto ko.

– Treba da znate da većina ljudi nije pametna kao što često misli da jeste – kaže ona. – Televizijske serije ulepšavaju te stvari, ali sasvim često glupaci – kako ih vi zovete – misle da mogu da se izvuku sa ubistvom.

– Uvek imaju naduvan stav o svojoj inteligenciji i lukavstvu – pruža Amvel svoj doprinos.

– Neću slagati kad kažem kako ste me na neki bolestan način impresionirali načinom na koji ste me oboje upravo u lice nazvali glupom, ali neću se vređati jer nisam to uradila. Ne znam kako je moja propusnica dospela tamo, osim kao mogućnost da neko pokušava da mi smesti? A nemam predstavu ko bi to mogao biti. – Ova poslednja rečenica je očigledna laž. Naravno da znam ko. Zapravo postoji čitav spisak njih. Ipak bih se kladila da osoba s vrha tog spiska nije ona za kojom policija traga. Kladim se u privatnosti svoje glave da ta osoba to radi zato što svoj život kakav jeste ne demontiram dovoljno brzo, pa je ovo sredstvo podsticanja.

– Možda bismo bili skloni da vam poverujemo samo da...

Umalo da padnem na to i umalo da upitam „šta samo da?“, ali ne radim to. Držim jezik za zubima.

– Samo da nismo našli ono što je izgleda vaša minđuša zakačeno za košulju gospodina Endruza.

Ovo nije dobro. Neko se svojski trudi da mi namesti ta gnusna dela, ali ne ide mu baš najbolje. Gotovo kao da ne želi da budem uhapšena za te zločine, ali želi da uvek budem napeta. Da stalno čekam nešto što kod policije neće ostaviti nikakvu sumnju da sam ja krivac. Samo jedna osoba bi tako razmišljala. Koja bi zapravo to radila.

– Stvarno? – kažem policajcima. – Mislite da bih istu grešku napravila dvaput? U tako kratkom razmaku?

– Minđuša je nađena unutar njegovog sakoa, što nas navodi da mislimo kako, uz sve što se dešava, ubica nije primetila da joj se minđuša zakačila za njegovu odeću dok je vukla telo da izgleda kao da je bio nesrećan slučaj.

Za razliku od propusnice, nisam primetila da mi je nestala neka minđuša. Toliko puta na dan ih skidam i opet stavljam, ko zna gde su? Imam i više minđuša alki. – Žao mi je, ali jednom je glupost, dvaput je nesposobnost. Da sam ostavljala svoje stvari na mestima zločina, ne bih se bavila pisanjem kriminalističkih priča, kamoli se upuštala u kriminal. Uostalom, otkud znate da je minđuša moja? Od miliona minđuša na svetu, kako biste mogli znati da je moja?

– Možda i nije, to je tačno. Ali ista je kao one koje nosite na slici za propusnicu i na većini slika na kojima smo vas videli.

– Opet vam kažem, verovatno je to jedna od hiljade istih minđuša u Brajtonu, da ne kažem u Velikoj Britaniji.

– To je tačno. Stoga bismo voleli da uzmemo uzorak DNK da ga uporedimo s DNK nađenoj na minđuši.

– Da, svakako.

– Pristajete?

– Žao mi je, rekla sam to pogrešnim tonom. Htela sam da kažem: Da, svakako, baš ću to uraditi. U kojoj realnosti?

Njihova trenutna reakcija je da se zabezeknuto upilje u mene. Samo što su me nazvali glupom, sad se zapanjuju zato što sam im odrezala? Naravno da ne bih to uradila da nisam bila u stanju u kome sam se tog trenutka nalazila. Da nisam bila skoro sto posto ubeđena da je to moja minđuša sarađivala bih. Saznanje da mi neko smešta navodi me da se ponašam kao neuračunljiva tinejdžerka. – Sasvim ozbiljno govoreći, pravi istražitelj s mesta zločina mi je rekao da policija retko radi forenziku na sitnim predmetima, naročito otiske prstiju. Moguće i DNK. Mnogo je to posla za prilično veliku verovatnoću da se neće dobiti traženi DNK materijal. Tako da ne, neću vam dati svoju DNK pa da možete da je provučete kroz računare da vidite jesam li povezana s još nekim zločinom. Mislim, nisam povezana, ali radije ne bih da brzate s mojim genetskim podacima i izgubite igru.

Dok se oni zgledaju i pitaju šta li krijem i kako me mogu navesti da otkrijem to što krijem, zahvaljujem – u glavi – Katrin Bendelou, istražiteljki mesta zločina, od koje sam dobila tu zanimljivu informaciju. Pošto je pročitala moju prvu knjigu iz serijala *Poslastičarka detektiv*, rekla je da je u njoj mnogo uživala – zatim me je prekorela što sam glavni elemenat zapleta uslovila nizom otisaka prstiju s male tastature. Sad sam joj zahvalna na tome. *Izuzetno* zahvalna. – Kao što rekoh, jasno je da neko pokušava da mi smesti.

– Zašto bi neko pokušavao da vam smesti? – pita Amvel u stilu „dobro, zagrišću". Udovoljava mi. Nisam sigurna da zaista želim da mi se udovoljava u ovome. Uistinu postoji samo jedna osoba koja bi poželela da mi smesti.

Gledam čas jednog čas drugog detektiva, i zaista nisam sigurna šta mogu da kažem a da ne objasnim sve. Tako da to ne činim. Da se radi samo o meni, verovatno bih sve istrtljala. No ono što sad uradim odjeknuće, odraziće se na svakog u mom životu. Od Volasa do Lole, od moje majke do moje najmlađe sestre Efi. Niko neće izbeći plimski talas koji će zapljusnuti moj život i svakog u njemu, pa ih ostaviti skrhane. Ne mogu im reći. Verovatno nikad neću moći da im kažem.

Sleganjem ramenima pokazujem da ne znam, tako da verbalno ne lažem. – Ali to je jedino objašnjenje kad znam da ja to nisam uradila i ne znam kako se moja propusnica našla na mestu zločina ni kako se na drugom mestu zločina našla minđuša koja bi mogla biti moja.

– Kad biste nam dali uzorak DNK, to bi zaista brže uklonilo sumnju s vašeg imena.

Teatralno pljesnem šakama po butinama i ustanem. Zglobovi mi krckaju i ponekad mi je teško da se brzo pokrenem, ali u ovom trenutku sam živahna. – Detektivi, hvala vam na poseti – kažem pošto se oni ne miču. – Hvala vam i na strpljenju da me sačekate da se vratim pošto sam otišla po nećaku. – Još se ne miču. – Moram da krenem. Nekog treba da nahranim, nešto da uradim. Hvala vam. Ispratiću vas.

Oni ništa više ne kažu, čak ni zloslutno „uskoro ćemo ponovo razgovarati s vama". Nisam sigurna šta su očekivali od mene, ali sudeći prema snuždenim izrazima lica, očigledno ništa nisu dobili.

Lola se čak nije ni potrudila da se pretvara kako nije slušala. Naslanja se na vrata hodnika besno gledajući u leđa policajaca. Kad zatvorim vrata za njima, ona skreće prodoran, nimalo impresioniran pogled na mene.

– Zašto me tako gledaš? – pitam.

Sleže ramenima. – Samo se trudim da shvatim mogu li da te zamislim kako pokušavaš da smakneš jednog ili dva tipa.

– I?

Uporno me gleda još malo, smeđim očima mi odmerava telo. Onda se uspravlja, spušta ruke. – Ne, ne vidim to. – Kratko zavrti glavom. – Ne vidim to. Od tebe mi ne stiže psiho vajb. Nisi ti ubica.

Nikad se ne zna, trebalo bi da joj kažem. Nikad ne znaš ko je pravi psihopata sve dok ne sedne naspram tebe i ne kaže ti kako je zbog tebe ubio nekog.

Severni London, 2009.

Kad sam stigla, Sidni je već bio tamo, u našem sumornom kafeu. Uvek je tako bilo. Bio je Gospodin Tačni. Uvek na vreme. Bila je to jedna od ekscentričnosti njegove ličnosti koje sam poštovala.

Zbacila sam kaput i sela naspram njega. Onaj užasni, sumorni mali kafe uz stanicu metroa nekako je postao „naše mesto" uprkos tome što sam se stalno stresala piljeći u napuknute, flekave šolje, ispucale pločice na stolovima, štrokave zidove. To mesto je stvarno bilo moja najgora noćna mora, ali bilo je skrajnuto; Sidni i ja smo mogli tamo da sedimo koliko god želimo a da nas vlasnik ne gnjavi, a na stolu smo imali dovoljno mesta da otvorimo sveske i odštampane papire.

Rešili smo da svoja viđanja učinimo konstruktivnim, pa smo počeli da radimo zajedno, da seciramo delove radova, u razgovoru prorađujemo škakljive delove, nervozno pružamo i primamo informacije. Sidni je već izneo svoj rad sa stranicama obeleženim crvenim i plavim oznakama hemijskom na mestima koje je prepravljao, pa me je pozdravio kao bliskog starog prijatelja.

Olabavio je kravatu s plavim uzorkom, otkopčao dugmad zlatnog prsluka a sako kraljevskoplave boje prebacio preko naslona svoje stolice. Zavrnuo je rukave košulje da pokaže kako se ozbiljno bacio na lekturu. – Kako je bilo na poslu? – pitao je kad sam uvukla ruku u torbu da izvadim svesku i olovke.

– Sve po starom. Kako je tebi bilo na poslu?

– Sjajno. Samo su me danas pet puta pomešali s drugim crncem. Mislim da mi je to lični rekord. Za godinu-dve možda će i shvatiti da nas je dvojica. – Raširio je ruke. – Svako može da sanja.

Široko sam mu se osmehnula. Mnogo me je zasmejavao svojim shvatanjem sveta. Time kako nije učestvovao u njegovim sranjima. – A šta je sa...? – Šta je sa odlukom koju izbegava? Sidni se zaglibio. Uplašio se. Odmeravao je ozbiljnu odluku koju mora da donese kroz svoje prelepo pisanje, tako da sam znala kako se ispod onog bezbrižnog stava i spremnog osmeha rve sa sobom, sa svojim demonima. – Mnogo teško danas – rekao je. – Mnogo teško cele nedelje.

– Hoćeš li da razgovaraš o tome? – pitala sam.

– Trenutno ne.

– Dobro, ali moraš time da se pozabaviš.

– Znam, šveco, znam. A ti?

– Šta je sa mnom? – Najednom me je mnogo zainteresovala široka, prljava pukotina pločice na stolu. Zapravo, bila mi je najinteresantnija na svetu.

Sidni je spustio olovku i zavalio se na stolici. – I dalje spavaš s njim? – pitao je.

Na to pitanje mi se stegao želudac. Prokleti Sidni i njegova briga o meni. – Ako kažem da, hoćeš li me prezirati? – tiho sam pitala.

– Ne, naravno da neću. Barem valjda dobijaš neki užitak.

– Čak nije ni to – rekla sam. – Imala bih bolje mišljenje o sebi kad bi se radilo samo o tome. – Uglavnom se radilo o strahu. Strahu da će, ako ponekad ne spavam s njim, on početi da misli kako me gubi, pa će potražiti uzrok i povrediti još nekog. Sidni bi bio prvi osumnjičeni, iako zapravo Hitu nisam rekla za njega, bile bi to i Samanta-Luiza, Sintija i Vendi s posla. Isto, valjda, i vlasnik tog kafea. Ne i moja porodica, pretpostavljala sam, zato što oni nisu novi elementi u mom životu i bili su samo divni prema njemu i divno mislili o njemu, ali ipak nisam znala kako se Hit rešava na tako nešto, koliko duboko promišlja o tome.

Ispričala sam Sidniju kako je moj partner – umalo mi nije izletelo da mi je Hit muž – pripretio nekim ljudima za koje je smatrao da će me njemu oduzeti. Nisam mu zapravo rekla pojedinosti zato što su tako grozne da ne mogu o njima da pričam ni sa kim, čak ni sa Sidnijem. Ispričala sam da je suludo što njemu ne smeta da imam prijatelje, da idem na piće ili u klubove, pa čak i na odmor s drugim ljudima. Ne smeta mu da razgovaram s ljudima, ne gnjavi ako izlazim bez njega, ne pojavljuje se na mestima gde zna da ću biti s drugima. Ništa od tog klasičnog zlostavljačkog ponašanja. Nastupi tek kad pomisli da je naš odnos ugrožen.

Zbog toga povremeno kad me Hit dotakne ili poljubi, ja pristajem na seks i koliko god mogu uživam u njemu da ne pomisli da glumim pa postane opasnost za druge ljude.

– Daj mi ruku – rekao je Sidni.

Uradila sam to gledajući ga u oči. Lako je šakama poklopio moju iako su mi šake krupne za moj relativno nizak stas. Lagano, umirujuće je prelazio dlanovima preko moje šake i privukao me sebi. – Treba da ga ostaviš – izjavio je. Pokušala sam da povučem šaku, ali nije je pustio. – Ozbiljan sam sad, treba da ga ostaviš. Ne možeš da ga puštaš da te kreše kako bi ga sprečila da povredi...

– Ne radim to – negodovala sam. – Nisam rekla da je ikog povredio.

– Nisi morala. Niko nije uplašen kao ti osim ako se nije dogodilo nešto ozbiljno.

– Nisam uplašena.

– Ne, ti si bukvalno skamenjena – suviše prepadnuta da išta učiniš. Ali, šveco, treba da ga ostaviš. Napusti London, napusti posao ako moraš, ali treba da odeš daleko, daleko od njega. Opasan je, ne dopada mi se pomisao da te još povrh svega kreše.

– Nije tako – opet sam negodovala. A nije da sam samo tako govorila. Katkad strah nije bio razlog. Katkad je bilo kao da nisam otkrila ono o Hitu. Katkad je bilo kao da mi je pamćenje o onome što je učinio izbrisano i da je među nama sve normalno. Baš kao nekoliko noći ranije, kad je pošao u krevet oko sat posle mene i kad je legao, ugnezdio se uz mene. Lebdeći negde između sna i svesnog stanja, nisam se odmah stegla a zatim i skamenila na njegov dodir. Zbog toga, zato što se nisam ukočila poljubio me je u vrat. Kad se ni na to nisam trgla, ponovo me je poljubio u vrat. Pošto nisam negodovala, uvukao je ruke u donji deo moje karirane pidžame i poljubio me u rame. A pošto ni to nisam odbila, prošaputao je: – Mogu li da uđem u tebe? – a ja sam rekla *da*. Uopšte mi nije smetalo što me je nežno gurnuo potrbuške, skinuo mi pidžamu i ušao u mene. Tiho sam stenjala pri svakom njegovom udaru, svakom „tako mnogo te volim" koje mi je dahtao na uvo, pa sam zarila lice u dušek presvučen hladnim čaršavom da ne budem preglasna kad doživim orgazam. Čak sam osetila kako mnome struji duboko zadovoljstvo kad je i on svršio. Nije to bilo užasno. Cela ta situacija nije bila grozna ni uvredljiva. Čak nije delovalo ni kao da sam to uradila zato što se bojim i želim da ga pridobijem. Delovalo je kao normalan seks dvoje ljudi koji se vole; delovalo je kao seks s muškarcem kog volim.

– Uglavnom je sve u redu – objasnila sam Sidniju. – Uglavnom je sve potpuno normalno.

– Zato što ti je život u strahu postao normalan. Postalo ti je normalno da sve vreme budeš hiperobazriva i uplašena.

Hiperobazriva je reč kakvom bi se Hit poslužio. – Nisam...

– Treba da ga ostaviš – odlučno je rekao Sidni. – I to što pre. Što duže živiš ovako, teže će ti biti da sagledaš stvarnost situacije, što znači da ćeš završiti tako što ćeš ostati zato što ćeš misliti da nije loše, ili ćeš se vratiti kad ga zapravo ostaviš zato što ćeš se svega pogrešno sećati. Treba da ga ostaviš.

– A šta je s tobom i tvojom situacijom? – pitala sam ga ne želeći da se on izvuče s tim ako ćemo se već udubljivati u svoje situacije.

– Šveco, ne pokušavaj da skrećeš temu. Moja situacija nikud neće otići. Tvoja je hitnija.

– Mene nikad ne bi povredio. Ne bi me ni pipnuo.

Sidni je siknuo stegnutih zuba i upiljio se onim krupnim smeđim očima u mene. – Kao da ne znaš da postoji više načina da se neko povredi, ne samo fizički – rekao je izazivački. – Ti si studirala psihologiju! Znaš da ima mnogo načina da se neko povredi.

Ništa nisam rekla.

– Moraš ga ostaviti – kazao je Sidni kao je to zaključak te teme.

Znala sam da moram. Znala sam da moram otići. No, kao što je rekao, bila sam skamenjena.

26.

19. AVGUST 2022.
KUĆA KLIO I VOLASA, NA GRANICI IZMEĐU BRAJTONA I HOUVA
KASNO VEČE

*Zabava * Trendovi*
Hari Endruz
Trendovi sa #Poslastičarkadetektiv
#Životimitiraumetnost #metoo

Kad smo Lola i ja večerale (pri čemu sam ja gurala na silu što više pirinča i paprikaša niz grlo kako bi izgledalo kao da jedem) i spremile se za krevet, vest o napadu na Harija Endruza bila je na svim društvenim mrežama. Trend na mnogo mesta.

Skrolujem kroz razne sadržaje, skrolujem sve brže i brže, reči i slike iskaču preda mnom kao blicevi fotografskog aparata.

Kad sam ugledala njegovo ime pod tabovima trenda, prvo sam zaključala svoj nalog „Klio Forsum". Čim sam dobila ugovor za prvu knjigu, navela sam svoje pravo ime na svakoj stranici društvenih mreža, pa prošla mnoštvo peripetija da dobijem plavu kvačicu. Bilo da postanem uspešna ili ne, nisam želela da se neko pretvara da sam ja. Na tim nalozima sam postavljala obaveštenja o knjigama, postavljala informacije o televizijskoj seriji i ništa više. Nisam želela da se povezujem ni sa kim, da pozivam ljude u svoj svet, gde bi oni kopali po mojoj prošlosti. Imam još jedan nalog pod imenom Meliza Grin i nekoliko brojeva, te tako mogu da pristupim sadržaju „samo za članove" na tim stranicama.

Hanimej produkcija je takođe zaključala svoj verifikovani nalog, kao i skoro svi zaposleni u njemu. To što nema pristupa tim nalozima ništa nije promenilo: nižu se mahnite teorije, mimovi, svedočenja, kopanje po starim člancima, prošlim prestupima. Mnogi od njih mene izostavljaju i udubljuju se u Endruza i njegovu reputaciju. Ljudi još nisu skontali da je umalo ubijen na isti način kao u epizodi *Poslastičarke detektiva*. Ishod će tad biti nepredvidiv.

Kljukam se pričama i postovima i komentarima u videima – skrolujem, skrolujem, skrolujem, klikćem, klikćem, klikćem, proždirem, proždirem, proždirem kao svinjče u vreme tovljenja, sve dok se ne nadujem i ne oteknem potpuno prejedena Harijem Endruzom. I njegovim ubistvom. Pokušajem njegovog ubistva.

Kad više ne mogu da podnesem, kad se osetim spremnom da u svakom trenu bljujem, bacam telefon a on se odbije od kreveta pa padne licem nagore.

Zašto radiš ovo?, poželim da zaurlam na njega. *Obećala sam ti i ti si meni obećao. Nisi morao ovo da uradiš.*

Privlačim kolena na grudi, obavijam ih rukama i naslanjam čelo na njih.

Telefon, koji još svetli sa obaveštenjima o Hariju Endruzu, zvrcne s novom porukom. Ubeđena sam da će Efi, koja živi na društvenim mrežama, videti vest i reći Ađui, koja će reći roditeljima. Tako da će se oni uskoro javiti i reći mi da se odvojim od serije, reći mi da prestanem da pišem te knjige o ubijanju ljudi jer ne donose ništa drugo do nevolje, reći mi da se vratim kući gde sam bezbedna.

Podižem telefon da ga isključim ali poruka mi privuče pogled. Nije ni od koga od moje porodice, s nekog je telefona koji nemam zapamćen. Doduše, znam taj broj. Naučila sam ga napamet kako ne bih morala da ga stavljam u adresar. Kako ne bih rizikovala da ga iko, posebno ne Volas, vidi i počne da se raspituje.

Besna i uplašena, otvaram poruku i čitam:

° Imam li konačno tvoju pažnju?

Severni London, 2009.

Unervozilo me je kucanje sata u mom omiljenom, užasnom, štrokavom kafeu.

Nisam znala kako to da ga čujem jer sam sasvim ubeđena da vlasnik godinama nije menjao baterije sata s belim licem, crnim ciframa, pokrivenog prašinom (kazaljke su se kretale, mada nikad trajno, i retko kad je pokazivao tačno vreme). Ipak sam ga čula. Sedela sam za našim uobičajenim stolom – mogli smo da sedimo uglavnom gde god smo hteli, jer praktično niko nije dolazio i ostajao – na svom uobičajenom mestu, leđima okrenuta vratima.

Čekala sam.

I čekala.

Sidni je kasnio.

A on nikad nije kasnio. Baš nikad. Više stvari sam naučila o njemu poslednjih nekoliko meseci otkad smo se družili, a tačnost je jedna od njih. Ispričao mi je kako ga braća često zadirkuju zbog toga i čude se zbog čega je tako uštogljen, tako kontrolisan. – To govori mnogo više o njima nego o tebi – smejala sam se. – Mada mi se čini da si u tome zaista pomalo uštogljen!

Bez potrebe da proveravam hoće li vlasnik štrokavog kafea zameriti, iz džepa sam izvadila kesicu *maltezera*, otkinula ugao i istisnula blistavomrku lopticu. Tužno sam ubacila *maltezer* u kafu žaleći što Trina nije tu da prigovori upirući prst u mene i da mi kaže kako je to što radim odvratno. Sve je izgledalo jednostavno na koledžu. Tako jednostavno i lako. A nisam ni shvatala kako sve može da se zakomplikuje. Posmatrala sam lokvice ulja iz čokolade kako se dižu na površinu napitka.

Čula sam da se otvaraju vrata kafea i skoro se srušila od olakšanja. Okrenula sam se prema njima, spremna da se lažno namrgodim na Sidnija zbog kašnjenja, spremna da mu se smejem zato što nije Gospodin Savršeno Tačan. Osmeh mi se sasušio i uvenuo na lozi usana, a srce je prestalo da mi kuca.

Hit.

Nije bio Sidni.

Bio je Hit.

Okrenula sam se na stolici tako da su mi leđa bila prema zidu. Sad mi je srce tuklo, svaki otkucaj kao udarac u grudni koš. Mom mužu nije trebalo mnogo vremena da privuče stolicu preko puta mene – Sidnijevu stolicu – i sedne.

Nisam mogla prva da progovorim. Nije trebalo da bude tamo, tamo mu nije mesto i možda, ako mu se ne obratim, neće ostati.

– Žao mi je što tvoj prijatelj Sidni ne dolazi – konačno je rekao. Kao i uvek, Hit je govorio tiho, probranim rečima, razumnim tonom. A to je kod njega bilo zastrašujuće. To racionalno, razumno držanje. – Ima druge obaveze.

– Šta si mu uradio? – pitala sam kad sam se sabrala. Trinu je ubo nožem, Ajvana je paralisao. Šta je učinio Sidniju?

– Ništa mu nisam uradio.

– Bili smo prijatelji. Oduvek smo samo prijatelji, nikad ništa drugo. Samo prijatelji.

– Znam – odvratio je Hit. – Zato još diše. Da je bilo nešto više, tad... recimo samo da više ne bi disao.

– Samo mi reci šta si mu uradio.

– Ništa. Dobro je – zasad.

– Šta si mu uradio? – ponovila sam sve užasnutija. Nisam mogla da podnesem da još neko bude povređen zbog mene.

– Ništa mu nisam uradio. Kažem da je zasad dobro zato što – pogledao je na sat – pretpostavljam da trenutno prolazi prvi krug ispitivanja. Kako će proći u pritvoru to se ne zna.

Užas, čist, nerazblažen užas oblio me je kao vodopad. – Zz-zašto...?

– Zašto je uhapšen? Nemam pojma. Samo sam čuo... O, ne želiš da znaš.

Progutala sam knedlu, zarila prste u dlanove da se smirim. – Reci mi. Molim te mi reci.

Prikovao me je u taj trenutak onim zelenim očima, čvrsto me držao. – Čuo sam da je posredi ubistvo. Čuo sam da je njegova bivša devojka, koja ga je šutnula, ubijena. Čuo sam da je policija dobila anonimnu dojavu. Čuo sam da protiv njega ima baš dosta dokaza.

– Ne. Ne verujem. Sidni nikog ne bi povredio. Kamoli ub... – Ućutala sam shvativši šta Hit govori.

– Kamoli?

– Kamoli ubio nekog. – Ponadala sam se da nisam u pravu. Da Hit ne govori ono što sam mislila da govori. Da on to ne bi.

– Jesi li sigurna da ne bi nikog povredio? – pitao je Hit. – Jesi li sigurna da Sidni nije povredio recimo čoveka koji svoju ženu voli više nego išta i koji se godinama trudi da joj pruži sve što je ikad želela? Koji je oduvek samo želeo da bude s njom. Od trenutka kad ju je upoznao znao je da je ona njegova sudbina, pa ju je strpljivo čekao. Čekao je da bude spremna. Čak i kad ga je ostavila, *opet* je čekao da bude spremna jer je sasvim pouzdano znao da će mu se uvek vraćati. Šta je s tim čovekom koji je oduvek voleo svoju ženu i koji nikad nije prestajao da želi da bude s njom? Da li ga je Sidni povredio time što se sprijateljio sa čovekovom ženom i hrabrio je da ga ostavi? Da li je Sidni to uradio?

Čula sam vlastito disanje. Bilo je nemoguće glasno. Osećala sam suze na obrazima, bile su vrele i polako su klizile. Osećala sam drhtavicu, tresla sam se celim bićem. – Molim te reci da nisi.

– Šta da nisam, Klio? Šta da nisam uradio?

– Nije on kriv.

– Ko je onda kriv?

– Ja. Ja sam kriva. – Nisam i dalje mogla da dišem. Brzo sam udisala, a onda još brže izdisala, ništa nije ostajalo, ništa nije dopuštalo mojim plućima da predahnu. – On ništa nije uradio.

– Trudio se da te navede da me ostaviš.

– Nije to radio.

– Jeste, radio je. Sâm mi je to rekao.

– *On* ti je rekao?

Hit se zavalio, a ja sam prvi put posle mnogo vremena spazila gnev za koji sam znala da ključa pod njegovom površinom, kako sedi tamo na njegovom licu, u očima. – Razgovarao sam s njim, kao muškarac s muškarcem. Želeo sam da zna da imaš partnera koji te mnogo voli. Koji te se neće odreći bez borbe. Kazao mi je da prema tebi ne gaji romantično ni seksualno interesovanje. Kazao je da si mu ti kao sestra. – Hit je iskrivio usne od besa i sevnuo pogledom u sto. – Mogao je da ostane na tome, ali nije. Kazao mi je... – Tad me je opet pogledao. – Kazao mi je da se ti plašiš mene i onoga što bih mogao da uradim ljudima koje voliš. Jesi li mu ti to rekla?

Zavrtela sam glavom.

– Kazao je da me se plašiš. I kazao je da moraš da me ostaviš. I kazao je da namerava da ti pomogne da ojačaš dovoljno da me ostaviš. Zamisli, jednostavno mi je to rekao. Pravo u lice.

– Jesi li zaista ubio nekog da bi smestio Sidniju kako bi me sprečio da te ostavim? – upitala sam. Zazvučalo je smešno kad sam to izgovorila naglas. Niko to ne bi uradio. Niko to ne bi mogao da uradi.

Pogledi su nam se sreli.

– Jesi li? – pitala sam ga.

– Ništa nisam uradio. S druge strane on... Svi dokazi ukazuju na to da je rđav čovek. Ubica.

Ne, Hit nije mogao to da učini Sidniju. Nije mogao. Jednostavno nije. Nema šanse da iko ko poznaje Sidnija pomisli da je on to uradio. Nema šanse. – Otići ću u policiju – rekla sam mu. – Otići ću u policiju i reći im istinu o Sidniju.

– Šta ćeš im tačno reći?

– Reći ću im da si mu smestio. Da si ti to uradio.

– Samo izvoli. Ali ne znaš ni ko je ubijen ni kako, ni da li ja imam alibi za vreme ubistva. Pa čak ni kad se to dogodilo. Ne znaš ništa o tome. Ali slobodno idi u policiju. Sasvim sam siguran da te neće oterati kao neku ludaču koja pokušava da se upetlja u istragu trudeći se da napakosti svom ljubavniku.

– I, naravno, ako sad nemaš takav dokaz a odeš u policiju, podozrevam da ako u nekom trenutku *nađeš* dokaz da je tvoj prijatelj Sidni nevin, tog drugog puta ti neće poverovati. „To je vuk, to je vuk...", i tako to.

– Molim te nemoj to da radiš Sidniju. Ne zaslužuje to. Molim te. – Ponekad cenkanje pali. Ponekad možeš pregovorima da nađeš izlaz iz situacije. A ponekad znaš da je preklinjanje pravi put. – Molim te, Hite. Molim te. Ne radi ovo.

A ponekad znaš da ništa neće upaliti. Karte su odigrane, kocka je bačena, pokret je načinjen i ništa to ne može da promeni.

Dok sam drhtavim prstima utirala vodopad suza moj muž je odmahnuo glavom. – Klio, već je sve gotovo. Ne bih mogao da zaustavim tok ovoga – čak i da to želim.

Prvo sam pokrila usta, pa oči i onda celo lice dok sam se telom ljuljala napred-nazad.

Ništa nisam mogla da učinim. Ništa.

Siroti Sidni. Siroti, siroti Sidni.

27.

19. AVGUST 2022.
KUĆA KLIO I VOLASA, NA GRANICI IZMEĐU BRAJTONA I HOUVA
KASNO VEČE

Lola zna da teta K. ne spava. Čuje je kako se kreće iznad nje. Trebalo bi da je hvata jeza što spava dole sama kad ni tata nije ovde, ali ne hvata je. Oseća se odraslo. Ne u onom zbrkanom smislu Odraslih već u stilu „imam svoj prostor i u njemu mogu da radim šta želim".

Tako će biti kad jednog dana ode od kuće. Očigledno će okolina biti nešto privlačnija od ove, neće biti stara. Imaće odraz njenog dodira, njenog žara, ali bi mesto gde će provoditi vreme nalik ovom bilo idealno. Doduše, na prozorima bi imala pamučne zavese s tradicionalnim dezenom iz Gane. Neće imati sofu kao što je ova, iako je dobra, imaće veliku ugaonu garnituru prekrivenu najmekšom sivom tkaninom, kao što su one u prodavnici skupog nameštaja pored koje prolazi na putu do škole. Imaće podnu lampu od hroma, koja kao stražar stoji iza garniture, i imaće mnogo jastučića. *Mnogo* jastučića. Lep tabure kao što je onaj u dnevnoj sobi tete K. stajaće ispred ugaone garniture, veći deo poda pokrivaće velik ćilim krem boje. Biće tako mek da će joj se nožni prsti gubiti u njemu. Na zidovima će imati svoja uramljena umetnička dela, ona koja se njoj čine najboljim, ne nužno one koji su stvarno najbolji.

Lola ima planove za svoj stan pa je prošlog leta nameravala da pita tatu može li da napravi neke od tih promena u stančiću u kući tete K. i strica V. Međutim, bilo je to pre nego što su svi Odrasli počeli s krizama ili seksom. Ili i jednim i drugim.

Čuje kako se teta K. kreće gore iznad nje, i nije iznenađena. Lola je otišla na društvene mreže s namerom da tamo ostane samo nekoliko minuta i vidi šta svi pričaju pre nego što ode na spavanje, a onda je videla ono o čoveku koji je ubijen. Skoro ubijen, mada su ga mnogi već smatrali pokojnim. Pričali su o *Poslastičarki detektivu*, pričali su o tome da je taj čovek đubre, drugi su pričali o tome kako je fenomenalan čovek.

To joj je pravilo pometnju u glavi. Htela je da pošalje poruku najboljem drugu, ali njegova mama je *über* stroga i dozvoljava mu da nosi telefon samo na putu do škole i nazad. A sad deo nje želi da postavi nešto na društvenim mrežama. Mogla bi da stavi video sebe kako znalački gleda u objektiv s rečima:

Kad federalci razgovaraju s tvojom strinom o ubistvu o kome svi pričaju...

Kao da bi to ikad uradila! Ipak, oseća nekakav pritisak u vazduhu, svud oko sebe. Treba nešto da uradi da ga se oslobodi. Možda bi *zaista* trebalo da ostane s majkom? Ili možda da pošalje poruku tati i kaže mu da se kod njih događa nešto loše i da želi da se on vrati? Ili možda ne treba previše da pušta mašti na volju.

Lola odbacuje pokrivač i klizi s kreveta u papuče. Navlači sivi penjoar koji drži ovde kad dođe u posetu. Grabi telefon da joj koristi kao baterijska lampa. Stiže do podnožja stepeništa kad se seti knjige i mora da se vrati po nju i po futrolu s naočarima.

Trudi se da se tiho popne uza stepenice. Pogrešila je što spava sama u stančiću. Postalo joj je jezivo. Teta K. je rekla da može da spava u spavaćoj sobi do njene, ali ona je bila u fazonu „nema šanse, hoću svoj prostor“. Sad joj se čini kao da živi u pustinji. Sprema se da se prošunja pored strinine sobe, ali se predomisli. Tiho kucne na mesto između drvenih ploča i čeka. I čeka.

Lupne ponovo, tiše, ne glasnije.

Vrata se otvaraju i lice tete K. pojavljuje se u prorezu. – Dobro si? – pita pošto se nakašlje.

– Dobro sam – kaže Lola. – Jesi li ti dobro? Izgledaš tužno. Želiš li da te zagrlim? – Ne čeka odgovor, samo širom otvara vrata i obavija ruke oko odrasle žene. Telo tete K. se stegne pa se opusti kad se Lola priljubi uz nju. Na kraju i ona diže ruke i grli Lolu.

– Hvala ti – kaže teta K. – Hvala ti što se brineš.

ŠESTI DEO

28.

Zapadni London, 2009.

Ušla sam u stan znajući da će Hit biti na poslu.

Pozajmila sam tatin automobil zato što je veći od mog i uzela slobodan dan na poslu da se vratim i pokupim svoje stvari. Skupljala sam koliko sam trenutno mogla – sve što ne može da stane mora ostati zato što neću ponovo dolaziti ovamo.

Nisam videla Hita od onog dana u kafeu. Sedela sam i plakala, osećala se sasvim nemoćno, potpuno poraženo. Nisam bila sigurna šta očekujem da on uradi, ali je sedeo i posmatrao me i povremeno govorio kako mu je žao što je dotle došlo i nije pokušao da me zaustavi kad sam ustala i otišla. Otad sam boravila na kauču Samanta-Luize ignorisala njegove poruke koje su uvek bile: *Volim te. Molim te pričaj sa mnom.*

Sad sam skupljala svoje stvari i selila se kod roditelja nakratko. Oni su očigledno bili presrećni što se vraćam (ponovo), ali nisam mogla da isteram stanare iz svog londonskog stana zato što mi je život pošao naopako.

Isključila sam alarm pa gurnula ključeve u džep. Ono što se prethodnog dana dogodilo u policijskoj stanici i dalje mi se vrtelo u glavi kao voda u odvodu koji se nikad ne prazni. Odvojili su vreme od istrage da bi razgovarali sa mnom, očigledno s mišlju da dolazim da im pružim još prljavština o Sidniju. Kad sam im rekla da on to nije uradio, policajci – detektivi u civilu – su razmenili poglede pa se obojica jedva uzdržala da ne prevrću očima zbog razočaranja. Ipak me nisu izbacili, sedeli su i slušali me.

– *Možete li da obezbedite alibi Sidniju Prajsu u vreme zločina?*

– *Ne znam kad se zločin dogodio, ali nisam ga videla dve nedelje tako da ne mogu da mu obezbedim alibi.*

– *Jeste li poznavali žrtvu?*

– *Ne.*

– Jeste li ikad videli Sidnija Prajsa i žrtvu zajedno?
– Koliko znam, nisam.
– Šta tačno radite ovde, gospođice Forsum?
– Znam da on to nije uradio. Nije.
– Kako to znate?
– Znam ko je to uradio.
– Ko?
– Ovaj... ovaj...
– Gospođice Forsum, nemamo ceo dan.
– Uradio je moj partner. On... on nije voleo to što smo Sidni i ja prijatelji pa...
– Nije voleo što ste prijatelji pa je ubio ženu?
– Da.
– Imate li ikakav dokaz za to?
– Rekao mi je.
– Rekao vam je.
– Da.
– Vaš partner kome se nije dopadalo što ste prijateljica s muškarcem, rekao vam je da je ubio nekog kako bi smestio onom čoveku i time sprečio da se družite s njim?
– Znam kako to zvuči, ali ne lažem. Ne izmišljam. Znam da je on to uradio. I ranije je radio tako nešto.
– Već je nekog ubio?
– Ne, on je... povređivao je ljude i ranije. Moju prijateljicu je ubo nožem i prebio mog nekadašnjeg šefa.
– I to vam je rekao, jel' tako?
– Ne baš, saznala sam...
– Saznali ste?
– Treba da mi verujete. Sidni to nije uradio. Ne bi on to. Jednostavno ne bi.
– Hvala vam što ste došli, gospođice Forsum, imaćemo na umu ovo što ste rekli.

Zastala sam kod plakara u hodniku da uzmem dve svoje putne torbe, pa otišla u spavaću sobu da krenem od odeće. Imala sam je previše a nisam imala taj luksuz da je svu ponesem pa sam morala da budem nemilosrdna. A morala sam da budem i brza zato što nisam imala pojma kad se Hit vraća. Nisam želela da ga vidim. Nikad više.

Počela sam od rublja i praznila fioke pa trpala uglavnom crne stvari od pamuka, najlona i čipke u najbližu torbu. Obično bih ih savijala, ali nisam imala vremena. Zatim sam otvorila ormar u niši, počela da skupljam povesma odeće na vešalicama i bacam ih na krevet. Ispraznila sam fioke s dna ormara sa soknama i hulahopkama i drugim stvarima koje sam trpala tamo zato što nisam imala drugog mesta. S vrha ormara skinula sam još torbi a onda otišla u garderobu između kreveta i prozora i zgrabila još dva kofera. Radila sam brzo jer je zaista trebalo da odem odande.

Telo mi se ukipilo a dah stao u grudima kad sam izašla iz garderobe i zatekla Hita kako se naslanja na dovratak spavaće sobe ruku prekrštenih na grudima. Najednom su gnev, strah, zaziranje, povređenost, slomljeno srce, tuga, užas, gnev, gnev, *gnev* buknuli u meni kao erupcija vulkana.

Pretvarajući se da ga tamo nema, pošla sam prema odeći na krevetu i počela da je skidam s vešalica, ovlaš presavijam pre nego što je strpam u jedan od kofera.

– Znam da si uznemirena – počeo je Hit.

Ubrzo mi je nestalo mesta u koferu zato što ništa nisam savijala kako treba i zato što sam imala mnogo džempera. Možda je trebalo samo da ih potrpam u crne kese, naguram u kola oko svega ostalog. Možda je trebalo da sačuvam drugi kofer za knjige, sveske i takve stvari? Imala sam mnogo stvari. Čitav pun stan, čitav pun život. Previše da bih hitro utekla.

– Znam da si uznemirena – ponovio je – ali molim te razgovaraj sa mnom pre nego što uradiš ovo. Pre nego što odbaciš naš zajednički život.

Umalo mu je uspelo. Umalo da razgovaram s njim. Ipak sam odolela, nastavila da se pakujem zato što sam morala da izađem odande pre nego što me opet uvuče u svoju orbitu.

– Žao mi je – tiho je rekao. – Nije trebalo da pođe ovim putem. Samo mi je potrebno da razgovaraš sa mnom.

Bacila sam crnu haljinu koju sam držala. – Ubio si nekog, Hite! Ubio si nekog! Okončao si nečiji život! Zato što si bio ljubomoran. Ne zato što si se plašio ni u strahu za svoj život, ne slučajno – uradio si to namerno. *Usmrtio* si nekog. *USMRTIO* ih. – To me i dalje užasava. Svaki deo mene još podrhtava od tog saznanja. – A onda si tako izveo da neko drugi ode u zatvor za tvoj zločin. A meni niko nikad neće poverovati ako pokušam da kažem istinu. O čemu bi trebalo s tobom da razgovaram? Šta tu ima da se kaže?

– Klio, uradio sam to za nas. Za tebe.

– Ne usuđuj se, ne usuđuj se da to meni prišiješ. Ne usuđuj se da me učiniš delom toga. To si ti. SVE si to ti. – Nastavila sam da pakujem i ubrzala zato što sam morala da odem odande. Brzo.

– NIŠTA OD OVOGA SE NE BI DOGODILO DA ME NISI PREVARILA! – iznenada je povikao.

To me je nateralo da opet stanem, nateralo me je da ga pogledam. Bio je odeven za posao u tamnoplavim pantalonama i beloj košulji. Protekle nedelje se ošišao, ali nije spavao – videlo se po bledilu lica, tamnim senkama pod očima. Dobro je. Nikad više ne bi trebalo da spava jer ja vraški sigurno neću spavati.

– *Nikad* te nisam prevarila.

– Dok si bila sa mnom spremala si se za sastanak s nekim drugim.

– Ne, Hite, neki momak me je pozvao da izađemo a ja sam ga odbila. Pre mnogo godina.

– Nije bilo samo to, zar ne? Da me nisi prevarila, nikad se ne bismo razdvojili i ništa od ovoga se ne bi dogodilo.

– Nikad te nisam prevarila.

– Rekla si da si se poljubila s nekim, ali...

– NIKAD TE NISAM PREVARILA! – vrisnula sam na njega.

– JESI! – dreknuo je i on. – Kad sam otišao u Australiju.

– Tad nismo bili zajedno. Vrlo određeno si prekinuo sa mnom da bi išao na odmor i radio šta hoćeš, ševio koga hoćeš. To si mi rekao.

– Znala si da sam tebi posvećen. Znala si da sam potpuno zaljubljen u tebe. Prekinuo sam s tobom da bih video jesi li me volela dovoljno da ostaneš verna. I gle šta se desilo, nisi.

– Koji god da su tvoji razlozi, prekinuo si sa mnom i izazvao to. A neverovatno mi je da koristiš poljubac da bi opravdao sve ovo.

Hit je ušao u sobu, njegovog pokajničkog stava više nije bilo, nestao je u njegovom pravednom besu. – Ipak nije bio samo poljubac, jel' tako, Klio? Ipak nije bio samo poljubac s nekim slučajnim muškarcem u pabu, jel' tako? Bilo je mnogo više od toga. Više nego jednom, lizao te je i pružio ti višestruke orgazme.

To me je zaustavilo, nateralo me da zbunjeno zbrčkam lice. Otkud je znao? Kako je *mogao* da zna? Nikad mu to nisam rekla. Nikad nikom nisam rekla. – Otkud znaš to?

– On mi je to rekao. *Itan*. – Hit je ispljunuo to ime kao da je žvakao nešto odvratno. – *Itan* mi je rekao kako te je naveo da se izvijaš i cviliš od zadovoljstva svaki put kad bi legla u njegov krevet. Kako si mu se pribijala uz glavu, kako si bila glasna kad svršavaš, kako ti nikad nije bilo dosta. Nezasita, rekao je.

Zaprepašćeno sam ustuknula. – Kako si znao ko je on?

– Pronašao sam ga. Razgovarao sam sa svakim momkom u baru na koledžu sve dok ga nisam našao.

– *Šta* si radio?

– Znao sam da me lažeš kad kažeš da je bio samo poljubac. Zato sam saznao. Vraćao sam se uporno u onaj bar, razgovarao sa svakim muškarcem koji bi to mogao biti dok ga nisam našao. A bio je više nego voljan da mi ispriča sve o tome. Mislim, hajde, Klio, zar nisi mogla da nađeš nekog diskretnijeg? Nije izostavio nijedan detalj. Ispričao mi je SVE! Kako si ga praktično molila da ti nabije đoku onog trećeg puta. Kako si jadnički bila zahvalna što ti je dozvolio da mu drkaš i kako si volela da svršava svud po tvom stomaku. Kako si očajnički želela da ti nabije đoku da bi uradila sve za njega. Ispričao mi je. *SVE. Sve redom.*

Srce mi je brzo kucalo, usta su mi se odjednom osušila. Hit je bio pravi psihopata. Kako to ranije nisam videla? Kako nisam shvatila da je psihopata pre nego što je nekog ubio? Pre nego što je čoveku slomio kičmu? Pre nego što je izbo moju prijateljicu? Kako to nisam primetila? *Oduvek je bio takav.*

– Šta si mu uradio? Itanu? – tiho sam pitala.

– Ništa što nije zaslužio.

Sklopila sam oči, nekoliko puta duboko udahnula. – Šta si uradio?

– Samo sam ga malo istukao. Podsetio ga da ne treba tako da priča o ženama. Bilo je odvratno kako je govorio o tebi. Nije trebalo to da uradi.

– *Ti si ga pitao.*

– Nije trebalo to da uradi. Trebalo bi da mu je bilo dobro posle nekoliko dana.

Iznenada sam se brzo setila muškarca koji me je pitao da izađemo. Bio je didžej i redovan u baru u kom sam radila. Odjednom je prestao da razgovara sa mnom iako je lepo prihvatio to što sam ga odbila, a počeo je da se pretvara da me ne vidi kad bih mu se obratila. Izbegavao je da bude u mojoj blizini. – Jesi li... neverovatno mi je čak i što moram da pitam ovo, ali jesi li isto uradio i s momkom koji me je pozvao da izađemo? Jesi li se raspitivao o njemu dok ga nisi pronašao pa ga onda prebio?

– Nisam ga ni takao. Razgovarao sam s njim, kao muškarac s muškarcem. Objasnio da imaš dečka. On je to lepo prihvatio. Zato sam morao da razgovaram sa „Itanom". Da saznam istinu šta si radila s njim.

Hit nije počeo od ubadanja Trine nožem, kao što sam mislila. Ne, počeo je pretnjama muškarcu, zatim je prebio drugog, zatim je ubo nožem prijateljicu, zatim je slomio čoveku kičmu. Gradacija. Hit je išao gradacijom na putu do ubistva. Svaki taj korak je činio da sledeći bude lakši. Svaki pokret po tom putu činio je ubistvo mogućim. A ja to nisam videla. Nisam videla ništa od toga.

Smatrala sam da mogu da ga držim pod kontrolom. Smatrala sam da ću time što ostajem uz njega, što se ponašam kao da smo i dalje pravi par uspeti da ga zaustavim da ne uradi ništa drugo. No to je bilo van moje moći. Tad sam to uvidela. Hit je bio van kontrole. Oduvek je to bio. Mogao je da to drži prigušeno dosta dugo, posebno kad nisam radila ništa što bi pretilo ravnoteži našeg odnosa u njegovoj glavi, ali oduvek smo bili predodređeni da završimo ovde.

Čovek kog sam volela oduvek je išao putem prema ubistvu – samo što ja nisam shvatala da nije pitanje „hoće li" nego „kad će".

– Ne mogu više da pričam s tobom – tiho sam rekla. – Moram da dovršim pakovanje i treba da odem. Više ne mogu da pričam s tobom.

– Nemoj da ideš – tiho je kazao i više nije bio raspomamljeno čudovište. Bio je normalni Hit. – Hajde da sednemo i razgovaramo. Možemo to da izgladimo. Molim te ne ostavljaj me.

Opasno. Sve što sam pročitala govorilo mi je da je ostavljanje nekog ko čak nije ni tako ekstreman kao što je Hit opasan postupak. A konkretan fizički postupak izlaska je najopasniji od svega. Uvek je govorio kako me nikad ne bi povredio. Zar sam zaista želela to da iskušavam?

– Hite – mirno sam počela – potrebno mi je vreme da razmislim o svemu ovome. Ubio si nekog. Potrebno mi je vreme da to svarim.

– U tome ti mogu pomoći. Možemo o tome da razgovaramo. Možemo da to izgladimo. – Zvučao je očajnički a to ga je činilo čak i opasnijim.

– Ne, potrebno je da neko vreme budem sama. Ostaću kratko kod roditelja, neću sama stvoriti dom. Samo mi treba nešto prostora.

– Ne želim da ideš – kazao je pa spustio glavu i opet prekrstio ruke na grudima. – Prostor znači da se rastajemo.

– Ne znači. To znači da mi treba da razmislim o svemu pre nego što odlučim šta da radim. Ako budeš stalno pored mene, to će me oterati.

– Ukloniću se na koliko ti treba – neću ti prilaziti, samo nemoj da odeš.

– Ako sad ne odem, nikad neću ostati s tobom – izjavila sam a zvučalo je kao da je to mogućnost, kao da bih ikad mogla da ostanem.

– Dobro – na kraju je prihvatio.

– Sad treba da se spakujem. Možeš li mi ostaviti malo prostora da to uradim? Molim te.

– Osećam kako moramo...

– Molim te, Hite, samo mi treba prostora da se spakujem. Možemo da razgovaramo kad se smestim kod roditelja. Važi?

Opet je prihvatio. – Važi. – Zatim je dodao: – Vratićeš mi se. Znam da hoćeš – pa je izašao iz spavaće sobe. Opet te reči. Uznemirile su me kad sam ih prvi put čula deset godina ranije, ali sad su u meni otvorile čitavu novu provaliju užasa.

Nikad više nisam želela da mu se vratim.

Nikada.

29.

20. AVGUST 2022.
KUĆA KLIO I VOLASA, NA GRANICI IZMEĐU BRAJTONA I HOUVA
JUTRO

Trina zove...

Mobilni bleska. Kao što je Volas pomenuo prošle nedelje, Trina nas je poslednjih nekoliko nedelja zvala, slala poruke i imejlove.

Sve u meni se buni zbog toga što izbegavam njene pozive, ali ne mogu da razgovaram s njom. Najbolja mi je prijateljica, a trenutno bi bilo praktično nemoguće pričati s njom a ne reći joj da napuštam Volasa. Kako stvari stoje, dosad sam dobro skrivala svoje druge planove od nje. Znam šta će reći ako joj kažem čak i najsitniji deo onoga što radim – znam da će ukapirati. Znaće da je sve povezano s Hitom.

Telefon uporno zvoni, a ja zurim u njeno lice uz ime i broj na ekranu. U objektiv gleda senzualno i gotovo se smešeći, kao da podseća kameru na tajnu koju dele. Poslala mi je tu sliku da je upotrebim uz njen telefon i rekla: *Osećala sam se superljupko, pomislih da treba ovo da vidiš svaki put kad te zovem.*

Uprkos tome što smo se godinama čule obično tri-četiri puta nedeljno, još joj nisam rekla šta joj je Hit uradio. Ne mogu. To bi je prestravilo i verovatno dovelo do toga da se nikad više ne oseća bezbedno i da nikad više nikom ne veruje – čak ni najbližima. Uz to sam i sasvim uverena da bi, ukoliko ikad sazna za to, a onda shvati da sam ja znala i to zadržala za sebe, to bio kraj našeg prijateljstva. Svejedno, ne mogu da joj kažem. Kako bih? Kako da joj kažem da ju je zbog mene Hit smestio u bolnicu? Da je dva dana kasnije sedeo tamo u bolnici i pričao s njom, kao da je sve normalno. Kako da joj to kažem a da ona ne odlepi?

– Kako je Hit? – pitala me je otprilike godinu dana od početka mog i Hitovog razdraganog praznovanja ljubavi. Izgleda da je i zvala samo to da pita jer ga nisam mnogo pominjala u našim prethodnim razgovorima. Kad me je već pitala, nije bilo teško da iz mene pokulja sve o mehuru zaljubljenosti u kome smo živeli. – Pa, valjda sam ti rekla da to središ – odvratila je – i ti si to uradila.

Mnogo godina kasnije, kad sam joj u poruci poslala nov broj i adresu posle našeg raskida, Trina me je odmah pozvala. Ipak, nisam mogla da se javim. Nisam mogla da razgovaram s njom i objašnjavam šta se sve izdogađalo, jer bi to podrazumevalo da joj kažem da ju je on ubo, a nisam bila u stanju čak ni da oblikujem te reči. Umesto toga sam joj poslala poruku da smo raskinuli bez šanse za pomirenje i da ne mogu tog trenutka da pričam o tome. Kao prava najbolja prijateljica, poverovala mi je na reč i više nije pitala za njega.

Kad sam joj ispričala da sam s Volasom, obazrivo me je pitala za Hita, a ja sam rekla da se nisam čula s njim pa smo promenile temu. Očekivala sam da me Trina pita za Hita opet kad sam joj rekla da se udajem, ali nije. Nisam sigurna zbog čega nije, ali tad su bile prošle godine od našeg raskida, pa sam pretpostavila da je to stoga što se očekivalo da smo svi krenuli dalje.

Telefon je nastavio da me obaveštava kako neko od ljudi koje volim najviše na svetu želi da razgovara sa mnom. A ja zaista želim da joj se javim. Međutim, toliko toga se upravo dešava. Ako zastanem da razgovaram s Trinom, ako udovoljim sebi time što ću sve otkriti, završiću zaglibljena i uplašena umesto samo uplašena.

Puštam da telefon zvoni do kraja i pređe na sekretaricu.

U nekom trenutku ću morati da razgovaram s njom. Samo ne sad. Samo ne baš sad.

Centralni London, 2011.

Skoro da sam zaboravila kako on izgleda u stvarnosti. Skoro.

Hit koji me je proganjao u snovima, koji mi se često priviđao na ulici, u restoranima ili u javnom prevozu, bio je onaj koga sam poslednji put čestito videla u njegovom stanu u Zapadnom Londonu. Hit preda mnom je ostario. Kao što sam i ja u međuvremenu. Prestala sam da se javljam na njegove pozive u vreme Sidnijevog suđenja, šest meseci posle hapšenja, i svakako ga nisam videla. Slao mi je poneku poruku, tek da pita kako sam, da me podseti da je tu ako želim da razgovaram. Često je govorio da mi je prvo i pre svega prijatelj, tako da će, ako mi bude potreban, biti tu da mi se nađe.

Hit s kojim sam sedela ošišao je plavosmeđu kosu veoma kratko, praktično ju je izbrijao sa strana. Lice mu je bilo nešto suvonjavije, zelene oči blistave i oštre kao i uvek, ali iza njih je bilo sivih mrlja. Njegova uobičajena ružičasta koža bila je bleda, izgubio je na težini. Izgledao bi normalno – čak dobro – da ga ne znate odranije. Na ruci je nosio burmu, primetila sam čim sam sela. Nikad nismo nosili burme na ruci, samo na lančićima oko vrata. Svoju burmu i verenički prsten ostavila sam u jednoj od torbi koje sam upotrebila kad sam se iselila, i otad ih nisam ni pogledala. On je verovatno sad stavio burmu da nešto izrazi.

– Mislio sam da ću dosad postati imun na tebe. Znaš, odsustvo učini da srce ojača za nekog drugog i sve to. – Nasmejao se kratko i bez zvuka. – Nisam te sreće.

Uspela sam da se osmehnem. Htela sam nešto od njega pa nisam mogla da budem onakva kakva sam htela da budem. – Nisam sigurna šta da kažem na to – odgovorila sam najneutralnije što sam mogla.

– Izvini, nisam hteo da učinim da ti bude neprijatno.

– Nisi. Samo nisam bila sigurna šta bi trebalo da kažem. Nikad dosad se nisam ni sa kim rastajala. Ovaj, jesam, ali to si opet bio ti, tako da... nisam sigurna kako treba da reagujem na ono što kažeš.

Hit je klimnuo glavom, načas zagledan u sto. – Znači, sad smo se rastali? Ovo nije samo pauza?

– Ko u ozbiljnoj vezi ima pauzu od osamnaest meseci – odgovorila sam. Ovo je već krenulo naopako, a nisam se ni trudila.

Ukazao se onaj njegov kiseo osmeh. Nekad sam mislila da je taj osmeh nekako seksi, nekako ljubak. Sad sam znala da on prethodi nečijem povređivanju. Kad sam ga videla, uplašila sam se i svaki deo mene se sledio. – Ako smo se rastali, pretpostavljam da se onda viđaš s nekim drugim? – tiho je pitao.

– Pogrešno pretpostavljaš. Nema nikog. Čak ni novih prijatelja. Sad sam slobodna saradnica tako da odlazim na posao i vraćam se kući. Roditelje viđam na svakih šest nedelja otprilike. Ponekad se vidim sa starijom sestrom i njenom porodicom, katkad gluvarim s mlađom sestrom. Ništa više. Čak više ne idem ni na kurs pisanja. Nema nikog drugog.

– Klio, nisam hteo da sve ispadne ovako – tiho je rekao glasom ispunjenim iskrenim žaljenjem. – Nisam želeo da ti suziš svoj svet. Znam koliko voliš ljude i njihovo društvo. Nisam želeo da nemaš nikog.

Šta bi drugo trebalo da radim?, htela sam da ga upitam. *Kako je drugačije trebalo da se nosim s grižom savesti zbog Sidnija, sa strahom za svakog drugog?*

– Nikog nemam. Moj život je moj život. – Slegnula sam ramenima. – Drugačije je nego ranije, to je sve.

– Klio, možeš li da me pogledaš načas? – Zvučao je ozbiljno, a ja sam se stegla pa pogledala prema njemu i na kraju uspela da se nateram da ga pogledam u lice.

Pogledi su nam se sreli.

A tu je izvor svega. Čak i znajući ono što sam znala, uprkos nepobitnom dokazu, nije se videlo da je ubica.

Nije izgledao kao ubica.

Nije imao mrtav pogled, ni oči kao dva jezera zlog ništavila; niste mogli da se zagledate u njih i vidite da on nema dušu.

Moj muž je bio psihopata, ubica, a niste mogli to da vidite gledajući ga.

Uzdahnuo je. – Nedostajala si mi. Ne mislim samo u opštem smislu. Mislim i onako svakodnevno, na sitno, kao kad mi zanovetaš što nisam obrisao kako treba sto u kuhinji, ili kad ležem u krevet a on je topao jer si ti u njemu.

Zurila sam u njega, a naš život – blesavljenje, smeh, vođenje ljubavi, prijateljstvo, zajedništvo – sevao mi je kroz um. Zajedno nam je bilo sjajno, imali smo najbolji odnos, a kroza sve to on je bio ovo čudovište.

– Nedostajem li ja tebi? – pitao je kad nisam upala u zamku sećanja s njim. – Jesam li ti nedostajao?

Umesto odgovora, zavalila sam se i spustila pogled na svoje šake. Naučila sam lekciju. Nisam smela da mu pružim nikakvu nadu, osim ako nisam nameravala da mu se vratim i sve to.

– Shvatiću to kao ne. Zašto si htela da se vidimo, Klio? – pitao je.

– Hoću nešto da te zamolim.

– Zamoli me – odvratio je iako je bio vidno obeshrabren.

– Molim te samo razmisli o tome kad te zamolim. Samo razmisli o tome pre nego što mi odgovoriš. A ja ću ti zauzvrat dati šta god hoćeš.

– Sve, ha?

– Da. Sve.

– Zanimljivo. Kao što rekoh, zamoli me.

Duboko sam udahnula, obodrila se. Zatim sam ga zamolila. Našla sam reči da ga zamolim za nešto što sam želela više od svega.

On je saslušao. Razmislio je o tome. Ne dugo, ali razmislio je. Zatim je prihvatio. A pre nego što je izgovorio reči, znala sam šta će tražiti zauzvrat.

30.

20. AVGUST 2022.
KUĆA KLIO I VOLASA, NA GRANICI IZMEĐU BRAJTONA I HOUVA
JUTRO

Od one poruke na telefonu shvatila sam da niko u mojoj blizini nije bezbedan. Smatrala sam da imamo dogovor, obećanje, ali očigledno nije bilo tako. On kruži sve bliže. Pruža mi priliku da uradim ono što sam obećala pre nego što dođe do onih koji su mi najbliži.

To me navodi da ostavim ponos u stranu kao i brigu da bi ljudi mogli da pričaju pa zovem Volasa na kancelariju. Često rade i vikendom, naročito kad spremaju veliku kampanju. Moram da znam je li bezbedan, da je negde gde mogu da ga pozovem ako je potrebno. Što ne znači da ću preko telefona objaviti naš razvod. Oklevala sam zato što sam znala da će biti iščuđavanja, krivljenja usana i razmene pogleda zato što zovem na kancelariju umesto na njegov mobilni. Uskoro će njemu samom biti dovoljno teško kad svi saznaju da će ubrzo ostati sâm. Znam više njih koji će biti srećni kad otkriju da je ponovo na tržištu. No, kao što je izgleda i s mnogim drugim stvarima, ne želim da mislim o tome. Okrećem broj glavne kancelarije i sa olakšanjem čujem da se neko javlja. Zatražim njega a kad podigne slušalicu i kaže „halo“, onim meko hrapavim glasom, sklapam oči. Držim ih zatvorene i čekam da ponovo kaže „Halo?“ i osetim da ta reč kreće s njegovih usana, prolazi kroz telefon i zatim se razlije u meni, pa prekidam vezu. On je dobro. Ništa mu se nije dogodilo, ništa mu se ne događa, vidim to po njegovom glasu. Najveću pretnju njegovoj sreći i blagostanju predstavljalo bi da se raziđem s njim a da mu ne pružim čestito obrazloženje.

Podozrevam da i dalje ne veruje da ću ići s tim do kraja. Podozrevam da misli – verovatno sasvim ispravno – kako je to, budući da ne mogu da mu pružim čestito obrazloženje, samo nešto moje trenutno i da ću sve uskoro opovrći. Kolebam se. To sebi mogu da priznam. Razvlačim se, naročito u vezi s razvodom. Prošle su nedelje dok mu nisam saopštila. A zatim još vremena da nađem advokata za razvod.

Zato je trebalo da moja pažnja bude „privučena". Da um bude usredsređen.

Jutarnja štampa je puna članaka o Hariju Endruzu. O njegovoj genijalnosti, padu, rehabilitaciji koja mu je omogućila da se neozleđen digne iz pepela. Nisam videla da se igde pominje ubistvo Džefa Berfilda. Očigledno nije dovoljno vredan pažnje da bi dospeo na stranice nacionalnih novina. Što me navodi da mislim kako je verovatno bio sasvim fin čovek koji je činio dovoljno dobra, koji je vodio sasvim okej život. Stvarno nikog nije dirao i obično niko njega ne bi dirao da ga ja nisam izabrala u internet pretrazi za advokatom za razvod.

Džef Berfild bi danas bio živ da nije rešio da uzme moj slučaj. To me neuobičajeno rastužuje. Siroti Džef Berfild. Nije zaslužio ovo. Uopšte nije.

Umalo da pošaljem poruke Gejl, Ejmi, Anuk i Klarisi da čujem kako podnose to što im je kolega javno napadnut i pažnju koja je sad uperena na *Hanimej produkciju*. Ipak sam shvatila da je najbolje da to ne čačkam. Ako želim da im pomognem, trebalo bi da dovršim scenario, pa da svi krenu dalje iz faze u kojoj je velika koncentracija na meni.

Šaljem Frenklinu poruku s pitanjem kad bi mogao da dođe kući i otkrivam da je zaista otišao u Portugal, kao što je Lola rekla. Pitam ga ostaje li tamo nedelju ili dve, a on pita je li Lola dobro. Kad potvrdim da je odlično i opet pitam kad bi mogao da se vrati, on kaže: „Uskoro", pa prestane da odgovara. Shvatam da je Valeri bila svetački strpljiva.

Ne želim, ali moram da pozovem Valeri. Moram da organizujem Lolin odlazak odavde. Ne želim da joj se nešto dogodi, pogotovo ne zbog mene.

– Klio, ne mogu trenutno da pričam – kaže plačnim glasom kad se javi na treće zvono.

– Dobro – tiho odgovaram.

Mora da čuje drhtaj brige u toj jednoj reči zato što pita: – Jel' Lola dobro?

Znam da je Valeri u najgorem mogućem periodu, da polako gubi jednu od osoba koje na ovom svetu najviše voli, da to znači kako njen život više uopšte neće biti isti, ali ne želim Lolu ovde. Ne želim da joj se nešto desi.

Moram to da kažem Valeri. Barem neku verziju toga.

Međutim, ne mogu. Zvuči tako slomljeno, tako uzrujano da ne mogu da joj dodam nove brige.

– Da, da. Dobro je. Rekla sam joj da ću te pozvati da vidim kako si. Nedostaješ joj. A i brine se.

– Ona je dobra devojčica – kaže Valeri. – Nedostaje mi. Ali neću je ovde da gleda kako nana vene, a moja majka se raspada. Sećam se da sam u njenim godinama bila među odraslima kad su prolazili kroz nešto slično i, znaš, to me je stvarno slomilo.

– Mogu da zamislim.

– Znam da od rastave nisam razgovarala ni s tobom ni s Volasom, ali znam da se dobro brinete o Loli i zahvalna sam vam na tome. Naročito u ovakvom trenutku.

– Nije teško. A Frenklin se najviše brine o svemu. Volas i ja smo tu samo u rezervi. Ako pak nekom ovo kažeš, zakleću se svim na svetu da je sve, naravno, zapravo na meni.

Na to se malo nasmejala tužnim i plačnim glasom. – Hvala ti.

– Biće sve u redu, Valeri. Trenutno tako ne izgleda, ali biće dobro. Posle nećeš biti ista, ali niko od nas ne ostaje isti. Možemo pokušavati, možemo se pretvarati, pa čak probati da promenimo stvarnost, ali nas život i vreme menjaju. I na kraju smo okej. Bićeš okej. Samo mi je žao što moraš da prolaziš kroz ovo da bi bila okej.

Šmrca i čujem kako stavlja telefon između brade i ramena da bi uzela papirnu maramicu i obrisala nos. – Život je nekad težak – kaže. – Kad god to zaboravim, čini mi se da nešto naiđe i podseti me. – Opet briše nos. Šmrca. – Čuj, moram da idem. Zagrli Lolu umesto mene.

– Hoću. Vidimo se.

Prva prekida vezu. A ja sedim s telefonom uz uvo. – Zapravo, Valeri, mislim da je najbolje da odvedeš ćerku zato što je moj bivši psihopata, i mogao bi pokušati da joj naudi kako bi pogodio mene. – Tiho kažem u telefon.

Kad to izgovorim glasno, ne zvuči *baš* nečuveno. Ne zvuči, kad se malo razmisli o tome. Kad se malo razmisli o tome, zvuči krajnje sumanuto.

Moram Lolu sve vreme da držim uza se. Jedino tako ću znati da je bezbedna.

Spuštam telefon na sto, a čak i ne padam u iskušenje da otvaram fajlove na kojima treba da radim.

Kako on to radi? Na to se stalno vraćam u mislima. Kako je došao do moje propusnice, do minđuša? Da li me prati? Mora biti da bi saznao ko je Džef Berfild. Ali da se maši moje torbe, izvadi sve ono... Zapravo nisam proveravala da li mi još nešto nedostaje. Mada, kako bih znala? Ako je uzeo propusnicu i minđuše, kako onda da znam da li nedostaje olovka s mojim otiscima prstiju? A šta je sa onim nasumičnim priznanicama koje žive na dnu moje torbe sve dok nije vreme za PDV i porez? Šta ako se dočepao jedne od njih?

Međutim, torba nikad nije bila dalje od mene duže nego da odem u klonju u *Hanimej produkciji*. Je li mogao da se uvuče tamo i tad ukrade te stvari? Ali trebala bi mu propusnica. Uostalom, policajci su rekli da sam koristila propusnicu da idem u klozet.

Mora da se to dogodilo na ulici. Posle odlaska od Džefa Berfilda bila sam van sebe. Stalno sam zastajala i zurila u prazno. Stalno sam se gubila nasred ulice. Mnogi su se očešali o mene, naletali na mene pokušavajući da nastave svoj život. Jedno od tih naletanja mora da je bilo kad su mi maznute stvari.

Ipak i dalje ne kapiram zašto.

Sve je to bio deo plana. Radim najbrže što mogu. Mislila sam da je to shvatio. Zašto bi to radio?

Sinoć sam mu odgovorila:

- *Molim te ne radi ovo. Radim najbrže što mogu.*

No odgovora nije bilo.

Nisam sigurna šta sad da uradim. Da li da naprosto odem iz svog života, ostavljajući sve nedovršeno? Ipak, želim sve da povežem. Da dovršim posao, razgovaram s ljudima koji su u mom životu tako dugo, da se postaram da moja porodica shvati. Samo što je sad to otezanje opasno. Ono stvara mogućnosti da ljudi budu povređeni. Ono privlači nasilje sve bliže meni. Mene neće povrediti na taj način, nikad nije; svi drugi oko mene trpe propratne efekte.

Možda bi jednostavno trebalo da odem u policiju i priznam. Sve. Da im ispričam sve što se događalo ranije, pa i da priznam za svog drugog muža.

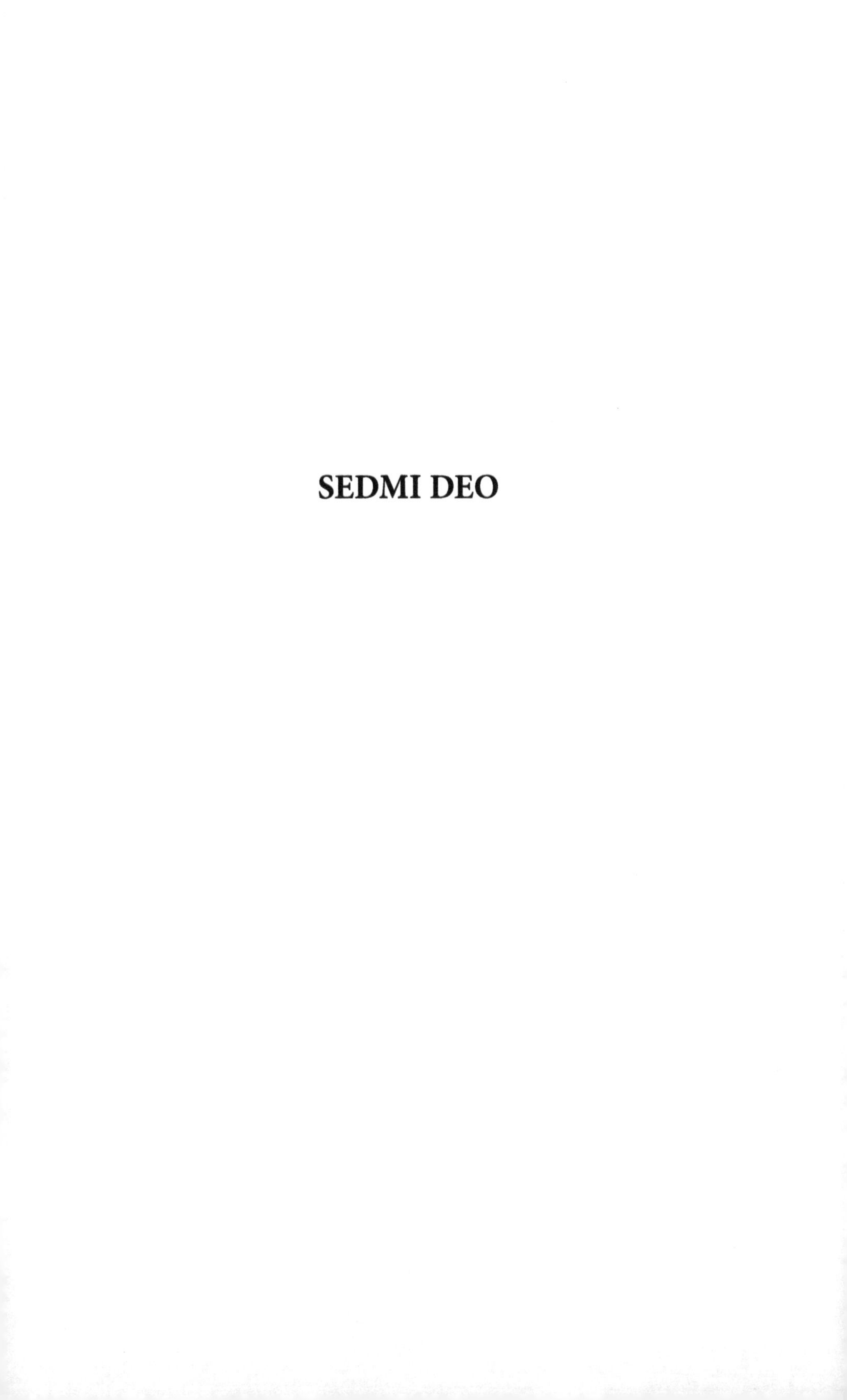

SEDMI DEO

31.

Zatvor Holkomb, *okolina Londona, 2011.*

Čekanje da uđem u prostor gde se nalazim s njim uvek mi se činilo predugo.

Predugo, previše. Atmosfera je bila krcata, ključala, skoro pred praskom od energije nas koji smo bili ni na nebu ni na zemlji. Nisam znala kako je drugima, ali ja sam uvek osećala kao da odbrojavam dok ne stignem ovamo. Bilo mi je dozvoljeno da dolazim tek svake druge nedelje, pa iako sam mu u međuvremenu pisala, tek kad ga ugledam mogla sam zaista da se opustim. Kad uđe na vrata, a ja znam da imam šezdeset minuta, pri čemu je on bezbedan, pred mojim očima i sa mnom.

Više nije bio čovek kojeg sam poznavala. Kretao se uz samo neodređenu prepoznatljivost zato što se smanjio otkad je došao ovamo, prvo da čeka suđenje a sad da odsluži kaznu. Izgubio je na težini, mišićavo telo je oslabilo; lice mu je bilo ispijeno, naročito sad kad je obrijao glavu, a nestalo je i onog osmeha koji je uvek imao spreman za mene i čitav svet. Smešio se, ali to nije bilo isto. Nisam mogla to da podnesem. Nikako to nisam mogla da podnesem. Pripremila bih izraz lica tako da mogu da sedim naspram njega, silom bih odagnala suze, pričekala bih da uđem u svoja kola da se rastočim. Odlasci tamo bili su nešto najteže što sam morala da radim; život tamo mora da je nemoguć.

Kad se Sidni spustio na stolicu preko puta moje odradila sam uobičajenu proveru: *Lice: Izgleda li kao da je prebijen, da se tukao, da je plakao, da je spavao? Šake: da li mu je koža napukla od udaraca, jesu li mu nokti iskrzani od grickanja ili čupkanja; skriva li ručne zglobove jer su previjeni? Noge i stopala: hoda li pažljivo zbog bolova, trza li se kad pantalone dodirnu noge zato što se opet samopovređivao? Torzo: da li je još oslabio jer ne jede, da li je počeo da se popunjava, trpi li bolove zato što se potukao?*

Delovao mi je dobro. Hodao je normalno, nije izgledalo da trpi bol, lice mu je bilo čisto, isto i zglavci prstiju.

– Jesam li prošao?

– Prošao? – začudila sam se, a tačno sam znala na šta misli.

– Inspekciju. Jesam li prošao proveru pa znaš da me nisu nalupali i da nikog nisam izmlatio? Dobijam li prelaznu ocenu?

Zašištala sam kroz zube i popreko ga pogledala.

– Daj mi ruku – rekao je.

Opustila sam se, zapravo osetila kako mi se celo telo opušta kad je uhvatio moju šaku između svojih. Toplina njegovog dodira prostrla se kroz mene, a pogledi su nam se sreli. Imala sam nešto da mu kažem, nešto što će sve promeniti. Ali on se pripio uz mene, ja sam se držala za njega pa sam pustila da se malo duže zadržimo na toj bliskosti i jednostavnoj, hranljivoj radosti zato što smo zajedno.

– Rekao je da će, ako mu se vratim, predati policiji dokaze koji tebe oslobađaju – rekla sam.

Sidni je odmah stegao šake oko moje. – Ne. – Ništa više, ni reč više. Tom jednom rečju bio je izrazit i jasan.

– Moram – kazala sam. – Ne mogu više ni časka da podnesem to što si ovde. To te ubija, a ubija i mene kad vidim da ubije tebe.

– Ne.

– Nije to tako loše, znaš? On me zaista voli. Mene nikad ne bi povredio. Mogu da se vratim, pa da te on izvuče odavde. A znam da će održati reč zato što je takav.

– Ne.

– Biće mi dobro. Biće mi dobro. Trenutno se održavam na površini. Ne mogu ništa da radim zato što samo... zašto bih išta radila kad si ti ovde? Zašto bih imala svoj život kad tvoj život polako, dan po dan, izjeda vreme provedeno u zatvorenoj instituciji? Ništa ne mogu da radim. Zaglavljena sam. A ako ti budeš slobodan, moći ću i ja da krenem dalje.

– Ne.

– Život s njim će za mene biti sasvim dobar. Kažem ti, on me voli. Nikad me neće primoravati ni na šta.

– Rekao sam ne, Klio – kazao je oštro, čvrsto. – Nećeš mu se vratiti.

– Znaš, Sidni, ipak hoću. Ne možeš me sprečiti. Moram. Govorim ti samo zato što me više nećeš videti. Nisam želela da se naprosto jednog dana ne pojavim. Ali ti ćeš izaći, možeš nastaviti da živiš, a ja ću se osloboditi griže savesti.

– Nisam prošao sve ovo da bi se ti vratila njemu, Klio.

– Upravo zato što ti prolaziš kroza sve to ja moram ovo da uradim. – Stisnula sam mu ruku, drugu stavila preko nje. – Moram to da uradim. – Razmišljala sam i razmišljala o tome, i to je bio jedini način. Nisam više mogla da živim s tom ogromnom grudvom krivice koja mi je zaposela celo telo. Morala sam da učinim sve što mogu da ga izvadim odande. Skoro dve godine je bilo dosta. U prvo vreme, onih šest meseci pred njegovo suđenje, nadala sam se da će otkriti da je nevin i pustiti ga. Za vreme suđenja sam se molila da porota uvidi kako je nevin i pusti ga. A sad, više od godinu dana kasnije, bez mogućnosti na žalbu zato što nema novih ni uverljivih dokaza... – Moram to da uradim. Hoću da budeš bezbedan. Hoću da budeš slobodan. Ne možeš me sprečiti.

– Klio, sestra si mi. Za tebe bih sve učinio. Za tebe bih odležao. Ne vraćaj mu se.

– Moram.

– U redu, u redu. Nemoj ništa prenagljeno da uradiš. Dođi u sledeću posetu pa ćemo opet razgovarati.

– Neću se predomisliti, znaš.

– O, znam. Znam kako je Klio tvrdoglava. – Nasmešio se, gotovo kao što je umeo pre hapšenja. – Dođi u sledeću posetu. Da se čestito oprostimo. Ovo ne može biti zadnje. – Zavrteo je glavom. – Ne, ovo ne može biti to. Treba da se pripremim. Jelda? Jelda?

– Sidni...

– Jelda?

– Dobro. Doći ću za dve nedelje. Samo nemoj misliti da ćeš me zaustaviti time što odlažeš opraštanje. Učiniću to.

– O, znam da hoćeš, šveco. – Kratko se nasmejao. – Znam kako to ide s tobom – niko ništa ne može da ti kaže. – Zasmejao se. – Ni o čemu. – Smejao se još malo. – Nikad – rekao je mojim glasom, uz izgovor i sve ostalo. Ramena su mu poskakivala zbog toga što se još smejao. – Nikad. Nikad. *Nikad.*

– Dobro de, Smejavko.

– Nikad – smejao se i dalje mojim glasom. – *Nikad.*

To poslednje „nikad" je učinilo svoje – zasmejala sam se i ja, i setila se da smo nekad to radili. Kikotali smo se i smejali bez mnogo razloga, zato što to ljudi rade, takav je život. Ne mora sve da bude mučno i teško; ponekad možete da se smejete tek smeha radi.

– Vidi ti nju kako se samo smeje – nastavio je Sidni mojim glasom.

– I ti si se smejao – odvratila sam.

Klimnuo je glavom i široko mi se osmehnuo. – Dođi sledeći put, važi? Do sledećeg dolaska nećeš ništa da uradiš? Meni za ljubav?

Razočarano sam uzdahnula jer me je sasvim lako obrlatio. – U redu.

Začulo se glasno, napadno, *grubo* zvono kao znak da je vreme da odem. Bilo mi je mrsko što ga ostavljam. Bilo mi je mrsko to što ne znam šta se s njim događa sve do sledećeg dolaska. – Čuvaj se, važi? – izbezumljeno sam rekla. – Kloni se ljudi koji nose nevolju. Drži se po strani koliko je moguće. Čuvaj se. Vodi računa o sebi. – Na oči su mi navirale suze kroz napukle površine mojih osećanja, preko hrapavih rubova emocija. – Pazi se. Još samo malo. Molim te, samo se pazi.

– Dobro sam, šveco. Samo idi, pa ćemo se videti sledeći put. Važi? Vidimo se sledeći put.

Stisnula sam čvrsto zube, izvila usne da se ne rasplačem. Imala sam utisak da ga vidim poslednji put. Imala sam utisak da sam čekala predugo da sredim ovo. Kao da je trebalo odavno da se vratim Hitu i njega izvadim odavde.

Zatvor Holkomb, *okolina Londona, 2011.*

Kasno.

Stigla sam *kasno* u zatvor *Holkomb* – prvo su me izdala kola, koja su se inače uvek savršeno vladala, najbolje od svih vozila koja sam imala; onda saobraćajna gužva, koja nikad nije bila problem, stvorila se niotkuda i omela mi izlazak iz grada; red za pretres kao da se protezao beskrajno, sâm pretres je isto beskonačno trajao. Kao da je sve bilo protiv mene. Kad sam stigla u onu prostoriju već sam kasnila nekoliko minuta i potreslo me je što je to nekoliko minuta sa Sidnijem koje nikad neću dobiti nazad. Posebno zato što je to bio poslednji put da ga posećujem.

Prošli put kad sam odlazila odande bila sam očajna. Očajna i prestravljena. Mislila sam da ga neću videti ponovo. Plašila sam se da će mu se nešto dogoditi pre nego što mi se ukaže prilika da sve ispravim.

Sva usplahirena, sela sam za naš uobičajeni sto i nekoliko sekundi nisam ni shvatila da je Sidni već izašao umesto da bude u ćeliji i čeka da stignem.

– Evo nje, evo Gospođice Tačnost – našalio se Sidni.

– Nemoj, molim te, izvini. Danas se sve urotilo protiv mene! Posećujem te poslednji put, a kasnim. Izvini.

– Ne izvinjavaj se, nije potrebno. Znam da nisi htela.

Kao i obično, obavila sam proveru i izgledao je okej. Zapravo, izgledao je dobro.

Oraspoložila sam se – dobro sam postupala. Znao je da će uskoro izaći odande pa mu je bilo bolje. Saznanje o predstojećoj slobodi ga je preporodilo. Samo kad pomislim kako će biti opušten, srećan i zadovoljan kad izađe odande.

– Klio... – počeo je, a moj tek osokoljen moral je pao, kao kamen bačen u veliko, duboko jezero – od njega nije ostalo ništa posle prvobitnog mreškanja. Spremao se da mi kaže nešto grozno. – Klio, neću te više videti. Prebacuju me. Nekud na sever. Neće ti biti lako da dolaziš i viđaš me ovako često.

– Ma ne, to je nemoguće. Uskoro ćeš izaći odavde pa nema svrhe da te premeštaju. Razgovaraću s njima. Reći ću im da će uskoro biti novih i ubedljivih dokaza, tako da ćeš jasno po kratkom postupku proći kroz žalbeni postupak. Treba da te zadrže ovde dok te ne oslobode. Nema druge.

– Vidi, Klio... prekini! Nije to ono o čemu hoću da razgovaram s tobom.

Bilo mi je neverovatno da se to dešava. Nije pravedno. Ništa od ovoga nije bilo pravedno, ali ovo naročito.

– Treba nešto da učiniš za mene – rekao je.

– Ja ću, ja ću...

– Klio, slušaj, važi? Samo slušaj. Potrebno je da se u moje ime brineš o mojoj porodici.

– Molim?

– Kad me budu premestili, neće moći često da me viđaju, a možda ni uopšte. Njima će to teško pasti. Teško će pasti svima njima. Potrebno mi je da se brineš o njima. Idi kod njih. Oraspoloži ih. Usreći ih.

– Ali to neće biti potrebno zato što...

– Ne puštam te da se vratiš njemu. To se jednostavno neće dogoditi. Ako i pokušaš, priznaću da sam uradio ono. Sad već dovoljno znam o slučaju, već sam ovde. Ako mu se vratiš, postaraću se da nikad ne izađem odavde tako što ću priznati.

– Ali...

– Ovo je jedini način. Ne dozvoljavam ti da se vratiš onom životu. Ali molim te da uradiš ovo za mene. Mogu svaku ćorku na svetu da podnesem kad znam da se brineš o mojoj porodici. Naročito o bratu Volasu, znaš? Njega je ovo najviše pogodilo. Meni je potrebno samo da se pobrineš za njega. Za njih. Sve njih.

– Nije fer od tebe što to tražiš. Mogu da te izvučem odavde. Možeš sâm da se brineš o njima.

– Ne, Klio...

Sidni je ućutao kad je neko došao do našeg stola. Pretpostavila sam da je stražar došao da mi kaže da se utišam jer sam zapenila pa sam ga ignorisala. Sve dok taj neko nije seo. Besno sam se okrenula prema tom mestu – pa se zaprepastila kad sam videla da nije stražar, već zgodan muškarac koji je uznemirujuće ličio na zgodnog muškarca s druge strane stola. Na sebi je imao tamne farmerke, belu košulju raskopčanog okovratnika i crni sako, imao je kratko podšišanu kosu gore nešto dužu koja se spuštala nalik krugovima namreškane vode. Držao je dve kratke bež čaše pune mlakog čaja (mlakog da ne bi mogao da se upotrebi kao oružje). Zbunjeno je pružio čašu Sidniju, pa se usredsredio na mene.

– Zdravo – jednostavno je rekao.

– U redu, Volse, ovo je Klio. Upravo sam ti pričao o njoj.

Vols, ili Volas, podigao je bradu u znak pozdrava.

– Klio, ovo je moj brat Volas. – Uzvratila sam istim pozdravom i ništa nisam rekla. Njegov brat! Videla sam njegovo ime na redosledu poseta, koji sam prošle nedelje dobila poštom, i nervirala se što ću ga upoznati. A sve sam to zaboravila jer sam kasnila ovamo, i zato što Sidnija premeštaju.

– Poznajem te – iznenada je rekao Volas zamahavši prstom prema meni. – Bila si na suđenju. Svakog dana. Sedela si sama. Mnogo si plakala. Znači ti si Klio Forsum, navedena u redosledu poseta?

– Da – promrmljala sam postiđena što me je primetio u onako ranjivom stanju. Još postiđenija time što nisam skočila pa vrištala kako je Sidni nevin i vrištala sve dok ljudi ne obrate pažnju.

– Već sam ti pričao o njoj? Ona mi je stara drugarica. Moja mala šveca – objasnio je Sidni sav ponosan. – Ona je neko rođeni kog nikad nisam imao.

Volas je naglo okrenuo glavu i sevnuo očima u brata. – O čemu to pričaš, čoveče? Imaš dva rođena brata. Jedan od njih sam ja.

– Da, pa, oduvek sam pokušavao da vas zamenim za bolju priliku. Pitaj majku, reći će ti kako sam došao na ideju da stavim oglas na zadnjoj stranici lokalnih novina i obojicu vas udomim u porodice pune ljubavi. Sve sam smislio, a kad sam pozvao, saznao sam da objavljivanje oglasa naplaćuju po broju reči. Majka nije htela da mi dâ novac, pa smo morali da vas zadržimo.

– Šta pričaš? – upitao je Volas. Lice mu se zgužvalo na ljupko iznerviran način.

– Pitaj majku, ona će ti reći – ponovio je Sidni. – Uporno sam tražio novac. Kad sam dovoljno porastao da raznosim novine, predomislio sam se i rešio da se slažem da vas roditelji zadrže.

– Čoveče, to je *hladno*. To je... baš hladno.

Smejuljim se tobože u neverici. – To je *zaista* hladno. – I smejem se.

– Što se ti javljaš? Rekao sam da bih tebe izabrao da mogu da biram braću i sestre.

Volas je stisnuo usne da obuzda smeh. Sidni je koristio svoju supermoć da privuče ljude humorom, a onda ih navede da se otvore ili da rade ono što on želi. Zato nisam mogla da zamislim kakvi su bili on i Hit kad su razgovarali.

– Želeo sam da povežem vas dvoje – kazao je najednom ozbiljno Sidni. – Kao što sam oboma već rekao, premeštaju me. Želim da se oboje brinete o porodici. Znam da je to što sam ovde već svima izazvalo previše stresa, pa želim da vi to ispravite. Imam poverenja u vas da ćete to uraditi. Brinite se o porodici. Brinite se jedno o drugom.

Kako bih mogla da budem s njegovom porodicom znajući da im je zbog mene oduzet? Kako bih objasnila ko sam njegovoj nesrećnoj, istraumiranoj porodici?

Volas je čini se jednako ambivalentno gledao na takvu perspektivu. A znao je ljude o kojima se radi. Nastala je nelagodna tišina među nama, ni Volas ni ja nismo bili voljni da se obavežemo na to. Još sam bila ubeđena da mogu da izvučem Sidnija iz zatvora, da nema potrebe da se išta od toga dogodi.

Sidni je nabrao lice, a bore ga učiniše mnogo starijim od svojih trideset sedam godina – kad sam ga upoznala, bilo mi je teško da poverujem da ima preko trideset, sad je izgledao dovoljno staro da mi bude ujak. Po obrazima su mu se javili suvi, od ekcema ispucali delovi kože i izgledao je kao da uopšte ne spava. – Šta je sad, hoćete li mi vas dvoje pomoći? – upitao je. – Ni u koga drugog nemam poverenja. Samo u vas dvoje.

– Nije to tako jednostavno, Sidse – kazao je Volas. – Šta bi trebalo da uradim kako bih pomogao porodici a što već nisam radio ove dve godine? Svi su slomljeni. Ovo ih je slomilo. Nema oporavka dok si ti ovde.

– Daj, ne pričaj. Uprkos svemu, uprkos tome što si bio najmanji u generaciji, ko je bio predstavnik škole na takmičenju iz matematike i ubedljivo sve pobedio? Uprkos tome što si bio najmanje dete u generaciji, ko je dobio stipendiju za Oksford i Kembridž? Ko je unapređivan više puta od svih ostalih tamo gde si nekad radio? I to kao neko ko tek stiče radno iskustvo! A ti – sad se obraćao meni – ti koja si jedan od najtraženijih slobodnih strelaca u poslu s časopisima? Ti koju su odbacili svi redom književni agenti u zemlji pa si ipak našla podršku, ipak napisala još jednu knjigu i sad imaš zainteresovanog agenta? I to uprkos svemu što ti se dešavalo! – Raširio je šake i tad sam shvatila da nisam pomno sve proverila – zglavci desne šake bili su mu zategnuti, pomalo otečeni. Potukao se i nekog udario. Ili mu je prekipelo pa je zviznuo zid da izbaci bol. Ovako ili onako, morala sam da ga izbavim odande.

– Slušajte, vas dvoje, vi sve možete, znate to. Volse, osloni se na Klio. Pomoći će ti. Ona je dobro dete. Pomoći će ti.

Hoću li? Kako to da uradim?

– Znaćeš šta treba da radiš – rekao je kao da mi čita misli. – Možeš da ga poguraš u pravom smeru. Šta njima da kaže. Šta da ih natera da rade. Ne kažem da se pojaviš u kući niti išta slično, ali pomozi Volsu. Biće mu potreban neko s kim će da razgovara pošto pokuša da podbode porodicu. A ti uvek znaš kako da popraviš ljudima raspoloženje. Samo mu budi prijatelj. Nađi mu se kao što se meni nalaziš.

Govorio je da im se nađem kao što smo pokušali da se nađemo jedno drugom. Oslanjali smo se jedno na drugo, trudili se da pomognemo jedno drugom, i evo gde smo završili. Njegov život je uništen. Život njegove porodice je uništen.

Moram to da uradim.

Ako ne namerava da mi dozvoli da ga izbavim odande tako što ću se vratiti Hitu, ovo je jedino što mogu da uradim. Mogu pomoći njegovom bratu da pomogne porodici. Mogu pokušati da im posredno ublažim bol. Mogu uraditi sve što Sidni želi. Toliko mu dugujem.

– U redu – rekla sam Sidniju uz naklon glavom koji je značio da razumem ali i da se neću vratiti Hitu. Bar ne još. Pomoći ću njegovoj porodici i onda videti kako stvari stoje. – U redu.

Njegov osmeh, radostan i zahvalan, ispunjen olakšanjem i srećom, bio je dovoljan da njegov brat uzmakne. Dugo je gledao starijeg brata i najednom shvatio koliko to njemu znači. Koliko mu je značajno da to učinimo; da je potrebno da se zauzmemo za Sidnija na svaki način na koji možemo.

– U redu – nevoljno je rekao Volas. – U redu. Učiniću sve što želiš i što je potrebno da učinim. Naravno da hoću, buraz, naravno da hoću.

32.

Južni London, 2011.

– Mislim da bi trebalo da dođeš da se upoznaš s mojom porodicom. Kako treba.

Poslednji put kad smo videli Sidnija Volas i ja smo ispred zatvora razmenili brojeve telefona i prilično često se čuli. Hteo je da se sastanemo, ali nisam to smela da rizikujem. Nisam bila sigurna hoće li me Hit i dalje nadzirati; u svakom slučaju već sam dvaput menjala brave na stanu otkad smo se razišli, a zatim i treći put, čisto za sreću. Promenila sam broj telefona, kupila nove aparate za fiksnu liniju i, uz nov mobilni telefon, kupila sav antišpijunski softver koji sam našla za kompjuter. Prilično sam bila ubeđena da je otkrio Sidnija samo prateći me, ali nisam u to mogla da budem sigurna, pa sam najbolje što sam mogla život učinila teškim za špijuniranje. Nalaženje s Volasom na javnom mestu, njegov dolazak u moj stan, odlazak kod njega u Brajton – sve je to bilo zabranjeno.

Kako sam skontala, telefon je bio najbezbedniji način komunikacije.

– Nije dobra ideja – rekla sam mu. Ležala sam na leđima u spavaćoj sobi, kuda sam otišla da legnem posle poslednjeg telefonskog poziva koji sam primila. Još sam bila u šoku zbog njega.

– Čuj, Klio, nije mi pravo zbog svega onog što radiš, a da moji čak i ne znaju da postojiš.

– Ne radim to sama, isto to i ti radiš.

Većina naših razgovora bili su gotovo poslovni. Pravili smo planove, razmenjivali smo ideje o tome šta možemo da učinimo i pročešljavali logistiku za sve to. Imali smo spisak i išli po njemu.

– Ulagaćeš novac u ovo, trebalo bi barem da te upoznaju.

Uistinu, želela sam da ih upoznam. Želela sam da zagrlim njegovu majku i kažem joj koliko mi je žao. Želela sam da zagrlim njegovog oca i da njemu kažem koliko mi je žao. Želela sam da ih uhvatim za ruke i zahvalim im što su podigli tako pažljivog sina. Želela sam da razgovaram sa Sidnijevom snahom, koju su svi u porodici voleli. Želela sam da se igram s njegovom bratanicom, da vidim gaji li istu lakomu ljubav prema knjigama, *lego* kockama i kuvanju kao moje sestričine. Želela sam da stanem između Volasa i Frenklina i vidim ko je bleđa kopija Sidnija. Uistinu, želela sam da izbliza vidim porodicu Prajs. Istina je i to da ne mogu među njih a da ne priznam ko sam.

A ko sam?

Bila sam žena koja služi kaznu tako što se trudi da oporavi tu porodicu u čijem slomu je učestvovala.

– Ti ulažeš većinu novca; ja samo dajem nešto malo gotovine i vremena.

– Jesi li se tucala s mojim bratom? – iznenada je upitao.

– Ne. Ne. Rekao ti je, bili smo kao brat i sestra.

– Da. Sidniju se uvek svašta dešavalo. Retko mi je o svemu tome pričao. Nisam bio siguran kakva je situacija s tobom. Zašto toliko želiš da pomogneš.

– Zamolio me je da pomognem. Našao mi se kad mi je bio potreban. Sad ja treba isto da učinim za njega.

Volas je neko vreme ćutao, a ja sam u tišini zamišljala kako mogu da mu čujem misli dok pokušava da sve razradi. – Dopašćeš im se. Dođi i upoznaj se s njima.

– Da naprosto banem, i šta tačno da kažem?

– Da si moja devojka. Možemo im reći da poznaješ Sidnija, ali reći ćemo im da si sa mnom. Tako ćeš imati izvesno uporište.

– Ne znam, to mi jednostavno zvuči kao zaista komplikovan način da me pozoveš da izađem s tobom.

– Ne, ne! Otkud ti to? Ne nabacujem ti se. Nikako...

Volas je zabrzao a ja sam prasnula u smeh.

Bilo mi je lepo što to radim, bilo je neverovatno što to radim. Taj zvuk mi je postao veoma stran, nešto što je postalo sasvim udaljeno od mog života. Što sam se više smejala, to sam više osećala kako mi u grudima igraju iskrice.

– Šalim se s tobom – rekla sam bez daha.

Čula sam da se smeši u telefon i setila se kako se slatko pomeraju njegove pune usne, kako te pogleda onim očima kao san, kako od njegovog glasa kao da lebdim. – Treba da ih upoznaš – rekao je. – To bi Sids hteo. Kad bi došla kao moja devojka, mogla bi da se izvučeš kad god poželiš, i mogli bismo reći da smo raskinuli. Kad bi došla kao prijateljica i onda nestala, to bi ih povredilo.

Bio je u pravu što se jednog tiče: Sidni bi to želeo. – U redu. Ubedio si me. U nekom trenutku doći ću da upoznam tvoje.

– Fino – rekao je. – Moraćemo nas dvoje da se nađemo pre toga, znaš to, jelda?

– Zašto?

– Zato što ljudi nisu glupi, *moji* nisu glupi – govor tela. Videće da nismo stvarno zajedno ako se krećemo kao da nikad nismo bili sami u istoj prostoriji.

– Valjda si u pravu. Možemo da se nađemo. – Pomisao na to me je uzbudila i bila sam časak-dva srećna, ali onda je Hitov skiptar zablistao na vidiku i bacio senku na ideju. – U nekom trenutku.

– Imam neke brošure. Možemo da ih pregledamo, pa da krenemo da rezervišemo.

– Da, kul. Nego, vidi, moram da idem. – Morala sam da prekinem razgovor pre nego što mi se jave glupe misli.

– Super. Uskoro se čujemo.

Bacila sam telefon na krevet pored sebe i zagledala se u tavanicu. Htela sam da mu kažem. Pa, Sidni bi bio moj prvi izbor, Hit bi bio drugi da je to ono vreme. Ali Volas bi bio moj izbor za stvarnost u kojoj sam živela. Pre nego što me je Volas pozvao, zvala je moja nova agentkinja Antonija. Prodala je moju knjigu.

U jednoj izdavačkoj kući su pročitali moju priču o poslastičarki koja uporno naleće na ponekad gnusne zločine, i nekako uspeva da ih reši, i oduševili se. Ne samo da su se oduševili – zato što, iskreno rečeno, izgleda da se izdavači veoma slobodno oduševljavaju nečim, ali su veoma oprezni da s tim i nastave – želeli su da je objave.

Takvu kakva je.

To je bilo nešto zaista krupno u ugovoru za tu knjigu. Želeli su moju knjigu onakvu kakva je.

Dotad bi se ugovori za dlaku izjalovili jer je u njima uvek bilo „korisnih“ predloga za neke male prepravke, na primer da se glavni lik promeni u belkinju, ili da se uvedu beli šef ili koleginica koja na kraju razreše misteriju, ili da se istraži „crnačko iskustvo“ uz sjajan nov podzaplet o rasizmu koji postaje nadahnjujući „put prosvetljenja“ za tu neku belu osobu, ili čak da se od glavnog lika načini crnkinja „kakva treba da bude“ tako što će ona vrcati štedrom dozom „drčnosti“. (Jedva čekam da Trini kažem za to!)

Sa ovim izdavačem nije bilo ničeg od toga. Pročitali su moju priču. Dopala im se moja priča. Hteli su da objave moju priču.

Otišla sam u spavaću sobu da legnem zato što nisam bila sigurna da će me noge držati. To mi nekako nije delovalo stvarno. Konačno sam to postigla.

Upiljila sam se u razglednicu Brajtona koju sam zalepila na tavanicu. Razglednicu sam kupila kad sam išla u šesti razred i otišla u Brajton na neki protest. Zaprepastilo me je što je voda tako blizu grada, pa sam shvatila da jednog dana želim tamo da živim. Međutim onda je došao koledž, pa onda masters, onda posao, pa onda Hit, i onda Sidni. Ništa od Brajtona.

Kad sam se vratila nazad u svoj stan pošto sam ovoga puta ostavila Hita, zalepila sam razglednicu na tavanicu da me svakog jutra podseti na san o Brajtonu. Na njoj su šljunčana plaža, dva ligeštula okrenuta vodi, u pozadini dok Palas. Bila je zaprljana i izgužvana po ivicama, žive boje su izbledele, ali svaki pogled na nju budio je osećanja. Čežnju. Žudnju da budem pored mora.

Sa ovim ugovorom za knjigu mogla sam da se preselim u Brajton. Moraću da prodam stan, ne samo da ga izdam, ali ako to uradim, moći ću da živim negde u Brajtonu. A *I DALJE* da pomažem Sidnijevoj porodici.

Opet su se javile iskre u grudima, samo tog puta i u stomaku.

Kad bih se preselila u Brajton, bio bi to ogroman korak u odmicanju od Hita.

Mogla bih da stvorim novu sebe. Mogla bih sve da ostavim iza sebe. Pa, ne baš sve jer bih i dalje bila u vezi s Prajsovima, ali bila bih još dalje od Hita. A to... to bi bilo neverovatno.

Doduše, pre toga sam nameravala samo da ležim na ovom krevetu i uživam u činjenici da ću uskoro postati objavljeni autor.

33.

Istočni London, 2012.

– Dakle, čija ono beše ta zamisao o preuređenju dnevne sobe tvojih roditelja?

– Uglavnom tvoja – odgovorio je Volas.

Nameštaj njegovih roditelja – pokriven molerskim najlonima bež boje – naguran je u sredinu sobe. Po podu smo poslagali novine, ukrase smo izneli u hodnik, pa smo postavili sto na rasklapanje i poređali četke, skalpel i libelu. Nismo još ni lepak za tapete otvorili da ga promešamo, a činilo nam se da već ceo dan radimo.

– Mislim da sam verovatno htela da platimo nekom da ovo uradi. Lepljenje tapeta je jedan od najnezahvalnijih poslova na svetu. Trebalo bi nekom da platimo da ovo uradi.

– Već smo platili mojoj porodici mesec dana boravka u Togu, zar zaista imaš novca za molere?

Trebalo nam je šest meseci da izvedemo plan kako da oraspoložimo njegovu porodicu. Godinama je Sidni dopunjavao prihode svojih roditelja plaćajući sve ono neočekivano, ali od Volasa i Frenklina nisu hteli da uzimaju novac, pa smo smišljali šta da uradimo kako bismo im pomogli. Kad sam pisala Sidniju da smo odlučili da ih pošaljemo na mesec dana u Togo, u posetu rođacima, kako bismo im preuredili kuću, bio je zadovoljan i rekao mi je kako zna da na nas može da se osloni da organizujemo njihovu porodicu. A od njegovog opipljivog olakšanja kroz reči na stranici i ja sam se osetila bolje.

Prajsovi su i dalje mislili da sam Volasova devojka i, posle majčine prvobitne hladnoće – ona me je zaista mrzela – počeli su da me prihvataju. Valeri mi je ispričala da je njihova majka takva bila prema svima, pa i pre Sidnijeve „nevolje“, kako su svi to zvali. – Ne obaziri se na nju – rekla mi je. – Navići će se na tebe. Mislim da je pomalo... Volas nikad kući nije doveo devojku. Pretpostavljam da je mislila da će on biti taj koji joj neće doneti stres još jedne žene. Zato se ne obaziri na nju.

Uprkos tome što sam se brinula da se ne vežem za nekoga, Hit me se klonio i bilo je lepo kad odlazim u posetu Prajsovima, kad ponekad odem na pićem s Valeri, ćaskam s Volasovim tatom o politici i ukrštenicama. To što sam bila s njima, što sam radila nešto da im olakšam život, ublažavalo je moju grižu savesti. A svaka dobra stvar koja se njima dogodi činila je Sidnija srećnim, što je, u krajnjoj liniji, za mene i bila svrha svega toga.

Volas je i sâm bio srećniji. Smejao se, šalio i nije mi se činio onako uštogljenim. Jedne večeri dok me je vozio kući, rekao mi je kako mu prvi put otkad je odrastao ne smeta što provodi vreme s porodicom. Više se ne prepiru mnogo, malo su opušteniji. No, jasno je da nisu izlečeni. Ništa ne može da zameni Sidnija, ali im je bilo lakše.

– Ponovo ću te pitati: imaš li novca za moleraj? – pitao me je Volas.

– Nemam novca za moleraj.

– E pa, onda imaš vremena za moleraj – kazao mi je.

– Ali nemam energije za moleraj – zavapila sam. – Ne mogu više. – Naslonila sam šaku na čelo i skljokala se.

Volas mi je pritrčao, uhvatio me za ramena. – Ženo, saberi se – naredio je. – Čeka te posao koji moraš da obaviš.

– Ne znam mogu li, gospodine, ne znam mogu li – odvratila sam i dalje skljokana.

– Nego šta nego možeš! Nisam te obučavao ovako naporno i ovako dugo da sad odustaneš. – U jednom pokretu me je podigao u naručje, privio uza se. – Možeš ti to.

– Ne mogu!

– Da! Da! Znam da možeš.

– Hvala, gospodine, hvala vam.

Volas je četiri meseca bio moj lažni dečko, a to je bio prvi put da me dodirne kad smo sami. Pred drugima bi me uhvatio za ruku, protrljao mi rame ili seo blizu mene na kauč, ali kad smo sami, nikada. Nasamo kao da smo jedno prema drugom bili potpuno ravnodušni.

A tad sam se našla u njegovom naručju. Nije se činio ravnodušnim prema meni, i izgleda da nije imao ništa protiv da me grli. Nije imao ništa protiv da se zagleda u mene, da mi obuhvati lice onim krupnim smeđim očima, ni da mu lice smekša u izraz pun ljubavi što je to duže trajalo. Jedva sam i primetila da me veoma diskretno sve više privija i primiče moje telo svom.

– Tako si lep – rekla sam mu i stavila šaku na njegove grudi.

– Zar nije trebalo to da bude moja rečenica? – našalio se.

– Zakasnio si i izgubio, druškane – odvratila sam.

– Upamtiću to – rekao je i široko mi se osmehnuo. – Svakako ću to upamtiti.

Činilo se kao nešto najprirodnije kad su nam se usne spojile. Usta su našla zajednički jezik, tela svoje mesto jedno uz drugo, i ljubili smo se kao da to radimo od početka vremena.

34.

Brajton, 2014.

Jedva sam podigla očne kapke koji su mi se činili teškim i lepljivim, pa sam ih istog trena čvrsto stisla. S njihove druge strane sve je bilo prejarko. Suviše jarko. Pomerila sam ruku s namerom da protrljam lice, ali to se nije dogodilo – ruka mi je bila preteška da bih je podigla. *Šta se događa?*, zapitala sam se. Celo telo bilo mi je kao olovno, a nervi kao da su mi istovremeno šmirglani i upaljeni.

Poslednje čega sam se sećala bilo je... Volas i ja smo večerali ribu i pomfrit u restoranu uz more. Aprilski vazduh je bio malčice svežiji, ali ipak smo sedeli napolju da bismo u mraku slušali kako talasi miluju obalu dok oko nas ćarlija miris morskog vazduha. Bio je to jedan od meni omiljenih restorana u Brajtonu i volela sam da idem tamo kad god mogu. Kako je veče odmicalo a temperatura i dalje padala, osetila sam blagu ošamućenost, vrtoglavicu, ali nisam mnogo obraćala pažnju na to. A onda... a onda...? Više ništa. Ničeg više nije bilo.

Ponovo sam pokušala da otvorim oči, sada sasvim polako rastvarajući kapke da bih bleštavilo pustila polako.

– Zdravo – rekao je Volas.

S naporom i stegavši se da savladam bol, okrenula sam se prema njegovom glasu. – Ćao.

Lice mu se nabralo u osmeh s primesom olakšanja i tuge.

– Šta se dogodilo? – upitala sam. Hit. Morao je biti. Učinio je nešto i sad mi plaćamo ceh.

Moj dečko je duboko udahnuo, pa polako izdahnuo, očigledno se pribirajući da mi kaže nešto grozno. Uzeo me je za ruku, što je potez topline, pokret umirenja kakav je njegov brat umeo da napravi. Poželela sam da dreknem na njega da mi jednostavno kaže šta nije u redu, ali i nisam želela da saznam. Jer ako je reč o Hitu, onda moram da se pozabavim njim i naudim ovoj porodici još više; a on da im nanese još bola iako je već dovoljno učinio.

– Klio... – nežno je rekao – imala si vanmateričnu trudnoću. Pukao ti je jajovod za večerom, i onesvestila si se.

Zažmurila sam i ponovila ono što je rekao. Trudila sam se da obradim reči i osećanja koja su naišla za njima. – Oh – na kraju sam izustila. – Ovaj... ja... nisam znala da sam trudna. To jest da imam vanmateričnu trudnoću. Nisam čak ni znala mogu li da zatrudnim – vanmaterično ili drugačije.

– Ovo je teško svariti.

– Da. Kako se ti osećaš? – pitala sam, a zanimalo me je da li ću se suočiti sa slučajem neverovatno nestalog Volasa. Nije odavao utisak nekog ko bi pobegao, ali znala sam da ni jedno ni drugo nužno nismo onakvi kakvi delujemo.

– To čak i ne znam. Ipak *znam* da nikad nisam bio tako preplašen kao kad si se onesvestila. Tamo preda mnom. Usred rečenice.

– Izvini. – Napravila sam grimasu. – Jesam li slomila nešto kad sam pala? Ili sam samo zarila lice u pomfrit?

– Pomalo i od jednog i od drugog – upala si u pomfrit, a zatim povukla tanjir i sve ostalo kad si pala sa stolice.

– Bogo moj. Očigledno nikad više nećemo moći tamo da odemo.

– Očigledno.

– Šta misliš o tome? Zato što sam ja u panici. Mislim, volim te, ali ne znam šta bih učinila da je to bila održiva trudnoća. Znam da je verovatno čudno, ali zapravo nikad nisam razmišljala šta bih uradila kad bih zatrudnela s tobom. A ti?

– Ne znam. Treba to svariti. Još to nisam u potpunosti obradio. Bio sam zabrinut za tebe. Ali sad kad pomislim, znaš, bilo bi kul. Ja, ti i beba? Da, kul. – Još malo mi je milovao šaku. – A uzgred, i ja tebe volim. Neverovatno mi je da si ti to prva rekla.

– Zakasnio si i izgubio, druškane – našalila sam se i dalje suvim i lepljivim glasom.

– Prečesto to govoriš, znaš? U redu, tu igru mogu da igraju dvoje: hoćeš li da se udaš za mene?

Čak i u onako slabašnom stanju uspela sam upadljivo da se trgnem. – Molim? Pa samo što smo odradili ono „volim te“.

– Nema kašnjenja i gubljenja.

Još jedna prosidba iznebuha. Ovoga puta bar nisam morala da se brinem o venčanju koje će se odigrati za tri sata. Ne, ali morala sam da brinem o tome da sam već udata. Mada, jesam li? Istinski udata? Hit je rekao da smo na papiru venčani samo u Americi, i ja sam mu poverovala. Doduše u to vreme nisam imala razloga da mu ne verujem. Mislim, nikad taj brak nismo registrovali ovde pa znači li onda on nešto? Setila sam se da je nekoliko godina ranije jedan od *Rolingstonsa* na sudu tvrdio da on i njegova bivša nisu formalno u braku jer je on sklopljen u inostranstvu. Na osnovu toga su dobili poništenje, a ne razvod. Nisu sklopili brak ovde, pa ga sud nije priznavao. Tako da, iako u Velikoj Britaniji nisam bila zakonito udata, u Sjedinjenim Državama sam u svakom praktičnom smislu bila udata. Pretpostavljam da to znači da bih, odem li tamo ikada s Volasom, bila bigamista.

Morala sam da razgovaram s Hitom.

Pri pomisli na to prevrnuo mi se želudac. Poslednji put smo razgovarali kad je rekao da će izvući Sidnija iz zatvora ako mu se vratim. Nije se ni potrudio da uspostavi kontakt kad se više nisam javila, te sam bila zadovoljna i laknulo mi je što je izgleda batalio tu stvar.

Međutim, ako ćemo se Volas i ja zaista venčati, moraću da razgovaram s Hitom. Kod njega je ta potvrda, biće mi potreban njegov pristanak da dobijem razvod u Americi. Mogu li to da uradim a da ga ne podstaknem time da nekome naudi?

Doduše, ovo je samo prosidba. Zaista nije bitno jesam li u tom trenutku udata u Americi, zar ne? Nije bitno da li ću možda morati da razgovaram s bivšim kako bih se uredno razvela. Ni sa čim od toga nema veze to što Volasu kažem *da* ovde i sada.

– Često razmišljam o tome kako nas je Sids upoznao – kazao je Volas. – Mislim da je znao da ćemo biti zajedno.

Naravno, bio je u pravu. Pitala sam Sidnija u pismu odmah pošto smo se Volas i ja prvi put poljubili da li je saglasan s tim što sam s njegovim bratom, s obzirom na to kako je opasno biti sa mnom, a Sidni je odgovorio da je bio razočaran što nam je trebalo tako mnogo vremena. *Ti i Volas ste predodređeni jedno za drugo.* – Da, mislim da je tvoj brat prilično pronicljiv. – *I biće sve u redu. Nije te zvao sve ovo vreme, zar ne? Ti i Vols možete da se nosite s njim sve dok se držite zajedno*, dodao je Sidni.

– Nije teško biti pronicljiv kad mi je našao savršenu ženu u koju ću da se zaljubim.

Savršena žena. Od tih reči mi se okrenuo želudac. Kad god ih čujem, podsetile bi me na Hitovu opsednutost. Od nas se očekuje da želimo da budemo prelepe heroine u koje se neko zaljubi. Treba da nadahnjujemo vojske na juriš, ljude da gube glavu, ljude da žele da učine sve za nas samo zato što nas vole; zato što su opsednuti nama.

Biti predmet nečije opsednutosti je užas koji nikom ne želim. Pročitala sam tako mnogo knjiga, gledala mnogo serija u kojima lepota glavne junakinje nadahnjuje sve oko sebe da izgube pamet, da čine sve za nju, da gotovo prestanu da postoje ako nisu s njom. Tome se aplaudira, to se ceni, to se uzima za vrhunski dokaz ljubavi.

A meni se od toga sada diže kosa na glavi.

Imati nekog ko vas voli, ko je opsednut vama, ko će učiniti sve da bude s vama nešto je zastrašujuće. I nečovečno. Hit je smatrao da sam savršena žena. *Njegova* savršena žena, i time sam prestala da budem ljudsko biće. Prestala sam da imam nijanse, slojeve, nesavršenosti i *mane*. Postala sam instrument u koji je projektovao sve svoje ideale, snove i nerealna očekivanja. A kad ta očekivanja nisu bila ispunjena, kad su mane počele da se naziru, njihov uzrok je morao biti eliminisan. Kad su moje mane – ono što je moglo potencijalno da me odvoji od njega – postale vidljive, postale su izgovor koji je Hit koristio da povredi ljude. Da *ubija* ljude.

– Nisam savršena – rekla sam Volasu. – Daleko od toga. Sasvim sam daleko od savršene. Samo sam obična žena.

– Znam to. Samo sam mislio...

– Samo sam obična žena koja je slučajno uhvatila divno običnog, brižnog muškarca i punog ljubavi – prekinula sam ga. Tog trenutka nisam želela da čujem još nešto lepo o sebi. Ne, pošto to nisam zasluživala.

– Znači li to da ćeš se udati za mene? – pitao je Volas.

Moraću da saznam kako da otkrijem znači li ono venčanje koje je obavio imitator Džejmsa Brauna u ljubičastoj kapeli u Las Vegasu išta van granica zemlje čiji nisam državljanin.

Ipak sam trenutno mogla da kažem Volasu *da*. Sve to o braku je bilo u dalekoj, dalekoj budućnosti. U sadašnjosti mogla sam da kažem samo *da* i uživam u trenutku.

– Da – rekla sam uz širok osmeh. – Da. Udaću se za tebe.

35.

Brajton, 2015.

U mladenačkom apartmanu u *Brajthelmstounu*, malom hotelu s trideset soba na samom rubu Brajtona, moja mlađa sestra Efi, Trina i ja bile smo u različitim fazama spremanja. Efi je bila u kućnoj haljini od crvene svile preko rublja i čekala da tek u poslednji čas obuče zlatnu haljinu deveruše; Trina je bila našminkana i u haljini deveruše, ali je i dalje imala kraljevskoplave uvijače na vrhovima kose duge do ramena, a ja sam još bila u kućnoj haljini, s papilotnama i bez trunke šminke.

Moja mama i Volasova mama nisu bile srećne što se ne venčavamo u crkvi, ali su se tako mnogo dopadale jedna drugoj – naročito zato što potiču iz susednih zapadnoafričkih zemalja – da su odlučile da puste to i, bez mnogo komentara ili negodovanja, dozvole da se venčamo u svečanoj sali *Brajthelmstouna*.

Moja mama, neverovatno upadljiva u ljubičastom ganjanskom kompletu sa zlatnim cvetovima i sa odgovarajućim turbanom, zbrisala je dole da o nečemu razgovara s mojom starijom sestrom.

Efi je stajala pored otvorene torbice za šminku, spremna da počne da mi je nanosi. – Dok mama nije u sobi – kazala je – brzo mi reci jesi li sigurna u vezi sa udajom za Volasa?

– Naravno – odgovorila sam. – Zašto ne bih htela da mama čuje to?

Lakim, stručnim pokretima sestra mi je okruglim sunđerčićem utapkala podlogu ispod očiju. – Zbog Gospodina Orkanski Visovi? S njim si bila godinama. Godinama! Šta se tu dogodilo?

Istog časa sam u ogledalu pogledala Trinu u dnu sobe, pored vrata od kupatila. Uhvatila je moj pogled, shvatanje svih onih godina s Hitom u našem životu odjednom se sleglo među nama.

– Raskinuli smo – kazala sam sestri. – Još davno. – U ogledalu sam gledala kako uzima veliki sunđer da razmaže podlogu od vrhova mojih obraza ka udubljenjima u njima. – Efi, ljudi stalno raskidaju. A njihove nevaljale mlađe sestre ne pominju bivše na dan njihovog venčanja.

– Samo proveravam da ne dođe do nekog dramatičnog ulaska u poslednji čas – odgovorila je. – Zato što je taj čovek, koliko god bio fin, bio baš intenzivan.

Pošto je kratko izvila obrve, Trina je otpila gutljaj penušavog vina u stilu „nemaš ti pojma", što je meni govorilo da smatra kako je pre mnogo godina sasvim opravdano rekla isto.

– Nemoj misliti da su mi promakli značajni pogledi između tebe i gospođice Trine – rekla je Efi. – Zar nisam u pravu, bio je i te kako intenzivan?

– Ništa neću reći – odgovorila je Trina pre nego što je prislonila čašu šampanjca usnama i srknula proseko kao da je to jedino što je sprečava da kaže sve što već godinama želi da kaže.

– Nemoj me pogrešno shvatiti, bio je fin momak. Mnogo mi je bio drag, ali *intenzivan*. Uh! Kako je samo zurio u tebe, kao da bi umro da skrene pogled... Mnogo je to. – Efi se odmakla i zažmirila dok mi je proučavala lice. – Volas, srećom, uopšte nije takav.

– Verovatno zato što su različiti ljudi – kazala sam. Tog dana nisam želela da razmišljam o Hitu. Nisam uopšte želela da razmišljam o njemu, ali očigledno nisam mogla to da izbegnem u ovom današnjem naletu. Hvatala me je muka od brige da će isplivati kako sam već udata, da sam već nekom rekla „da" i „dok nas smrt ne rastavi". Nekoliko puta sam htela da ga pozovem, da otkrijem šta nam je potrebno da se razvedemo, ali nisam mogla to da uradim. Nisam mogla da razgovaram s njim i moguće izazovem to da se obruši na moj život i opet na porodicu Prajs. Koliko sam mogla istraživala sam svoje i Hitovo ime i neki trag na internetu o onoj večeri u Las Vegasu, ali ništa nisam našla. Alfred Hit Sojer Berland i Klio Ama Forsum nikad nisu stupili u brak što se tiče bilo čega zvaničnog na internetu. A kad su obavljena zvanična pretraživanja mog imena, kako bismo Volas i ja dobili dozvolu, sve je opet bilo čisto. Što je značilo da je Hit rekao istinu – venčanje u Vegasu nije se računalo ovde. Naravno, emocionalno se računalo, ali zakonski nije. Zakonski sam bila slobodna da se udam za Volasa.

Bila sam slobodna da se udam za čoveka koga volim.

Moja sestra je vešto počela da mi oblikuje obrve, da pomoću tanke crne olovke odmeri rastojanje od centra nosa i početka obrva sa obe strane, zatim luk između ivice čela, ugla oka i ruba nozdrva. Ipak nije prestala da me muči. – Često se pitam koji bi od njih dvojice trebalo da je bolji u krevetu – rekla je.

Trina se umalo nije zadavila pićem, pa je kašljala i pljuvala, a ja sam cijuknula, iznenađena. Nisam imala pojma zbog čega me je ovo otkrovenje iznenadilo – takva je bila moja sestra. Nikad nije naišla na osetljiv živac a da ga nije iz zabave zategla. – O, ne pretvaraj se da se nikad nisi to zapitala, gospođice Trina – rekla je.

Zgrožena, istinski zgađena, Trina je odgovorila: – To je skoro jednako odvratno kao navika tvoje sestre da ubacuje *maltezere* u kafu. Zapravo nije, gore je od toga. I tek da se zna, ne, to mi nikad nije palo na pamet.

Ne obraćajući pažnju, Efi je nastavila: – Normalno bih bila za Volasa. Kod njega je *sve* kako treba. Ali ona intenzivnost kod Hita... da, to bi moglo da doprinese dobrom ugođaju u krevetu. Iz tog momka su kipile svakakve nastranosti. On bi se pobrinuo za mene, još kako bi. – Načas joj je pogled odlutao, kao da zapravo zamišlja kako leže gola u krevet s mojim bivšim. – O, zaista bi se pobrinuo za mene.

– Ovo je i zvanično najgori razgovor koji žena može da vodi na dan venčanja. Bukvalno najgori – rekla sam.

– Ma ućuti, pusti da ti namažem usne.

– Ne, neću ćutati, nikako ako nameravaš da nastaviš da pričaš o *tome* – kazala sam joj. – Nastaviš li, reći ću mami kad se vrati. A reći ću joj i kako si se s prvim dečkom upustila u seks u njihovoj kući, pa ti vidi da li ti se to dopada.

– Dobro, dobro, ne treba sve da izmakne kontroli – smejala se. – Nema više priče o zaskakanju bivšeg. Nema više priče o ljutom, papreno ljutom sosu koji bi mogao da prospe po čitavom ovom telu i...

– Sad je dosta – vrisnula sam.

– Šalim se! Šalim se! – povikala je sestra utrljavajući bezbojni omekšivač za usne u tanku četkicu. – Samo pokušavam da se našalim s tobom!

– E pa, nemoj da ja tebe rasplačem kad bih rekla nešto slično o nekom od tvojih bivših – odbrusila sam.

– Klio, a ja sam mislila da si izlazila samo s ljudskim bićima – rekla je Trina. To je razbilo atmosferu koja se stvarala, pa smo sve tri popadale od smeha.

Dok sam se smejala dala sam sve od sebe da izbrišem iz glave svaku pojedinačnu misao o Hitu kao da trljam sasvim svežu mrlju koja se može ukloniti. Želela sam da prođem stazom dole posutom ružinim laticama, da uzmem za ruku svog verenika čiste duše, dezinfikovane prošlosti. Želela sam da zaista krenem dalje.

Volela sam Volasa i nisam želela da dan našeg venčanja ima ikakve veze sa onim drugim mužem.

36.

`Brajton, 2015.`

Najdraža Klio,

Dušo, ja sam kukavica. Koliko puta sam htela da ti kažem ovo, ali nikad nisam uspela da nađem reči ili ulučim priliku. No sad, kad si srećno udata za najdivnijeg čoveka, a ja najverovatnije letim avionom kući dok čitaš ovo, mogu da ti kažem.

Hit je bio taj koji me je napao nožem.

Onih dana posle napada, dok smo se pakovali da odemo, često sam imala mnoge košmare i prisećala se nekih stvari. Posttraumatski stresni poremećaj. Ali sa svakim od njih počela sam sve više da se sećam onog što se dogodilo. A onda sam se setila mirisa. Mirisa svog napadača. Tada sam shvatila da je to isti onaj koji sam osetila na Hitu kad ste došli da me obiđete u bolnici.

U početku sam mislila da ću poludeti. Stvarno sam mislila da gubim razum. Tako sam prešla preko toga. Tad ste vas dvoje bili ozbiljno zajedno, a ja sam ti rekla da to središ pa sam znala da mi ne bi verovala. Šta je, uostalom, trebalo da ti kažem? Da sumnjičim našeg prijatelja da me je gotovo ubio? Nisam imala dokaz, samo je isto mirisao? I šta bih s tom mišlju? Otišla u policiju? Čak i da tad nismo već otišli iz zemlje, sasvim sam ubeđena da bi mi se smejali i isterali me.

Zatim sam imala košmar koji je bio veoma živ, vrlo jasan, i konačno sam ga dobro zagledala. Mislim, zagledala sam ga one večeri kad se to dogodilo, ali sve mi se tad činilo zamagljeno i nestvarno. Međutim, te noći, u tom snu, pokazalo mi se njegovo lice, pa iako je imao fantomku na glavi, videla sam mu oči. Hitove oči.

To je bilo dovoljno. Konačno sam prihvatila ono što je um pokušavao da mi kaže – bio je to on. On je to učinio.

Bez razmišljanja sam te pozvala, jel' tako, na fiksni telefon. Naravno to je bio njegov telefon. On se i javio.

Umalo nisam prekinula vezu, ali onda sam pomislila kako moram da znam jesam li luda, ili se konačno sećam onog što se dogodilo. Stoga sam mu se predstavila i rekla: – Zašto si uradio ono, H.?

A on je dugo ćutao i onda rekao: – Žao mi je. Mnogo mi je žao. Ne podnosim pomisao da je izgubim. Mnogo je volim. Žao mi je. Žao mi je – pa je prekinuo vezu.

Mislim da je to uradio zato što sam lagala da imaš dečka. Verovatno me je mrzeo zbog toga, zbog toga što sam pokušala da vas razdvojim. On je... Nisam sigurna šta s njim nije u redu. Ni zbog čega se tako mnogo godina lepio za tebe, ali drago mi je što više niste zajedno.

Drago mi je što si se udala za nekog ko te obožava, ali nije opsesivan. Veoma sam zahvalna što si srećna. Kad sam te videla s Volasom, shvatila sam o čemu si govorila nekad davno. Sećam se da si pričala nešto o tome kako je kad zaista ništa ne osećaš ni prema kome, kad ne osećaš onu povezanost i pitaš se da li s tobom nešto nije u redu. Mislim da si to imala s Hitom, ali sad kad sam te videla s Volasom shvatila sam da si konačno, istinski našla to. Ono što ti i Volas osećate jedno prema drugom jednako je. To što si s njim je ispravno, tako si srećna da sijaš.

Uzgred, nisam nameravala da ti ikada ovo kažem, ali Stedman je rekao kako moram. Rekao je da moram da ti kažem kako nikad *ne bi ni pomislila da se vratiš Hitu.*

U slučaju da si znala, a nisi znala kako da mi to saopštiš – zbog čega zamišljam da si se kidala – u redu je. Da sam na tvom mestu, ni ja ne bih znala kako tebi da kažem. Ne krivim te ni zbog čega od toga. Krivim samo njega.

Molim te, draga moja, pokušaj da ostaviš Hita potpuno za sobom. Molim te kreni napred s tim divnim čovekom kog imaš. Molim te nikad nemoj da pustiš Hita u ovaj nov život koji imaš. Taj život je veličanstven. Štiti ga po svaku cenu.

Hvala ti što si me pozvala da ti budem deveruša/kuma.

Mnogo te voli,
Trina
X

Trina mi je ćušnula u ruke koverat dok smo se grlile na aerodromu. Nisam pitala šta je to jer sam znala da mi neće reči. – Da sam htela da ti kažem, ne bih to napisala, jel' tako? – rekla bi mi.

Iza zaključanih vrata kupatila čitala sam pismo iznova i iznova. Svaki put nešto više uplakana i još više užasnuta. Jednim delićem sebe mislila sam da možda grešim, da nema šanse da je on to uradio. Zato što je, da bi je ubo, umesto samo da joj se usprotivi, kao što tvrdi u svom „izveštaju", morao da ponese oružje sa sobom. Morao je to da isplanira. Morao je da se spremi da je povredi. Hit je tamo otišao da naudi Trini znajući da bi mogao da je ubije.

Polako sam presavila pismo, vratila ga u koverat. Morala sam da radim ono što je rekla – morala sam da krenem dalje s Volasom. Da Hita ostavim iza sebe. Iako su mi se prečesto u glavi javljale njegove reči o tome kako ću mu se uvek vraćati.

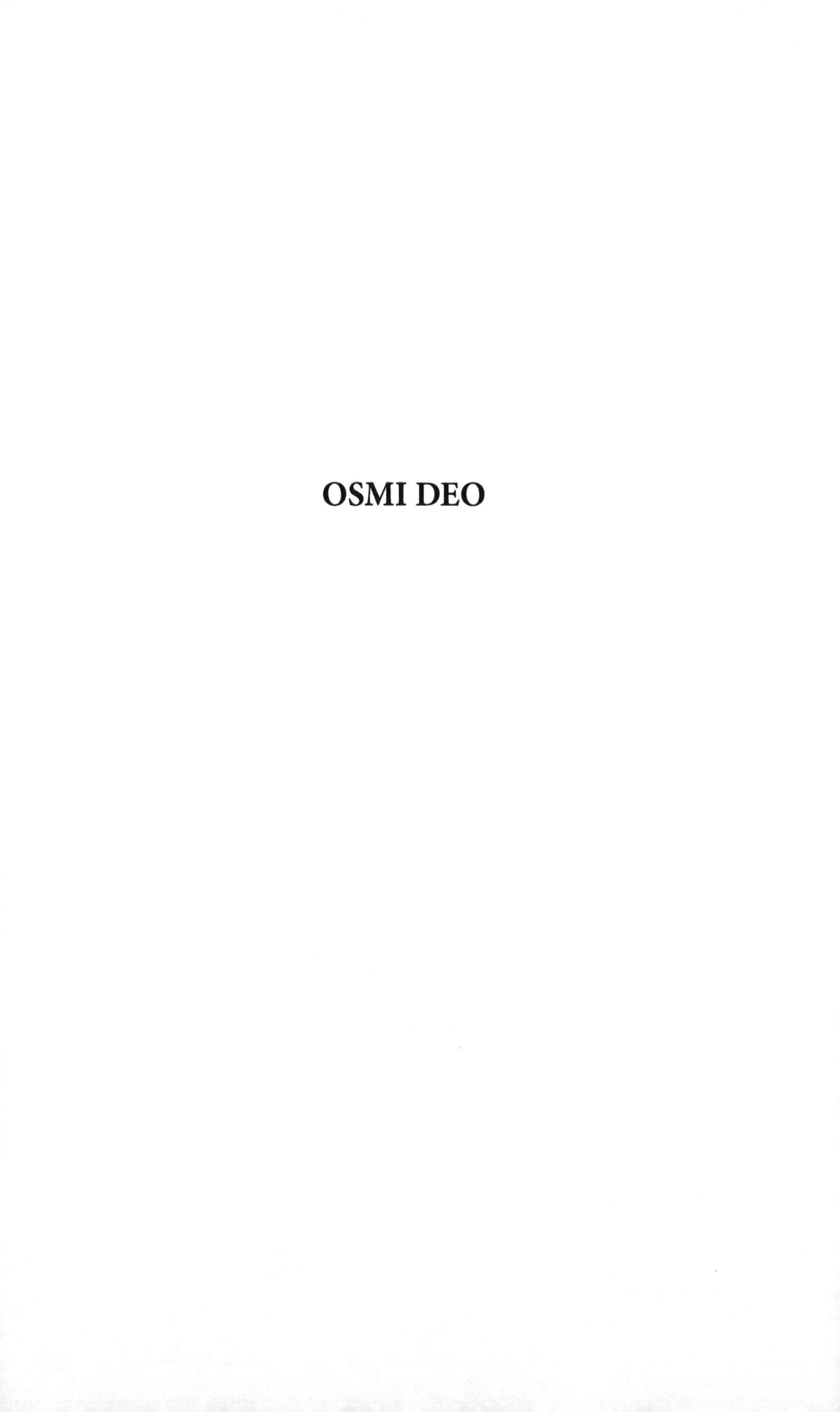

OSMI DEO

37.

23. AVGUST 2022.
KUĆA KLIO I VOLASA, NA GRANICI IZMEĐU BRAJTONA I HOUVA
KASNO VEČE

° Treba da razgovaramo. Licem u lice.
Dođi za deset minuta
na ugao svoje ulice pred kućom
sa žutim vratima. Dođi sama.

Deset minuta nije mnogo vremena da išta uradim. Pretpostavljam da mu je to cilj. Ne mogu da uključim policiju. Ne mogu unapred da odem i proverim to mesto. U potpuno sam nepovoljnoj situaciji. A ne mogu da odem sama. Ne mogu Lolu da ostavim samu kod kuće. Jednostavno ne mogu. Ne mogu ni da je povedem sa sobom, na susret s njim. Sigurna sam da se Valeri i Frenklin ne bi složili s tim da odjurim i nađem se sa ubicom vukući sa sobom njihovu trinaestogodišnju ćerku.

Nervozno hodam po kuhinji i trudim se da smislim šta da radim povodom njegove poruke. Lola je u dnevnoj sobi i traži šta ćemo gledati uz kokice i čips. Bila sam presrećna kad je počela da spava gore. To je značilo da mogu preko noći da uključim alarm i pokrijem prizemlje kuće, pa sam se osećala malo bezbednije kad znam da je ona bliže. Kako sad da je izlažem opasnosti?

Devet minuta. Šta da radim? Ako ostavim Lolu da samo skoknem do radnje, ona će verovatno hteti da ide sa mnom. Ako joj kažem da idem da se nađem s nekim, svakako će hteti da pođe sa mnom. Ako joj kažem da se zabarikadira u spavaćoj sobi dok ja uključujem alarm dole, to će je prepasti. Više se nikad neće osećati bezbedno u ovoj kući.

Da li je to loše? Možda bi trebalo u svakom slučaju da insistiram da ode svojoj kući.

Ako je pak prestrašim sad, bez ikakvog osnova, nikad neće to prevazići. To će joj ostati za ceo život. Sećam se da sam čitala *Pacove* Džejmsa Herberta kad sam bila otprilike Lolinih godina. To me je tako prestravilo da sam jedva mogla da spavam. To me je zaista uplašilo za ceo život – ne mogu da ih vidim ni na televiziji, a da ne vrisnem da se ugasi. Nikad neću biti mirna u vezi s pacovima, a to je bio samo roman. Zamislite da vam odrasla osoba u koju imate poverenje kaže da se zabarikadirate negde za slučaj da neko pokuša da vas ugrabi. Više se nikad ne biste opustili. A trinaest godina je premalo da bi se razvila takva vrsta straha. Posebno kad slučajno čujete – svojom krivicom – o ubistvima u koja je moguće umešana vaša strina.

Osam minuta. *Šta radim?*

Ne mogu je povesti sa sobom, to je jasno.

Ako je budem ostavila ovde, reći ću joj da ode gore, da legne u moj krevet, da nađe nešto da gledamo, upaliću dole alarm. Naprosto ću to zamisliti kao nešto što bih normalno uradila kad bih skoknula nekud napolje. Neću je terati da se zabarikadira i biću superležerna u svemu. Ona će razumeti zbog čega to radim. To je neće mnogo uplašiti. Jelda?

Sedam minuta. Deo mene ne želi da idem. Čega ima dobrog u tome da ga vidim ili razgovaram s njim? Mislila sam da smo sve to sredili poslednji put kad smo se videli. Mislila sam da smo se složili. Ipak je trebalo da znam da se on neće držati toga. Koji se to psihopata drži dogovora koji mu ne odgovara? Ne želim da idem, ali moram da idem. Ne samo zato što je to on zahtevao već i zato što možda uspem da ga navedem da se povuče. Ubeđena sam, koliko je to moguće, da sva ona pažnja zbog nasrtaja na život Harija Endruza nije nešto što je želeo. Hit nikad nije tražio pažnju. Posebno posle velike pažnje koju je izazvalo ono što se dogodilo njegovoj prvoj ljubavnici, pa je on morao da promeni ime a porodica da se preseli.

Dva minuta. Lola se smestila u moj krevet. Ima grickalice, ima daljinski i uputstva da ne mrvi po krevetu kokice i čips. Kod nje je i fiksni telefon, njen mobilni i uputstvo da ostane u mojoj sobi dok se ne vratim. Pokazala sam joj kako da, ako je potrebno, isključi alarm, ali to neće biti potrebno jer neće mrdati. Rekla sam joj i da pozove hitne službe ako se imalo uplaši, ali da neću dugo tako da će sve biti u redu. Poslednje uputstvo bilo je da kvaku na vratima spavaće sobe koja se ne zaključava podglavi trpezarijskom stolicom koju sam donela gore.

To ju je začudilo, ali sam joj rekla da uradi to i da se ne raspravlja. Kad izađem iz sobe, stojim pred vratima i čekam da uradi ono što sam joj rekla. Čim ona to uradi, okrećem kvaku ali se vrata ne otvaraju. Dobro je. Bezbedna je koliko je to moguće. A ja neću dugo ostati napolju.

Jedan minut. Nekoliko puta proveravam jesu li mi ključevi u džepu, imam li novčanik, imam li mobilni. Navlačim crnu kapu na glavu i oblačim dugačak crni kardigan. Noge uguravam u patike onako kako znam da bi Volasa razbesnelo. Nepoštovanje koje pokazujem prema svojim patikama njega uvek – ali uvek – ozlovolji. On je ljubitelj patika, i način na koji ja ne vodim računa o svojoj svakodnevnoj obući njemu slama srce – toliko da mi ih redovno skida kako bi ih očistio i zamenio pertle na onim najviše zlorabljenim. Uz poslednji pogled na stepenice, ukucavam šifru da namestim alarm u donjem delu kuće pa žurim hodnikom. Deset sekundi se čuje *bip-bip-bip* kad zatvorim ulazna vrata, pa se ućuti. Sa srcem u grlu krećem ulicom da se nađem s Hitom.

38.

Ričmond na Temzi, 2022.

Kuc-kuc-kuc na vozačkom prozoru mojih kola.

Uprkos ogromnom naporu, i pored sedenja sasvim pozadi u crkvi i odlasku čim je pastva ustala poslednji put, i pored sklanjanja iza drugih ožalošćenih u crnini u krematorijumu tako da niko iz prednjih redova ne može da me vidi, i pored iskradanja na teška vrata od mahagonija čim su se plavi zastori sklopili iza kovčega, ipak sam se našla u toj situaciji. Situaciji u kojoj on koristi zglavak kažiprsta da kuc-kuc-kucka u prozor mojih kola.

Hitova tetka Lidija me je zvala. Za tri dana je ostavila nekoliko poruka mojoj agentkinji Antoniji s molbom da joj se javim. Nisam se javila. Oduvek sam se dobro slagala s Lidijom i bilo mi je žao što je ignorišem, ali nisam bila glupa – nisam želela da ponovo budem usisana u Hitov svet, čak ni izokola. Poslednja poruka, ona koja me je navela da se javim glasila je da hoće da razgovara sa mnom o smrti u porodici.

Kad mi je Antonija to rekla, srce mi je zastalo. Hit. Načas sam pomislila da je reč o Hitu i da me tetka Lidija zove da mi kaže kako sam postala udovica, a i ne zna da smo se on i ja venčali. Kad sam je pozvala, rekla mi je da je Hitova majka umrla. Nakratko mi je laknulo, onda sam se osetila užasno zato što ne bi trebalo da mi lakne što je umrla žena koja je prema meni uvek bila dobra, a njen sin psihopata je još živ. No priznala sam sebi žmureći i pritiskajući telefon uz uvo kako bi, da je Hit umro, to bio kraj moje nade – moje trajne nade – da će on otići u policiju i priznati ubistvo pa će oni pustiti Sidnija.

– Mojoj sestri si bila veoma draga – kazala je Lidija grcajući. – Nije zaboravila kako si bila divna prema njoj i Hitu kad joj je suprug umro. Želela bi da joj dođeš na sahranu. Naravno, razumeću ako radije ne bi dolazila, ali htela sam da uradim kako sam obećala, i javim ti. Uz to, ostavila ti je nešto testamentom. Još nisam sigurna šta je to. Ali kad saznam, javiću ti. – Lidija je zastala, kao da se pita treba li još da govori, pa očigledno odlučila kako treba i dodala. – Nikad nije zaista prebolela to što ste ti i Hit raskinuli. Mnogo te je cenila. Ponosila se tvojim uspehom i volela da čita tvoje knjige i gleda seriju. – Popričale smo još malo, a ona je nastavila da primenjuje lagan pritisak, kao debele slojeve džema, sve dok nisam pristala da zapišem pojedinosti o sahrani i razmislim o dolasku na nju.

Čim sam izašla iz krematorijuma zašla sam iza ugla najbrže što sam mogla i pošla prema mestu na kom sam se parkirala. Nisam se osvrtala za slučaj da me je neko video – za slučaj da me je *on* video pa da me pozove. Obavila sam kaput oko sebe kao viktorijanska gospođa koja žuri da izbegne pažnju Džeka Trboseka a ipak...

Kuc-kuc-kuc opet.

Ne gledajući tamo odakle dopire kucanje mašila sam se kvake i otvorila vrata. Hit se odmakao i sačekao da izađem. Prikupila sam dugački crni kaput oko sebe – obično nisam vozila u njemu, ali htela sam da što pre uteknem.

Stajali smo na rastojanju od nekoliko metara i gledali jedno u drugo.

U glavi sam imala Hitovu sliku. Uvek onu posle preobražaja. Uredna odeća, razigrane oči, kratka, brižljivo ošišana kosa. Brz osmeh. Taj Hit nije stajao preda mnom. Zaboravila sam koliko nas vreme menja; ono nas postari, produbi, prekroji. Naša tela su vremenske mašine koje na sebi nose tragove i pustošenja i milovanja svakog dela tog putovanja.

Vreme je obojilo u belo pramenove Hitove kose. Ukrutilo je njegov visoki skelet. Utisnulo mu je bore u kožu. Ali tuga je bila ta koja mu je izdubila jagodice, posivela kožu, razmazala tamne krugove ispod očiju. Isto je izgledao i kad mu je otac umro.

– Hvala ti što si došla – rekao je.

Klimnula sam glavom jer nisam bila sigurna kako da razgovaram s njim. S bivšim. S psihopatom. Sa ubicom.

– Mislio sam da nećeš. Tetka Lidija je rekla da verovatno nećeš, ali drago mi je što jesi.

Još jedan pokret glavom s moje strane.

Lice mu se opustilo u onaj poznat osmeh kakav sam bila navikla da viđam, pa sam se na tren našla u onom vremenu kada je on mogao tako da mi se smeši a meni da se to dopada. Da to volim. – Iskreno, mislio sam da ću posle svih ovih godina biti imun na tebe. Mislio sam da ću te videti i neću ništa osetiti... ali nisam te sreće.

– Gde ti je supruga? – upitala sam ga.

– Stoji preda mnom – odgovorio je.

– O, za ime... gde ti je partnerka, tvoja druga polovina?

Odmah je spustio glavu, zavukao ruke duboko u džepove kaputa kao da nešto krije – kao da se krije od *nečega*. – Ja... ovaj... pa, ona nije došla. To ne bi bilo prikladno.

– Kako to?

– Još ima problem s tobom.

– Zašto bi...? O, tako, opet si sa Abi.

– Da.

– Naprosto, uopšte nisi naučio da kreneš dalje, jel' tako, Hite?

– Nije bilo namerno! Naleteli smo jedno na drugo nedugo pošto je postalo jasno da smo ti i ja završili. Uvek smo se slagali tako da...

– Ovaj, hm, blago vama. Nadam se da ste srećni zajedno. Nisam sigurna zbog čega bih joj ja predstavljala problem kad ste zajedno već godinama.

– Oduvek je osećala... Mama te je obožavala. Oduvek. Nije prestajala da se nada... Redovno se raspitivala o tebi i više puta pitala zbog čega ne bismo pokušali ponovo.

– Pred Abi? To je užasno surovo.

– NE, mama nikad to ne bi uradila. Dopadala joj se Abi... ali ona nije ti. A onda je tetka Lidiji pred njom izletelo kako je mama zatražila da ti dođeš na njenu sahranu i da ti je ostavila nešto oporukom. I šta znam, Abi je to primila onako kako bi svako primio, valjda.

Zatvorila sam oči i beznadežno zavrtela glavom. Bilo mi je zlo, fizički sam osećala mučninu zbog te sirote žene. – Mora da je pomislila kako je to *déjà vu*. Nadam se da si je ubedio da je nećeš šutnuti odmah posle sahrane. – Bila je to tvrdnja, jer samo psihopata ne bi uveravao ženu koju voli da je neće povrediti tačno na isti način na koji ju je prvi put povredio, iz potpuno istog razloga. Samo psihopata.

Hit ništa nije rekao, samo je opet spustio glavu.

– Nisi je uveravao – potvrdila sam. Bilo je čudno kako mi je uporno trebalo sve više dokaza da je psihopata. Ubio je nekog da bi se otarasio mog prijatelja, kakav mi je više dokaz potreban? – Sirota žena. Čak je i ne poznajem a žalim je.

– Kako da je uveravam u to kad sam znao šta će se dogoditi onog trena kad te ponovo ugledam?

– Nadam se da se istorija ne ponavlja? Mislim, *usudiš li se da učiniš nešto nekom do koga mi je stalo...*

– Neću ništa nikom učiniti. – Žestoko to izgovara, kao da mora to da kaže glasno i jasno kako bismo oboje u to poverovali. – Bolje mi je.

Više ne radim te stvari... Išao sam na terapiju, godinama sam na lekovima. Funkcionišem normalno.

Nisam bila sigurna treba li da mu poverujem. A i šta bi to promenilo? Jedno izvinjenje ne bi nadoknadilo sve ono što je uradio. – Drago mi je zbog tebe.

– Doduše... – glas mu se postepeno izgubio, a ja sam znala da želi da nastavim gde je stao, samo što nisam to nameravala. To nije bio normalan razgovor u kome bih pratila njegove signale. Bilo je nešto što je ubrzano pravilo zbrku u mojoj glavi.

Kad je shvatio da se nisam primila, rekao je: – Doduše, ono što sam rekao pre više godina i dalje stoji.

Znala sam na šta misli, naravno da sam znala, ali i dalje nisam htela da se primim. – S godinama si mnogo toga govorio.

Tad se uspravio, zabacio ramena, učvrstio stav. – Ako mi se vratiš, daću policiji dokaze koji će osloboditi... tvog prijatelja.

Bilo mi je neverovatno da je to zapravo naglas izgovorio. A šta je sa Abi? Šta je sa mnom? Šta je sa životom koji vodim? S ljudima u njemu, onima do kojih mi je stalo? Šta je s njima ako odlučim da uradim ono što je upravo predložio?

– Nije to hteo. Nije hteo da ti se vratim.

– Ali je hteo da se spetljaš s njegovim bratom?

Ništa nisam rekla, iako sam nevoljno malo slegnula ramenima.

– *Zaista?* – rekao je s nevericom. – Namestio ti je svog brata, i ti si naprosto nasela?

– Ni na šta nisam nasela.

– Jesi li sigurna? Zato što iz moje perspektive izgleda kao pokora to što si preuzela njegovog brata gubitnika – rekao je Hit. – Pretpostavljam da je to za njega dvostruka dobit.

– Volas nije gubitnik. Čista je suprotnost gubitniku. Sidni je smatrao da ću se slagati s njim, da će se njegov brat slagati sa mnom, i ispalo je da je privlačnost uzajamna.

– Znači posredi je samo privlačnost? Ništa više?

– Šta očekuješ da kažem na to? Mislim, naravno da je više od trenutne privlačnosti koju smo oboje osetili. To je lagodan odnos, oduvek je bio. „Kapiramo“ jedno drugo, naše misli i vrednosti su usklađene. Dajemo ravnotežu preteranosti onog drugog, zabavno nam je, razgovaramo, obožavamo jedno drugo...

– Ko je sad surov? – Hit je praktično zarežao, celo lice i telo su mu plamteli.

Najgore od svega, naravno, bilo je što uopšte nisam pokušavala da budem surova. On je počeo time što se rugao, a ja sam odvratila da bih ga sprečila da unižava čoveka koga volim i našu vezu. No, ako bih da budem iskrena prema sebi, uživala sam u izrazu užasa i bola na njegovom licu. Prepustila sam se objašnjavanju da su pogrešne stvari u našoj vezi bile jedinstvene za *naš* spoj, da nisam *ja* nefunkcionalna, *ja* sam mogla da volim i da budem voljena na zdrav način. Nisam nameravala da budem okrutna, ali jesam bila... i gotovo sam uživala u tome. Pogled sam usmerila na mali niz oronulih prodavnica koje sam videla preko njegovog ramena. Kao i većina stvari, većina ljudi, taj blok prodavnica video je bolje dane, ali uprkos pohabanim plakatima i oljuštenoj farbi, zaprljanim prozorima i izbledelim tablama s nazivom firme, stajale su ponosito i čvrsto. – Jednostavno nemoj da pljuješ po mom mužu – tiho sam rekla. Pre nego što je mogao išta da kaže, dodala sam: – Pritom mislim na svog pravog muža, ne na tebe... Slušaj, treba da krenem, a ti treba da se vratiš gostima.

– Dobro. „Sidni" nije hteo da mi se vratiš u zamenu za njegovo oslobađanje, ali šta je s tobom? Zar ti nisi želela da očistiš njegovo ime? Da ga izvučeš iz zatvora?

– Naravno da sam htela – odgovorila sam stisnutih usana. – Samo o tome sam razmišljala. – *Samo o tome razmišljam.*

– E pa, ja mogu to da omogućim. Mogu to da omogućim.

– *Kako* ti to možeš? Svih ovih godina nije mogao da podnese žalbu zato što je potreban nov i ubedljiv dokaz. A ničeg nema. To bi moralo da bude prilično efektno...

– Imam video – presekao me je.

– Video?

Klimnuo je glavom jedanput, dvaput, triput pa nastavio: – Gledao sam ga kako dolazi i odlazi, a ona je bila sasvim živa. Imali su seks. Zbog toga su smatrali da je bilo... polnog uznemiravanja.

Njegov izbor reči me je naterao da ga pogledam. Ubio je nekoga – najhladnokrvnije moguće – ali nije mogao da izgovori reč „silovanje"? – Sve je to bilo na sudu – odgovorila sam. – Sasvim sam ubeđena da će, čak i uz video dokaz kako on dolazi i odlazi, sud reći da je vreme smrti procenjeno i prilagodiće ga. – Ponovo sam se udubila u oronule prodavnice koje su stajale kao ostareli vojnici u talasu progresa, i držale se onog ko su i šta su uprkos tome što se oko njih sve menjalo. – Da bi ga oslobodili, mora da se pojavi nov i ubedljiv dokaz. Zato su svih ovih godina njegove prijave za žalbu odbijane – nema novih ni ubedljivih dokaza.

– Dakle, osim ako nemaš nešto drugo osim punog priznanja, nećemo više pričati o tome, u redu? To me mnogo uznemirava. Više nego uznemirava. To me razbija. – Griža savesti mi je pritiskala grudi kao nakovanj. Svakodnevno. Nisam zaboravila, nisam „krenula dalje". Nisam otišla bez osvrtanja. Ipak, Sidni nije hteo da me vidi. Nije mi slao Redosled poseta. Viđao je Volasa – i samo Volasa – *ponekad*, ali to je bilo sve. Želeo je da svi mi nastavimo svoj život kao da je to uopšte bilo moguće. Kao da sam ikad mogla jednostavno da krenem dalje i ne mislim na njega svakog dana. Da ne kunem Hita što je to uradio, da ne kunem sebe što sam to izazvala.

– Ja... ja imam... imam još jedan video... na kom... na kom ja to radim.

Imala sam osećaj kao da mi je neko zario ogromnu pesnicu u grudni koš i stegao mi srce, od čega mi se celo telo užasnuto sledilo. Nisam mogla da ga gledam dok sam kroz utrnule usne upitala: – Šta imaš?

– Snimio sam sebe... vezao sam je kako bih mogao da postavim kameru... Snimio sam sebe. Zato da nikad ne zaboravim šta sam uradio. Znao sam da sam u stanju da se pretvaram da se to nije dogodilo, pa sam morao da steknem trajni podsetnik. I pored fantomke i rukavica, na snimku se vidi da to nije on, da je belac.

– Da li je bila uplašena?

Hit je pogledao kao da je izgubio moć govora.

– Da li je bila uplašena dok si to radio? Da li je preklinjala za život dok si snimao kako je ubijaš? – Morala sam da znam. Morala sam da znam da li se on svih ovih godina spuštao pomoću tog *snuff* filma; da li je hranio svoju psihopatiju tim krajnjim činom moći i dominacije. – *Da li je bila uplašena?* – prosiktala sam pošto je i dalje ćutao.

– Nije – tiho je rekao. – Ne, mislim da nije. Nije bila baš pri svesti.

– To kažeš samo da bi se osećao bolje – prasnula sam.

– Ne kažem. Ona i Sidni su mnogo pili, zato su se i posvađali. Na ulici se čula nerazgovetna dreka. To su susedi rekli – čuli su dreku. Zatim su izgleda popušili mnogo trave. A ona je popila i pilule za spavanje. Stajale su na njenom noćnom stočiću – otvorene. Uzela ih je više nego što je trebalo. Samo dve više, ali bilo je dovoljno da je jedva i mrdnula kad... – Hit je ućutao, kao da je shvatio šta govori, šta *objašnjava*.

– Kad si joj stavio šake oko vrata. Jesi li to hteo da kažeš? Zašto si joj onda stavio jastuk preko lica? Za svaki slučaj?

Oborio je glavu zagledao se u pločnik. I ja sam se zagledala u pločnik, a oči su mi najednom bile pune suza. Kao što je bilo kad god razmišljam o tome. Mogu da budem raspoložena, da se veselo smejem i šalim ili da tonem u san kad mi se to najednom stušti u mozak: *žena mrtva zbog mene. Zbog toga što me je mnogo voleo jedan muškarac je ubio nekog kako bi me sprečio da ga napustim. Žena je mrtva zbog mene, i cela njena porodica je skrhana. I svi oni mrze pogrešnog čoveka, svi oni mrze nekog ko je potpuno nevin.* A meni bi se oči napunile suzama i teško bih disala jer sam osećala da mi se srce stisnulo, baš onako kao što je moj muž istisnuo život iz žene koju nije poznavao.

Moram se dočepati tog videa, rešila sam. *Moram ga odneti u policiju i izvući Sidnija iz zatvora. Samo to mogu da uradim. Nju ne mogu da vratim, ali mogu da pomognem da se Sidni oslobodi.*

– Znam o čemu razmišljaš – kazao je Hit, iznenada sposoban da me pogleda u lice. – Razmišljaš kako treba da se dokopaš tog videa. Ne možeš. Nikad ga nećeš naći. Ako kažeš policiji za njega, biće kao i prošli put, nikad ti neće verovati jer ga nikad neće naći. Sakrio sam ga tamo gde niko osim mene ne može da ga nađe.

– Šta hoćeš, Hite? U zamenu za taj video, šta hoćeš?

– Ono što sam oduvek hteo: tebe. Hoću da se vratiš. Vrati mi se, a ja ću policiji anonimno predati snimak... A ti se složi da im ne kažeš da sam to ja.

Zaustila sam nešto da kažem.

– A znam da, ako obećaš da nećeš reći, onda nećeš reći. I kao i prošli put, imam alibi čvrst kao stena.

Progutala sam nepomičnu knedlu koja mi je zastala u grlu, pa pokušala da ovlažim usne. – Kako bi uopšte funkcionisalo to moje vraćanje tebi? Hoću da kažem, misliš li da ću živeti s tobom? Da ću imati seks s tobom?

– Svakako. Čuj, uvek smo se slagali u spavaćoj sobi, to ne možeš poreći. Čak i kad me više nisi volela i dalje si uživala u vođenju ljubavi, video sam to. Ako mi se vratiš, mogli bismo opet biti srećni, znam da bismo mogli. Mogli bismo se venčati – ovog puta javno. Mogli bismo imati bebu. Znam da smo oboje sad stariji, ali mogli bismo pokušati. I stariji od nas imaju bebu. S onim likom je nemaš, što bi moglo da znači da ne želiš dete. Što je kul. Pristaću na sve što želiš.

Samo nećeš policiji da daš snimak ukoliko ne želim da ti se vratim, umalo nisam rekla. Umesto toga sam opet pitala: – Hite, zašto želiš da se vratim? Moraš znati da, ako se vratim zato što si me primorao, nikad neću moći da te volim onako kako želiš. Nikad neću biti zaista s tobom, pa zašto želiš da se vratim?

– Zato što te volim.

– Ovo nije ljubav. Ne znam šta je, ali nije ljubav.

Hit je spojio šake i čvrsto prepleo prste, kao u očajničkoj molitvi. – Već sam ti rekao da ne želim da te volim. Pokušavao sam da te ne volim. Na neko vreme to uspevam. Ponekad, kao dok sam pio lekove, to uspeva i duže, ali ne zauvek. Ništa od toga ne traje zato što sam podešen da te volim. Stvoren sam da te volim. A to je ljubav. *Jeste*.

– Da me voliš, ne bi mi ovo radio.

– Ne želim da te volim – kukavno je ponudio.

– Ni ja ne želim da me ti voliš – izjavila sam pa otvorila vrata kola i sela u njih.

Razlog – pravi razlog – zbog kog nisam želela da dođem na sahranu bio je to što sam znala, bez ikakve sumnje, da će to dovesti do ovoga. Svih tih godina sam znala da trošim pozajmljeno vreme. Da će se ono što radim završiti, i da ću u nekom trenutku morati da se vratim i opet platim ceh – ovoga puta s Hitom.

Uradila sam ono što je Sidni želeo, pomagala sam njegovoj porodici. S Volasom sam pomogla da preurede i poprave kuću, postavili smo ih finansijski na noge koliko je moguće, što im omogućava da putuju u Togo kad god požele. Dali smo da im se sazida kuća na samom obodu Lomea, tako da mogu da provedu na odmoru koliko god hoće. Popravili smo odnose u porodici što smo više mogli, trudili smo se da im razvedrimo život. No Sidnijevi roditelji su starili, njegovom još živom dedi možda nije ostalo još mnogo vremena. Bilo je vreme da se Sidni vrati kući, da porodica opet bude cela.

A sve to vreme ja sam trošila pozajmljeno vreme i sad je kucnuo čas da vratim taj zajam.

Dok sam sleđena sedela u kolima pritisla sam šake preko lica kao da se krijem, čak i od svog sablasnog odraza u vetrobranu. Nisam želela da odem. Nisam želela da se odreknem Volasa.

U svemu tome on je bio faktor koji sve komplikuje. Volela sam ga. Pomisao da odem od njega, da ga napustim, zarivala se bolno u mene toliko duboko da nisam znala da je moguće tako se osećati.

Godinama sam bila u agoniji zbog onog što je Hit uradio zbog mene – nikad to nisam mogla da zaboravim, uvek sam tražila načine da mi univerzum oprosti time što sam činila sve što mogu za Sidnijevu porodicu, ali bila sam i sebična. Zaljubila sam se u Volasa, uzela sam njegovu ljubav kad zaista nisam imala prava nikoga da volim. Zato što je „ljubav“ navela Hita da ukloni nekog sa zemlje. Volas je ublažio bol onda kad zaista nisam zasluživala da osećam išta drugo do mučenja. A morala sam da ga ostavim.

I ne samo to, morala sam i da ga povredim. Morala sam da odem od njega a da mu ne kažem zapravo zašto. Kako sam mogla da mu kažem zašto? Kako bi mogao da shvati da sam pustila da njegov brat sve to vreme skapava u zatvoru, a da sam samo učinila tu jednu stvar, bio bi slobodan? Moj odnos s Volasom bi morao da se prekine, a pomisao na to bila mi je mučenje.

Otvorila su se druga vrata kola i osetila sam da je Hit ušao, zatvorio ih i zapečatio nas zajedno.

– Ne mogu to odmah da uradim – rekla sam.

– Koliko ti treba? – tiho je pitao, gotovo kao da ne može da poveruje šta mu govorim.

– Moram da se razvedem – odgovorila sam. – I moram da odem s posla...

– Ne želim to da radiš. Obožavaš svoj posao.

Progutala sam reči pune žuči koje su htele da se izliju iz mojih usta. – Moram da okončam stari život – kazala sam. – To više ne mogu da radim. Moram početi iz početka ako ću biti s tobom. – To je razlog zbog kog sam bila onako nepopustljiva u pregovorima o ugovoru oko mogućnosti da trajno prekinem seriju; znala sam da će doći ovaj dan.

– Hoćeš li da odemo odavde nekud gde nas niko ne zna?

– Da. To bi bilo najbolje – promrmljala sam.

– U redu. Počeću da tražim. Postoji li neko posebno mesto kuda bi volela da odeš?

– Svejedno mi je.

– Naći ću nam nešto, negde gde je stvarno lepo, gde možemo biti samo nas dvoje.

– Lepo. Dobro. Da.

Trgla sam se kad je Hit stavio ruku na moju glavu, pa je spustio niz moje rame i tamo je namestio. Skoro da sam mu rekla da me ne dodiruje, no ipak sam se zaustavila. Čemu bi to poslužilo? Uskoro ću ionako biti s njim. Zašto bih se dotad pretvarala da ne želim da me dodiruje? Morala sam da uradim sve što treba kako bih ga sprečila da povredi još nekog.

– Biće potrebno neko vreme – rekla sam. Brzo sam pokrila dlanom njegovu šaku pa je spustila s ramena. Nisam mogla da podnesem da me dodiruje. Nikako dok sam još udata za Volasa.

– Koje vreme? – ponovo je pitao, a onda zadržao dah. Čekao je da se pokažem kao lažljivica koja dobija na vremenu. Kao neko ko ga zavlači dok ga ne nasamari za video. To nisam mogla da radim. Više nikad neću rizikovati da povredi nekoga. Nameravala sam da uradim to. Nameravala sam da mu se vratim kako ne bi opet nekoga povredio.

– Moram da dam otkaz u televizijskoj kompaniji i saznam kako da dobijem razvod. Šest meseci, računam, najviše. Daću sve od sebe da bude i ranije, nadam se ne duže od tri meseca.

Konačno sam spustila ruke s lica i okrenula se prema njemu da se uverim kako mu je jasno da sam ozbiljna. Namera mi je bila stvarna.

– Ja zaista... ja te zaista volim – kazao je. – Volim te od trenutka kad sam te upoznao. I sve što sam uradio jeste zato što te volim.

Zurila sam u Hita i nisam znala šta da kažem. Kad vas neko voli, trebalo bi da je to nešto dobro, a ne opasno, ne ovako toksično, ne ovako užasno. – Javiću se kad se primakne vreme – rekla sam.

– Hoćeš li stvarno?

– Molim te nemoj nikoga da povrediš i nemoj ništa da uradiš pre toga – odvratila sam.

– Više to ne radim.

– Obećavam ti da ću ti se vratiti. Obećaj mi da dotad nikoga nećeš povrediti niti nekome učiniti nešto.

– To više ne radim – insistirao je.

– Samo mi obećaj.

– Obećavam.

– Hvala ti. Moram da se vratim – rekla sam mu okrenuta vetrobranu. – Videćemo se za tri meseca ako uspem, ako ne onda za šest.

– Bićemo presrećni zajedno, uveravam te. Bićemo presrećni.

Sa srcem koje tuče i čvorovima umesto želuca odvezla sam se kući, spremna da otpočnem novu fazu života.

Bez posla.

Bez doma.

Bez porodice.

Bez voljenog Volasa.

39.

23. AVGUST 2022.
KUĆA KLIO I VOLASA, NA GRANICI IZMEĐU BRAJTONA I HOUVA
KASNO VEČE

Ovde je uveče tiho. Posle devet sati ljudi uglavnom idu u krevet; iako su svetla upaljena, vrlo malo zvukova remeti glatku mekoću svežeg noćnog vazduha. Nekoliko ulica dalje zalaje pas, što izaziva još dva da mu odgovore lavežom. Svesna sam zvuka svojih koraka dok žurim da stignem do kraja naše ulice. Prilično je daleko mesto susreta, pa ubrzavam da bih bila sigurna da ću stići u određeno vreme.

Kuća sa žutim vratima ima veoma širok šljunčani prilaz zato što je najveća u ovoj ulici i sastoji se od pet povećih stanova. Na pločniku je zeleni ormar za električnu instalaciju, ali ulična svetiljka je nekoliko kuća dalje i ne baca svetlo na taj deo.

On nije tamo.

Dok sam žurno prilazila očekivala sam da ću ga videti kako stoji ovde, pa sam očekivala da će, kad stanem, istupiti s prilaza kući na ulicu. Ne.

Nema ga.

Osvrćem se, gledam po senkama, žmirkam u drveće i parkirane automobile i zatamnjene ulaze. Nema ga.

Dižem telefon, palim svetlo, obasjavam oko sebe da vidim može li njegova sijalica da baci bilo kakvo svetlo okolo pa da vidim gde bi mogao da se krije.

Nema ga.

Nema ga, nema ga.

Njega nema.

Okrećem se u smeru odakle sam došla.

Nema ga. Pa gde je onda?

40.

23. AVGUST 2022.
KUĆA KLIO I VOLASA, NA GRANICI IZMEĐU BRAJTONA I HOUVA
KASNO VEČE

Neko je u kući.

Lola to oseća.

U kući je neko ko ne bi trebalo da bude ovde.

Čula je kad je teta K. uključivala alarm, i on se nije upalio, tako da u kući nikog ne bi trebalo da bude.

Lola ispušta u providnu plastičnu činiju punu šaku kokica koje se spremala da strpa u usta i sedi veoma mirno, osluškuje. Televizor nije glasan, gledala je film s titlovima tako da čuje krckanje u kući, čuje svaki šum napolju. A čuje i ono što tamo ne bi trebalo da bude. Trenutno ništa. Ništa, samo pas koji laje negde u pozadini. A onda... lak udar stopala. Pa još jedan. Šuškanje tkanine dok se neko polako i kradom kreće hodnikom. Prema sobi.

Neko je u kući.

Okreće se prema vratima i iskolači oči od šoka i straha kad shvati da nije podmetnula stolicu pod kvaku kad se vratila pošto je uzela knjigu i naočare iz susedne sobe.

Da li je neko i tad bio u kući? Čekao. Čekao da izađe kad teta K. dovoljno odmakne?

Još jedan tih korak. Pa još jedan.

Taj će ubrzo biti ovde. Vrlo brzo.

Po izgužvanoj posteljini – cvetnom jorganu, mekom krznenom ćebetu i jastucima – traži svoj mobilni ili fiksni telefon. Teta K. ju je naterala da ih uzme. *Drži ih u rukama dok se ne vratim*, rekla je. Lola je uradila ono što joj je rečeno – sve dok nije otišla po knjigu i naočare. Tad ih je naprosto spustila, i sad ih je izgubila.

Tih korak, tih korak.

Zaboga, šta da radi?

Gleda u prozor. Može li da se spusti a da ne slomi glupi vrat? Ne. Nema šanse ni da se pretvara da može.

Treba li da se sakrije?

Sakriti se. Da. Sakriti se. Mahnito gleda oko sebe i traži mesto gde bi se sakrila u toj sobi. Ne pada joj na pamet ništa osim u neki od plakara ili ispod kreveta. Ništa od toga nije dobro mesto za skrivanje.

Treba li opet da stavi stolicu pod kvaku? Da, to je bolja ideja. Mnogo bolja ideja.

Da, da. Da se zabravi, nađe mobilni, zove federalce.

Lola sklizne s kreveta trudeći se da bude tiha kako taj neko ne bi shvatio da zna da je tu. Staje na tepih i kreće od kreveta najtiše što može.

Čuje kako joj srce bije, i mada je ubeđena da to niko drugi ne može da čuje, svejedno zadržava dah za slučaj da ipak može.

Polako, obazrivo ide po sobi svesna da treba da požuri, da su koraci skoro pred vratima. Jurne do vrata, zgrabi stolicu spremna da je stavi na mesto, upravo kad se vrata naglo otvore i bace je na pod a stolicu preko nje.

Uljez, obučen u crno, s maskom koja mu pokriva usta i s kapuljačom, snažno gurne vrata i u sobi je pre nego što Lola uspe da se povrati.

Ona uspeva samo da krene da vrisne pre nego što uljez pritrči i stavi joj ruku u rukavici preko usta.

Tu smo, shvata Lola. *Sad ću umreti.*

41.

23. AVGUST 2022.
KUĆA KLIO I VOLASA, NA GRANICI IZMEĐU BRAJTONA I HOUVA
KASNO VEČE

Ono zvuči kao vrisak.

Možda samo zamišljam, ali zvuči kao presečen vrisak. Doduše ima lisica koje stalno prave takve zvuke. Vrište kad se pare, a ja uvek zastanem, uvek se uspravim u krevetu zato što tih prvih mikrosekundi kad mi zvuk dopre do ušiju zvuči kao vrisak. Baš kao zvuk koji sam upravo čula. No ovaj je stigao iz pravca moje kuće.

A Hit nije ovde.

Zašto stojiš ovde? Zašto ne trčiš u pravcu odakle je dopro vrisak?, vičem sebi. A zatim trčim, jurim ka kući. Noge mi se ne kreću dovoljno brzo, noge mi ne pružaju dovoljno snage. Sve sam bliže, ali nedovoljno brzo. Sve bliže, sve bliže, trčim, trčim, a onda... *Viiiuviiiuviiiiuviiiu!* Alarm protiv provalnika eksplodira u noći, pa upozori sve da se nešto loše događa. Stajem kao ukopana, pretvorena u stub soli nalik Lotovoj ženi – samo što me nije skamenio poslednji pogled, već zvuk da je neko provalio u moju kuću.

Provalio da se domogne nekoga o kome se ja brinem. Da se domogne Lole.

Ponovo potrčim, ovoga puta mi brzina potiče od straha i užasa onog što se događa. U ruci mi zuji telefon, zvoni da mi kaže kako je neko u kući aktivirao alarm.

Nije trebalo da je ostavim. Nije trebalo da je ostavim. Dok prilazim, automobil se odvaja od ivičnjaka, nekoliko pasa laje na alarm jer je narušio njihov mir. Uopšte ne usporavam kad skrećem za ugao na stazu i zatičem naša ljubičasta ulazna vrata širom razjapljena kao usta nekoga ko je u strašnom šoku. *VIIUVIIUVIIUVIIUVIIU!* Alarm, zastrašujuća pozadina užasa koji u meni buči nastavlja da urla. *VIIUVIIUVIIUVIIUVIIU!*

– Ne, ne, ne. – Utrčavam u kuću, pređem ključevima preko alarma da zaustavim paklenu buku pa preskačem po dva stepenika do gore. Vrata spavaće sobe su širom otvorena, ali su kod kvake iskidana jer ona nije okrenuta pre nego što su nasilno otvorena.

Televizor je uključen, kokice su po celom krevetu, činija je naopako na podu, stolica je prevrnuta nasred sobe. Lolin mobilni leži kao crna ostriga u školjci od posteljine. Fiksni telefon je na podu pored činije sa čipsom.

Potrebno mi je nekoliko sekundi da mi do mozga dopre prizor, a kad se to desi, istrčavam, trčim iz sobe u sobu, dozivam je, tražim – preklinjem je – da mi kaže da je tamo. Da je dobro. Da je on nije ugrabio.

Trčim dole, i tamo isto radim pa završim u maloj spavaćoj sobi u dnu kuće gde Frenklin spava.

Prazna je. Kuća je prazna. Nje nema.

Automobil. Neki automobil je žurno otišao. Možda je ona u njemu. Možda je pobegla iz kuće. Trčim napolje, ali automobila naravno odavno nema. Ako je Lola u njemu, onda sam propustila priliku da ih zaustavim.

Drhteći, tresući se, stojim okrenuta prema kući.

Ovo se ne dešava. Ovo se ne dešava. Šta da kažem njenim roditeljima? Kako da ikome ovo objasnim, kamoli njima? Nešto mi sevne u glavi pa utrčim u kuću i popnem se u najmanju sobu na prvom spratu. Ona je postala smetlište u koje retko ulazimo. Prozor je otvoren. Komad stakla je izrezan tako da može da se dohvati kvaka.

To nije Hit. On to ne bi uradio.

Da, uradio je ono drugo, ali ovo nije on. Može svašta da radi drugim ljudima, ali ne i meni. Nikad ne *meni*.

U ruci mi zvrcne telefon. Veseo zvuk usred užasa koji se odvija oko mene. Zato što se i dalje odvija, ni blizu nije gotov.

° Reci nekom za ovo i ona je mrtva.
Samo čekaj nova uputstva.
Ozbiljno ti kažem. Reci nekom...
policiji, njenim roditeljima... ikom
i ona je mrtva.

Svakako nije Hit. Trebalo je odmah da znam. Nijedna od tih poruka ne liči na njega. Čak i kad je najviše gnevan, najstrašniji, nikad ne zvuči tako. Odgovaram:

• *Ko si ti? Zašto radiš ovo?*

Odgovor je takoreći trenutan.

° :) LOL Shvatila si.

° Čestitam što nisi potpuno
glupa. Javiću se opet.
Budi uz telefon. A kad
policija dođe drži
jezik za zubima.

• *Zašto bi dolazila policija?*

° Videćeš.

• *Šta si uradio?*

° Videćeš. Sad skini
aplikaciju CleanMyGetaway
i obriši sve ove poruke.
Policija neće moći da ih izvuče.
Zatim izbriši aplikaciju.
Ako to ne uradiš, ona umire.

Spremam se da uradim kako mi je rečeno jer ne smem da rizikujem Lolu kad na telefonu blesne njena slika. Preko usta ima velik pravougaonik srebrne lepljive trake, pramičci kose su joj ispali iz kikica podeljenih na sredini, koje je ranije uplela. Međutim, umesto da izgleda užasnuto kao što sam očekivala, ona besno gleda u aparat. Jasno je da u sebi psuje onog ko je slika.

Ja se zapravo osmehnem. *Drži se, Lolo*, pomislim. *Dolazim da te spasem. Dolazim da te nađem.*

42.

23. AVGUST 2022.
KUĆA KLIO I VOLASA, NA GRANICI IZMEĐU BRAJTONA I HOUVA
KASNO VEČE

U kuhinji sam i nervozno šetkam. Pokušavam da shvatim ko je ovo uradio. Telefon, koji sam trajno očistila od svih poruka odakle god one stigle, nem je. Čekam uputstva šta da radim sledeće, ali razbijam glavu.

Očigledno je neko ko me mrzi.

I to neko ko me mrzi, a ima pristup mom životu. Neko ko me prati. Ko poznaje moju kuću. Ko zna moju ulicu. Ko zna gde radim. Ko zna moj raspored.

Moram da razmislim, moram to da shvatim zbog Lole. Napravila sam koliko sam mogla red – sredila spavaću sobu, zalepila papir na rupu u prozoru i pomerila kutije ispred njega tako da ne izgleda kao da je neko provalio – za slučaj da se Frenklin ili Volas vrate. Ne želim da se nađu na mestu zločina. Samo ne znam šta ću im reći o Loli. Naravno da hoću da zovem policiju. Naravno da hoću da kažem njenim roditeljima, ali ta osoba je već ubijala. Pokušavala ponovo da ubije. Život Harija Endruza i dalje visi o koncu.

Od *TRAS! TRAS! TRAS!* u ulazna vrata skačem. Prestajem da hodam i buljim u kuhinjska vrata, srce mi divlja od iznenadnog straha. Zapravo srce mi divlja otkad je taj neko oteo Lolu, ali ovo je sad dodatni sloj divljanja. Ponovljeno *TRAS! TRAS! TRAS!* trza me da se pokrenem. Prilazim ulaznim vratima.

Prilično sam ubeđena da znam ko će to biti.

Otvaram vrata i oni su tamo. Policijski detektivi Amvel i Matison uz pojačanje od četiri uniformisana drugara.

– Gospođo Prajs – kažu istovremeno.

Ja ništa ne govorim. Prejak je nagon da istrtljam šta se dogodilo.

– Imamo sudski nalog za pretres vaše kuće – kaže Matisonova. Drži list presavijenog papira koji ne uzimam od nje. Ima tu još. Sudeći prema blesku uzbuđenja u njihovim očima, jedva uzdržanoj radosti što im poigrava oko usta, ima tu još.

– Možemo li da uđemo? – pita Amvel očigledno zadovoljan obrtom, tom promenom u odnosu snaga.

Koraknem unazad. Ući će u sobu sa otpadom i videti isečen prozor. A videće i oštećena vrata spavaće sobe. Pa će... šta će, postavljati mi pitanja? Čak ni to ne znam. Šta njih briga ako to ne ukazuje neposredno na zločine zbog kojih mene istražuju? U glavi mi je i dalje zbrka, trudim se da shvatim ko to radi.

– Gde možemo da pričekamo dok policajci obavljaju pretragu?

– Gde god hoćete – kažem i iskreno me nije briga. Ko god da ovo radi verovatno se potrudio i da podmetne nešto u mojoj kući. Oni će to naći, neizbežno će pomisliti da sam dovoljno glupa da ostavim dokaz negde ovde, pa ćemo opet zaigrati onu glupu igru.

Vidim da odsustvo opiranja kod mene umanjuje sjaj svega ovoga kod oboje detektiva. Slušam kako policajci hodaju iz sobe u sobu, prevrću stvari, otvaraju nešto, pomeraju nešto. Traže i tragaju za onom stvari koja će im omogućiti da me sklone.

Stojim u hodniku, gledam šta se sve događa, doživljavam to kao da sam daleko. I jesam, valjda, s obzirom na to da su mi misli drugde.

– Niste pitali zašto smo ovde – primećuje Matisonova. – Na osnovu čega smo dobili nalog.

– Na osnovu toga što mislite da sam ubila Džefa Berfilda i pokušala da ubijem Harija Endruza – izjavljujem ne trudeći se da sakrijem kako sam rasejana.

– Ne – s velikim zadovoljstvom kaže Amvel. – Nismo zbog toga.

– Ovde smo zato što je neko pokušao da ubije Sendi Barton. U komi je.

Čekaj, čekaj. – Molim? Neko je pokušao da ubije Sendi Barton? Operativnu direktorku *Hanimej produkcije*? Kad?

– Nešto ranije danas.

– Ovaj, ehm, teško mi je to da svarim. Kako?

– Zašto nam vi, gospođo Prajs, to ne kažete?

– Kako ja to da znam?

Amvel iz džepa vadi mobilni i papir. Zatim veoma teatralno ukucava brojke s papira u telefon. Zatim pritiska dugme za poziv i gleda pravo u mene.

Posle par sekundi telefon u mojoj ruci se osvetljava pa počinje da zvoni. Gledam u njega, a na ekranu je broj koji nemam upisan.

– Javite se – kaže Matisonova.

Pritiskam dugme za odbacivanje i uzdišem.

– Gospođica Barton je namamljena na strmo stepenište blizu Prolaza Madera na obali, pa je gurnuta s njega.

Još jedan način na koji je neko ubijen u seriji *Poslastičarka detektiv*. Taštu i sebičnu ženu tamo je namamila žena za koju se ispostavilo da je njena davno nestala ćerka odrasla u siromaštvu dok je majka živela u stalnom luksuzu. Žena koja je ubijena zaista je izgledala kao Sendi – kratko ošišana plava kosa, snažne crte lica koje je više puta zatezano, vitka na rubu mršavosti. – U poruci koja ju je navela da ode tamo piše... – Amvel diže papir i čita: – Predomišljam se u vezi sa otkazivanjem serije. Možeš li da dođeš i razgovaraš sa mnom o tome? Možemo li da se nađemo na nekom mirnom mestu, daleko od pogleda? Ne želim da ikome pothranjujem nadu. Nadalje su pojedinosti mesta sastanka.

– Nisam poslala tu poruku – kažem suvim ustima.

– Pomislili smo da biste mogli to reći. Zato je detektiv Amvel pred vama pozvao broj s kog je stigla poruka, tako da možete pred nama da primite poziv.

– Ne, ne razumete. Nisam poslala tu poruku. Nikako nije mogla da stigne s mog telefona. Možete proveriti ako hoćete; takve poruke nema. – Očajnički gledam čas jedno čas drugo. Ni jedno ni drugo mi ne veruje. – Nisam ja to uradila. Neko mi podmeće. Pokušava da mi podmetne. Nisam ja to uradila.

– Klio Forsum Prajs, hapsim vas zbog sumnje za pokušaj ubistva.

Ne. Ne mogu to da rade. Nikako u ovom trenutku.

– Ne morate ništa da kažete.

Moram je pronaći dok ne bude prekasno.

– Ali možete naneti štetu svojoj odbrani ako, kad budete ispitivani, ne pomenete nešto na šta biste kasnije na sudu mogli da se pozovete.

Jer ako ne učinim sve što mi se kaže, ona će umreti. Ubiće je.

– Sve što ipak kažete može poslužiti kao dokaz.

– Molim vas, ja to nisam uradila. Uveravam vas. Nisam to uradila. I morate me pustiti. – *Morate me pustiti. Pitanje je života i smrti.*

DEVETI DEO

43.

24. AVGUST 2022.
BRAJTONSKI PRITVORNI CENTAR, BRAJTON
KASNO VEČE/RANO JUTRO

– Znate li, gospođo Prajs, šta ja mislim? Mislim da vi mislite kako ste genijalni. Verujete da ste mnogo pametniji od svih drugih, od policije svakako. – Detektivka Matison govori kao neko ko je bio primoran da odgleda *svaku* epizodu *Poslastičarke detektiva* i pročita *svaku* knjigu serijala, a mrzela je *svaki bogovetni sekund toga.*

Tu smo već satima. SATIMA.

Zar se niste umorili?, želim da im viknem.

Pružam ruku po stolu koji ih deli od mene i naslanjam glavu na nju. Tako sam umorna, ali mozak mi i dalje radi punom parom. Trudeći se da shvatim ko je ovo uradio trošim mnogo energije. Ko je utrošio tako mnogo vremena da mi uradi ovo. Treba da izađem odavde i nađem Lolu.

– *Ja* mislim da ste se udali za svog muža kako biste se približili njegovom bratu, zato što vam se dopada zamisao da budete povezani sa ubicom. – Sklapam oči. Neću zagristi ovo. – No ispalo je da to i nije tako glamurozno kao što ste mislili. Stoga ste rešili da se okušate u ubistvu u stvarnom životu. A budući da ste bezobzirni, smatrali ste da ćete oponašanjem ubistava iz svojih priča uspeti da se izvučete.

– Mislim da bih sad želela advokata – promrsim.

– Molim? – pita Amvel. – Jeste li rekli nešto?

Uspravljam se, zavaljujem i trudim da ne zaplačem. – Sivo nije moja boja – kažem za trenerku koju su mi dali da obučen dok obrađuju moje stvari. – Da li je uopšte nečija?

– Izgleda da vi ovo ne shvatate ozbiljno – kaže Matisonova.

– Shvatam, samo ne znam šta da kažem na sve što ste upravo rekli. Ja to nisam uradila. Ništa od toga. Ako proverite moj telefon, videćete da nisam slala nikakve poruke. Videćete i da ceo dan nisam izlazila iz kuće. – Sležem ramenima. – Nisam to uradila.

– Ko je onda? – pita Amvel.

– Ne znam. Znam da nikom nisam poslala nikakvu poruku da se sastanemo. Mora da je jedna od onih prevara s telefonima... obmana. Telefonska obmana! Kad prevaranti uzimaju prave brojeve telefona banaka da uzmu ljudima novac. Mora da je to urađeno. Zato što ćete, kad prođete kroz moj telefon, videti da tamo nema ničega.

Njih dvoje samo zure u mene, a meni je najednom jasno da su *već* prošli kroz moj telefon i nisu našli dokaz da sam poslala tu poruku. A verovatno su dobili i preliminarne podatke da moj telefon nije napuštao kuću. To nije nešto što će me osloboditi, ali ide u prilog tome da govorim istinu.

– Znate li šta je meni zanimljivo u vezi s vašom serijom? – pita Matisonova.

– To da vam se ne dopada? – kažem.

– Ne. To da je glavni lik veoma sličan vama.

– Zašto je to zanimljivo? Mnogi pisci stvaraju likove koji su verzija njih samih.

– To je verovatno tačno – kaže ona i naslanja se na sto a ja primećujem kako joj je tkanina jakne istrošena i uglačana na laktovima. Mora da mnogo sedi tako. – Samo što u vašem slučaju ima previše sličnosti. Mislim, na primer ime. Zapravo ste je nazvali Majra Vud.

– Da?

– Majra. To je u suštini druga polovina vašeg imena. Kliomara. „Mara“. „Majra“. Nisam uverena da mnogi pisci idu do takve krajnosti da glavni lik nazovu po sebi.

– Nisam čak ni shvatila da sam to uradila – priznajem. *Opa. Baš narcisoidno od mene. Pitam se koliko njih je zbog toga pomislilo da sam veoma nadobudna?* – Retko koristim deo Mara svog imena. U stvari...

Ućutala sam jer me je nešto udarilo u glavu kao cigla.

Drugi deo mog imena. Drugi deo mog imena znači da mogu sebe da zovem Klio ili Mara.

– U stvari? – pita Matisonova u želji da nastavim. Ima utisak da smo sad uspostavile odnos, da ćemo nastaviti da ćaskamo i da ću se dovoljno opustiti da priznam, ili joj barem pružim neku informaciju koja će im pomoći da me osude.

– U stvari želim advokata odmah – kažem. – Nemam određenog, stoga ću vam biti zahvalna da mi dovedete nekog po službenoj dužnosti.

Zavaljujem se i brižljivo prekrštam ruke na grudima. Malo se spustim na stolici. Tako je Hit obično sedeo. Što je više hteo da se sakrije u razgovoru, niže je klizio. Kao kad je prvi put Trini i meni pričao o svojoj devojci. Praktično je ležao kad su na površinu izbile sve pojedinosti tog otkrovenja.

Njegova devojka kojoj sam ja problem. Devojka koju nije razuverio pred majčinu sahranu da je neće šutnuti zbog mene. O, kako li me samo mrzi. Mora da me mnogo mrzi.

Abi.

Abi. Koja me godinama mrzi.

Abi. Koja bi volela da mi se osveti.

Abi. Koja bi volela da budem uhapšena za zločine koje nisam počinila.

Abi. Koja zna sve o meni i mojoj prošlosti.

Abi. Koja bi umela da hakuje Hitov telefon.

U njegovom stanu u Londonu, nedugo pošto smo se vratili iz posete Trini u Lidsu, iza radijatora sam našla jednu od poruka koje mu je napisala. Napisana je bila na ružičastoj lepljivoj cedulji, izbledeloj i rasušenoj s vremenom. Crna hemijska kojom ju je napisala postala je siva, ali se i dalje prilično jasno videlo:

Večeras izlazim do kasno. Volim te. Abi x

Abi. Tad sam pomislila kako mi se njeno ime čini nepotpunim. Gotovo kao da ga nije do kraja napisala – kao da njenom imenu nešto nedostaje. Kao da *njoj* nešto nedostaje.

Međutim kad smo kod smeštanja, kako bi Abi znala za moj posao? Otkud Abi pristup mojoj propusnici? Mojoj minđuši?

Zato što ona nije samo Abi, zar ne? Ipak *ima* još nešto kod nje. Još nešto kod njenog imena.

Ona je Abi.

Abi.

Abigejl.

Gejl.

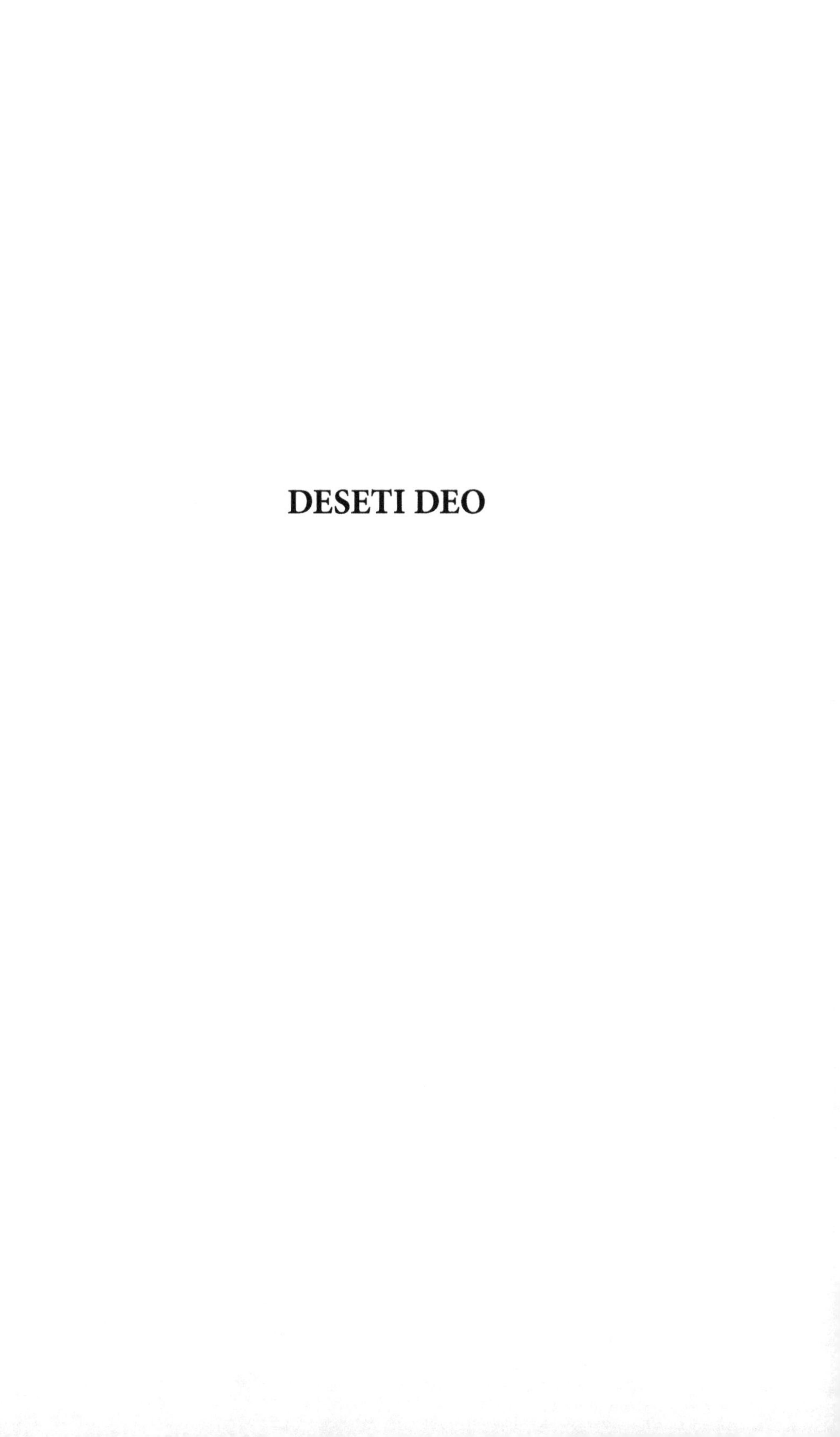

DESETI DEO

44.

24. AVGUST 2022.

Abino priznanje

Znaš, Hite, ponekad o našoj vezi mislim kao o filmu. Što je očigledno, jelda, budući da se bavim vizuelnim umetnostima, da, da, filmovima.

O našoj vezi razmišljam tako zato što kad se odmaknem i mislim o njoj, ne sagledavam je od početka do kraja u cugu. Moram stalno da premotavam unazad, unapred i da pauziram. Hoćeš li da vidiš? Hite, hoćeš li da vidiš? Hajde onda...

Premotaj unazad. Hajde... premotaj unazad...

Gledala sam vas. Stajali ste tamo, zbijeni kod njenih kola. Oboje u crnom, oboje tako lagodni jedno s drugim kao da se nikad niste ni razilazili. Kao da nikad niste raskidali. A šta je sa mnom? Hite, šta je sa mnom? Svet je bio siv, naoblačen i prigušen, a ti me uopšte nisi ni video, jel" tako? Stajala sam u dnu crkve, stajala sam u dnu krematorijuma. Videla sam koga si pogledom prvo potražio u crkvi, a onda i u krematorijumu. A kad su svi izašli i pošli u salu na posluženje, ti nisi pridržao svoju tetku, nisi pridržao rođake tvoje majke, samo što nisi nogu slomio da odeš da vidiš nju, da razgovaraš s njom.

Videla sam te. Videla sam kako pokušavaš da joj se približiš. Dugi pogledi, reči koje sam znala da ćeš šaputati kako bi je naveo da se primakne. Videla sam kad si ušao u njena kola kad je htela da se odveze. Videla sam je kako se saginje, zariva glavu u šake, jeca – pretpostavljam da joj ipak nije baš lako da napusti muža. Bila sam ubeđena da nećeš ovo uraditi. Da smo dovoljno snažni da odolimo tome što je ponovo vidiš, dovoljno snažni da se ne obeznaniš od same njene blizine. Ali videla sam kako ulaziš u njena kola, stavljaš ruku na nju. Videla sam da te ona gleda. Jel' to taj trenutak? Jel' to trenutak kad je odlučila da ćete opet biti ti i ona?

Od tebe i nje mi je muka, znaš. Mislim bukvalno. Povraćala sam kad sam videla šta se događa. Da se istorija ponavlja. Da u vreme kad ti je teško želiš nju, a ona dotrčava da bude s tobom. Baš – svaki – put.

Zašto tebi, Hite, moja ljubav nije dovoljna?

Zašto ona a ne ja?

Zašto?

Vrati se unazad. Tako je, premotaj. Još dalje. Još dalje.

– A ovo je naša nova asistentkinja produkcije Abigejl Bruster – predstavila me je Sendi Barton njoj, toj tvojoj fenomenalnoj ženi.

A znaš li šta je ona uradila? Osmehnula mi se. Osmehnula mi se, pružila je ruku i rekla zdravo. Rekla je i: – Veoma mi je drago što ću s tobom raditi na *Poslastičarki detektivu*. – Nije imala predstavu ko sam ja. Nije imala pojma. To je zato što se nisi potrudio čak ni da joj pričaš o meni, jel' tako, Hite? Samo si me odbacio i pretvarao se da ne postojim. Tako da ona ne zna ništa o meni. Mislim, trebalo je da se trese u onim besprekornim patikama na pomisao da sam na njenom terenu, da mogu ko zna šta da joj uradim. Ali jel' makar trepnula? Jel' uradila išta drugo osim da se slatko osmehne i kaže: – Da li to naslućujem jorkširski izgovor?

– Da, da – kažem.

Da me je pitala, rekla bih joj. Ali, naravno, nije pitala. Bila je prezauzeta izigravanjem velike zvezde. Previše značajna da radi išta drugo osim da najbrže, najkraće moguće proćaska sa asistentkinjom produkcije.

Premotaj unazad. Hajde, premotaj još.

Eto vas dvoje kako odlazite s koferima ko zna kuda. Zajedno. Uvek zajedno. Sa mnom nikad nisi hteo nikud da odeš. Čak ni na najkraći odmor. Koliko sam morala da te molim da dođeš i posetiš moje u Šefildu. „*Radim, Abi*“, „*Ne mogu da uzmem slobodne dane, Abi*“, „*Hoću samo da se opustim, a ne da sedim u tuđoj kući i pijem toplo pivo, Abi*“.

Nisi želeo da budeš sa mnom, da se uključiš u moj život. Ali s njom, uvek si se trudio da budeš prisutan, zar ne? Za nju bi bez premišljanja proputovao pola sveta. I zamisli samo, promenio si brave! Ništa ne bih uradila. Samo sam htela da pogledam, da vidim šta je uradila sa stanom. Da vidim šta si joj dozvolio da uradi od mog doma. Zašto si menjao brave? Šta si tačno mislio da ću uraditi? Ne znam zašto me je toliko uznemirilo to što si promenio brave, ali uznemirilo me je. Zabolelo je. Kao i sve drugo, bolelo je to što nisi hteo mene. Što si me odbacio.

Premotaj unazad. Još. Još.

Ah, da, tu smo. Pitam te preko telefona možemo li da se nađemo. Ne. Ideš u Lids. Nikad nisam uspela da te nagovorim da nekud odeš sa mnom, ali ti si na putu za Lids da vidiš prijateljicu koja je povređena. Usred radne nedelje. Bila sam u Šefildu da obiđem baku kojoj nije dobro. Da sam te pozvala da dođeš, bi li došao? Baka te je volela. Bi li došao da je obiđeš? „Moram da obiđem Trinu, u bolnici je." A kad kažem da ću poći s tobom, šta ti kažeš? „Ne, ne. Više nismo zajedno. Ne bi trebalo da se viđamo. To bi te navelo da misliš kako ima šanse da budemo zajedno, a nema je."

„Zakuni se da nisi s Klio. Zakuni se da me ne ostavljaš zbog nje."

„Nisam je video tri meseca. Od sahrane. Nisam te ostavio zbog nje. Nisam s njom. Neću biti s njom. Ti i ja nemamo nikakve veze sa mnom i s njom."

Lažove.

Videla sam vas.

Ispred bolnice. Zagrlio si je. Privukao si je sebi. Poljubio si je. Poljubio si je kao da si noć proveo vodeći ljubav s njom. Misliš da to nije imalo veze sa mnom? To što si uvek nju birao umesto mene? Nikakve veze sa mnom? Stvarno? Znala sam da ćete tad neko vreme biti zajedno. Ipak sam mislila, ako budem mogla da razgovaram s tobom, ako budem mogla da dođem u tvoj stan, da te obaspem ljubavlju i seksom, da ćeš saslušati, da ćeš se setiti. Ali ona je bila tamo. Živela je tamo. I ti si me izbacio. Naterao me da odem. Više ti nisam bila potrebna.

Aha, opet premotavaj. Tako je, još unazad. Unazad. Tu smo, zaustavi ovde.

Eto vas. Vas troje sedite u dnevnoj sobi tvoje majke one večeri posle očeve sahrane. Došla sam, naravno da sam došla. Ali ti me nisi primetio. Zagušen tugom, nisi me primetio, nisi čak ni pomislio želim li da izjavim saučešće. Želela sam, pa sam to i uradila. A sve se opet vrtelo oko nje. Meni je natrljan nos. Bilo mi je neverovatno ono što si mi rekao, kako si to rekao. *Abi, ne teraj me da biram između tebe i Klio; svaki put ću izabrati nju.* Nisi čak ni pomislio kako sam možda želela da ti se tamo nađem. Kako sam se možda brinula. Kako bih ti pomogla da sve organizuješ. Ne, ono se dogodi, a ti prvo pozoveš nju. Uvek nju.

Nisam ušla na posluženje, htela sam samo da izjavim saučešće u crkvi. Čekala sam napolju da ona ode iz tvoje kuće. Da obe odu. Ja bih tad ušla da te tešim. Ali ne, ona nije otišla. Ona i njena prijateljica su ostale tamo. Zavese su bile razgrnute, svetlo je bilo prigušeno, ali videla sam vas troje. Sedeli ste kao da nikog više na svetu nema. Videla sam kad si ustao, izašao iz sobe, vratio se sa čašama i bocom. Videla sam da si promenio mesto, seo pored nje. Videla sam da joj pružaš čašu – pa je zadržavaš tako da se ona povezala s tobom. Videla sam da je gledaš u oči. Nisam morala da budem bliže da vidim da si opet s njom. Da je ona ta s kojom ćeš biti.

Nadala sam se... nadala sam se da nećeš to uraditi. Da ćeš se setiti da te ja volim. Ali nisi sačekao ni do podneva kad si se javio i rekao mi da je gotovo. Ni do podneva. Telefonom. Pretpostavljam da treba da budem zahvalna što nije bilo porukom na mobilnom, ili imejlom. „Ne vidim budućnost za nas. Zaslužuješ da nađeš nekog ko ti može pružiti ljubav koju želiš i koja ti je potrebna." Kako se usuđuješ da mi kažeš tako nešto. Kako se usuđuješ. Našla sam to sve. Jesam. Zašto ne možeš da shvatiš da sam našla. S tobom. No onda se ona isprečila. Uticala je na tebe. Ona. Uvek ona.

Premotaj unazad. Još, još malo. Ne, više, više, više. Nastavi, nastavi, eto. Zaustavi, na početku smo.

Evo nas. Lids. Prvi dan. Studentski dom. Svi nose kutije, torbe, kofere.

Vidim te. Muškarac najsavršenijeg izgleda kog sam ikad videla. Ti si na sledećem spratu. Smešiš mi se. Kažeš zdravo. Znam da si moj. Razgovaraš sa mnom kad god se sretnemo u hodniku, vidimo u kampusu. Nemamo zajednička predavanja, ali nema veze. Zato što te sve vreme vidim. Ponekad dođeš u moju sobu pa pričamo o knjigama, slušamo muziku, pričamo o svemu i ni o čemu. Znam da ćeš me jednog skorog dana poljubiti. Poljubićeš me i život će mi biti ispunjen.

* * *

Sad samo malo brzog premotanja unapred. Tu.

Lids. Evo nas. Pijemo kafu u kantini, a eto i nje. Ona. Klio. Ulazi s drugaricom i uopšte te i ne primeti. TO NE RAZUMEM. Ona te čak i ne primeti. „Poznaješ li je?", pitam zato što ne prestaješ da zuriš u nju.

„Kamo sreće", kažeš. Sedim pored tebe, a ti kažeš „kamo sreće" za drugu ženu.

Čak nije ni mnogo lepa.

Brzo premotavanje, samo malo. Još malo.

Promenio si svoj izgled. Zbog nje. Odvela te je u kupovinu, i sad si nov čovek. Nova frizura, nova odeća, novo samopouzdanje. I sad te svi žele. Niko od njih te dotad nije primećivao, niko od njih nije gutao svaku tvoju reč. Ja jesam. Volela sam pravog tebe. Samo ti to nisi primećivao, posebno sad kad si bio okružen svim drugim ženama. Tim ženama koje nisu znale ni da postojiš pre šišanja i promene odeće.

Pa čak i tad, čak i kad si spavao sa svakom koja je zastala da te pogleda, želeo si nju. Za njom si žudeo.

Brzo premotavanje. Sasvim malo. Aha, tu, zaustavi.

Sećaš li se? Uskršnji raspust. Ostao si, ostala sam. Pili smo *tanderberd* i *stelu*, a ti si me konačno, konačno startovao. I onda smo konačno, konačno vodili ljubav. Bilo je predivno, bolje nego što sam uopšte očekivala. Prvi put sam to uradila s tobom, i tako je i trebalo da bude. Ceo taj raspust smo proveli zajedno u krevetu. Bilo je veličanstveno. Veličanstveno. Ali kad se ona vratila, kad su se vratile druge devojke, očekivala sam da ću te deliti. Deliti. Ne bih čak imala ništa protiv da si se ponašao kao da ti to nešto znači.

Međutim, ti me nisi primećivao. Nas. Ostale. Spavao bi s nama, prijateljski se odnosio prema nama, ali u nju si zurio. Videla sam da ne primećuješ gadne poglede koje sam ti upućivala kad si počeo naprosto otvoreno da sediš s njom. Ona te nije želela, ali svejedno si uporno sedeo s njom. Ipak si s njom provodio što si više vremena mogao. Ostale žene su to trpele, ali ja sam je mrzela zbog toga. Pomalo sam i tebe zamrzela. Počela mnogo da te mrzim. Zatim sam se pribrala. Otišla sam. Jesi li uopšte primetio, Hite? Sumnjam, zato što se uvek sve vrtelo oko nje.

Počela sam pomalo sebe da uvažavam i otišla sam. Sećaš li se kad sam opet ušla u tvoj život?

* * *

Brzo premotavanje. Mnogo još. Mnogo još.

Evo. Opet nas dvoje. Kako sam ušla ponovo u tvoj život. Kompanija za koju sam radila unajmljena je da snima u tvojoj zgradi. Sećaš li se da smo se mimoišli u zgradi nekoliko puta pre nego što si pitao: – Izvini, poznajem li ja tebe?

A ja sam se nasmejala i rekla: – Ja sam Abi.

– Abigejl? Ti si? – Odmah. Odmah si me se setio. Izgledala sam potpuno drugačije, ali setio si se mene i mog imena. – Opa, ovo je vraćanje u prošlost. Divno je što te vidim. Kako si?

Te večeri smo otišli na piće u Soho, ljubili smo se i mazili na zadnjem sedištu crnog taksija čitavim putem do tvog stana u Zapadnom Londonu, a onda se ševili cele noći. Sećaš li se? Nisam pitala za nju jer je ona očigledno bila prošlost za tebe. Posle toga smo ostali zajedno. Momak i devojka. Nije ti smetalo da me tako predstavljaš. Čak si me odveo kući da upoznam tvoje, sećaš se? „Moja nova devojka", rekao si tako srećno i radosno. Široko se smešeći. Zapravo si se kezio. „Ovo je Abigejl, moja nova devojka. Zovite je Abi."

Gotovo mi je muka kad pomislim na to kako smo bili srećni; kako kompletni. Niko drugi nam nije bio potreban. Bili smo srećni. Sve dok nisam videla telefonske pozive u gluvo doba noći. Pozive njoj, Klio. Ne poruke. Ništa što bi ostavilo trag. Samo pozivi. Po tome kako su bili kratki znala sam da ona očigledno to nije prihvatala. Podnosila sam to zato što sam znala da, sve dok ona nije zainteresovana, ti ostaješ sa mnom.

Brzo premotavanje na sledeći deo. Bili smo tamo. Videli smo kako si me odbacio. Ovde, zaustavi tu.

Eto tebe pred mojim vratima. Preklinješ me da ti pomognem. Uradio si nešto loše, nezakonito. Klio te je na to navela. (O ne, nisi to rekao, samo ti je sve stajalo ispisano na licu.) Uradio si nešto loše, a ja treba da lažem za tebe. Treba da, ako neko pita, kažem da si bio sa mnom. Nisi bio sa mnom, zašto bi bio? Jedva da si i pomislio na mene otkad je ona ponovo ušla u tvoj život. Otkad si je u Lidsu privukao sebi, a ona ti svila ruke oko vrata. Prestala sam da postojim za tebe. Ali naravno da ću ti pomoći. Kako ne bih? Uzgred, niko nije pitao. Ali ti to znaš, jelda? Uopšte ti nisam bila potrebna za to.

* * *

Brzo premotavanje. Da, da, zaustavi. Tu smo.

Sto godina nisi bio s njom. Znam zato što motrim na sve. Bila je tamo, ti si bio negde drugde i jednostavno niste bili zajedno. Valjda treba da ti zahvalim što nisi dojurio kod mene. Što ti nisam bila devojka za utehu. Zato što sam videla da si se vratio starim običajima. Videla sam da švrljaš okolo. Tražiš ljubav uvek samo na pogrešnim mestima, koristiš seks kao trenutni lek.

Tad to nisam tako posmatrala. Nisam mogla da shvatim šta te to odbija od mene. Zašto me nisi hteo? Kad ona više nije izbor, zašto ne ja? Doduše priklonila sam se tome. Morala sam da prestanem da čeznem za tobom. Lepa sam žena. Mnogo toga mi se dešava. Zar mi je potrebno da se zbog tebe osećam kao večita druga? No, evo nas. Sudbina nas opet spaja. Snimam u kafeteriji, a ti ulaziš.

Ugledala sam te mnogo pre nego ti mene. Nisam instinktivno poželela da ti odmah pritrčim, nego da se pretvaram da te ne vidim. Zato što si ti bol, Hite Sojeru. Za mene si ti bol. Otkad sam te upoznala nanosiš mi bol, a tog trenutka nisam bila na vrtešci bola na kojoj čekam da me ti nekako povrediš. Tako sam pratila onaj instinkt, stopila se s pozadinom, pretvarala se da te ne vidim. Ali ti si mene spazio. Spazio si me i instinktivno si odmah prišao da ponudiš još bola po sniženoj ceni. „Ćao, Abi. Nisam te video čitavu večnost“, rekao si pretvoren u osmeh. Sećaš se? Taj osmeh me je pridobio. Smešio si mi se kao da to stvarno misliš.

„Hite“, rekla sam. „Kako si?“

„Zapravo dobro. Mnogo mi je drago što te vidim.“

„I meni. Vidimo se.“

„Jesi li za piće?“, pitao si. *Ti si pitao mene.*

„Ne, hvala nisam.“

„Ne?“ Iznenadio si se, ha? Bilo ti je neverovatno da ću te odbiti.

„Ne, hvala. Nisam na vrtešci bola. Nije potrebno da me više nego jednom grubo šutneš zbog druge žene, s kojom čak i nisi, pa da shvatim poruku da nisi dobar za mene. Zapravo, potrebno mi je da me šutneš i stoga sam te puštala da mi to radiš na koledžu i zatim kad smo odrasli. I zato ne, izvukla sam pouku. Na težak način. Dvaput. Više to neću raditi.“

Da li ti se na licu javilo divljenje dok si slušao? Mislim da jeste. Bio si impresioniran što sam konačno odrasla. Konačno sam stekla kičmu pred tobom. „Pošteno“, rekao si. „Videćemo se.“

„Verovatno nećemo, ali znam šta si hteo da kažeš."

I to je bilo sve, zar ne? Tad sam okusila kako mora biti kad si Klio, zato što si ti jurio mene. Prilično uporno. Tri meseca poziva, poruka, imejlova i slučajnog naletanja na mene. Tri meseca dok se nisam uverila da mene želiš, da si nju zaista preboleo, da smo nas dvoje predodređeni da budemo zajedno.

Čak nisam našla nikakve pozive ni poruke upućene njoj, bio si potpuno odan. Mislim, nisam u to sasvim poverovala; stalno sam čekala dan kad ćeš početi da čezneš za njom, ali to se nije dogodilo.

Stoga sam postala samozadovoljna. Opustila sam se. Dozvolila sam sebi da verujem da nećeš to ponovo uraditi. Ona je bila prošlost. Ja sam bila sadašnjost. A bila sam i budućnost.

Brzo premotavanje. Aha, nastavi. Samo nastavi. Preskoči sve to. Preskoči i to. Tako je, nastavi. O, evo nas.

To je to. Majka ti umire. Fina je tvoja majka. Uvek tako vedra i pristupačna, čak i kad trpi bolove. Dopadala mi se. Mnogo mi se dopadala. Uostalom, bila mi je takoreći svekrva. I ona mi zabije nož u leđa. Njena veštica sestra Linda sedi tamo i počinje tebi da pominje *nju*. Mislim, znam da se tobože trudila da bude diskretna i da ti to saopšti kad ja nisam u blizini, ali naišla sam, jel' tako? No ona nastavlja da priča. „Tvoja majka je rekla da je ostavila i njoj nešto u oporuci. Mislim da je to možda nakit, ali neću znati do posle."

„Kome njoj?"

Sad deluje da joj je neprijatno. Sad žali što nije držala jezik za zubima. Držanje jezika za zubima je besplatno, trebalo je to da joj kažem. Nije *morala* da ti kaže, zar ne? Ali ti ipak govori, i iznenada je ona opet u tvojoj glavi. Primećujem da prestaješ da uzimaš lekove, primećujem da imaš glavobolje. Primećujem da zuriš u prazno. Neke pesme puštaš iznova, iznova i iznova. Opet smo tamo. Tamo gde je ona središte svega. I samo je pitanje vremena kad ću dobiti šut-kartu.

Brzo premotavanje, ne mnogo. Tu je.

Eto mene, dobila posao u njenoj televizijskoj kompaniji. To je posao daleko ispod mog iskustva, a kad me na razgovoru pitaju zbog čega to hoću, kažem da sam sagorela, da mi treba korak unazad. Sagorela sam. Sagorela od besa na nju koja upravlja mojim životom. No ovako mogu da motrim na nju, da motrim na tebe. Da vidim želi li te nazad. Tvoja majka istrajava još šest meseci. Što je divno zato što mi se dopadala. Mnogo mi se dopadala.

Sad mrvicu brzog premotavanja dovde. Sahrana, posmatranje kako se istorija ponavlja.

Da, tu sam, posmatram kako razgovaraš s njom. Posmatram kako si sve živahniji što duže pričaš s njom. Kad sad razmišljam o tome, ona čak nije izgledala ni kao da želi da razgovara s tobom, ni jedno ni drugo niste imali pozitivan govor tela, možda ste raspravljali o tome ko vas je sprečio da budete zajedno, ali znala sam šta će da se dalje dogodi. Ti ćeš nastaviti da pričaš sve dok ti se ne vrati. Dok se ne zagleda u tebe u kolima, i verovatno ti obeća da će ti se vratiti. Verovatno ti pomaže da isplaniraš vaš zajednički život. A onda će uslediti telefonski poziv. Biću šutnuta.

Još samo mrvu brzog premotavanja. Aha. Zaustavi.

Nedelju dana posle sahrane, i još nije bilo telefonskog poziva. Izbegavala sam da budem kod kuće jer nisam želela da me šutneš. Ali ti znaš gde sam, mogao si to da uradiš da si hteo. A nisi. Zato možda... tek možda... možda ćeš, ako se otarasim nje, ti ostati sa mnom. Ne mislim da je ubijem. To bi bilo glupo. To bi bilo kao da je postavljam na pijedestal žene koju nikad nisi prežalio. Međutim, šta ako stvorim situaciju daleko od očiju – daleko od srca? Šta ako ona ode na veoma dugo?

Šta ako bude u zatvoru tako dugo da ti, Hite, imaš vremena i prostora da je opet preboliš? Mogla bih te podstaći da ponovo piješ lekove, da se vratiš na terapiju, da odeš na pravi odmor od nje?

Opet samo malo brzog premotavanja. Aha. Zaustavi.

Pratila sam je kad god sam imala prilike: naučila sam njen raspored, naučila sam s kim se viđa, shvatila kako je jebeno obična ta žena zbog koje stalno gubiš razum. I eto, čekam pravi trenutak da izvedem plan i namestim joj, i zato još ništa nisam uradila. Ipak sam znala da će se ukazati prilika. I ukazuje se. Kad ona ode kod advokata za razvod. Zašto bih joj dozvolila da bude na slobodi, pa da može opet da krene za tobom, Hite? Zašto bih? Čekala sam i čekala, ali kad sam to videla, morala sam brzo da delam. Da improvizujem. Zato te večeri odlazim na njeno radno mesto, nagovorim je da krene sa svima nama, ulazim u sobu da joj pomognem u pakovanju, maznem njenu propusnicu. Ona čak ne primećuje ni da njenu propusnicu koristim da nas sve propustim napolje. Tako sam u mogućnosti da „ispustim" propusnicu kad odem i ucmekam radoznalog advokata. Kažem improvizujem. Već sam imala troje od četvoro ljudi koje sam pratila i odredila, znala sam koje epizode ću iskoristiti, on se samo naprečac nametnuo.

Žao mi je što nisam bila tamo kad su je ispitivali, kad je shvatila da je ubijen na isti način kao jedan od likova njene glupe serije. Žao mi je što to nisam videla.

Dobro, mrdni malo unapred. Tako.

Znaš zašto sam se okomila na Harija Endruza, jelda? Bio je đubre. Mislim, već mi je bio na spisku, zar ne? Samo delimično zato što je uporno opanjkavao Klio i što sam znala da je samo pitanje trenutka kad će sve to reći i njoj u lice. Ali na spisak je dospeo zato što je stvorio toksičnu atmosferu – do srži trulu.

A i bio je pravi ljigavac. *Pravi ljigavac.* Čak se i ne šalim. Svaku ženu koja radi u *Hanimej produkciji* pipkao je ili ugrožavao seksualno. Svaku redom. Da, i mene. O, zaslužio je ono. Opet bih volela da sam njoj videla lice kad su joj kazali za način na koji je ubijen. Dobro, skoro ubijen.

Tako je, najmanje moguće brzo premotavanje. Brzo, tamo. Zaustavi.

A evo nas kod onog što se dogodilo Sendi Barton, čuvenoj operativnoj direktorki *Hanimej produkcije.* Zašto njoj? Ona je hladna i gleda s visine na sve, mada sam ubeđena da na Klio nije tako delovala. E pa, ona je bila savršena zato što je tako grozna. Apsolutno je doprinela gnusnoj atmosferi u *Hanimej produkciji* – ta žena je bila čist rasista, čist klasni diskriminator i mrzela je žene koje su joj se primakle po uspešnosti. Bila je savršena zato što je mrzela Klio gotovo isto koliko i ja. Ptičica mi je kazala kako se, otkad je Klio pre sedam godina potpisala ugovor, Sendi trudila da nađe pravni osnov ili je natera da nastavi da piše *Poslastičarku detektiva,* ili da prava prepusti *Hanimej produkciji*. Pazi sad, u jednom trenutku čak je istraživala kako da postigne da Klio proglase zakonski neuračunljivom. Da, stvarno. O, bila je savršena. Mnogo motiva, još jedna osoba koja naprosto to traži.

I evo nas. U sadašnjosti. Svedočanstva svega što sam učinila. Čovek kog sam ubila. Čovek kog sam pokušala da ubijem. Žena u komi. Devojčica koju sam morala da otmem. Sve učinjeno da bih *njoj* smestila.

Sve učinjeno da bih tebe konačno oslobodila Klio Forsum.

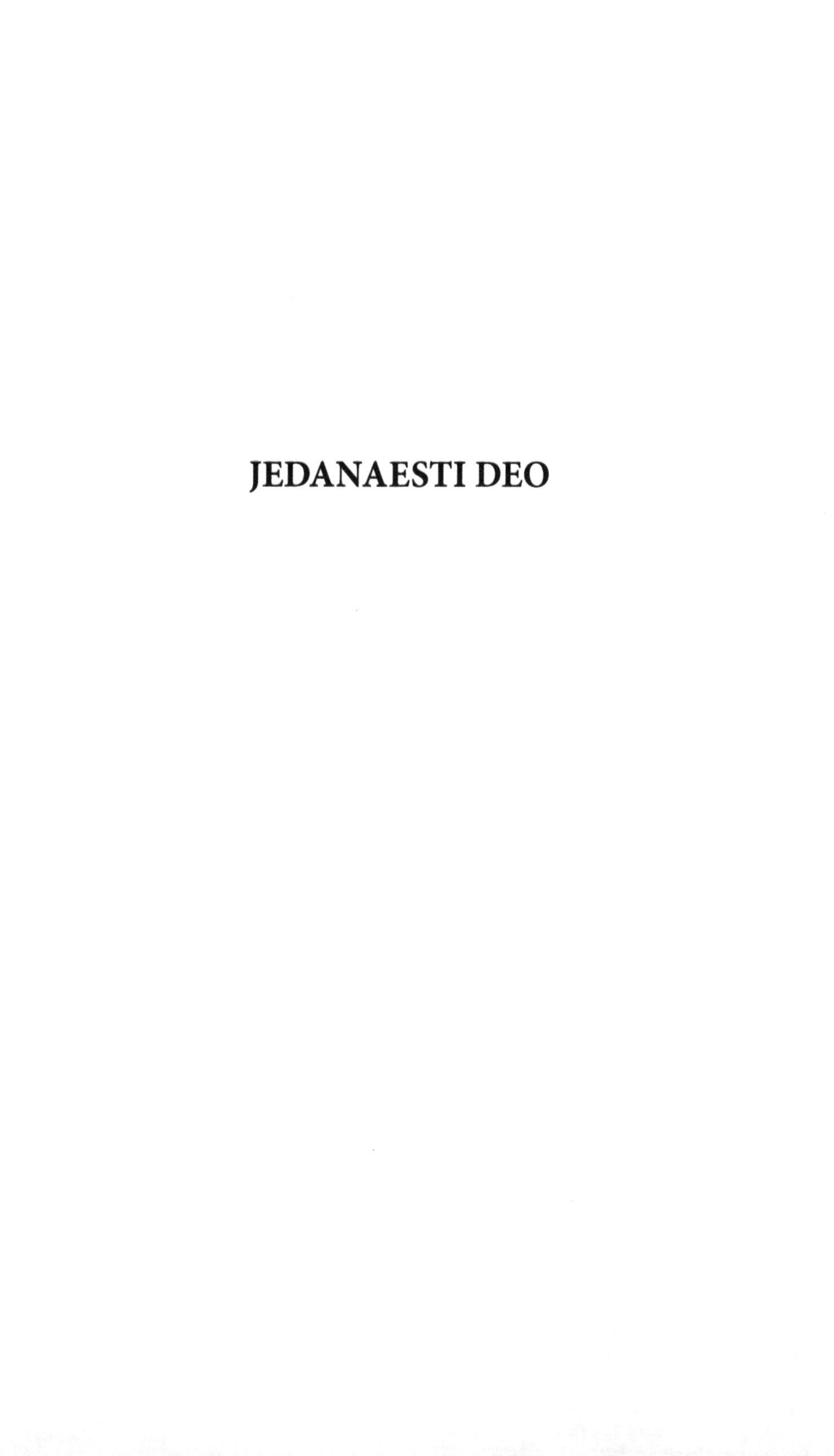

JEDANAESTI DEO

45.

24. AVGUST 2022.
SCENOGRAFIJA PORODIČNOG DOMA, CENTRALNI BRAJTON
KASNO VEČE/RANO JUTRO

Dobro je što mi se ne ide u klozet, pomisli Lola. *Zato što nema šanse da dozvoli Toj Ženi da je nekud povede.*

Lola nije srećna. Ne zbog činjenice da je ovde, ko zna gde, da je talac, već zbog toga što je Ta Žena uopšte uspela da je uhvati. Od malih nogu je roditelji šalju da trenira borilačke veštine i oduvek je smatrala da može da se brine o sebi. Međutim, čim je shvatila da u kući ima nekog, kao da joj je sve ono što je naučila isparilo iz glave. A kad se konačno vratilo, bilo je kasno. Ta Žena joj je stavila ruku na usta i podigla je kao da je pero.

Trudila se, zaista se borila, ali Ta Žena je bila tako jaka. Tako jaka. I kad ju je ubacila u zadnji deo automobila, Lola je priznala da je *privremeno* poražena.

Još nije bila sigurna šta ova hoće od nje, ali u sebi ju je psovala. Ko je ta osoba? I zašto sve vreme piše poruke? Zašto ju je slikala?

Loli su ruke vezane napred i uvijene širokom srebrnom trakom. I preko usta ima komad trake. Lola bi volela da joj je Ta Žena skine. Nešto bi volela da joj kaže.

– *Mmmmm, mmmm, mmmm* – mumla Lola.

Ta Žena je gleda i sumnjičavo odmerava. Sad već neko vreme gleda tako. Nije očekivala da će Lola biti tako prkosna. Većina talaca bila bi uplašena, prestravljena, užasnuta onim što će im se dogoditi. Ova je odvažna. I neskriveno ljuta. Tako nešto se ne bi očekivalo od tinejdžerke u ovako strašnoj situaciji.

Počinje ponovo da mumla, pokušava da govori iza trake. Ta Žena diže oružje, velik, kako izgleda oštar kuhinjski nož sa sjajnom crnom drškom, i prilazi joj. Prislanja joj nož uz grlo i Lola prvi put oseća strah. On u njoj brzo raste, kao talas povraćke, a taj ukus joj se ne dopada. Ipak neće ovoj osobi pokazati da je uplašena.

– Vrisneš li, preseći ću ti grkljan. Sasvim jednostavno.

Groznim potezom cimne traku s Lolinih usta, a njoj se čini da joj je otkinula usne. – Jaoj! – kaže i prinosi licu vezane ruke. – Grubijanko! Ijaoj!

Žena nepomično pilji u nju, očigledno nezainteresovana za to da li je mogla da povredi jednu od Lolinih omiljenih crta lica.

– Šta hoćeš? Šta tako očajnički želiš da kažeš?

– Pre svega, grubijanko! Zatim, kakvo je ovo mesto? I na kraju, ko si ti?

– Nije važno kako se zovem – odgovara ona.

– Ehm... da, važno je.

– U redu, zovi me naprosto teta A.

Lola zbrčka lice kao da je upravo čula najgluplji vic veka. A možda ova Žena i *jeste* najgluplji vic. – Nije da je smešno, ali nisi ti nikakva teta. Nikad ne bih tvom imenu time dala na značaju. Neću te zvati „teta" niti ikako. Osim možda tetka Tamničarka! – Lola se zasmeje, što Tu Ženu, izgleda, izbezumi. Njoj se to uopšte ne dopada, pa opet prinese nož koji je bila spustila.

– Šta uopšte radim ovde? – pita Lola.

– To bi trebalo da pitaš svoju strinu – odgovara Ta Žena.

– Nije baš da mogu to, jer ona nije ovde, jel' tako?

– Tvoja strina... poslednjih dvadeset pet godina uništava moj život. Ovo je naplata.

– Stvarno? Kako je to radila?

– Ne bi ti to razumela – odbrusi Ta Žena.

– Iskušaj me.

Ta Žena je pogleda sa omalovažavanjem i prezirom.

– Ozbiljna sam, iskušaj me. Hoću da kažem kako mislim da odrasli tripuju, nemoj pogrešno da me shvatiš, ali uvek se trudim da ih shvatim. Na primer moji roditelji. Razvedeni su, i stalno se trudim da shvatim zbog čega.

Lice Te Žene se iskrivi zbog nove emocije. – Šta je ovo? Trudiš li se da se sprijateljiš sa mnom da te ne bih ubila? Tome te je strina naučila? Sprijatelji se sa otmičarem i možda te neće ubiti? E pa, da ti kažem nešto, „Lolo", već sam ubijala i ubiću i tebe.

– U tebi ima tako mnogo gneva – kaže Lola. – Mnogo problematičnog gneva odrasle žene. – Lola se ne udubljuje u to kako joj se okreće želudac, čak to i ne primećuje. Uopšte ne sumnja u to da će Ta Žena da je ubije. Da će pokušati. Tako Lola namerava da misli o tome. Ta Žena će *pokušati* da je ubije. Ali ne može uspeti. *Neće* uspeti. – Nadam se da će neko biti u stanju da ti pomogne. Uskoro.

– Mnogo si pametna za tako malo dete.

– Gde smo ovo?

– Kako ti izgleda?

– Samo postavljam pitanje. Lepo je ovde. Izgleda mi poznato.

– To je jedna od scenografija za *Poslastičarku detektiva* – kaže Ta Žena normalnim glasom. – U *Hanimej produkciji* su odlučili da stan otkupe i koriste za snimanje kad su počela zatvaranja zbog korone. Bilo je lakše nego iznajmljivanje studija. Mnogo toga snimaju ovde, samo promene nameštaj i ukrase.

– Kul. – Lola se osvrće po dnevnoj sobi u kojoj sede. Nije ni nalik onoj u kući kod tete K. i strica V, a ni onoj gde boravi s tatom. A nije čak ni nalik onoj koju zamišlja da će jednog dana opremiti. Svejedno je lepa. Udoban kauč, lep tepih, stočić, lampe, police s knjigama. Dosadno, ali lepo. Sede uglavnom u mraku, jedina svetlost dopire od baterijske lampe mobilnog telefona koju Ta Žena pali i stavlja u ugao. – Znači li to da ima i funkcionalan klozet?

– Da, zašto te to zanima?

– Šta misliš zašto?

– Uzdržavaj se.

– Ne mogu.

– Uzdržavaj se.

– NE MOGU.

Uzdahnuvši glasno i ljutito, Ta Žena diže mobilni koji koristi kao osvetljenje i stavlja ga u prednji džep farmerki i time osvetli put. Prilazi Loli, cimne je na noge i vuče hodnikom. Ispod stepeništa je toalet s malenim umivaonikom. Ta Žena cima vrata lakirana u belo i gura Lolu napred.

Lola se okreće prema njoj i pruža ruke. – Ili me odveži ili mi skini donji deo trenerke i gaćice. A da sam na tvom mestu, ja to ne bih radila.

– Samo nešto pokušaj i povrediću te. – Žena oštrim vrhom noža buši srebrnu traku pa je preseca. Kakvo olakšanje što može da opusti šake. – Hajde sad.

Lola pruža ruku da zatvori vrata, ali Ta Žena zaglavi nogu. – Ostavi otvorena vrata.

– Ali ne mogu ako gledaš.

– E pa onda nećeš imati problem da ti se ide u toalet, jel' tako?

Lola vrti glavom. Kidnapovanje i držanje kao taoca uopšte ne liči na ono s televizije i iz filmova. Ne podrazumeva genijalan način bekstva dok zamajavaš kidnapere da pomisle da ti se dopadaju. Uopšte nije tako. To je izludela žena koja maše nožem i preti i tera te da piškiš pred njom. Kad si kidnapovan i kad te drže kao taoca, to je zapravo vrlo nedostojanstveno.

46.

24. AVGUST 2022.
BRAJTONSKI PRITVORNI CENTAR, BRAJTON
KASNO VEČE/RANO JUTRO

Advokatica po službenoj dužnosti dala je sve od sebe, ali policija je bila odlučna u tome da me zadrži koliko god po zakonu može. No pošto u mom telefonu nije bilo poruke Sendi Barton, pošto se ispostavilo da na minđuši nema moje DNK i pošto u kući nije bilo ničeg inkriminišućeg, morali su da me puste.

Znam da će mi pratiti telefon zato što će i dalje tražiti nešto da me povežu sa onim zločinima, ali to mi je poslednja briga. Moram naći Lolu. Imam gomilu propuštenih poziva od Valeri i Frenklina. Očigledno su hteli da se čuju s Lolom, a nisu je dobili. Njen telefon je ostao u policiji, uzeli su ga iz kuće dok su je pretresali.

Stojim ispred pritvorske jedinice i gledam propuštene pozive na ekranu. Poruke su sve mahnitije, traže da se javim. A ja ne mogu. Ako ih pozovem, reći ću im. A ako im kažem, Abi/Gejl će povrediti Lolu. Znam da hoće.

Moram da shvatim gde je Lola. Moram da stignem kući, da se presvučem i da shvatim gde je.

Jer znam da će je Abi/Gejl povrediti. Ubiće je ako joj se ukaže prilika. Znam to kao što znam da dišem. To je instinktivno.

Telefon zazvrji uz novu poruku. Pogledam očekujući da vidim kako Valeri ili Frenklin zahtevaju da ih zovem. Umesto njihovih, ime na poruci je „Volas“.

Sve u meni se prevrne. Želim da otvorim poruku, pročitam je, saznam šta želi. Ali ne mogu. Ne mogu da otvorim poruku za slučaj da ima uključenu opciju da zna da sam pročitala poruku. Trenutno svi oni moraju da misle kako smo Lola i ja negde zajedno. Da ih zajedno ignorišemo.

Kad zatvorim vrata azurno-belog taksija koji sam zaustavila da me odveze kući, telefon mi opet zazvrji. Srećom u džepovima su mi ostali ključevi i novčanik kad sam pošla da se nađem sa osobom za koju sam mislila da je Hit.

° Kako ti je prošla noć u policijskoj ćeliji?

Ona ne zna da policija i dalje pokušava da me poveže sa zločinima pa će pratiti moj telefon. U tome je nevolja kad samo gledate seriju a ne pročitate knjigu – ne dođete do takvih pojedinosti. Bilo bi to previše izlaganja da se objasni da policija, čak i kad je neko pušten, ako smatra da je kriv za zločin ovlašćena je da nadzire poruke. Da Abi to zna, sigurna sam da bi našla drugi način da kontaktira sa mnom. U odgovor kucam:

• *Gde hoćeš da se nađemo, Abi?*

Ona odgovara:

° Ooo, pametnice, shvatila si.
Poslaću uputstva.

Definitivno ne zna da moj telefon prate. Kucam:

• *Gejl, jel' ona dobro?*

Odgovara mi uz tri emotikona šaka koje pljeskaju i:

° Znači, stvarno si provalila.
Svaka čast.
Javiću ti gde da se nađemo
za dva sata. Drži se telefona.
Ne zaboravi, kažeš li nekom,
ona je mrtva.

47.

24. AVGUST 2022.
SCENOGRAFIJA PORODIČNOG DOMA, CENTRALNI BRAJTON
KASNO VEČE

Nije hranila Lolu ceo dan. Dala joj je nekoliko gutljaja vode iz plastične boce i to je sve. Lola je gladna. Umorna je. Smorena je do besvesti. Ta Žena je uključila televizor, ali kako imaju samo tri slobodna kanala, prebacila je na dečji kanal. Čak ne ni na CBBC, na kome Lola povremeno gleda neke serije. Ne, kanal za bebe. Kad se požalila, Ta Žena joj je, već uzrujana i nervozna, stalno zagledana u telefon, ponovo stavila srebrnu traku preko usta.

Gadna vrano!, promumlala je iza trake. *Gadna, gadna, vrano.* (Čula je više puta tatu da to kaže, i znala je da onoj ženi sasvim odgovara.)

Tata. Mama. Mora da su je zvali i slali poruke. Izludeće od brige zato što im obično non-stop šalje poruke. Šalje im emotikone i mimove, stihove pesama. Ponekad šalje govorne poruke u kojima ne kaže ništa do „volim te“. Uznemirava je pomisao na njihovu zabrinutost. Zna da je ona sav njihov svet. Nije bila dovoljna da ostanu zajedno, ali oboje je vole. Oboje je vole više od ičega na svetu. Oduvek je znala da je srećnica što su roditelji bili tako dugo zajedno i što su oboje i dalje uključeni u njen život. Mnogo njenih vršnjaka ima bar jednog roditelja koga naprosto nije briga.

Suza se iskrada iz Lolinog oka pa se trudi iz petnih žila da je utre pre nego što Ta Žena primeti.

Ta Žena je i dalje u crnom duksu s kapuljačom i farmerkama od prethodne večeri i Lola je i dalje u plavoj plišanoj trenerci i soknama u kojima ponekad zaspi.

Kroz spuštene roletne i navučene zavese gledala je kako se noć pretvara u dan a onda opet u noć. Verovatno će još jednu noć provesti sedeći uspravno na kauču, tonući u san i izranjajući.

Ta Žena joj je rekla da je teta K. uhapšena i da samo čekaju da bude puštena pa da se „povežu“. Na to ona ništa nije rekla zato što je imala traku preko usta, ali da nije, pitala bi Tu Ženu zna li šta zapravo znači „povezati se“. Pa bi joj rekla da to više ne govori. Zvučalo je *bolno* kad izađe iz njenih glupih usta.

Ta Žena neko vreme lupka po telefonu i uporno frkće kao da je zgrožena onim što joj se pojavljuje na ekranu. Na kraju prestaje da lupka, spušta telefon u džep duksa, uzima telefon koji su koristile za svetlo i opet ga stavlja u prednji džep.

– Vreme je da krenemo – kaže pa čvrsto grabi Lolu za biceps i vuče je da ustane. – Vreme je da vidiš strinu. Ona bukvalno umire da te vidi. Bukvalno.

Lola poželi da kaže Toj Ženi da ni to nikad više ne izgovori.

48.

25. AVGUST 2022.
KUĆA KLIO I VOLASA, NA GRANICI IZMEĐU BRAJTONA I HOUVA
GLUVO DOBA NOĆI

Dok čekam da čujem šta treba sledeće da radim, pokušavam da smislim kuda je mogla da odvede Lolu.

Abi. Gejl. Abigejl. Kako god da se zaista zove. Što više razmišljam o tome šta je uradila – dobila posao u *Hanimej produkciji* kako bi, pretpostavljam, mogla da motri na mene i onda se upusti u ubijanje ljudi – sve više se plašim za Lolu. Ta žena je opasna. Ta misao mi ceo dan i celu noć tutnji kao brzi voz kroz mozak. Opasna je i ubiće Lolu ako ih ne nađem na vreme.

Pokušala sam da smislim šta će sledeće uraditi. Ubistva koja je kopirala iz televizijske serije sva su vezana za Brajton. Advokat koji je ubijen (što je ponovila sa Džefom Berfildom) viđen je kako u Lejnsu supruzi kupuje poklon za godišnjicu, pa šeta obalom pre nego što se vratio u kancelariju, gde je ubijen. U vezi s pokušajem ubistva Harija Endruza, zli šef je gurnut sa zida koji razdvaja promenadu od šljunka pošto je pregažen blizu svoje kancelarije. U vezi s pokušajem ubistva Sendi Barton, sumnjiva direktorka je namamljena na tajni sastanak na čuvenom strmom i visokom stepeništu koje od dela plaže kod Prolaza Madera vodi uz ulicu. Ostala ubistva u seriji – i u knjigama – mogu praktično da se izvedu bilo gde, ali sva su vezana isključivo za ovaj grad.

Postoje još samo tri epizode kao što su ove. Jedna u kojoj je plažna kabina gurnuta na nekoga da ga smrska. U drugoj, sumnjivog biznismena i bivšeg političara nahrane obilnim količinama torte u slikovitoj viktorijanskoj senici. Na kraju je tu neverna supruga koju vežu za stub brajtonskog doka Palas i ostave je da je udavi plima. To je posebno okrutno ubistvo. Lagano je i mučno. To bih odabrala kad bih se rešila da mučim nekog koga mrzim.

Smišljala sam te zločine kako bi bili razrešeni. Uvek sam htela da budu razotkriveni i da prava osoba ode u zatvor zato što se tako nije dogodilo u stvarnom životu. U knjigama i kasnije u seriji trudila sam se da ispravim nepravdu koja me je pratila svakog trena svakog dana mog života.

No kad bih nekog mrzela dovoljno da to uradim, svakako bih izabrala najsporiju smrt da ga povredim.

Telefon mi bleska s novim porukama od Valeri, Frenklina i Volasa. Neće dugo proći dok se Volas pojavi da proveri šta se dešava. Stižu mi pozivi i poruke od mame i sestara. Pretpostavljam da ih je Volas zvao.

Zurim u telefon i gledam kako poruke iskaču kao čupavci iz kutije, kad se pojavi ona koju sam čekala:

° Čekamo te kod doka. Samo je pitanje kog?
Palasa, Zapadnog ili Vortingu?
Tri mogućnosti, samo jedna šansa
da pogodiš. Srećno.

Znam koji bih instinktivno odabrala – dok Palas. Isti kao u seriji. No ona bi to očekivala. Htela bi da odem tamo dok je ona u Vortingu. Oronuli Zapadni dok bih normalno odbacila zato što treba otplivati da bi se došlo do njega i prilično je daleko od obale. Osim toga izloženiji je pogledima od druga dva, tako da bi ljudi mogli da vide šta radite. Ali da li bi mogla da ode tamo gde je bio povezan sa obalom zato što pretpostavlja da bih ga odbacila? Ne znam.

Ipak, moram tačno da pogodim. Od toga zavisi Lolin život.

Ustajem veoma polako, težina izbora me pritiska.

U mislima mi se javlja razglednica koju sam nekad držala na tavanici. S ligeštulima uz dok Palas, a kupila sam je kad sam prvi put bila u Brajtonu kao šestak. Gledala sam je kao podsetnik na to gde želim da živim, gde želim da ostarim. Sad je mesto sa te slike, mesto moje istorije, postalo deo užasnog izbora koji moram da napravim. Ili je ono znak? Odlučujući faktor u svemu ovome?

Tresem se tako da moram da zastanem i stavim ruke na drveni sto da bih održala ravnotežu. Mogu ja to. Znam da mogu.

Opet pomislim na Abigejl. Abi. Gejl. Mislim na to kakva je, šta je uradila, zbog čega radi sve to. Sklapam oči i mislim na nju. I javlja mi se. Koji bi dok izabrala.

Pa tako i ja odaberem.

Molim boga da je pravi.

49.

25. AVGUST 2022.
OBALA U BRAJTONU
GLUVO DOBA NOĆI

Lola se opire. Pri svakom koraku se bori, šutira, migolji se dok je Ta Žena vuče po šljunku, kamičci lete uvis ili se utiskuju u brazde pod njenim stopalima dok se trudi da prekine ono što joj se događa.

Ta Žena je, međutim, snažna. Uporno hoda dalje, sporo napreduje jer se Lola opire. Svejedno napreduje. Konačno, posle čitave večnosti, Ta Žena dovodi Lolu do stubova doka koji se dižu iz vode, čekajući, kako izgleda, nekog da uradi ono što se Ta Žena sprema da uradi. Iz džepa vadi lanac, provlači ga oko trake koja drži Loline ruke spojenim, zatim ga obavija oko podnožja stuba i zaključava katancem.

Lola se i dalje bori, ali ne može da se oslobodi. Sokne su joj mokre i teške, klize i proklizavaju po mulju i kamenčićima dok ona nema izbora do da se prepusti ozbiljnosti situacije i ne opire se kad klizne već dozvoli da joj telo dosegne vodu.

Odeća joj se gotovo istog časa natopi, šok od hladne vode natera je da sikne i trgne se. Oči je peku od suza i slane vode koja je zapljuskuje i treska o stub doka, udara je u lice. Mrkli mrak je. Mrak i tišina. Mimo talasa čuje svoje disanje, tako je tiho. Shvata da je tu niko neće naći. Niko neće naići.

– Za oko sat vremena će plima – kaže Ta Žena. – Što znači da će sve ovo gde smo sada biti pod vodom. Što znači... Pa, u čabru si.

Teta K. će me naći, govori Lola sebi. *Teta K. će me spasti. Teta K. će me spasti.*

50.

25. AVGUST 2022.
OBALA U BRAJTONU
GLUVO DOBA NOĆI

Zaboga, ne.

Zaustavljam kola, jedva se setim i da ugasim motor, vadim ključ i zatvaram vrata. Tad mi srce siđe u pete. Ne vidim ih. Odabrala sam pogrešno. Trčim po promenadi i putu, pogledom ih tražim u pomrčini. Ne vidim ih. Odabrala sam pogrešno.

Ne. Ne.

Umreće.

Ne.

Nemam vremena da odem nikud drugde.

Trebalo je da pozovem policiju, a ne da čekam da oni dešifruju šta se dešava dok prate moj telefon. Trebalo je da pozovem Volasa i kažem mu da ode na drugi dok. Trebalo je...

Rušim se na pločnik.

Ona će umreti. Na spor, stravičan način.

A za sve sam ja kriva.

51.

25. AVGUST 2022.
OBALA U BRAJTONU
GLUVO DOBA NOĆI

Voda je brzo naišla. Kad ju je vezala ovde, dopirala joj je jedva do butina. Sad joj je do ramena. I još se diže. Diže se.

Teta K. će me spasti.

Još jedan talas udari u nju pa ona zapluta, glava joj nema težinu. Privikla se na temperaturu, ali ne može da se navikne na jak osećaj utapanja dok se trudi da žmuri kako joj so ne bi još više povređivala oči i dok joj se mokra morska trava i otpaci češu o lice.

Teta K. će me spasti.

Voda se povlači i načas može da diše. Dolazi do vazduha i on joj se spušta u pluća. Zna da će to trajati samo još kratko. Trenuci disanja sve su kraći i kraći. Sad joj je voda do brade, pljuska joj po ustima zatvorenim trakom.

Teta K. će me spasti.

Nov talas se uskovitla preko nje, ponovo je potopi.

Teta K. će me spasti.

Vazduh. Trenutak vazduha koji se trudi da udahne na nos.

Teta K. će me spasti.

Voda. Slanoća. Tonjenje.

Teta K. će me spasti.

Vazduha nema. Nema mesta za disanje. Nema ničeg. Voda, voda, voda.

Teta K...

52.

25. AVGUST 2022.
OBALA U BRAJTONU
GLUVO DOBA NOĆI

Ustaj. Ustaj, glupa ženo! Ustaj! Učini nešto!, čujem svoj glas u glavi. Bila sam sasvim sigurna. Sasvim sigurna. To je nešto što bi ona uradila. Došla bi ovamo. Došla bi do *drugog* doka. Prvobitnog brajtonskog doka, Lančanog doka, koji je mnogo dalje od doka Palas. Srušio se krajem devetnaestog veka, ali delovi stubova su ostali, zaglavljeni u moru, suviše tvrdoglavi da nestanu kao ostatak konstrukcije.

Bila sam sigurna da će doći ovamo. Da će varati kad mi je dala da biram dok. Da će učiniti sve što može da bi me porazila. Ovo je daleko od glavne vreve. Vrlo malo ljudi dolazi ovamo u ovo doba, što je savršeno za ono što Abigejl hoće da uradi.

Ustajem, odlazim do ograde i gledam ponovo. Po mračnoj plaži mahnito tragam pogledom za nekim znakom života. Ne, tamo nema ničeg. Preostali stubovi Lančanog doka sad su skoro svi pod vodom. Ona bi došla ovamo, znam da bi. S teškoćom preskačem ogradu – nemam vremena da tražim prolaz.

Dočekujem se na šljunak i odmah krećem da klizim. Umesto da se opirem, prepuštam se, dozvoljavam da se klizanjem spustim niz strminu i usput odbacujem kamenčiće i školjke. U rekordnom vremenu stižem u podnožje, voda kao da juriša da me pozdravi.

Ona mora biti ovde. Mora biti.

Pokušavam očima da zaronim u tamnu vodu kod ostataka stubova. Ništa ne vidim. Ne vidim, ali svejedno se uputim tamo baš kad se ogroman talas dovalja s mora i izlomi o stubove Lančanog doka pa povuče sa sobom svu vodu odande.

Lola.

Lola je tamo, klonula uz najdeblji stub, iskrivljen ukoso. Ruke su joj vezane, usta zapušena i oči zatvorene. Ne mrda kad je talas udari, ne opire se.

– Lolo! – vrištim i trčim prema njoj, voda me usporava. – Lolo! Lolo! Evo me! Evo me! – vičem joj dok trčim a zvuk mojih reči gutaju talasi. Kad stignem do nje vidim da je prikovana lancem za stub. Ne miče se kad je dodirnem. Neprirodno je mirna. – Drži se, Lolo. Drži se.

Ne mogu da otključam lanac, a traka neće da se razdvoji. Moram da razmislim, i to brzo. Stajem iza Lole, uzimam je u naručje i čvrsto se držim za nju pa, kad sledeći veliki talas udari, koristim taj pokret da podignem Lolu uvis i ukoso, i povučem lanac u pravcu kosine stuba. Lanac se kreće s nama i pušta je, oslobađa je stuba.

Uprevši svu snagu, dižem je i nosim ka obali, ka šljunku. Plima i dalje nadolazi, ali ne mogu da je nosim daleko. Ona je i dalje nepomična.

Kad je spustim na šljunak, odmah joj strgnem traku s usta. Dajem joj priliku da diše. Da uhvati vazduh. Ništa. Ne reaguje.

Spuštam uho do njenih usta. Ništa. Ne čuje se disanje, ne golica me dahom po obrazu. Okrećem joj glavu na stranu a iz nosa i usta joj curi voda. Opet joj okrećem nazad glavu i dajem joj veštačko disanje.

To mora da upali.

To MORA da upali.

Molim te, Lolo, jecam u sebi. *Molim te, Lolo, molim te probudi se. Molim te probudi se.*

53.

25. AVGUST 2022.
KRALJEVSKA DEČJA BOLNICA *ALEKSANDRA*, BRAJTON
RANO JUTRO

Sipam petu kesicu šećera u kafu kad Volas izvuče narandžastu plastičnu stolicu preko puta mene i sedne.

Lice mu je ozbiljno; izgleda kao da je za tri sata ostario milion godina. Imam utisak da smo svi ostarili. Frenklin se vratio iz Portugala, Valeri je stigla, kao i Lolini baba i deda.

Svi su besni na mene i istovremeno mi zahvalni. Ne znaju šta da osećaju, a ne znam ni ja. Volasova mama Donet ipak je najodlučnija. „Skloni mi to stvorenje sa očiju“, rekla je Volasu za mene. Nije trebalo dvaput da mi se kaže. Sklonila sam se u kantinu i kupila kafu pa je nakrcala šećerom i popila u tri gutljaja – nisam ni primetila kako je vrela – zatim se odmah vratila i kupila novu. Ovo mi je četvrta.

– Čak i ne znam odakle da počnem – kaže on. Gnev mu je stegao lepe crte lica, kao pertle na jednoj od omiljenih patika. Ne mogu da gledam u to tako gnevno lice, ma koliko opravdan bio njegov gnev.

– Hoće li joj biti dobro? – tiho pitam. – Kako bi bilo da počneš odatle.

– Da, biće joj dobro. Kažu da si joj spasla život. Još nekoliko minuta i... svi bismo bili na nekom sasvim drugačijem mestu.

Kad sam joj povratila disanje sve se odvijalo vratolomnom brzinom. Telefon mi je i dalje radio iako se potopio kad sam ušla u vodu, a hitna pomoć je stigla za tili čas. Isto tako smo stigli u bolnicu zato što ona nije mnogo daleko. Rekli su da će verovatno biti dobro, ali će je primiti i svejedno se postarati za nju. Na putu do bolnice pozvala sam Volasa i rekla mu gde smo i kazala da javi ostalima. Nisam mogla da razgovaram s Frenklinom i Valeri – bila sam strašna kukavica.

– Šta se, kog đavola, dešava? Zašto bi ta žena otela Lolu? Zašto meni nisi rekla? Zvala policiju? O čemu se ovde radi?

Prelazim dlanovima preko lica, pa ih sklapam kao u molitvi preko usta, a oči mi se pune suzama. Treba da rasporim svoj život. Mislila sam da mogu to da kontrolišem, da ću uspeti da ga demontiram u fazama, prema svom planu. No to nije moglo da bude tako lako, tako jednostavno.

– Sve ovo je zbog mog drugog muža – kažem mu.

– *Koga* tvog? – pita. Oštrina u njegovom glasu nije gnev, ona je šok, ona je povređenost i ona je neverica.

– Mog drugog muža. Udala sam se davno, davno. Ali nikad se nisam razvela. Mislila sam da taj brak ovde nije zakonski priznat, te sam se zato *udala* za tebe. Međutim, ispostavilo se da *jeste* zakonski priznat ovde, tako da sam i dalje udata za njega, a i udata za tebe. Nedavno sam saznala da ću verovatno zbog toga ići u zatvor, što je odlično.

– Njega sam upoznala na fakultetu, i sprijateljila se s njim. Trina ga zna. Bio je opsednut mnome. Možeš li to da zamisliš? Da neko bude *opsednut* mojom malenkošću. – Dižem pogled da vidim šta Volas misli – i dalje izgleda kao da misli kako ga zavlačim ili se trudim da skrenem pažnju s ranijih događaja izmišljajući. – Ta opsednutost ga je dovela dotle da povređuje ljude ako pomisli da će me odbiti od njega. – Zbog sledećeg dela sam morala da skrenem pogled. Kukavica sam i neću moći da podnesem izraz lica mog muža kad mu budem rekla ovo. – Mislio je da Sidni pokušava da me navede da ga ostavim. Znao je da nismo zajedno niti išta slično, ali je svejedno želeo da ukloni Sidnija. Stoga je... ubio onu ženu i namestio tvom bratu.

– Šta to, dođavola, pričaš? – Volasov glas je sad pun gneva uz nevericu.

– Moj drugi muž Hit. Zove se Hit. Rekao je da će, ako mu se vratim, predati policiji dokaze koji će Sidnija izvući iz zatvora. Htela sam to da uradim, kunem ti se životom da bih to uradila, ali Sidni me nije pustio.

– Nije te pustio? Kako, dođavola, misliš „nije te pustio“?

Usudim se da kratko pogledam muškarca naspram sebe, a on me strelja pogledom kao da me mrzi. Može da stane u red jer ja sebe mrzim još više.

– Sidni je rekao da će, vratim li se Hitu, on priznati zločin. Postaraće se da nikad ne izađe iz zatvora. Naterao me je da mu obećam da ću voditi računa o njegovoj porodici – posebno o tebi. Zato nas je onog puta pozvao u zatvor. Hteo je da se uveri da se neću vratiti Hitu.

– Nije se očekivalo da ću se zaljubiti u tebe. Ali zaljubila sam se. Jesam, i nikad nisam poželela da te ostavim. Samo što sam znala da ću jednog dana morati. Znala sam da moram da se vratim Hitu da bi on izvadio tvog brata iz zatvora. Zato sam tražila razvod. Zato sam prekinula televizijsku seriju – okončavala sam ovaj život kako bih se vratila Hitu, pa da se vama vrati Sidni. Ali... ali njegova devojka, ona me mrzi. Mene krivi za njegov raskid s njom. Ona je ubila mog advokata za razvod. Ona je pokušala da ubije direktora i operativnu direktorku *Hanimej produkcije* kako bi meni podmetnula njihove smrti. A onda je otela Lolu da bi mene povredila. I to je to. To je sve. Osim... žao mi je, trebalo je da ti kažem. Samo sam se suviše bojala da ću te izgubiti, da ćeš me mrzeti, da će Sidni zaista priznati zločin. Žao mi je.

Volas ne progovara i ne miče se. Mislim da i ne diše. Zatim ustaje tako naglo da obara stolicu. Pogledam ga, a on me gleda preteći, sav svoj bol usmerava na mene. Podiže stolicu, treska je uspravno na pod i odlazi. Znam da više nikad neće progovoriti sa mnom.

54.

25. AVGUST 2022.
KRALJEVSKA DEČJA BOLNICA *ALEKSANDRA*, BRAJTON
RANO POSLEPODNE

– Znala sam da ćeš me spasti – kaže mi Lola kad mi dozvole da je vidim. Porodica je to dozvolila samo zato što je Lola napravila takvu gužvu svojom željom da me vidi da su roditelji popustili. Ni jedno ni drugo neće me pogledati i svakako neće razgovarati sa mnom – očigledno im je Volas rekao istinu.

– Kako si to znala?

– To se događa u tvojim knjigama. Neko je u opasnosti, ti ih spasavaš.

– Ne ja. Glavni lik ih spasava. Majra.

– Da, a ona je ti. Čak si joj po sebi i ime dala.

Beznadežno vrtim glavom. – Jesam li ja zaista poslednja osoba na zemljinoj kugli koja vidi da sam to uradila? Stvarno nisam to primetila.

Lola gleda roditelje i strica koji stoje kod vrata – Valeri ruku prekrštenih na grudima, Volas je obgrlio sebe rukama, a Frenklin jednom rukom grli bivšu ženu, drugu drži na bratovljevom ramenu i oboje ih pridržava. Lola, naravno, izgleda užasno. Ali živa je, pregledali su je i biće joj dobro. – U ogromnoj si nevolji – kaže. – Osećam da mi je dužnost da ti to kažem.

– Zaslužujem to. Apsolutno zaslužujem to.

– Verovatno zaslužuješ. Ali znaš, teta K., moraću da dođem da živim s tobom. Brajton je kul, čoveče. Stvarno kul.

– Razgovaraćemo o tome. U nekom trenutku u budućnosti, dalekoj, dalekoj budućnosti.

Lola gužva lice u širok osmeh. Znam da će joj biti dobro. U svemu ovom potrebno mi je da njoj bude dobro. I biće. Znam da hoće. Ljubim je u čelo i tiho se opraštam. Neću je više videti. Znam to.

– Žao mi je – kažem njenim roditeljima na izlazu. Ne zadržavam se dugo pred njima, znam da ne mogu trenutno da podnesu ni da me pogledaju. – Žao mi je. – Ni jedno ni drugo ne progovara, ali me ne pljunu u lice, što mi se čini kao apsolutna pobeda.

A u ovom trenutku prihvatam svaku pobedu koju mogu da dobijem.

55.

2. SEPTEMBAR 2022.
KUĆA KLIO I VOLASA, NA GRANICI IZMEĐU BRAJTONA I HOUVA
JUTRO

Poslednjih nedelju dana i nešto prošlo je u izmaglici nalik snu.

Kao da sam kroz sve to hodala u snu: razgovori s detektivima Amvelom i Matisonovom, koji su se trudili da mi pruže podršku, ali sam ubeđena da su potajno besni što ipak nisam ubica; informativni razgovori kao osumnjičene za bigamiju; obaveštavanje o kretanju Abi/Gejl/Abigejl, koja stižu sve dok mi ne kažu da su je uhvatili – četiri dana po njenom pokušaju da ubije Lolu. Nije baš umela da se krije, pa nije trebalo mnogo vremena da je pronađu. Izgleda da je pokušavala da ode iz zemlje kad je shvatila da je Lola preživela. Amvel mi je pre nekoliko dana rekao da ona hoće da razgovara sa mnom. – Zašto bih ja razgovarala s njom? – odgovorila sam.

– Da se stvar zaokruži? – blago je rekla Matisonova.

– Ne nameravam da umesto vas radim vaš posao – kazala sam. – Znam da želite da razgovaram s njom kako biste je naveli da prizna sve ono. To nije moj problem. Nije me briga zbog čega je to radila. Dosta je što je radila, i to više puta.

Dosta.

Shvatila sam da sam konačno došla u situaciju da pakujem svoje stvari. Volas nije dolazio kući i meni je bilo dosta. Sasvim dosta. Vrati se Hitu i okončaj sve. Samo mu se vrati i oslobodi Sidnija.

Pošto sam završila, prolazim iz sobe u sobu. Veliki deo sam popakovala, ali sam još više označila za dobrotvorne organizacije. Hit i ja ćemo zajedno nekud otići. Gde ćemo biti samo nas dvoje. Dosta mi je borbe protiv toga, vreme je da ga prihvatim. A najbolje će biti da većinu svojih stvari ostavim. *Ne možeš to da poneseš sa sobom u grob*, često kažu ljudi. Pitam se da li shvataju da se isto primenjuje i na ono kad naprosto odlaziš?

Pošto se spakujem, pošto završim sa uklanjanjem sebe iz Volasovog života, premeštam kutije u gostinsku sobu u kojoj je izrezan prozor. Dala sam da se on zameni i ignorisala sam čudne poglede staklorezca dok je uzimao mere za staklo.

Pre nego što izađem iz kuće poslednji put, pozivam Volasa. Poziv se odmah prebacuje u govornu poštu. *Volase, zovem te samo da ti kažem da sam spakovala svoje stvari i da danas odlazim iz kuće. Odlazim i iz Brajtona pa me više nećeš videti. Hvala ti na lepim vremenima. Želim da znaš da nisu bila lažna. Bila su veoma stvarna. Tako sam te obožavala. Od sveg srca, Klio.*

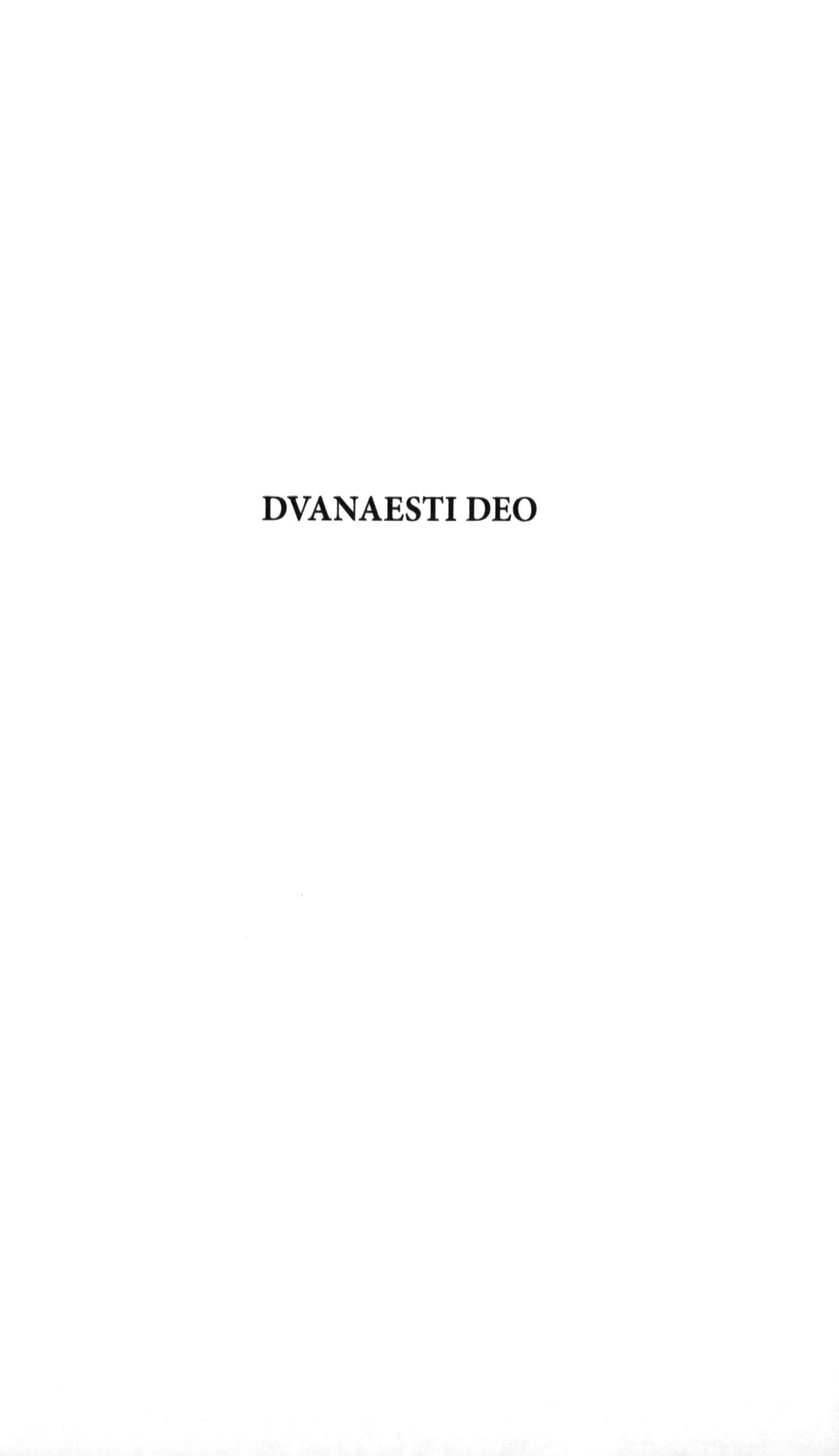

DVANAESTI DEO

56.

2. SEPTEMBAR 2022.
HITOV STAN, ZAPADNI LONDON
KASNO POSLEPODNE

Kad stignem u Hitov stan svetlost prodire kroz velike prozore. Telefonom sam mu javila da sam najzad slobodna i pitala da li i dalje želi da mu se vratim. – Uvek – odgovorio je. – Uvek.

Uporno gleda moje torbe kao da ne veruje da sam zaista tu i da zaista radimo ovo. – Šta se dogodilo? – pita kad donese ostatak prtljaga iz kola. – Zašto si iznenada ovde?

– Nešto od toga znaš – kažem mu. Iz džepa jakne vadim kesu *maltezera* i kesu *minstrela*.

– Tako je loše?

– Tako je loše.

Pravim nam kafu, stavljam u obe po šest kašičica šećera. Osećam Hitov pogled na sebi dok sipam šećer i znam da je zadrhtao. – Da tebi napravim novu? – kažem i nasmejem se. – U ovom trenutku radim to automatski.

– Ne, ne, ako ćemo da uradimo ovo, onda uz teško moram da uzmem i preslatko.

– Dobar izbor, Hite, dobar izbor. – Završavam zaslađivanje naših kafa. – Sećaš li se kako si ovo počeo da piješ na koledžu da bi ostavio utisak na mene? Trebalo ti je snimiti lice pri svakom srku.

– A zubi? Moji siroti, siroti zubi.

Smejem se uspomeni na to. Na nas. – Šta si sve radio da bi pokušao da me zainteresuješ. – Opet se smejem i vrtim glavom.

– Zašto si tako raspoložena? – pita kad sednem za sto. – Obično nisi tako vedra kad pričaš sa mnom. U stvari, obično se ponašaš kao da ćeš se raspasti ako si blizu mene nešto duže nego što je bezuslovno neophodno da budeš.

– Zato što želim da nešto učiniš za mene. A kad to uradiš, biću slobodna da budem s tobom. I više te nikad neću ostaviti. Prihvatila sam to, zato sam samo... Kad jasno vidiš svoju budućnost sve ti izgleda i deluje drugačije. Jasnije. Lakše. Srećnije, valjda. Kako napreduješ s potragom mesta gde ćemo živeti?

– Našao sam lepo mesto gore u planinskoj Škotskoj. Ako želimo, možemo postati farmeri. Gajiti povrće.

– Da, ovaj, o tome ću morati da razmislim.

Hit otpija velik gutljaj svoje „kafe" i pravi grimasu kao da je zaboravio šta sam joj uradila nekoliko sekundi ranije. Zadovoljno mu se smešim i sama ispijam gutljaj.

– Kakvu uslugu želiš?

– Želim da priznaš kako bi Sidni izašao iz zatvora.

– Rekao sam da hoću.

– Mislim danas. Hoću da snimiš sve što se dogodilo, šta si uradio i onda hoću da to pošalješ u klaud. Čim odemo na novo mesto, možemo to poslati policiji.

– Ali svakako možemo sve da snimimo i tad?

Odmahujem glavom, srčem kafu. – Ne. Zato što znam da ćeš odugovlačiti. Kako vreme odmiče, odugovlačićeš iz straha da ću te ostaviti. Nalazićeš sve više načina da odložiš to, da na kraju nikad i ne uradiš. Ne želim da prekršiš obećanje. Ti sve danas snimiš, a ja prihvatim da zauvek budemo zajedno. Srećni.

Da bi izbegao da odgovori, da bi razmislio o tome, Hit srče kafu i svaki put pravi grimasu. – O, zaboga, prekini da je piješ ako je tako loša! – kažem mu. – Napraviću ti drugu.

Pravi stoički izraz lica, diže šolju i otpija velik gutljaj. – Eto, vidiš. Teško s preslatkim. – S treskom spušta šolju, kao viking koji je upravo savladao bure medovine. – U redu. Uradiću to.

– Odmah?

– Odmah.

Vadim telefon i zastajem kad ugledam sliku na zaključanom ekranu – Volas u gro planu kako se blago smeši objektivu, meni. Otključavam ekran, otvaram aplikaciju za govorni podsetnik. – Moraš im reći sve. Što više pojedinosti koje samo ti možeš da znaš. Važi? Moraš im reći sve kako bi, kad bude vreme, pustili Sidnija. U redu?

– U redu.

Uozbiljio se, crte lica su mu se stegle i izraz postao zamišljen. Izgleda kao da će se rasplakati, a zatim kao da će povratiti. Privlači telefon sebi. Pošto načas spusti glavu, pritiska snimanje. I počinje da priča. Počinje da priča i uvlači me u pakao koji je stvorio pre svih ovih godina.

* * *

Kad Hit završi s pričom, sedim na podu naslonjena na ormarić ispod sudopere. Niz lice mi liju suze. On seda do mene i pruža mi telefon. Polako, zato što još tumaram kroz pakao, još obazrivo stupam kroz ono što sam čula da Hit opisuje, stavljam naslov fajla i šaljem ga u klaud. Spuštam telefon između nas a drhtim. Tresem se. Ne mogu sasvim da poverujem u ono što sam upravo čula.

– Jesi li ti ubio svoju prvu ljubavnicu, nastavnicu prirodnih nauka? – pitam ga. Otkad sam saznala za šta je sve sposoban, htela sam to da znam. Činilo mi se da je to sasvim dobar trenutak da pitam.

– Ne, naravno da nisam – kaže. – Nikad je ne bih povredio. Baš kao što ne bih mogao da povredim tebe. – Zaćuti i, zato što ga poznajem, znam da je, iako je nije ubio, ipak nešto strašno uradio. – Ali rekao sam njenom mužu za nas.

Sklapam oči pred užasom toga. Pred sledom događaja koji je pokrenuo. Ne, nije je ubio, ali podstakao je vatru koja je do toga dovela.

– Bili smo zaljubljeni jedno u drugo – kaže. – Bili smo savršeni i srećni zajedno, i želela je da bude sa mnom. Znam da je želela. Znao sam da njega nije mogla da voli kao što je volela mene i znao sam da on nije mogao nju da voli kao što sam je ja voleo. Tako sam otišao njihovoj kući da razgovaram s njim, kao muškarac s muškarcem. Rekao sam mu, odmah sam mu rekao. A on... – Hitovo lice se krivi dok se seća tog trenutka, tog razgovora. – Prebio me je kao mačku. Bio je odrastao muškarac. Ja sam bio mlad. I slab. Nisam mu bio dorastao. Uporno je ponavljao da je s njom završio. Da je to poslednji put da se on nosi s tim.

– U početku nisam ni shvatio da govori kako je ona to već radila. I ranije je spavala sa učenicima. Ja naprosto... nisam mogao da se odbranim kako treba. Kad me je oborio, samo je nastavio da me gazi. Onda me je naterao da je čekam da se vrati kako bi me pogledala u oči i rekla za druge. Za drugu osmoricu. Kako je morala da promeni tri škole zbog glasina...

– Zaboga, Hite, to je užasno. – Nije ni čudo što je poremećen. Nije čudo.

Hit zuri u prazno iza mene, ništa ne vidi. – Nije me bilo briga što je to i ranije radila. Zato što sam znao da mene voli više nego njih. Mogla je to i ranije da radi, ali sa mnom je bilo drugačije. Pa iako ju je naterao da mi kaže kako sam joj samo još jedna recka, znao sam da ona to ne misli. I onda je on to uradio. Jednostavno ju je ubio, tu preda mnom.

Uspravljam se i zagledam se u njega uzdahnuvši. – Ne... Nisam znala da si bio tamo, da si to gledao.

– Nisam mogao da se pomerim. Nisam mogao da joj pomognem. Samo sam mogao da gledam dok ju je on uzimao od mene. – Skreće pogled na mene, ponovo me vidi, vraća se u kuhinju pošto je posetio taj užasni deo svoje prošlosti. – Tad i tamo sam odlučio da više niko nikad neće od mene uzeti osobu koju volim.

Sad shvatam. Shvatam više o njemu i zbog čega radi ono što radi. Ipak ne shvatam nešto drugo što sam isto oduvek htela da pitam. – Zašto ja, Hite?

– Zašto tebe volim?

– Da. Zašto mene? Nisam ništa posebno. Nikom nisam, osim sebi. Zašto si uradio sve ono? Zašto meni?

– Podsećaš me na nju. Oduvek si me podsećala na nju.

– Na tvoju prvu ljubavnicu?

Prstima trlja oči i klima glavom. – Ne izgledaš kao ona. Ona je bila belkinja, bila je starija od tebe, naravno, drugačijeg oblika tela, svega drugačijeg. Ali kad sam te video onog prvog dana na koledžu, jednostavno sam... bilo je kao *déjà vu*. Imao sam osećaj već viđenog. – Steže pesnicu i njom pritiska grudi. – Ovde. – Zatim je pomera do stomaka i pritiska tamo. – I ovde. – U kuhinji se smrkava, svetlosti koja je prodirala kad sam stigla samo što nije sasvim nestalo. – Otkad je ona umrla, nisam osećao ništa, ništa. Bio sam kao obamro i ništa me nije doticalo. A onda sam ugledao tebe, i ta osećanja su u meni eksplodirala. I ja sam... Bilo je kao da se ona vratila. Bilo je kao da je opet živa. Setio sam se kako je to kad osećaš, kad želiš da doživiš dodir i prisustvo druge osobe.

– Kao da si mi ponovo pokrenula srce. Moj život. A svaki put kad sam bio s tobom bilo je kao da sam dobio drugu priliku da prepravim kraj svoje priče s njom. Ali nije bilo samo to. Bilo je i kao da je ona uvertira u tebe. Bila je tu da bi mi pokazala šta znači ljubav. Sve loše strane, bolne strane, kao i euforiju ljubavi. Katkad mi se činilo da sam morao nju da izgubim kako bih tebe našao.

– A kad god bi neko stao između nas ili zapretio da će mi te uzeti, bilo je isto kao kad sam gledao kako je on ubija, iznova gledao kako mi je uzima. Morao sam to da sprečim. Morao sam nešto da učinim. Da učinim sve kako bih sprečio nekog da mi te uzme.

– Bila si mi sve. Sećaš se šta sam ti rekao o trenucima, kako oni mogu biti dugi i kako mogu biti kratki? Otkad sam te upoznao, svaki trenutak bio je vezan za tebe. Za mene si ti svaki trenutak.

– Znaš li kako to vraški jezivo zvuči? – kažem mu i smejem se.

On se ceri, otire suze koje su krenule. – Valjda zvuči.

Ponovo ovladava tišina. Uspomene na naše vreme ovde se gomilaju. Tad nisam znala mnogo toga, a Hit je bio uzrok mog smeha, zbog njega sam osećala da mi je srce puno i da je svet lep.

– Tamo si me pozvao da odemo u Vegas – kažem mu i pokazujem električni bokal i dasku za seckanje. – Znao si da ćeš me ubediti da se udam za tebe.

– Jesam – odgovara.

– A tamo si mi rekao da mrziš moje subotnje čorbe – kažem.

– Jesam – zadovoljno se smeška. – Lice ti je bilo... recimo ne baš zadovoljno.

– Bilo mi je neverovatno kako si bezočan. Neko nedelju za nedeljom kuva divnu hranljivu čorbu, a ti se drzneš da kažeš kako ti se ne dopada.

Smeje se. – Tamo sam s tobom prvi put imao seks u kuhinji – kaže.

– Prvi put, stvarno?

– Da. To te iznenađuje?

– Bio si veoma iskusan, pretpostavila sam da si to radio svugde.

– Pogrešno si pretpostavljala.

– Sećaš li se kad je ona tabla s porukama pala usred noći i načisto nas isprepadala?

Hit se smeje. – Da! Sećam se da si zgrabila daljinski upravljač i kao metak izletela iz kreveta.

Smeh se u meni zakrčka i prelije napolje. – Nisam imala pojma šta bih uradila s daljinskim protiv nekoga ko pravi tako veliku buku! Mislim da nisam racionalno razmišljala.

– Nimalo racionalno.

Tišina koja se sad spusti je slatka, meka, blaga. Takvo je i trebalo da bude naše zajedništvo.

– Znaš da sam došla da te ubijem, zar ne? – kažem mu. Okrećem glavu prema njemu, a on zuri u mene kao što je radio na koledžu – kao da sam ostvarenje svih njegovih snova. – Znaš? – tiho dodam.

– Da – odgovara. – Znam.

– I sebe.

– Znam.

– Nekako sam se pomirila s mnogo toga, shvatila da nisam kriva za ono što si ti radio, ali valjda, da sam ranije progovorila, ona sirota žena bi možda i dalje bila živa. Sidni ne bi bio u zatvoru. Ne bi me mrzela cela njegova porodica. Svojoj porodici ne bih navukla sav taj stres i sramotu. Onaj jadni advokat bi bio živ. A ne bih mogla da živim znajući da sam te ubila.

– Rekao bih ti da ne naudiš sebi, bar ne zbog mene, ali slutim da je prekasno – kaže.

– Jeste – kažem s osmehom.

– Stavila si otrov u kafu, jel' tako?

– Da. Smrtonosnu dozu.

Rešila sam da to uradim pre nekoliko nedelja. Morala sam da stavim tačku na Hita i ono što je radio. Zato što bi mogao da pomisli kako je u redu, kako je s tim svim završio, ali znam ga. Znam da bi se, kako vreme prolazi, pri svakoj komunikaciji mimo nas dvoje, u svakom trenutku kad se oseti ugroženo vratio na uobičajeno. Postao opsednut. Počeo da povređuje ljude da bi mene zadržao. Ne želim to na svojoj savesti.

Na podu između nas bleska moj telefon.

Trina zove...

– Što ume da nađe savršen trenutak – kažem. – Nas troje zajedno na početku i na kraju.

Već osećam da lek deluje. Dok još mogu da se pomeram želim da se oprostim od Trine. Odbijam njen poziv i šaljem poruku: Volim te. Zauvek – otkucam i pošaljem.

– Mogu li i ja da dobijem to? – pita Hit. Glas mu je nejasan, rasplinut od velike količine lekova koje sam ranije rastopila i sipala u obe naše šolje. Ukus im je prikrila ogromna količina šećera koju uvek stavljam u kafu. – Mogu li i ja da dobijem „volim te“?

Nekad sam zaista volela Hita. Volela sam svaki njegov deo. Potreban je trenutak da se stegnem, ali se ipak zaljuljam dok se primičem njemu i naslanjam usne na njegove. On sklapa oči i predaje se poljupcu, kratko drži dlan na mom licu dok se ljubimo poslednji put. Prvi se odmiče, glavu naslanja na element, a onda mu se telo potpuno opušta i više se ne drži.

Čujem da odnekud zvoni fiksni telefon. Zvuči tako udaljeno da nisam ni sigurna je li to telefon. Ipak negde nešto zvoni. Negde neko pokušava da se probije. Njegove crte lica su vrlo mutne i meni je teško da se držim ijedne misli. Znam da negde nešto zvoni. – Volim te – kažem mu.

Volim te.

Epilog

6. SEPTEMBAR 2022.
BOLNICA *HAMERSMIT*, ZAPADNI LONDON
KASNO POSLEPODNE

Trina na vrhu nosa drži male zlatne naočare i pogled spušten na ukrštene reči koje rešava.

– Jesam li u paklu? – pitam. – Budim li se u paklu?

Moja najbolja prijateljica skida naočare i spušta novine. – Kakvo nepoštovanje. Spasla sam ti život, prešla sam pola sveta uz veliko rasipanje vremena i novca, a dočekuješ me sa ovakvim nepoštovanjem. Nije ni čudo što si zauvek ostala CNDPP.

– Izvini, dušo. Ona koja doživljava drame jeste glavni lik, ona koja je udata za jednog muškarca i ima decu i normalan život jeste CNDPP.

– Oh ti, ti si stvarno nešto – kaže. – Već ozbiljno sumnjam da je trebalo da ti spasem život.

– Kako to misliš da si mi spasla život?

– Zvala sam te. Mislim, hajde da priznamo kako već dugo izbegavaš moje pozive. Ipak sam te zvala zato što sam uporno imala one stvarno žive snove o tebi – bila si u paklu. H. je bio tamo s tobom. Poslednji san me je zaista uplašio. Stoga sam te pozvala, a ti mi, umesto da me ignorišeš, šalješ poruku. Zovem tvog dragog, on mi kaže da ste se rastali, da si mu ispričala o svom drugom mužu, koga poznajem, i o onome šta je on uradio. Onda mi kaže kako ne zna gde si. Onda ja zovem Hitov stan. Niko se ne javlja. Sad sam već uspaničena jer je ona poruka u suštini opraštanje, pa pozovem policiju i napravim pakao dok ne odu u stan da provere da li nešto nije u redu. Mislila sam da je i tebe sredio.

– Trebalo je da nas ostaviš. Da nas pustiš da umremo. Svima bi bilo bolje.

– Ne, nije trebalo – odvraća Trina najednom ozbiljno. – Svet bi bio užasno mesto bez tebe. Bez oboje.

– Jel' on...?

– Ne, oboje ste na vreme nađeni. Ali oboje ste bili u nesvesti četiri dana. Ovaj, ti si se probudila ranije i zato si ovde, ali odmah si se ponovo uspavala. U svakom slučaju, dobro je što si tako duga spavala jer sam imala priliku da stignem i primim cveće namenjeno spasiocu. – Stavlja umirujuće dlan na moj obraz. – Međutim, on ide u zatvor. Na mnogo godina.

– Idem i ja.

– Videćemo.

– Kako to misliš videćemo?

– Mislim da ćemo videti da li se dobijanje punog priznanja koje će preinačiti jedno od najogavnijih grešaka u pravosuđu može odmeriti s nekim mutnim poslom oko braka čije procesuiranje nije u javnom interesu. – Kad se namrštim, ona dodaje – Razgovarali smo sa advokatom. Uz dodatnu činjenicu da si spasla život devojčici i pomogla da se još jedan ubica privede pravdi... mislim da se može reći da za tebe nije verovatno da će biti zatvora.

– Ko ste to vi?

– Ja, tvoja porodica, tvoj dragi. – Savršeno manikiranim prstom pokazuje vrata sobe u kojoj sam. Gledam kako Volas otvara vrata i ulazi s dve šolje u rukama, upravo kao i prvi put kad sam ga videla.

– Jel' došao ovamo da bi vikao na mene? – pitam.

– Ne. Sidni mu je sve objasnio. Potvrdio je sve što si rekla. Uzgred, pokrenuli su postupak za njegovo oslobađanje. Za to je potrebno vreme, ali dogodiće se. – Prikuplja svoje stvari i ustaje. – Nije se odvajao od tvog kreveta – šapuće dok se naginje da me zagrli. – Katkad je spavao napolju u kolima kako bi ti bio blizu. – Normalnijim tonom kaže: – Ostaviću vas malo same.

– Hvala ti, CNDPP – kažem, a ona začkilji u mene.

Volas seda na stolicu koju je Trina upravo oslobodila.

Dugo ništa ne govorimo, samo gledamo jedno u drugo, kao dva bliska neznanca koja nisu sigurna šta da kažu, koja ne znaju odakle da počnu.

Na kraju on kaže: – Ne želim da zakasnim i izgubim, tako da pretpostavljam kako treba da počnem time što ti kažem da te volim. Mnogo. Odatle možemo da nastavimo.

Lice mi se opušta u osmeh. Da, pretpostavljam da odatle možemo da nastavimo.

Izjave zahvalnosti

Zahvalna sam...

Svojoj divnoj porodici
Antu i Džejmsu, mojim neverovatnim agentima punim podrške
Svojim odličnim izdavačima
Grejamu Bartletu na pomoći u istraživanju
Svojim fantastičnim prijateljima
Svom voljenom MK2
Svojim vernim džolof i fufu[6]
Vama čitaocima. Kao i uvek hvala vam što ste kupili moju knjigu.
Kao i I i Dž... uvek i zauvek.

[6] Zapadnoafrička jela. (Prim. prev.)

Beleška o autoru

Doroti Kumson je engleska spisateljica poreklom iz Gane. Opisuju je kao „najprodavaniju britansku crnu autorku beletristike za odrasle“. Rođena je 1971. u Londonu, a na Univerzitetu u Lidsu stekla je diplome iz psihologije i novinarstva. Danas živi u Brajtonu.

Odmalena je volela da čita i piše, pa je nastavila da piše priče i romane i dok je radila kao novinar i urednik ženskih časopisa i nacionalnih novina. Po sopstvenim rečima, za pisanje je koristila svaki slobodan trenutak, kao što je putovanje vozom do posla i nazad.

Debitantski roman pojavio se u knjižarama 2003. godine. Do sada je objavila sedamnaest romana, a na srpski su prevedeni: *Ćerka moje najbolje prijateljice* (Laguna, 2007), *Slatkiši za doručak* (Laguna, 2008), *Laku noć, lepotice* (Laguna, 2009), *Poslednja kap* (Laguna, 2011) i *Plaža ružinih latica* (Laguna, 2014).

Psihološki triler *Poslednja kap* adaptiran je u televizijsku seriju.

www.ingramcontent.com/pod-product-compliance
Lightning Source LLC
Chambersburg PA
CBHW020944310726
48980CB00001B/39

* 9 7 8 8 6 6 1 4 2 0 6 9 6 *